美國的交友之道

施正鋒

出版
台灣國際研究學會

經銷
翰蘆圖書出版

國家圖書館出版品預行編目資料

美國的交友之道 / 施正鋒著. -- 初版. -- 台北市：台灣
國際研究學會；翰蘆圖書總經銷，2023.02
面：21×15 公分
ISBN 978-626-96766-1-3（平裝）
1.CST：國際政治　2.CST：國際關係
3.CST：外交　　　4.CST：美國
578.52　　　　　　　　　　　112001333

美國的交友之道

2023 年 02 月 初版發行

著　　者	施正鋒
發 行 人	紀舜傑
出 版 者	台灣國際研究學會
地　　址	台北市 100 中正區漢口街一段 82 號 3 樓
電　　話	02-2331-8101
網　　址	http://www.tisanet.org/main.htm
製　　作	金華排版打字行
電　　話	02-2382-1169

總 經 銷	翰蘆圖書出版有限公司
總 經 理	洪詩棠
法律顧問	許兆慶、曾榮振（依筆劃）
工作團隊	孫麗珠、許美鈴、王偉志、林佳薇、楊千儀
地　　址	台北市 100 重慶南路一段 121 號 5 樓之 11
電　　話	02-2382-1120
傳　　眞	02-2331-4416
網　　址	http://www.hanlu.com.tw
信　　箱	hanlu@hanlu.com.tw

ATM 轉帳	107-540-458-934 中國信託城中分行（代號 822）
郵政劃撥	15718419 翰蘆圖書出版有限公司

定價　新臺幣 550 元

加入會員，直購優惠：(02)2382-1120

※書局缺書，請告訴店家代訂或補書，或向本公司直購。
※團體購書，向翰蘆直購，取書更快，價格更優。

目錄

代跋－洋和尚尼姑未必會念經

代序
搞政治不能不懂國際政治[*]

　　尼加拉瓜近日與中華民國斷交，昭告世人「中華人民共和國是唯一合法代表中國的政府，而台灣無疑是中國的領土」，中國大張旗鼓說「一中原則」廣為國際社會支持。邦交國只剩下十四個，而尼加拉瓜是蔡英文總統上台以來第八個斷交的國家，令人憂心是否會有骨牌效應。

　　尼加拉瓜左派游擊隊桑定民族解放陣線，於 1979 年推翻蘇慕薩獨裁政權，對於幫兇耿耿於懷，奧蒂嘉政府終於在 1985 年底跟台灣決裂；直到中間偏右查莫洛夫人在 1990 年政權轉移，尼國才跟台灣恢復邦交。奧蒂嘉在 2007 年捲土重來，不管民進黨、還是國民黨執政，都有斷交的心理準備。

　　尼加拉瓜重施故技，表面上的理由是美國於去年底加以經濟制裁，自然讓中國有施展金元外交的空間。先前立陶宛近日力挺台灣，中國毫不客氣實施經濟制裁；近日美國召開「民主峰會」、指著禿驢

---

* 《台灣時報》2021/12/13。

罵和尚，中國是可忍、孰不可忍，必須大張旗鼓。在美中交鋒的氛圍下，台灣不過是借題發揮的對象。

當年桑定革命成功，美國總統雷根因國會禁止軍援反政府叛軍，指使台灣、新加坡、及韓國等挹助，國會調查「伊朗門醜聞」，台灣的名字在報告被塗黑，心知肚明。奧蒂嘉重作馮婦，從陳水扁、馬英九、到蔡英文，對於這個老邦交國相當頭痛；若非美國還有影響力，尼國恐怕早就琵琶別抱。

美國在戰後調停國共內戰失敗，杜魯門總統宣布放手不管，其實是棄守台灣；等到韓戰爆發，他無法承擔丟掉中國、及台灣的責任，只好又把台灣納為美國的保護傘。艾森豪接任，雙方如膠似漆，簽訂軍事協防條約成為盟邦。終究，美國在越戰灰頭土臉，結合中國對抗蘇聯，移情別戀，狠心跟台灣斷交。

冷戰結束以來，美國躊躇志滿。進入二十一世紀，美國因為九一一恐攻專注中東、疏於照顧後院，中國趁虛而入，連被謔稱為「香蕉共和國」的中美洲國家都被突破，對美國未必言聽計從。台灣外交未脫冷戰思維，若不能有獨立自主思考、唯大哥馬首是瞻，當地百姓沒有好感，更不用說勢利眼的政客。

民進黨政府在 2016 年美國大選押寶希拉蕊，沒有想到豬羊變色，買了不少軍火釋懷。小英在去年底重蹈覆轍看好川普連任，儘管美國已退出 TPP、而且明言無意簽 FTA，卻在 8 月答應人家進口萊豬。其實，台美貿易因為美中貿易大戰大增，不待 TIFA 重啟，更不用說美國有求於我「護國神山」。

蔡英文自詡為經貿談判專家，不知 WTO 並非世界政府，成員為了捍衛國家利益各顯神通，美國告歐盟補貼空中巴士、歐盟也告美國補貼波音，打打談談。美國違反慣例強迫 CODEX 投票，69 票對 67 票，談什麼科學？川普以國家安全為由，硬是抬高歐盟加墨韓台鋼鋁的關稅，難道不能以戰逼和？

小英連任之際遭到賴清德挑戰，一些台派支持前者，理由是她有美國的背書，那是憑空想像。阿扁就職宣示「四不一沒有」，坊間的說法是民主黨出身的卜睿哲獻策，卻忘了當時是共和黨主政。同樣地，共和黨的薛瑞福夸夸而談萊豬，無視民主黨當家作主。至若把仲介當作貴賓，貽笑大方。

再硬的筆尖也會鈍，甚至於斷掉。美國果真認為台灣的戰略地位無可取代，應該無條件提供安全保障。

美國在十九世紀下半葉展開的擴張[*]

Our population is destined to roll its resistless waves to the icy barriers of the north, and to encounter oriental civilization on the shores of the Pacific.

William Henry Seward (1846; Discover Diplomacy, n.d.)

I too, raising my voice, bear an errand,
I chant the World on my Western Sea,
I chant, copious, the islands beyond, thick as stars in the sky,
I chant the new empire, grander than any be-fore—As in a vision,
　　it comes to me;
I chant America, the Mistress—I chant a greater supremacy,
I chant, projected, a thousand blooming cities yet, in time, on
　　those groups of sea-islands,
I chant my sailships and steamships threading the archipelagoes,
I chant my stars and stripes fluttering in the wind,
I chant commerce opening, the sleep of ages having done its
　　work—races, re-born, re-freshed,

---

[*] 刊於《台灣國際研究季刊》18 卷 2 期，頁 163-91（2022）。

Lives, works resumed—The object I know not—but the old, the
　　Asiatic, resumed, as it must be,
Commencing from this day, surrounded by the world.

Walt Whitman (1860)

The Pacific is the ocean bride of America—China and Japan and
Corea—with their innumerable islands, hanging like necklaces
about them, are the bridesmaids, California is the nuptial couch,
the bridal chamber, where all the wealth of Orient will be brought
to celebrate the wedding.　Let us Americans—let us determine
while yet in our power, that no commercial rival or hostile flag
can float with impunity over the long swell of the Pacific sea."

Robert W. Shufeldt (LaFeber, 1989: 172)

. . . , I am frankly an imperialist, in the sense that I believe that no
nation, certainly no great nation, should henceforth maintain the
policy of isolation which fitted our early history; above all, should
not on that outlived plea refuse to intervene in events obviously
thrust upon its conscience.

A. T. Mahan (1907: 324)

壹、美國的領土拓展

　　美國的領域（territory）包括領土、領空、以及領海，而領土又
分為已經納入（incorporated）成為本土（proper）的一部分（譬如 50
個州）、以及未納入（unincorporated）的領地（territories），前者被
視為領土完整的一部分（integral part of the United States），也就是固

有疆土。美國是由北美洲十三塊殖民地於 1776 年宣布獨立所建立的，包括德拉瓦、賓夕法尼亞、紐澤西、喬治亞、康乃狄克、麻薩諸塞、馬里蘭、南卡羅來納、新罕布夏、維吉尼亞、紐約、北卡羅來納、及羅德島，日後增設緬因、佛蒙特、西維吉尼亞、肯塔基、及田納西等州。在 1789 年，國會確認西北領地，也就是中西部的俄亥俄、印第安那、伊利諾、密西根、威斯康辛、及明尼蘇達等州；在 1803 年，美國透過路易斯安那購地，取得日後的路易斯安那、阿肯色、奧克拉荷馬、德克薩斯、新墨西哥、密蘇里、堪薩斯、科羅拉多、愛荷華、內布拉斯加、懷俄明、明尼蘇達、南達科他、北達科他、及蒙大拿州大部份；接著在 1821 年取得西屬佛羅里達，又在 1845 年併吞德克薩斯共和國，引發美墨戰爭（Mexican-American War, 1846-48），取得加州、內華達州、猶他、亞利桑那、科羅拉多、新墨西哥、及懷俄明，而奧勒岡領地則是在 1846 年確立，即日後的奧勒岡、華盛頓、愛達荷、蒙大拿、及懷俄明等州，至於阿拉斯加是在 1867 年向俄羅斯購買、夏威夷則是 1898 年併吞（Graebner, 1983; Jennings, 2000; Joy, 2004; Kluger, 2007; Nugent, 2008; Pratt, 1950; van Alstyne, 1974; Wikipedia, 2020: Territorial evolution of the United States）。

　　未納入領土（unincorporated territory）是屬地（possession），不適用憲法，由於通通在海外，又稱為「島嶼領土[1]」（insular territories），總共有 15 塊，包括關島、美屬威京群島、北馬里亞納群島、波多黎

---

[1]　之所以稱為島嶼領土，是因為過去歸戰爭部島嶼事務局（Bureau of Insular Affairs）、現歸內政部島嶼事務辦公室（Office of Insular Affairs）所轄（Olson-Raymer, n.d.）。

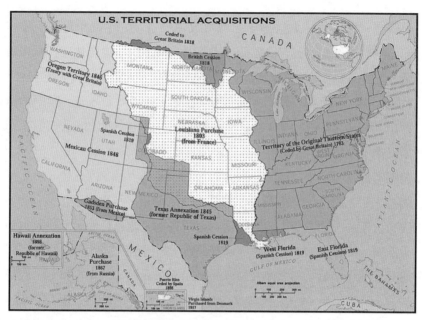

來源：Wikimedia Commons（2019: File:U.S. Territorial Acquisitions.png）。

圖1：美國本土的領土取得

各、美屬薩摩亞、以及10個位於太平洋及加勒比海的無人島礁岩[2]；不管納入與否，領土又可分為建制（organized）、及未建制（unorganized），亦即是否經過國會以組織法／基本法（Organic Act）來組織自治政府；比較特別的是帕邁拉環礁（Palmyra Atoll），原本屬於夏威夷而納入，後來卻未跟著一起建州而獲得建制，因此往往被

---

[2] 在太平洋的島嶼領土有貝克島（Baker Island）、豪蘭島（Howland Island）、賈維斯島（Jarvis Island）、強斯頓環礁（Johnston Atoll）、金曼礁（Kingman Reef）、中途島（Midway Atoll）、以及威克島（Wake Island），在加勒比海有納弗沙島（Navassa Island）、巴霍努埃沃淺灘（Bajo Nuevo Bank）、及塞拉尼拉淺灘（Serranilla Bank）。

列為島嶼領土；帕邁拉環礁、及上述 10 個無人島礁岩又合稱為美國本土外小島嶼（United States Minor Outlying Islands）（Wikipedia, 2020: Territories of the United States; U.S. territory; Political divisions of the United States）。

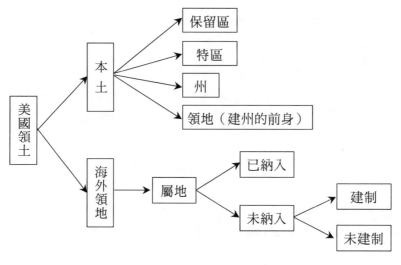

圖 2：美國領土的分類

原住民族（Native Americans）的土地主要是發動北美印第安戰爭（American Indian Wars, 1609-1924）征服而來，從殖民地時期就開始進行。另外就是十九世紀所推動的印第安人遷移政策（Indian removal, 1830-47），強迫密西西比河以東的原住民族遷到河的西岸。接著透過『土地總分配法』（*General Allotment Act, 1887*），以改善印地安人的生活為由，強行將部落所有的土地分割給個人，多出來的則賣給白人（Fleras & Elliott, 1992: 143-44）。經過軍事征服、法律剝奪、及墾殖侵蝕，原住民族碩果僅存的保留區只能苟延殘喘（Frymer, 2011）。

建制與否

		是	否
納入與否	是	空集合 （50 個州前身）	帕邁拉環礁
	否	關島 美屬威京群島 北馬里亞納群島 波多黎各	10 個無人島礁岩 美屬薩摩亞

圖 3：美國海外領土的組成

貳、由孤立主義到擴張主義

從南北戰爭（1861-65）結束、到第一次大戰（1914-18）爆發之間，美國積極展開領土的擴張，除了蠶食鯨吞大西部的邊疆，還恣意在太平洋、及加勒比海大展身手，更介入拉丁美洲的政治，這是美國歷史最糟糕的一刻（Field, 1978）。其實，美國在美西戰爭（1898/4/21-8/13）後迎頭趕上，手上擁有波多黎各、菲律賓、及關島等三塊殖民地，儼然是一個世界級的強權。表面上，美國鼓勵這些領地走向民主自治，實際上視之為殖民地、認為必須經過教化才能獨立，因此，不僅菲律賓的獨立運動慘遭打壓，連古巴的獨立也不過是名目上的而已。

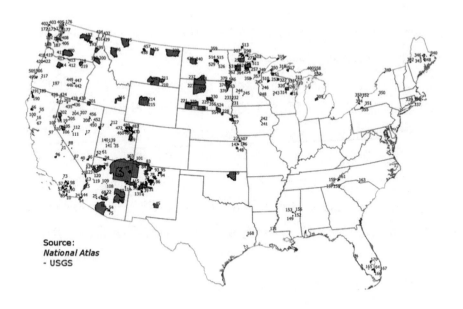

Source:
National Atlas
- USGS

來源：Wikimedia Commons（2019: File:Indian reservations in the Continental United States.png）。

圖4：美國原住民族保留區分布

　　美國自從開國以來就有不干預主義（non-interventionism）的傾向，特別是因為得天獨厚可以不用捲入歐洲大陸的強權競逐，而且老百姓對於國際事務也不是那麼關心，也就是有幾分負面意涵的孤立主義（isolationism）。然而，由於昭昭天命（Manifest Destiny）在這時候已經完成橫跨北美洲大陸的使命感，旺盛的精力必須有其他宣洩之處，以滿足既崇高、又有幾分社會達爾文主義的傳教使命感，也就是透過基督文明散播民主的種子；此外，第二次工業革命帶來生產過剩的製造物必須透過海外市場來消化、又要尋覓原料，而海權則是確保航線、煤站、及貿易協定的後盾；最後，經過一場兄弟鬩牆的內戰，需要可以大展身手、化解干戈的共同目標（Fry, 1994; LaFeber, 1963, 1993; Moore, 2002; Roucek, 1955）。

　　在內戰前，美國在外交上採取「門羅主義」（Monroe Doctrine），正告歐洲國家，任何干預拉丁美洲國家的行為，將被視為對美國的不友善，也就是說，美國身為西半球的保護者，頗有昭告天下，臥榻之旁、豈容他人鼾睡的味道。多明尼加共和國（1844-61）獨立，西班牙派軍反撲佔領，美國自顧不暇，終究，西班牙在 1865 年知難而退。拿破崙三世（Napoleon III, 1852-70）扶植馬西米連諾一世（Maximilian I of Mexico, 1864-67）為墨西哥傀儡皇帝，當時美國內戰步入尾聲，得以在 1866 年派兵 50,000 大軍壓境，法國黯然撤軍、馬西米連諾一世被槍斃，這是門羅主義的試金石。

來源：Wikimedia Commons（2019: File:Edouard Manet 022.jpg）。

圖 5：行刑隊下的馬西米連諾一世

在皮爾斯（Franklin Pierce, 1853-57）總統任內，美國於 1856 年佔領中途島（Midway Atoll）開採鳥糞，海軍終於在 1867 年正式佔領。在這一年，美國花了美金 7,200,000 跟俄羅斯購買阿拉斯加，主事的國務卿西華德（William H. Seward, 1861-69）被冷嘲熱諷，稱之為「西華德的愚蠢」（Seward's Folly）、或「西華德的大冰箱」（Seward's Icebox）。同一年，西華德又馬不停蹄，以美金 7,600,000 跟丹麥購買丹屬西印度群島（Danish West Indies），協議未能獲得參議院核可，直到 1917 年才完成易手，也就是美屬維京群島（United States Virgin Islands）。格蘭特總統（Ulysses S. Grant, 1869-77）興致勃勃打算併吞多明尼加共和國為保護國，國務卿菲什（Hamilton Fish, 1869-77）意興闌珊，最後，因為參議院的反對無疾而終。

智利在 1891 年發生內戰，陸軍及美國支持總統巴爾馬塞達（José Manuel Balmaceda, 1886-91）、海軍及英國支持國會，落敗的巴爾馬塞達自殺身亡。美國於戰後派遣巴爾的摩號防護巡洋艦（*USS Baltimore*）前往耀武揚威，兩名水手在酒吧外頭與民眾鬥毆身亡，美國要求道歉、及賠款，智利最後心不甘情不願以黃金賠了美金 75,000 了事。在 1895 年，委內瑞拉與英屬蓋亞那（British Guiana）衝突，美國自告奮勇被拒，國務卿奧爾尼（Richard Olney, 1895-97）大言不慚「西半球實質上是屬於美國」，英國雖然相當不以為然，然而，因為自己在南非跟波爾人的戰事未了，不願意跟美國纏鬥。

參、美西戰爭初試啼聲

其實，美國在南北戰爭爆發之前就垂涎古巴已久；在 1868 年，古巴宣布脫離西班牙獨立，又稱十年戰爭（Ten Years' War, 1868-78），新上任的美國總統格蘭特態度不明，他的國務卿菲什不願意介入。比較荒謬的是在 1873 年發生的「維珍紐斯事件」（Virginius Affair, 1873-75），美國快艇維珍紐斯號（*Virginius*）偷運武器給古巴叛軍被俘，西班牙處死包含美國人在內的 53 名船員，美國民意譁然，經過外交談判，西班牙賠了美金 80,000 給美籍家屬。古巴獨立戰爭（Cuban War of Independence, 1895-98）爆發，西班牙派遣 50,000 軍隊進駐，美國百姓感同身受，總統克里夫蘭（Grover Cleveland, 1893-97）則保持中立，接任的麥金利總統（William McKinley, 1897-1901）出面調停，西班牙雖然婉拒、卻也不願意得罪。其實，西班牙原本願意讓步給古巴自治，由於媒體煽風點火、及輿論的壓力，美國在 1898 年派遣緬因號戰艦（*USS Maine*）前往哈瓦那進行「敦睦訪問」，沒有想到在 2 月 15 日離奇爆炸沉沒、死了 266 名水手。美國惱羞成怒向西班牙宣戰，西班牙在 4 個月後終於投降、簽訂『巴黎條約』（*Treaty of Paris, 1898*），同意古巴獨立、割讓波多黎各及關島、以美金 20,000,000 出賣菲律賓。

大哥換人作，美國軟索牽豬，在 1898 年 4 月 19 日承認古巴獨立[3]，次日通過『泰勒修正案』（*Teller Amendment, 1898*），誓言不會併吞古巴，畢竟民間在古巴有太多的投資，特別是礦業、及糖業，

---

[3]　儘管國會自始相當熱絡，麥金利總統對於古巴獨立是有保留的，主要是擔心會產生反美的政府，畢竟，何塞・馬蒂（José Martí）所倡議的獨立，不只是要脫離西班牙、也要擺脫美國的控制，甚至於揚言焦土戰術、摧毀蔗田及糖業；同樣地，美國遠征軍指揮官謝夫特（William Rufus Shafter）被問到古巴自治，他嗤之以鼻，認為當地人還不夠格，講得相當難聽（Peceny, 1997: 422, 424）。

當然不會輕言放棄，必須盤算如何長期支配。國會在 1901 年通過『普拉特修正案』（*Platt Amendment*），要求古巴未經美國同意不得跟他國簽約、不得透支借款、美國保留維持法律與秩序的權利、以及租售軍事基地，也就是關塔那摩灣（Guantanamo Bay）。儘管美軍在 1902年撤退，美國實質上把古巴列為保護國。為了討好當地人，美國展開基礎建設、推動衛生改善、實施教育改革，試圖轉移焦點。在 1906-1909年，美軍二度前往進駐古巴，鎮壓叛軍、扶植新政府；在 1917-22 年，美國第三度揮軍前往「保護」古巴人（Olson-Raymer, 2014）。

來源：Dalrymple（1899）。

說明：左後方擦窗子的是黑人，左前方的課本是《美國自治政府第一課》，課本下壓著的紙張寫著〈新班級：菲律賓、夏威夷、古巴、波多黎各〉；中間後面是把初級英文 ABC 課本拿顛倒的印地安人，站在門外的小孩是中國人，上面的牆壁寫著：「南方各州拒絕被統治，但聯邦政府保留未經同意的統治權」；右後方是加州、德州、新墨西哥、亞利桑那、及阿拉斯加，背後的黑板寫著：「被統治者的同意在理論上是好的，但實際上很少是這樣的。不管有沒有獲得同意，英國統治殖民地，未經同意在世界擴張文明。美國必須統治新領地，直到他們有能力自治為止，不管有沒有獲得同意。」（Sebring, 2014）

圖 6：開學了

來源：Rogers（1898）。

說明：山姆大叔拉開吵架的古巴流亡份子、及游擊隊，獨立戰爭的英雄馬克西莫・戈麥斯乖乖地在一旁唸書（書的封面有他的名字），在一旁打赤腳的野人是菲律賓共和國總統埃米利奧・阿奎納多，夏威夷、及波多黎各則是模範生（Sebring, 2014）。

圖 7：山姆大叔的新課程自治的藝術

　　波多黎各原本跟古巴獨立沒有關連，由於『泰勒修正案』沒有說不會併吞波多黎各，美國摸蜊仔兼洗褲，在 1898 年加以軍事佔領。美國國會在 1900 年通過『福瑞克法案[4]』（Foraker Act），賦予「未

---

[4]　正式名稱是『1900 年基本法』（Organic Act of 1900）。

納入的領土」（unincorporated territory）的地位，建立文人政府、取代軍事政府，可以有民選立法議會，總督則由總統任命，不過，當地人高興不起來，畢竟在西班牙統治時期，他們可以從這個省份選代表到國會；國會繼而在 1917 年通過『瓊斯法案[5]』（Jones Act），賦予「建制但仍未納入的領土」（organized but unincorporated territory）的地位，讓當地人可以取得美國公民權、而非只是陽春的波多黎各公民，憲法所保障的權利是七折八扣，而且仍然沒有投票選總統、或國會議員的權利，至於增設的一名民選波多黎各居民代表（Resident Commissioner of Puerto Rico），只能列席眾議院、在委員會才有投票權；當地人對於前途的意見紛歧，包括獨立、建州、或是自治領域；國會在 1950 年立法授權當地召開制憲會議，公投制訂『波多黎各國協憲法』（Constitution of the Commonwealth of Puerto Rico, 1952），然而，並未真的可以提升波多黎各的政治地位（Pratt, 1950: 183-90, 279-83）。

菲律賓在美西戰爭池魚之殃，美國戰後順手牽羊，吃到嘴裡的肉，哪有吐出來的道理？原本跟美國並肩作戰的菲律賓革命領袖阿奎納多（Emilio Aguinaldo）在 1898 年 6 月 12 日宣佈獨立，美國執意延續殖民統治、拒絕加以承認；戰敗的西班牙在『巴黎條約』（1898）將菲律賓賣給美國，美國總統麥金利高談闊論所謂的『善意的同化宣言』（Benevolent Assimilation Proclamation），表示美國並非以侵略者、或是征服者的姿態前來，而是要來保護本地人的家園、就業、及

---

[5]　又稱為『波多黎各聯邦關係法案』（Puerto Rican Federal Relations Act of 1917）。

權利，此外，美國希望能透過善
意的同化，來贏得菲律賓住民的
信心、尊重、及感情。狗去豬來，
阿奎納多繼續領軍抵抗美軍佔
領，展開一場血腥的獨立戰爭
（Philippine-American War, 1899-
1902），4,000 美軍、20,000 菲
律賓人陣亡。

美國內部對於繼續佔領菲
律賓意見紛歧，一邊主張有義務
教化落後地區，而在 1898 年成
立的美國反帝國主義者聯盟
（American Anti-Imperialist

來源：Stimson（1916）。

圖 8：加勒比海的新崗哨

League），則認為殖民地的取得不僅是違反民主、而且違背開國精神。
國會先在 1902 年通過『菲律賓基本法』（*Philippine Organic Act*）結
束軍事統治，由總統指派文人總督統治、積極從事建設討好當地人；
又在 1934 年通過『泰丁斯-麥克達菲法案[6]』（*Tydings-McDuffie Act*）
賦予自治，應允經過 10 年的過渡時期接受獨立，終究，美國在 1946
年正式承認菲律賓獨立。

---

[6] 正式名稱是『菲律賓獨立法』（*Philippine Independence Act*）。

來源：Bartholomew（1898）。

圖 9：美國不知如何處理菲律賓

肆、在太平洋的擴張

在 1840 年代，美國積極前往太平洋、及加勒比海尋找鳥糞，作為農業肥料、及火藥所需硝酸鉀的來源，更在 1856 年通過『鳥糞島法』（*Guano Islands Act*），開宗明義規範，任何美國公民發現任何具有鳥糞的無人島礁岩，只要不是歸屬於任何國家、或是由他國公民所佔有，就可以使用和平手段佔據而擁有，而該法更授權總統派遣軍隊保護所有者的權利；最特別的是最後一條聲明，當鳥糞被開採完畢以後，美國政府並沒有義務保有（Wikipedia, 2020: Guano Islands

Act）。這是「島嶼領土」（insular territories）的濫觴，也就是這些
領土沒有機會建州，不像到目前為止，只要被視為國家不可分割的一
部分（integral part），就可以進一步往上提升為州的地位
（Olson-Raymer, n.d.）。

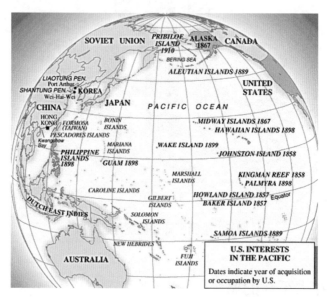

來源：W.W.Norton（2001a）。

圖 10：美國在太平洋的領土

在太平洋玻里尼西亞，根據『鳥糞島法』取得的島嶼領土有貝克
島（1856）、豪蘭島（1856）、賈維斯島（1856）、強斯頓環礁（1859）、
金曼礁（1860）、中途島（1867）、以及斯溫斯島（Swains Island）
等無人島礁岩，在加勒比海則有納弗沙島（1858）、巴霍努埃沃淺灘
（1869）、及塞拉尼拉淺灘（1879），其中，除了斯溫斯島是美屬薩

摩亞所轄，其他都是「未納入的領土」（unincorporated territory）；
至於帕邁拉環礁（1898），雖然也是鳥糞島嶼，卻是跟夏威夷一起「納入的領土」（incorporated territory），但不屬於夏威夷州的一部分；另外，位於密克羅尼西亞的威克島（1899），也是未納入的領土，但不是鳥糞島嶼（Wikipedia, 2020: Guano Islands Act; List of Guano Island claims; United States Minor Outlying Islands）。

　　傳教士早在 1830 年來到薩摩亞，直到 1850 年代，最大深水港巴哥巴哥（Pago Pago）已經是包括美國在內的各國捕鯨船重鎮，進入 1870 年代，美國、英國、及德國競相爭取商業、及外交利益。美國總統格蘭特在 1873 年派了一名專員（special commissioner）施泰因貝格爾（Albert Barnes Steinberger）前往協助草擬憲法，先是嘗試以捍衛自主說服當地酋長接受美國保護，不過，未能獲得美國政府同意；儘管他被任命為薩摩亞的首任總理（1875-76），終究還是被英國遞解出境（Wikipedia, 2020: Albert Barnes Steinberger）。美、英、德三國在 1889 年簽訂『柏林條約』（Treaty of Berlin），協議共同保護；經歷兩場內戰，三國在 1899 年簽訂『三方公約』（Tripartite Convention），英國同意退出薩摩亞，由美國、及德國加以瓜分。西半部的德屬薩摩亞（German Samoa, 1900-14）在一次戰後歸紐西蘭託管（Western Samoa Trust Territory, 1914-62），於 1962 年獲得獨立、於 1997 年改名為薩摩亞，東半部的美屬薩摩亞（American Samoa）則在 1929 年取得未納入的領土地位。

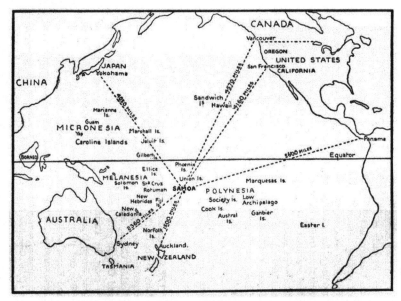

來源：Wikimedia Commons（2013: File:Sketch map Samoa in the Pacific.jpg）。

圖 11：位於太平洋中心點的薩摩亞

伍、在拉丁美洲的介入

老羅斯福總統（Theodore Roosevelt, 1901-1909）採取「巨棒外交」
（Big Stick Diplomacy），不惜動用武力解決爭端，特別是在拉丁美
洲。在 1902-1903 年間，英國、及德國以國民生命財產受到威脅為由
封鎖委內瑞拉，老羅斯福總統嚴加斥責，在 1904 年向國會發表演說，
延伸門羅主義的精神，警告他國不得在拉丁美洲造次，否則，不惜動
武扮演國際警察的角色維護區域穩定，稱為「羅斯福推論」（Roosevelt
Corollary）。根據這項指導原則，美國此後在西半球動武十多次，包

括強勢把古巴、及巴拿馬納為保護國，又接管多明尼加共和國的海
關，其他國家敢怒不敢言。進入二十世紀，儘管總統小羅斯福（Franklin
D. Roosevelt, 1933-45）改弦更張採取「睦鄰政策」（Good Neighbor
policy），仍然不容他國染指拉丁美洲。

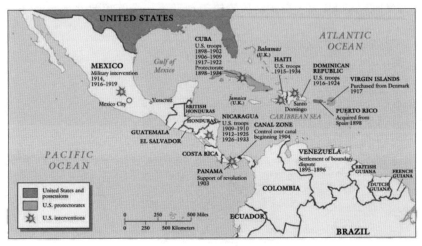

來源：Peace（2018）。

圖 12：美國在拉丁美洲的介入

　　出於經濟考量，有人早在 1860 年代就打算在中美洲地峽興建運
河、串通大西洋及太平洋，尼加拉瓜、及巴拿馬被相中。巴拿馬原本
是哥倫比亞北邊叛服不常的一個省分，美國國務卿菲什就曾經跟哥倫
比亞談過條件。到了 1880 年代，美國、英國、及法國攜手合作，一
家法國公司獲得構築運河許可而開工，只不過，因為所費不貲而四處
尋求入股，加上霍亂、及黃熱病肆虐導致上千工人死亡，在 1897 年
被迫停工遂。在 1898 年 2 月 15 日，美國緬因號戰艦在哈瓦那炸沈，

美國與西班牙關係緊張,總統訓令俄勒岡號戰艦(*USS Oregon*)回防加入北大西洋分艦隊[7](North Atlantic Squadron),在 3 月 19 日千里迢迢由舊金山出發,繞過合恩角(Cape Horn),終於在 5 月 24 日駛抵佛羅里達州的朱庇特(Jupiter, Florida),總共花了 67 天,駛到古巴參戰已經 80 天,美國終於覺悟運河在軍事上的重要性。

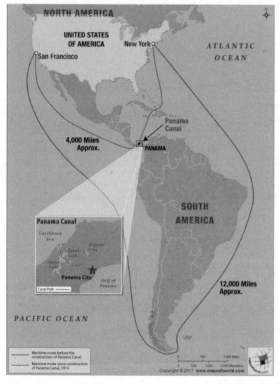

來源:MapsofWorld.com
(2017)。

圖 13:巴拿馬運河

---

7 又稱為國土分艦隊(Home Squadron)。

　　老羅斯福總統原本跟哥倫比亞商議在巴拿馬建運河，價格談不攏，乾脆聯手巴拿馬生意人、及法國代理商鼓舞巴拿馬獨立，在 1903 年派遣三艘軍艦馳援、防止哥倫比亞軍隊登陸鎮壓；吃下定心丸的巴拿馬在 11 月 3 日宣佈獨立，美國隨即承認；根據 11 月 18 日簽訂的『美巴條約』（Hay-Bunau-Varilla Treaty, 1903），巴拿馬以美金 10,000,000、及 9 年後每年 250,000 租金讓渡運河主權。運河在 1904 年開挖，於 1914 年完工，總共花了美金 720,000,000。在 1918 年，美國出動海軍陸戰隊鎮壓反美暴動，待了兩年；在 1925 年，美軍前往巴拿馬市打擊罷工，一直到 1939 年才擺脫保護國的地位。在 1978 年，卡特總統要求參議院核准條約歸還運河，終於在 2000 年物歸原主。

　　格蘭特總統在 1869 年打算併吞多明尼加共和國、進而建州，卻無力說服國會；在 1904 年，法國、德國、義大利、及荷蘭派遣軍艦前來索債，美國昭告羅斯福推論、次年為了確保債權接管海關。在 1916 年，美國海軍陸戰隊登陸掃蕩叛軍，由於多明尼加共和國政府拒絕簽約讓渡財政、及軍隊的管轄權，美國乾脆扶植軍政府；美軍終究在 1924 年離去，不過，仍然接管財政到 1941 年為止。

　　塔虎脫總統（William Howard Taft, 1909-13）高唱「金元外交」（Dollar diplomacy），也就是使用美金取代子彈，來確保美國生意人的市場及機會，基本上是換湯不換藥，也就是使用經濟手段來達成協議。特別是幾個中美洲國家欠歐洲國家的債，由於擔心會被拿來當作在西半球軍事干預的藉口，他主動幫忙還債，然而，這些國家並不領情。敬酒不吃吃罰酒，譬如尼加拉瓜敬謝不敏，不接受美國代替還英國的債，塔虎脫乾脆派戰艦載著陸戰隊前往佔領（1912-33）；又如墨西哥原本打算讓日本公司取得土地、及經濟利益，塔虎脫敦促國會通過「洛奇推論」（Lodge Corollary）不准美國以外的公司在西半球取得戰略性土地。對於如此幾近於流氓的行徑，其他國家甘拜下風。

美國在美墨戰爭以來視墨西哥為禁臠，在 1867 年出兵逼迫法國撤軍。墨西哥在 1911 年發生革命，領導人龐丘・比利亞（Pancho Villa）、及埃米利亞諾・薩帕塔（Emiliano Zapata）刻意激怒美國，宣揚「道德外交」（Moral diplomacy）的威爾遜總統 Woodrow Wilson, 1913-21）在 1916 年下令 11,000 軍隊遠征，無功而返。在 1915 年，美國銀行因為海地償還貸款向總統威爾遜求援，在美國海軍陸戰隊的監督下，參議院推選議長達蒂格納夫擔任總統（Philippe Sudré Dartiguenave, 1815-22）、跟美國簽訂『海地 - 美國公約』（*Haitian-American Convention, 1815*）成為保護國，同意在未來 10 年由美國掌控財政、海關、警察、公共建設、及公共衛生。由於小羅斯福總統倡議睦鄰政策，美國海軍陸戰隊終於在 1934 年撤退，臨去秋波，幫忙處理跟多明尼加共和國的邊界問題（Olson-Raymer, 2014）。威爾遜滿口仁義道德，總統任內派兵尼加拉瓜、海地、及多明尼加共和國，或許人在江湖、身不由己，個人理念難敵國家利益。

陸、併吞夏威夷[8]

蔡英文總統「海洋民主」出訪南太平洋，回程繞道夏威夷過境，除了與美國華府的智庫進行視訊，也訪問該州急難管理署，陪同參訪的國民兵指揮官 Arthur Logan 特別致贈一幅「夏威夷原住民捍衛家

---

[8]　《民報》2019/4/8。

園」的畫作。蔡總統向隨團的記者說明，這幅畫描繪夏威夷部落保護家園的傳統，有很多女生跟父母及先生一起站出來。根據報導，畫中女性看起來很英勇，記者恭維總統「像您一樣，保衛台灣」，小英笑說她沒戴眼鏡。

　　由於蔡英文總統走訪的邦交國以南島民族(Austronesian Peoples)為主體，根據學術界比較新的說法，夏威夷原住民是南島民族由台灣擴散出去後，位於東北的遠親（見圖 14 ），過境夏威夷算是擦邊球。小英在臉書快訊表示，「畫中是一群衝鋒陷陣、英勇捍衛家園的夏威夷勇士」，「裡面也有好幾位女性，吸引了我的注意」，自己也是「為台灣衝鋒陷陣」。只不過，我們不知道這位少將是如何介紹這幅畫的背景，特別是入侵者到底是誰。

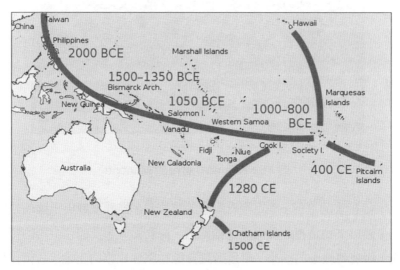

來源：Wikimedia Commons（2019: File:First human migration to New Zealand.svg）。

圖 14：南島民族的遷徙

我們知道，夏威夷原住民族原本的社會組織屬於部落型態，一直到十八世紀末才統一建立王國（Kingdom of Hawaii, 1795-1893），立憲王國並在 1842 年獲得美國承認。既有征戰、也有內戰，當然就有可歌可泣的歷史，包括女性勇士的傳奇。最有名的是 Manono II，這位女酋長為了捍衛傳統，在 Kuamoʻo 之役與丈夫一起戰死（圖 15），今年剛好是兩百週年，長久以來被視為抗拒西化的英雄。所以，美方送這幅畫是有歷史意義的。

來源：Young（2014）。

圖 15：Kuamoʻo 戰役的 Manono

儘管客隨主便，美軍沒有說來的秘密是，推翻夏威夷王國的是自己。最早來到這裡的美國人是捕鯨船、海豹獵人、及前往中國的貿易商，隨著傳教士的前來，墾殖者蠶食鯨吞原住民族的土地，其後裔權傾一時。終究，五大公司壟斷甘蔗產業，美國政府則透過關稅優惠進行溫水煮青蛙般的套養殺，財政被綁死的夏威夷周旋於英國、法國、及俄國間苟延殘喘，白人甚至於強行通過所謂『刺刀下的憲法』（*Bayonet Constitution, 1887*），不止架空國王的權利，還以財產的資格剝奪原住民族的投票權。

末代女王利留卡拉尼（Liliʻuokalani, 1891-93）力挽狂瀾、嘗試訂定新憲，白人富商在美國大使史蒂文斯（John L. Stevens）的默許下於 1893 年發動政變、高掛花旗。美國以保護僑民的生命財產為名出動巡洋艦波士頓號（*USS Boston*），三百名海軍陸戰隊大軍壓境，大使逕自納為保護國。臨時政府要求併入美國，不過，由於美國總統克里夫蘭的反對未能得逞。白人乾脆在次年越俎代庖宣布建立夏威夷共和國（Republic of Hawaii），並獲得美國承認。

美國大體把夏威夷當作前往亞洲通商的中繼站，也就是太平洋的直布羅陀，視為勢力範圍而不容他人覬覦；只不過，究竟要如何落實這種特殊關係，譬如實質控制（經濟吸納）、納為殖民地、還是直接併入（政治併吞），內部並沒有定見。沒有想到夏威夷人受到西方思潮影響，竟然喊出「夏威夷人的夏威夷」，利留卡拉尼跟兄長先王 Kalākaua 甚至於著手推動以夏威夷為中心的政策，當然被視為眼中釘而欲除之而後快，被軟禁在陸戰隊看守的王宮（圖 16）。

史蒂文斯沾沾自喜地報告國務院，「夏威夷這顆梨子已經熟透，正是美國摘下的黃金時機」。他下令動武的藉口是當地人蠢蠢欲動、頗有暴動的跡象，然而，克里夫蘭總統跟國會報告說，檀香山街上跟往常一樣平靜。另一個藉口是日本可能出兵（圖 17），問題是日本當時為了朝鮮跟中國齟齬、也擔心俄羅斯的威脅，已經正式告知美國無心併吞夏威夷；至於當下派遣巡洋艦浪速號（*Naniwa*）火速前往，主要是抗議對日本移民的設限，也無異西方強權宣示護僑決心的作法。

來源：Wikimedia Commons（2018: File:Marines, Camp Boston, 1893.jpg）。

圖 16：看守利留卡拉尼女王的美國海軍陸戰隊

　　克里夫蘭總統拜託眾議院外交委員會主席布朗特（James Henderson Blount）擔任特使前往調查，結論是史蒂文斯應該事先知道政變、而且當地人並不支持新政府。克里夫蘭總統寫了一封長信給國會，除了譴責史蒂文斯膽大妄為，也表示完全沒有佔領夏威夷的正當性；然而，他對於臨時政府無可奈何，因為那是當地人（白人）的自發行動，為德不卒，終究還是加以承認。國會也決議譴責介入一個獨立國家的內政、反對美國的直接統治，看來不像唱雙簧，不過也是人肉鹹鹹。

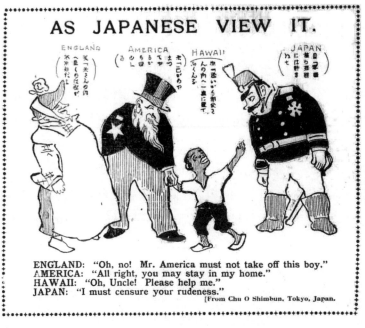

來源：Wikimedia Commons（2020: File:As Japanese View It.jpg）。

圖 17：日本如何看英美卵翼下的夏威夷

　　美國於 1898 年為了古巴跟西班牙開戰，美軍在馬尼拉灣重挫西班牙艦隊，情勢急轉直下，夏威夷的戰略價值不容質疑，新總統麥金利順利說服國會加以併吞成為領地（territory）。在正式合併的這一天，絕大多數的夏威夷人把自己關在家裡無言抗議。在 1959 年，夏威夷經過公投成為美國地 50 個州，94.3%支持、5.7%反對。在夏威夷王國被推翻的百年（1993），美國國會決議向夏威夷人道歉，然而，已經回不去了。

柒、美國的『島嶼判例』[9]

　　在十九世紀，美國完成了北美洲的領土擴張，原本，領地是終極走向建州的過渡性安排；只不過，在麥金利總統上台後，美國展開海外殖民地的取得，特別是在美西戰爭（1898）之後，這些新的屬地除了走向獨立，不可能提升取得州的政治地位，那麼，究竟要如何合理化差別待遇？『島嶼判例』（Insular Cases）就是透過司法途徑，發明了所謂「未納入領土」的概念，除了確認國會可以透過靈活立法來限制憲法的保障，也就是劃定所謂的「憲外區」（extraconstitutional zone），同時也斷絕這些屬地成為州的可能性，成就了美利堅帝國。

　　『島嶼判例』主要是指美國聯邦最高法院在 1901 年，一口氣對海外島嶼領地的地位所做的最早的九個經典判例，尤其是跟波多黎各有關的六個判例；廣義而言，也涵蓋日後（1903-22）所做的類似十四個判例，還包括購買的阿拉斯加（1867）、併入的夏威夷（1898）、以及被殖民的關島與菲律賓（1899）（Wikipedia, 2020: Insular Cases）。大法官的判定是，雖然這些海外領地的住民擁有美國的公民權（也就是出國使用美國護照），並不能自動取得憲法所保障的各種權利（constitutional rights），還必須視個案來分開討論。在這些判例中，聯邦最高法院創造了所謂「領土納入原則」（principle of territorial incorporation），也就是說，憲法完全適用於「已經納入的領土」（incorporated territory），而「未納入的領土」則只有局部的適用。

---

[9]　《民報》2017/1/30。相關文獻不少，請參考 Pratt（1950: chap. 5）記錄的歷史發展。

　　這些判例的背景是美國在美西戰爭打敗西班牙、簽訂『巴黎條約』（1999）取得菲律賓、關島、以及波多黎各等西班牙殖民地，那麼，究竟這些領地上的住民（inhabitant）擁有多少美國憲法所賦予的權利？這裡就牽涉到他們由西班牙的臣民（subject）變成美國的國民（national），儘管已經不能算是外國人（foreigner），他們是否跟居住在不可分（integral）的本土（proper）上的公民（citizen）一樣、都享有相同的基本人權？答案是端賴美國政府對於這些屬地的定位。在 1900 年的總統大選，這項爭議儼然是兩黨候選人對決的焦點，也就是「到底憲法（的保障）是否跟著國旗（所到）走（適用）？」（Did the Constitution follow the flag?）

　　一開頭，這些判例涉及由海外領地進口的產品是否應該課關稅[10]，隨後，又衍生這些住民是否有權接受陪審團的審判。法官的立論大致上如下：儘管這些領地並非外國（foreign country），然而，即使已經透過基本法而有地方自治政府的建制（organized），卻也跟本土有所不同。也因此，這些判例往往又會出現在公民身份、公民權、以及人權保障的討論，也就是差別待遇、甚至於種族歧視。大體而言，這是不同的身份就有不同權利的主張，必須看事務分開處理，譬如關稅、審判、權益、福利、或是移民，近似於對財產權的束狀人權（bundle of rights）的觀點。另外，在美國歷史、或是國際政治上，這些判例也時常被用來解釋美國的擴張主義、甚至於帝國主義，不管出發點是為了安全、或是利益。

---

[10]　也因此，這些又稱為『島嶼關稅判例』（Insular Tariff Cases）。

來源：Dalrymple（1900）。

說明：波多黎各女性望著美國坐擁雍容的夏威夷女郎而去。

圖 18：命運多舛的姐妹：不公正歧視的案例

　　整體來看，這些判例所關心的是美國海外領土住民享有多少憲法所保障的權利，也就是土地、人民、以及權利的三角關係。大法官的看法是這些地方不能與本土相提並論，理由是即使美國完全取得這些海外領土的主權（不管是透過條約割讓、還是購入），它們並未被美國正式納入成為一個州，頂多只能算是具有相當自治權的屬地；也因此，即使這些國民已經獲得授與公民權，並不會自動取得所有憲法保障的權利，亦即沒有資格跟本土的公民平起平坐，而關鍵在於國會立法願意授予多少。當然，這些判例的背景具有相當強烈的種族主義思維，基本假設是那些被征服的住民無法獲得教化、不能與歐洲來的白人移民相比擬，算是憲法上的外國人。換句話說，不管美國想要保有這些海外領土的理由有多麼冠冕堂皇，卻未必有意願公平接納這些非安格魯薩克森（白人）的化外之民。

Pratt（1950: 1-2）觀察美國領土擴張的過程，一開始採取由取得（acquisition）到納入（incorporation）的型式，也就是由領地到建州，而領地只是過渡時期的安排，尤其是人口稀少的地方，沒有太大的同化課題。只不過，後來發現這一套漸漸行不通，特別是在購買阿拉斯加、及併吞夏威夷以後，赫然發現新領地的百姓冥頑不靈，領地只好變成永遠的地位，其實就是殖民地。目前，美國總共有五個未納入的海外（島嶼）領土：波多黎各、北馬里亞納群島、關島、美屬威京群島、以及美屬薩摩亞，其中，只有美屬薩摩亞尚未建制，也就是未經國會立法授予地方自治。這樣的安排，並非為了升格建州做準備（譬如阿拉斯加、夏威夷），而是方便未來有必要的時候放手，不要想太多。

Pratt（1950: 3-4）坦承，美國在美西戰爭後取得波多黎各、及菲律賓兩塊殖民地，當然是不折不扣的帝國；然而，他大言不慚，儘管美國的殖民政策雖非盡善盡美，至少給當地人民帶來物質建設、以及教育；他甚至於自吹自擂，望眼看去，除了菲律賓以外，只要掛過花旗的地方，對於被殖民者來說，終究是利遠大於弊，當地人並未真的尋求獨立。至於作為獨立國家的古巴、海地、多明尼加共和國、尼加拉瓜、以及巴拿馬，名目上是獨立了、實質上卻是被控制為保護國，敢 e 人提去呷，要不要臉，那又是另一回事了。

附錄：好萊塢沒有說的美國領土擴張[11]

約翰韋恩自導自演的美國史詩電影〈邊城英烈傳〉，描寫 185 名來自田納西的屯兵如何死守德克薩斯小城阿拉莫，在 7,000 名墨西哥大軍圍攻下，彈盡援絕淪陷、壯烈犧牲。由於領導者大衛‧克拉克是傳奇的西部英雄，配上四兄弟合唱團的金獎民謠〈夏日綠葉〉，呈現美國人開疆闢土的艱苦卓絕，特別是在最後一幕，砲兵上尉狄更森妻兒在斷壁殘垣死裡逃生，墨軍將領聖塔‧安那致敬放行，令人動容，原來，美國人的民主自由是國人奮不顧身捍衛而來。

等到美國唸書，修習美國在 19 世紀的領土拓展，由孤立主義到擴張主義，才發現事實與好萊塢電影的描述相反。墨西哥在 1821 年脫離西班牙獨立，北疆鞭長莫及，為了遏止印第安人的騷動，鼓勵天主教徒前往開墾，沒有想到卻是引狼入室。一批美國新教徒聞風而至、蠶食鯨吞、製造爭端，而且食言而肥拒絕改宗，甚至伺機追求獨立、進而要求加入美國，宛如俄羅斯之於克里米亞、頓內次克、及盧甘斯克。先製造既定事實、再以自決要求併吞，那是委婉的帝國主義。

美國最早由北美洲 13 塊殖民地於 1776 年宣布獨立所建，也就是德拉瓦等 13 州，日後增設緬因等 5 州；國會在 1789 年確認西北領地，亦即中西部俄亥俄等 6 州。接著在 1803 年透過路易斯安那購地，囊括日後的路易斯安那等 15 州大部份，又在 1821 年獲得西屬佛羅里達。在 1845 年，美國納入德克薩斯共和國、引發美墨戰爭，強取加利福尼亞等 8 州土地。奧勒岡領地在 1846 年確立，即日後奧勒岡等

11　《中國時報》2022/8/26。

5 州，阿拉斯加在 1867 年購自俄羅斯、夏威夷則於 1898 年吞噬。

美國自從開國揭櫫不干預主義，主要是因為得天獨厚而不用捲入歐洲大陸強權的競逐，加上老百姓對於國際事務冷漠，一時孤立主義高漲。然而，在完成橫跨北美洲大陸的昭昭天命後，旺盛的精力必須有其他宣洩之處，以滿足既崇高、又有幾分社會達爾文主義的傳教使命感，企盼透過基督文明散播民主的種子。此外，第二次工業革命帶來生產過剩的製造物，也必須透過海外市場來消化，同時又要尋覓原料，而海權則是確保航線、煤站、及貿易協定的後盾。

從南北戰爭結束、到第一次大戰爆發間，美國積極展開領土的擴張，除了加緊大西部邊疆的開發，還恣意在太平洋、及加勒比海大展身手，更介入拉丁美洲的政爭。美國在美西戰爭後迎頭趕上，順手牽羊波多黎各、菲律賓、及關島等三塊殖民地，儼然晉身世界級的強權。表面上，美國鼓勵這些領地走向民主、賦予自治，實際上視之為殖民地、認為必須經過教化才能獨立，因此，不僅菲律賓的獨立運動慘遭打壓，連古巴的獨立也不過是名目上的而已、迄今不得翻身。

我在 1990 年代中期，獲美南台灣同鄉會邀請前往聖安東尼奧的夏令會演講，人生唯一聽眾起立鼓掌激勵，一個年輕教授，無上光榮；會後，同鄉載我去參觀阿拉莫故地，這是美國人愛國主義的聖地，卻是愁上心頭。站在墨西哥人的立場來看，無疑美國帝國主義的烙印，奇恥大辱；然而，那些生下來就是美國人的墨西哥裔（Chicano），應該是愛恨交織吧？

參考文獻

Bartholomew, Charles L. 1898. "Something Lacking." (https://www.sutori. com/story/philippines--VtdwdMfEb4cF7v8H9uggLDGP) (2020/6/25)

Dalrymple, Louis. 1899. "School Begins." (https://fo.wikipedia.org/wiki/ Mynd:School_Begins_1-25-1899.JPG) (2017/1/14)

Dalrymple, Louis. 1900. "The Ill-Fated Sister: A Case of Unjust Discrimination." *Puck*, Vol. 47, No. 1207, April 25 (https://www.loc. gov/item/2010651271/) (2020/3/22).

Discover Diplomacy. n.d. "William Henry Seward." (https://diplomacy. state.gov/discoverdiplomacy/explorer/peoplehistorical/170241.htm) (2018/5/25)

Field, James A. 1978. "American Imperialism: The Worst Chapter in Almost Any Book." *American Historical Review*, Vol. 83, No. 3, pp. 644-68.

Fleras, Augie, and Jean Leonard Elliott. 1992. *The Nations within: Aboriginal-State Relations in Canada, the United States, and New Zealand*. Toronto: Oxford University Press.

Fry, Joseph A. 1994. "Imperialism, American Style, 1890-1916," in Gordon Martel, ed. *American Foreign Relations Reconsidered, 1890-1993*, pp. 52-70. London: Routledge.

Frymer, Paul. 2011. "Building an American Empire: Territorial Expansion in the Antebellum Era." *UC Irvine Law Review*, Vol. 1, No. 3, pp. 914-54.

Graebner, Norman A. 1983. *Empire on the Pacific: A Study in American Continental Expansion*, 2nd ed. Claremont, Calif.: Regina Books.

Jennings, Francis. 2000. *The Creation of America: Trough Revolution to Empire*. Cambridge: Cambridge University Press.

Joy, Mark S. 2003. *American Expansionism, 1783-1860.* London: Pearson.

Kluger, Richard. 2007. *Seizing Destiny: The Relentless Expansion of American Territory.* New York: Vintage Books.

LaFeber, Walter. 1963. *The New Empire: An Introduction of American Expansion 1860-1898.* Ithaca: Cornell University Press.

LaFeber, Walter. 1989. *The American Age: United States Foreign Policy at Home and Abroad since 1750.* New York: W. W. Norton.

LaFeber, Walter. 1993. *The American Search for Opportunity, 1865-1913.* Cambridge: Cambridge University Press.

Mahan, A. T. 1907. *From Sail to Steam: Recollections of Naval Life.* New York: Harper & Brothers (https://ia800206.us.archive.org/26/items/fromsailtosteam00mahagoog/fromsailtosteam00mahagoog.pdf) (2020/3/25).

MapsofWorld.com. 2017. "Why Was the Building of the Panama Canal Important to the United States?" (https://www.mapsofworld.com/answers/united-states/why-building-panama-canal-important-for-usa/) (2020/6/27)

Moore, Jason W. 2002. "Remaking Work, Remaking Space: Spaces of Production and Accumulation in the Reconstruction of American Capitalism, 1865-1920." *Antepode*, Vol. 4, No. 2, pp. 176-204.

Nugent, Walter. 2008. *Habits of Empire: A History of American Expansion.* New York: Alfred A. Knopf.

Olson-Raymer, Gayle. 2014. "The American Quest for Empire." (http://gorhistory.com/hist111/empire.html) (2020/6/28)

Olson-Raymer, Gayle. n.d. "Manifest Destiny Moves into the Pacific." (http://gorhistory.com/hist420/Pacific.html) (2020/6/28)

Peace, Roger. 2018. "'Yankee Imperialism,' 1901-1934." (http://peacehistory-usfp.org/yankee-imperialism/) (2020/6/27)

Peceny, Mark. 1997. "A Constructivist Interpretation of the Liberal Peace: The Ambiguous Case of the Spanish-American War." *Journal of Peace Research*, Vol. 34, No. 4, pp. 415-30.

Pratt, Julius W. 1950. *America's Colonial Experiment: How the United States Gained, Governed, and in Part Gave away a Colonial Empire*. New York: Prentice-Hall.

Rogers, W.A. 1898. "Uncle Sam's New Class in the Art of Self-government." *Harper's Weekly*, Vol. 42, No. 2175, August 27 (https://visualizingcultures.mit.edu/civilization_and_barbarism/cb_essay03.html) (2020/3/21)

Roucek, Joseph S. 1955. "The Geopolitics of the United States, I." *American Journal of Economics and Sociology*, Vol. 14, No, 2, pp. 185-92, and "The Geopolitics of the United States, II." *American Journal of Economics and Sociology*, Vol. 14, No, 3, pp. 287-303.

Sebring, Ellen. 2014. "Civilization and Barbarianism: Cartoon Commentary and 'The Whiteman's Burden (1898-1902)." (https://visualizingcultures.mit.edu/civilization_and_barbarism/cb_essay03.html) (2020/6/25)

Smithsonian's National Museum of American History. n.d. "Map of the Plains Indians." (http://americanhistory.si.edu/buffalo/map.html) (2018/5/20)

Stimson. 1916. "A New Sentry in the Caribbean." *Dayton News* (https://www.historyonthenet.com/authentichistory/1898-1913/4-imperialism/8-taft-wilson/index.html) (2020/3/26)

Van Alstyne, Richard W. 1974. *The Rising American Empire*. New York: W. W. Norton & Co.

W.W.Norton. 2001. "U.S. Interests in the Pacific." (http://www.wwnorton.com/college/history/eamerica/media/ch23/resources/maps/uspacific.gif)

(2019/4/5)

Whitman, Walt. 1860. "The Errand-Bearers." (https://whitmanarchive.org/published/periodical/poems/per.00154.html) (2019/4/5)

Wikimedia Commons. 2013. "File:Sketch map Samoa in the Pacific.jpg." (https://commons.wikimedia.org/wiki/File:Sketch_map_Samoa_in_the_Pacific.jpg) (2020/6/27)

Wikimedia Commons. 2018. "File:Marines, Camp Boston, 1893.jpg." (https://commons.wikimedia.org/wiki/File:Marines,_Camp_Boston,_1893.jpg) (2019/4/7)

Wikimedia Commons. 2019. "File:Edouard Manet 022.jpg." (https://commons.wikimedia.org/wiki/File:Edouard_Manet_022.jpg) (2020/6/25)

Wikimedia Commons. 2019. "File:First human migration to New Zealand.svg." (https://commons.wikimedia.org/wiki/File:First_human_migration_to_New_Zealand.svg) (2020/6/25)

Wikimedia Commons. 2019. "File:Indian reservations in the Continental United States.png." (https://commons.wikimedia.org/wiki/File:Indian_reservations_in_the_Continental_United_States.png) (2020/6/29)

Wikimedia Commons. 2019. "File:U.S. Territorial Acquisitions.png." (https://commons.wikimedia.org/wiki/File:U.S._Territorial_Acquisitions.png) (2020/6/25)

Wikimedia Commons. 2020. "File:Us historic territories.jpg." (https://commons.wikimedia.org/wiki/File:Us_historic_territories.jpg) (2020/6/27)

Wikimedia Commons. 2020. "File:As Japanese View It.jpg." (https://commons.wikimedia.org/wiki/File:As_Japanese_View_It.jpg) (2020/6/27)

Wikipedia. 2020. "Albert Barnes Steinberger." (https://en.wikipedia.org/wiki/Albert_Barnes_Steinberger) (2020/6/27)

Wikipedia. 2020. "Guano Islands Act." (https://en.wikipedia.org/wiki/Guano_Islands_Act) (2020/6/27)

Wikipedia. 2020. "Insular Cases." (https://en.wikipedia.org/wiki/Insular_Cases#List_of_the_Insular_Cases) (2020/6/29)

Wikipedia. 2020. "List of Guano Island claims." (https://en.wikipedia.org/wiki/List_of_Guano_Island_claims) (2020/6/27)

Wikipedia. 2020. "Political divisions of the United States." (https://en.wikipedia.org/wiki/Political_divisions_of_the_United_States) (2020/6/27)

Wikipedia. 2020. "Territorial evolution of the United States." (https://en.wikipedia.org/wiki/Territorial_evolution_of_the_United_States) (2020/6/28)

Wikipedia. 2020. "Territories of the United State." (https://en.wikipedia.org/wiki/Territories_of_the_United_States) (2020/6/27)

Wikipedia. 2020. "U.S. territory." (https://en.wikipedia.org/wiki/U.S._territory) (2020/6/27)

Wikipedia. 2020. "United States Minor Outlying Islands." (https://en.wikipedia.org/wiki/United_States_Minor_Outlying_Islands) (2020/6/27)

Young, Peter T. 2014. "Hoʻokuleana." (http://totakeresponsibility.blogspot.com/2014/09/manono.html) (2019/4/7)

美國與英國的「特殊關係」

壹、前言

英國人在 1584 年渡過大西洋來到北美洲，於維吉尼亞建立第一個殖民地，不過，曇花一現，一直要到 1607 年，真正在這裡的永久性墾殖才確立，以英王詹姆士一世（James I, 1603-25）命名為詹姆斯鎮（Jamestown）。儘管早期的移民是因為宗教自由前來，他們仍然自認為是英國人、只是住在帝國的不同領地，自然仿效故鄉的生活方式，也就是英國化（Anglicization 盎格魯化）。到了 17 世紀末，來自歐洲的墾殖者已有 25 萬人，主要是英國的清教徒，在 1776 年獨立之際，該地人口成長為 250 萬；根據美國移民及歸化局（Immigration and Naturalization）的統計，自從 1820 年以來，來自英國的移民累積有 500 萬，其中最近的一波是戰後的 7 萬「戰爭新娘」（war bride）（Library of Congress, n.d.）。

英國雖然在七年戰爭（Seven Years' War, 1756-63）大有斬獲，然而，卻將戰費轉嫁到北美墾殖者身上，未經同意就逕自課徵印花稅，十三塊殖民地的臣民憤而宣佈獨立、展開革命戰爭（American Revolutionary War, 1776-83）。戰爭結束，雙方在 1785 年才建立外交關係，此後 150 年，英國是美國外交關係必須處理的重點，直到十九世紀中，美國致力於發展民主政治，英國則沒有放在眼裡，特別是貿易受制於『禁運法案』（*Embargo Act, 1807*），相當惱怒；儘管雙方關係因為跨大西洋貿易、及移民遽增而有改善，旋又英國在南北戰爭支持南方而翻臉。終究，英國驚覺德國的崛起，才轉而討好美國。

美國與英國之間最近一次的外交齟齬是發生在 1895 年，當時，美國為了委內瑞拉與英屬蓋亞那（British Guiana）之間的

來源：Makamson（2020）。

圖 1：戰後搭阿根廷號遠洋郵輪前往美國的英國戰爭新娘

來源：Opper（1896）。

說明：英美兩國為了委內瑞拉幾乎出拳，然而，彼此在血緣、通婚、貿易等等方面糾纏不清。

圖 2：英美的糾葛

邊界問題硬是強要出頭，要求付諸國際仲裁，由於雙方無意擴大爭端而握手言和。此後直到二次世界大戰爆發之前，兩國的關係其實並非那麼親密。在大戰期間，英國首相邱吉爾津津樂道兩個英語民族親密的「特殊關係」（special relations）、「兄弟結合」（fraternal association），兩國不論是在軍事、還是外交上合作無間。戰後，英國漸露敗相，不論是軍事、或經濟必須仰賴美國的挹注，雙方的關係不再是對稱的；然而，美國在歐洲還是需要英國的配合，特別是對抗蘇聯的擴張。冷戰（Cold War, 1947-91）結束，特殊關係的重要性大為降低，而英國也把重點轉向歐陸。這幾年，碰到在商言商、斤斤計較的川普政府，兩國的特殊關係面對挑戰，尤其是在英國脫歐之後。

來源：Colomb（1886）。

圖 3：大英帝國版圖

貳、由美國獨立到 1812 年戰爭

美國獨立戰爭（1775-83）結束，英國在『巴黎條約』（*Treaty of Paris, 1783*）放棄北美的十三塊殖民地，由於條件過於嚴苛，英國談判代表拒絕為官方畫作擺姿勢（Rabon, 2018）。還好，兩國貿易沒多久就恢復，英王喬治三世（George III, 1760-1820）在王宮熱烈歡迎華盛頓總統（George Washington, 1789-97）所派任的首位美國大使亞當斯（John Adams, 1785-88）。法國大革命戰爭（French Revolutionary Wars, 1792-1802）爆發，英國與美國獨立戰爭的盟邦法國在 1793 年開戰，亞當斯總統（1797-1801）嘗試維持中立、賣物資給雙方，特別是跟最大的貿易夥伴英國簽訂了『傑伊條約』（*Jay Treaty, 1794*），清理一些『巴黎條約』懸而未決的議題，包括將與加拿大的邊界問題交付仲裁，大體是對美國有利。

來源：Trumbull（1834）。

圖 4：瓦倫將軍在邦克山戰役中戰死（1775）

　　然而，美國跟英國的和解不只惹惱了法國，也造成國內政局對峙：華盛頓、及亞當斯等聯邦主義者（Federalists）比較親英國，而傑佛遜（Thomas Jefferson）、及麥迪遜（James Madison）等共和主義者（Republicans）則支持法國，後者擔心跟英國的親密政經關係會強化前者的權貴勢力、破壞萌芽中的共和主義，這是美國兩黨政治的濫觴，也就是聯邦黨（Federalist Party, 1789-1834）與民主共和黨（Democratic-Republican Party, 1792-1834）的競爭。『傑伊條約』為期十年，堅決反對的傑佛遜總統（1801-1809）上台，他不只拒絕展延，還在 1807 對英國實施經濟禁運；英國當時還掌控美國現在的中西部，則鼓動印第安人游擊騷擾。

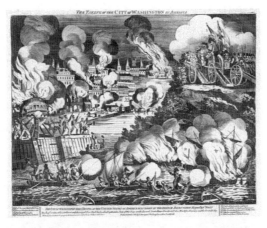

來源：Wikimedia Commons（2015: File:Warof1812.jpg）。

圖 5：英軍在 1812 年戰爭放火燒白宮及國會

　　在拿破崙戰爭（Napoleonic Wars, 1803-15）間，英國海軍不時攔截美國商船臨檢，不管有沒有證據，看到美國水手一律視為逃兵、強徵為水兵，美國忍無可忍，終於宣戰、出兵加拿大，英軍一度攻入華府焚燒美國國會大廈、及白宮，稱為 1812 年戰爭（War of 1812, 1812-15）。其實，當時有不少美國人基於血緣文化關係，不希望跟英國再啟戰火，特別是新英格蘭住民，同樣地，英國認為這只是插曲、小事一樁，最後兩國簽訂『根特條約』（*Treaty of Ghent, 1814*），一笑泯恩仇，為未來的友好關係鋪路（Wikipedia, 2021: The Great Rapprochement）。

參、由門羅主義到南北戰爭

美國在 1803 年向法國進行路易斯安那購地（Louisiana Purchase），北美洲的版圖不斷往西擴張，成就其「昭昭天命」（Manifest Destiny）。至於海外，門羅總統（James Monroe, 1817-25）於 1823 年宣示，美國不容歐洲國家染指美洲，否則將會視之為軍事侵略、毫不客氣禮尚往來，也就是臥榻之側、豈容他人鼾睡，稱為『門羅主義』（*Monroe Doctrine*），並獲得英國的支持；兩國一開頭還在西非海岸聯手組成中隊（West Africa Squadron），嚴格盤查船隻、打擊大西洋的奴隸貿易。只不過，由於英國在南美洲有既得利益，認為美國是潛在的挑戰，美國倒也並未雷厲風行，譬如英國在 1833 年派兵入侵福克蘭群島，美國似乎不以為意，相對之下，美國在 1842 年警告英國不要軍事介入夏威夷，後者從善如流，儼然是接受前者已經躋身強國之列的事實（Bhacka, 2020）。

在十九世紀上半葉，美國跟英國在加拿大的領地仍有爭議，包括緬因州的邊界，以及位於北緯 42 度以北、北緯 54 度 40 分以南、洛

來源：Gillam（1896）。

圖 6：美國的門羅主義

基山脈以西、及太平洋以東的奧勒岡領地（Oregon Territory），另外，由於美國蠶食鯨吞佛羅里達、及德州，雙方在外交上仍有芥蒂。不過，不論是德州、還是美加邊界爭端，都在 1840 年代獲得解決，進入 1850年代，兩國的關係已經有大幅度的改善，至少在南北兩端邊境，可以說是已經沒有戰事。

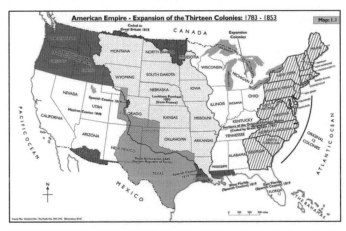

來源：Pike（2021）。

圖 7：美國在北美洲的領土擴張

在南北戰爭期（1861-65），照說，已經廢除蓄奴的英國應該會支持聯邦政府（Union）才對，卻因為考量棉花的進口，表面上維持中立，實際與南方的邦聯政府（Confederate）一鼻出氣，跟美國的關係並不融洽，甚至於發生外交衝突特倫特號郵輪事件（Trent Affair, 1861），兩國幾乎開戰起來。當時，北方海軍攔截由哈瓦那開往英國的郵輪特倫特號（RMS Trent）、強行押走船上兩名南方外交官貴客，戰爭一觸即發，美國終究放

來源：Granger, Historical Picture
　　　Archive（2021）。
說明：英國在美國內戰援助南軍
　　　（左），不顧國內勞工因
　　　為戰亂中斷貿易而困頓
　　　（右）。

圖 8：不顧國內勞工困苦支持
　　　南軍的英國

人，林肯總統（Abraham Lincoln, 1861-65）在 1862 年還公布了一份『解放奴隸宣言』（*Emancipation Proclamation*），讓一些英國人釋懷。儘管戰火未起，英國在利物浦的萊爾德造船廠（Cammell Laird），替南軍打造了一艘戰船阿拉巴馬號（CSS *Alabama*），肆行掠奪、擾亂北軍在大西洋的航運；戰後，經過多年的仲裁，英國被迫賠償美國價值 1,550 萬黃金的損失，雙方關係始終相敬如冰。

肆、十九世紀末的大和解

南北戰爭後，美國經過修生養息、勵精圖治，成功轉型為工業強權，與英國的差距已經不大，海軍實力僅次於英國，進入 1880 年代又建了兩艘新型戰艦，已非吳下阿蒙；到了 1890 年代，美國振興商

業船隊、及海軍艦隊，不容小覷、蓄勢待發，從北美洲的領土擴張轉為海外的商業擴展，迎頭趕上英國、及歐亞強權。在 1895 年的委內瑞拉邊界事件，美國總統克里夫蘭（Grover Cleveland, 1893-97）以武力作後盾援引『門羅主義』幫腔，英國被迫接受外交仲裁，不過，美國終究站在英國這一方，雙方各取所需：對於英國來說，美國的仲裁實質上對自己有利，也就不便發作，至少建立改善彼此關係的基礎；同樣地，對於美國來說，英國既然承認自己在美洲建立的霸權、又可以改善跟拉丁美洲國家的關係，見好就收，沒有必要讓對方太難堪（Bhacka, 2020）。此後到一次世界大戰爆發，美國與英國的關係被稱為「大和解」（Great Rapprochement）。

來源：Pughe（1895）。

圖 9：美國警告英國

英國在十九世紀原本睥睨歐陸強權的合縱連橫，採取所謂的光榮的孤立（splendid isolation）、不願意從事結盟，然而，眼見帝俄、及德國快速發展工業而異軍突起，日益感受到自己的支配已經在衰退、甚至於連國家利益都遭到威脅，覺悟在國際上玩均勢平衡需要有盟友，迫切感到有必要拉攏同文同種的美國，因此展開彼此的和解。在美國方面，除了來自愛爾蘭的移民、以及反帝國主義者（anti-imperialist）不以為然，大體對於盎格魯-撒克遜（Anglo-Saxon）的種族文化有相當程度的優越感，難免有社會達爾文主義（Social Darwinism）的心態，甚至於毫不覥腆白人的負擔（The White Man's Burden），欣然握手言歡、接受和解，兄弟爬山、亦步亦趨（Sebring, 2015: 4-7）。

來源：Dalrymple（1898）。

圖 10：英國與美國的大和解

當時，英國除了與帝俄為了近東問題（Eastern Question）在巴爾幹半島相持不下，烽火還延燒到自己在非洲「由開普敦到開羅」的最高戰略，先是在馬赫迪戰爭（Mahdist War, 1881-99）掃蕩蘇丹的馬赫迪軍，接著在尼羅河上游與法國為了勢力範圍而發生法紹達事件（Fashoda Incident, 1898），在南非的波耳戰爭（Second Boer War, 1899-1902）又死灰復燃，在國際上孤立無援。這時，美國在美西戰

爭（Spanish-American War, 1898）牛刀小試，於馬尼拉灣摧毀西班牙
艦隊，囊括波多黎各、關島、及菲律賓，加上把古巴、及夏威夷納為
保護國，終於確立自己的海外帝國版圖，在世界舞台開始嶄露頭角。

其實，英國原本支持西班牙保有古巴，主要的理由是唯恐有敵意
的美國危害自己在加勒比海的貿易，然而，一旦美國在 1898 年允諾
古巴獨立，英國就釋懷了，因此，雙方表面維持中立，實際上卻是相
互奧援。譬如在馬尼拉海灣戰役（Battle of Manila Bay, 1898），美國
海軍初試啼聲，英軍悄悄派遣軍艦前往攔住德艦中隊、又賣煤炭給美
國海軍、還允許美軍使用英國的海底電纜通訊；美國投桃報李，在二
次波耳戰爭不只提供英國貸款、軍事物資、及外交援助，還無視英國
違反人權設置集中營，不顧拒絕波爾人苦苦哀求（Sebring, 2015: 12）。

來源：Gillam（1898）。
圖 11：跨海的朋友

在老羅斯福總統（Theodore Roosevelt, 1901-1909）任內，英美雙
方因為有共同的敵人德國，開始建立持久的友好關係。兩國在 1901

年簽訂『海－潘斯福特條約』
（*Hay-Pauncefote Treaty*），英國不再
杯葛美國在中美洲開鑿運河，也就是
日後的巴拿馬運河；至於阿拉斯加與
加拿大之間的邊界爭議，也經過仲裁
在 1903 年解決；另外，英國在 1902
年因為債權爭端，結合德國封鎖委內
瑞拉海岸，儘管兩國跟美國保證沒有
領土野心，美國還是派遣軍艦前往、
強行要求付諸和解，稱為「巨棒外交」
（Big Stick Diplomacy），將『門羅主
義』進一步延伸為『羅斯福推論』
（*Roosevelt Corollary*），也就是不惜
訴諸武力充當西半球的警察，英國此

來源：Wikimedia Commons（2020: File:Winston Churchill in uniform, 1898.jpg）。

圖 12：波爾戰爭中的邱吉爾（1898）

後不再跟德國眉來眼去（Wikipedia, 2021: Great Rapprochement）。

　　英國為了全力防範德國在歐洲的擴張，決心由加勒比海抽腿、將安全防衛的責任託付美國（Bhacka, 2020）。先是，英國因為波爾戰爭兵疲馬困、國力衰退，只好改弦更張，透過『英法協約』（*Entente Cordiale, 1904*）與法國非正式結盟，承認摩洛哥歸法國保護，以交換埃及屬於英國的勢力範圍，而德國則誓言武力捍衛摩洛哥的獨立，終究，老羅斯福總統出面在召開阿爾赫西拉斯會議（Algeciras Conference, 1906）充當調人，儘管他允諾保障德國在摩洛哥的投資利益，最後卻支持法國的方案，可見骨子裡頭是跟英國同仇敵愾，而他靈巧的外交手腕，見證美國作為世界強權的崛起（Hawley, 2008）。

其實，德國在 1890 年代末期已經建立起一
支歐陸最強的陸軍，進而又快速發展海軍、
甚至於大肆擴張殖民地的取得，英國是可
忍、孰不可忍，只好協約法國制衡德國，而
德國當然也不是省油的燈，除了嘗試分化
英、法，還積極拉攏美國為非正式的盟友；
表面上，美國扮演中立的仲裁者角色，實際
上，老羅斯福認為美國是世界上最有生產
力、甚至於最強的國家，亟欲在國際社會大
展身手，而經濟力則仰賴安全的貿易航線、
及開放的市場，自然不能坐視德國挑起的爭
端危及海上航運、及國際貿易，也不能容忍
國際體系的穩定被破壞，更不用說自身的安
全被威脅，所以，會議的整體結果對法國有
利，美國未必是考量跟英國的友好關係
（Hawley, 2008）。

來源：Glackens（1910）。
說明：老羅斯福與德皇威廉二
　　　世、法國總統法利埃、
　　　義王埃馬努埃萊三
　　　世、及英王愛德華七世
　　　會議，共和黨則敦促他
　　　趕快回家。

圖 13：二十世紀初的美國

　　進入二十世紀，老羅斯福面對國內孤立主義的輿論，基本上還是
採取自掃門前雪的態度，而且國會也反對美國介入歐洲的爭端，因此
在阿爾赫西拉斯會議大可倚懸山看馬相踢，更不用說捲入歐洲、或是
太平洋的事務；所以，他應該是考量美國的經濟繁榮、及國家安全，
體認到無法自外於國際體系的均勢平衡，早晚必須扮演關鍵的平衡者
角色，未必是美國總統與英國國王愛德華七世（Edward VII, 1901-10）
的密切私誼（Hawley, 2008）。不管如何，英國自知日薄西山。

伍、一次世界大戰

　　一次大戰在 1914 年爆發，英國、及法國殷切期待美國加入協約國（Allies, Entente Powers）陣營對抗以德國為首的同盟國（Central Powers），威爾遜總統（Woodrow Wilson, 1913-21）原先認為事不關己而維持中立，也就是希望能繼續跟交戰的雙方做生意。另外，威爾遜裹足不前也跟國內的族群組成有關；儘管絕大多數的美國人祖先來自英國，主要是在十八、十九世紀來自北愛爾蘭的蘇格蘭－愛爾蘭裔清教徒（Scotch-Irish Americans），他們對英國的印象不好；而在十九世紀因為飢荒而來的愛爾蘭人，本來就敵視英國；加上來自日耳曼移民，他們自豪德國的技術、工業、及文化優於英國；至於英國的支持，主要是來自於東岸，特別是麻州（Untermeyer, 2018）。

來源：Barribal（1914）。

圖 14：倫敦英美博覽會海報

一開頭，英國戰艦攔截任何有嫌疑的美國船隻、盤查是否有偷偷運往德國的物資，而德國則採取更是激烈的手段，潛水艇（U-boat）不惜魚雷伺候。在 1915 年，英國豪華郵輪盧西塔尼亞號（RMS *Lusitania*）被德國潛艇擊沈，總共死了 128 名美國旅客，威爾遜當下並未發作而跟德國翻臉，成功說服德國採取限制潛艇戰（restricted submarine warfare），也就是潛艇發射魚雷之前必須先發出警訊、讓人員可以下船逃難，然而，德國在 1917 年恢復無限制潛艇戰（unrestricted submarine warfare），美國生意人對英國航線自然卻步，英國擔心跨大西洋航運崩盤，因此極力拉攏美國。

來源：Wallace Robinson（1915）。

圖 15：保持中立的美國

終於，美國政府因為憂心德國一旦得逞、借給英法的貸款將血本無歸，決定出手介入，國會通過『義務徵兵法』（*Selective Service Act，1917*）實施徵兵，以「參戰國」（associated power，而非盟邦 allied power）身分投入法國戰場、幫助英國展開反攻，聯手逼迫德國投降。威爾遜在 1918 年底訪問英國,這是第一位美國現任總統造訪英國,除了會見英相勞合‧喬治(David Lloyd George, 1916-22),還獲英王喬治五世(George V, 1910-36)之邀住進白金漢宮。

來源:Raven-Hill(1918)。

圖 16:美國加入一次大戰

戰後,在簽訂『凡爾賽條約』(*Treaty of Versailles, 1919*)的過程,法國要求嚴懲戰敗的德國,英美的立場雖然沒有那麼強硬,卻對戰後的國際安排有不同的看法:美國總統威爾遜提出『十四點和平原則』(*Fourteen Points, 1918*),包括民族自決、反對秘密條約、終結帝國主義、以及成立國際聯盟,後來,美國在 1920 年代還貸款給德國幫忙還債;英國雖然同意國際聯盟的安排,卻無法接受反帝國主義的目標、認為情何以堪。終究,威爾遜未能說服美國國會加入國際聯盟,功虧一簣。

來源:Raven-Hili(1919)。

圖 17:美國缺席的國際聯盟

戰後,英國察覺美國在太平洋的擴張不免與日本發生衝突,決定跟美國建立更親密的外交關係,終究不再續簽『日英同盟』(Anglo-Japanese Alliance, 1902-23)。在華盛頓海軍會議(Washington Naval Conference, 1921-22),美國充當和事佬,簽訂『華盛頓海軍條約』(*Washington Naval Treaty, 1922*),將英國、美國、日本、法國、及義大利的海軍主力艦噸位總噸位比率訂為 5:5:3:1.75:1.75,英美聯手獨占鰲頭、日本只能委屈居中、法義則殿後。進入 1930 年代,由於日本、及義大利不滿被侷限,協議成為廢紙。Untermeyer

（2018）調侃，在兩次世界大戰之間，英國與美國唯一的友誼進展就是英王愛德華八世（Edward VIII, 1936）娶美國平民辛普森夫人（Wallis Simpson），贏得「只愛美人不愛江山」的美譽。

來源：Gillam（1896）。

圖 18：英美與國際權力的蹺蹺板

陸、二次世界大戰

英國津津樂道與美國所有的特殊關係，實際上是在二次大戰期間，由首相邱吉爾（Winston Churchill, 1940-45, 1951-55）所刻意經營的。德國在 1939 年入侵波蘭，大戰在歐洲戰場正式爆發，羅斯福總統（Franklin D. Roosevelt, 1933-45）在 1940 年的大選，還信誓旦旦跟選民保證，絕對不會派子弟到歐洲對抗希特勒（Henderson, 2016）。

直到珍珠港事件（1941）後，美國才正式加入同盟國（Allies）對抗軸心國（Axis）的行列。此前，美國因為自身『中立法』（*Neutrality Acts*）的限制，先是只能武裝商船載運物資到英國，接著在 1940 年以 50 艘一次大戰的老舊驅逐艦，交換英國在西半球軍港、軍用機場的使用權，算盤打得很精，最後才由國會通過『租借法案』（*Lend-Lease Act, 1941*），光明正大提供英國援助。對於羅斯福總統來說，國內因為經濟大恐慌而來的孤立主義方興未艾，只好遊走灰色地帶伸出援手，號稱「民主兵工廠」（Arsenal of Democracy），實屬不易，當然，難免有英國人會認為，美國的援助來得太遲、數量又太少、甚至於軍備太舊（Untermeyer, 2018）。

母親是美國人的邱吉爾與羅斯福交好，兩人先是在 1941 年於紐芬蘭外海的軍艦上簽署『大西洋憲章』（*Atlantic Charter*）、擘劃戰後國際秩序的八大原則，也就是聯合國的藍圖，此後又多次高峰會議，磋商戰略、軸心國無條件投降、在法國開闢第二戰場、及戰後的安排，包括阿卡迪亞會議（Arcadia Conference, 1941-42）、卡薩布蘭卡會議（Casablanca Conference, 1943）、德黑蘭會議（Tehran Conference, 1943）、及雅爾達會議（Yalta Conference, 1945）。然而，在德黑蘭會議以後，邱吉爾越來越覺得不是味道，認為自己只是羅斯福用來討好史達林（Joseph Stalin, 1922-52）的工具；由於邱吉爾多次在史達林的面前被羅斯福羞辱，忍無可忍，他終究在一次晚宴拂袖而去（Burk, 2018）。

當時，羅斯福認為蘇聯跟美國一樣、都是崛起的強權，不像英國是衰退的國家，相信戰後可以跟前者攜手，當然可以拋棄後者；另外，羅斯福認為蘇聯跟美國一樣，都是著手社會改革的國家（Burk,

2018）。相對地，英國龐大的帝國不符美國的立國精神、特別是印度的未來，卻毫不在意蘇聯對東歐的領土野心，未免是雙重標準，邱吉爾一度還私下威脅決裂（Reynolds, 2019）。此外，邱吉爾耿耿於懷自己比羅斯福虛長 8 歲、卻老是要曲意逢迎，尤其是自己在戰爭期間 4 度千里迢迢跨越大西洋訪問美國，而對方儘管多次邀約、卻老是拒人於千里之外，因此，當羅斯福在 1945 年過世，邱吉爾悍然拒絕參加葬禮（Untermeyer, 2018）。

來源：Wikimedia Commons（2021: File: Tehran Conference, 1943.jpg）。

圖 19：德黑蘭會議中的英美蘇三強

　　在戰爭期間，英美兩國並肩作戰，包括北非、義大利、法國、德國、及太平洋。由於英國自知軍力不如美國，認命接受美軍的最高指

來源：Heritage Auctions（2021）。

圖 20：艾森豪與蒙哥馬利將軍

揮統御，然而，高級將領布魯克（Alan Brooke）、及蒙哥馬利（Bernard Montgomery）相當不服氣，與美國將領巴頓（George S. Patton）、布雷德利（Omar Bradley）、及克拉克（Mark Clark）不太對盤，直到

強勢的艾森豪（Dwight D. Eisenhower）接掌歐洲盟軍最高司令（1951-52），讓雙方王不見王，才罷（Untermeyer, 2018）。

在戰爭結的末期，美國並不知道在邱吉爾的想像中，究竟戰後的英國會是怎麼樣的自處，不過，羅斯福可以猜想得到，英國打算維持帝國霸業，所以必須另有安排。當時，美國國務卿斯特蒂紐斯（Edward Stettinius Jr., 1944-45）寫了一封信給羅斯福總統說，英國長期視其領導的地位為權利，因此，可不要低估他們調適接受次要角色的困難。也沒有錯，在盟軍於 1944 年登陸諾曼第之前，邱吉爾毫不客氣地跟流亡在英國的自由法國（Free France）政府領導者戴高樂將軍（Charles de Gaulle, 1940-44）嗆聲說：「每當英國必須決定要選擇歐洲、還是大海，我們一定都會選大海」（Hewitt, 2016）。

同盟國代表在美國召開布列敦森林會議（Bretton Woods Conference, 1944）、協議戰後的國際金融秩序，世界級經濟大師雲集，美國強力主導、有理講不通，英國首席代表是著名的經濟者凱因斯（John Maynard Keynes）自嘆徒有知識，與會的哈利法克斯伯爵（Edward Wood, 1st of Halifax）咬耳朵安慰他說：「是啊，他們有錢包，不過，我們有腦子」（It's true they have the money bags, but we have all the brains.）（Untermeyer, 2018）。當時，凱因斯還負責跟美國商議『租借法案』的償還，由於對方的條件相當苛刻，英國被迫廉價賣掉在美國的資產，凱因斯憤懣不平、無力可回天（Owen, 2013）。英國下議院議員出身的外交官、史學家、小說家尼科爾森（Harold Nicolson）描寫得更直白，他在戰後寫著：歐洲人會赫然發現，世界的命運掌握在一個巨人的手上，他只有大學生的肢體、老處女般的情緒、及孔雀般的腦子（Untermeyer, 2018）。（Henderson, 2016）

美國歷史學家奧爾遜（Lynne Olson），在她的《倫敦的公民》（2010: 36）寫著：大戰期間倫敦的一天，一名英國女兵跟美軍總部的兩名憲兵搭訕，聊了一陣子，最後，她問兩人覺得英國怎麼樣，一名回說還好啦，另一名則很不禮貌地說，應該割鬆防空氣球、然後炸掉這個鬼（SOB）地方，這名女生狠狠地望了一眼、然後頭也不回地走開，一名民防人員靠過來說，你知道她是誰嗎？伊麗莎白公主，也就是日後的伊麗莎白二世（Elizabeth II, 1952-2022），好不尷尬。在這場戰爭，英國犧牲 45 萬條人命，美國有 42 萬人陣亡。

來源：Imperial War Museums（n.d.）。

圖 21：二次大戰中伊麗莎白公主的英姿

柒、戰後到冷戰

美國在二次大戰成就霸業，戰後經濟蒸蒸日上，而持續衰退的英國要維持門面，必須仰人鼻息，只好當人家的小弟，包括簽訂貸款協議（*Anglo-American Loan Agreement, 1946*），直到 2006 年才償還完畢，此間，兩國關係難說水乳交融。在戰爭結束前，英美兩國攜手建立國際新秩序，特別是聯合國的成立，美國特別保留一席安理會給英國，也就是世界五強的地位，也算是風風光光；相對地，蘇聯席捲東歐，戰後拒絕撤軍，不是佔領、就是納為衛星國家，美國與英國則聯手主導北大西洋公約組織（North Atlantic Treaty Association, NATO）遏阻共黨的侵略，希望能避免第三次世界大戰爆發。到了 1970 年代，由於英國持續衰退，美國認為已經沒有多大利用價值，除了北約，彼此只剩下核武、以及情報上的軍事聯繫（Burk, 2018）。

（一）杜魯門在戰爭末期接任總統（Harry S. Truman, 1945-53 民主黨），並未張臂擁抱蘇聯。儘管邱吉爾下台後在 1946 年走訪密蘇里富爾頓（Fulton），發表著名的「鐵幕」演講，高談闊論「不要低估大英帝國及大英國協的持久力量」，英國實際上已是強弩之末，接任的艾德禮（Clement Attlee, 1945-51 工黨）只能言聽計從。不久，希臘發生內戰（1946-49），接著，蘇聯又攫取機密、成功發展核子武器（1949），終究由美國伸出援手，杜魯門宣示不容共黨擴散、誓言加以圍堵（containment），這也就是著名的『杜魯門主義』（*Truman Doctrine*）。事實上，聯合國在 1948 年建議將巴勒斯坦託管地分治（partition），英國被當作空氣看待；儘管英國在韓戰（1950-53）爆發時應召與美軍出生入死，由於美國不再視英國為世界級強權，因此，當重作馮婦的邱吉爾於 1952 年阻撓法德之間的和解，華府相當懊惱，另外，美國希望英國放棄殖民地、以遏止蘇聯藉機發動解放戰爭，這是對遲暮美人最重大的打擊（Hewitt, 2016）。

　　（二）艾森豪總統（Dwight D. Eisenhower, 1953-61 共和黨）與首相麥米倫（Harold Macmillan, 1957-63 保守黨）簽訂『共同防衛協定』（*US-UK Mutual Defense Agreement, 1958*），提供核武機密、及原料給英國，又讓英國日後（1962）可以在美國試爆原子彈、發展核武，彼此的緊張關係有所改善。比較尷尬的是蘇伊士運河危機（1956），英相伊登（Anthony Eden, 1955-57 保守黨）視運河為帝國的生命線，當時埃及總統納塞（Gamal Abdel Nasser, 1956-70）收歸國有，英國事先並未跟美國磋商，逕自結合法國、及以色列攻佔，美國以國際貨幣基金會的緊急貸款強行逼退，只好悻悻然撤軍、政府垮台，被出賣的英國視為奇恥大辱，兩國關係一度緊張，可以說兩國在二十世紀關係最低落的時刻；然而，英國領悟到如果想要在世界上立足、就必須仰賴跟美國的特殊關係，此後，不再忤逆美國而自行其是（Hewitt, 2016）。

　　（三）甘乃迪總統（John F. Kennedy, 1961-63 民主黨）少年得志，夫婦雖然風光訪問英國、50 萬倫敦市民萬人空巷歡迎。儘管英相麥米倫的母親也是美國人，他有點倚老賣老，認為英國就像古時候指導羅馬人的希臘人，有義務向華府的羅馬皇帝凱薩建言，兩人關係疏遠。其實，他二次大戰在北非當兵時，就寫了一封膾炙人口的信給也在北非的同學克羅斯曼（Richard Crossman，工黨議員、部長），描述在阿爾及爾的盟軍總部（Untermeyer, 2018）：

> 親愛的克羅斯曼，我們都是美國帝國下的希臘人，你會發現，美國人就像羅馬人，是一個偉大、強壯、粗俗、而又活躍的民族，比我們更有活力，當然，也比我們更是無所事事，而且保有更多純真的長處，當然，也比我們更墮落。（在盟軍總部）我們就像希臘奴隸，必須替羅馬皇帝做所有的工作。

甘乃迪雖然蕭規曹隨，譬如透過北約跟歐洲國家結盟，也同意麥米倫的自由世界相互倚賴觀點，然而，畢竟有自己的作法，特別是美國既然天下無敵、單邊主義（unilateralism）不容挑戰。因此，美國在古巴飛彈危機（1962）幾乎釀成核武戰爭，英國冷眼旁觀。同年，美國片面終止彈道飛彈「天空閃電」（Skybolt）的共同研發，阻斷英國成為核武國家的夢，在麥米倫的抗議下，甘乃迪改提供「北極星」（Polaris)潛射彈道飛彈，危機才落幕。這時候，前國務卿艾奇遜（Dean Acheson, 1949-53）在西點軍校演講，傷口撒鹽說，「英國已經失去帝國，卻尚未找到自己的角色」，換句話說，光是靠一個空殼的大英國協、仰賴跟美國的特殊關係，英國想要自外於歐陸而扮演強權的角色，那是癡心妄想（Hewitt, 2016）。

（四）詹森總統（Lyndon B. Johnson, 1963-69 民主黨）接任總統，因為捲入越戰而焦頭爛額，英相威爾遜（Harold Wilson, 1964-70 工黨）拒絕出兵，兩國關係有點緊張；另外，威爾遜主張「撤軍蘇伊士運河以東政策」（East of Suez），特別是放棄新加坡的軍事基地，詹森認為英國不夠意思、不願意使力在；越戰期間，威爾遜嘗試充當和事佬，

詹森老大不高興地要他不要多管閒事。當然，個性不合也是理由，威爾遜從政前任教於牛津大學，溫文儒雅，詹森雖然長期擔任參議員（1949-61），卻是德州來的大老粗，口無遮攔。

來源：Hewitt（2016）。

圖 22：詹森總統與威爾遜首相

（五）尼克森總統（Richard Nixon, 1969-74 共和黨）時期，儘管英相希思（Edward Heath, 1970-74 保守黨）支持美國轟炸越南、兩國外交有所改善，然而，雙方對於英國加入歐洲共同市場有歧見，彼此的「自然關係」（natural relationship）行禮如儀。當時，美國苦思如何跟蘇聯、及中國周旋，國務卿季辛吉（Henry Kissinger, 1973-77）一就任就表示，美國跟歐洲也有特殊關係，不太搭理英國。希思也有自己的盤算，如果要縮短跟歐陸的距離，必須淡化跟美國的特殊關係、避免被流彈打到，因此，並未力挺美國的所有作為、甚至於被認為唱反調，包括支持孟加拉獨立戰爭（1971）、反對跟蘇聯的低盪（détente）。在贖罪日戰爭（Yom Kippur War, 1973），英國拒絕美國駐紮他處的飛機在賽普勒斯加油，美國相當惱怒，此後，尼克森拒絕跟希思同處一室（Burk, 2018）。

（六）從福特（Gerald Ford, 1974-77 共和黨）到卡特總統（Jimmy Carter, 1977-81 民主黨），威爾遜（1974-76 工黨）短暫回鍋英相、卡拉漢（James Callaghan, 1976-79 工黨）接手少數政府，美蘇之間關係緊張，美國回頭發現跟英國在國防外交仍有許多共同利益，而英國也不再堅持歐美必須二選一的態度，頓時海闊天空，卡拉漢決意恢復跟美國親密的關係，特別是核武的合作。在下台前，英國與美國、法國、及德國召開瓜地洛普會議（Guadeloupe Conference, 1979），為共同研發「三叉戟」（Trident）飛彈鋪路。

（七）雷根總統（Ronald Reagan, 1981-89 共和黨）與英相柴契爾夫人（Margaret Thatcher, 1979-90 保守黨）因為保守立場沆瀣一氣、心靈契合，柴契爾一度窩心地表示，「你們的問題就是我們的問題，只要你們尋找朋友，我們就會出面」。特別是後者認同前者升高冷戰、

促成蘇聯解體的作法，包括重振愛
國主義、增加軍事開銷、及攻擊共
黨邊陲。英國在 1982 年出兵福克
蘭群島，照說美國應該援引『門羅
主義』、及『羅斯福推論』制止，
還好，在親英的國防部長溫伯格
（Caspar Weinberger, 1981-87）的幫
助下，獲得重要的軍事補給。也因
此，美國在 1983 年出兵入侵格瑞那
達，由於該國在 1974 年獨立仍然遙
奉英主為元首，柴契爾夫人必須公
開譴責，高高舉起、輕輕放下。

來源：Light 與 Houston（1981）。

圖 23：雷根總統與英相柴契爾夫人

捌、冷戰結束以來

冷戰隨著蘇聯在 1991 年解體而結束，華沙公約組織（Warsaw
Pact, 1955-91）也告壽終正寢，西方國家已經沒有共同的敵人，也就
是不再擔心共黨的威脅，因此，在 1980 年代恢復的英美特別關係重
要性降低。兩國因為波士尼亞衝突有所歧見，英國不高興美國允許愛
爾蘭新芬黨（Sinn Féin）領袖亞當斯（Gerry Adams）入境，另外，
倫敦又亟思強化跟歐陸合作軍事、及國防政策，美國相對變得次要；
只不過，由於英美在冷戰時期已經將實務上的互動加以制度化，彼此
合作無間，特別是核武、及情報分享，短期內部可能嘎然而止（Baylis,
1997: 223-24）。

（一）老布希總統（George H. W. Bush, 1989-93 共和黨）上台，碰上伊拉克攻佔科威特（1990），柴契爾夫人情義相挺，接任的梅傑（John Major, 1990-97 保守黨）在波斯灣戰爭（Gulf War, 1991）期間欣然幫助美國組成盟軍，證明美國是碩果僅存的超強，剛好彼此有機會重溫舊情，相較之下，搭便車日本、及德國相當冷淡，美國點滴在心頭（Baylis, 1997: 224-25）。

（二）柯林頓總統（Bill Clinton, 1993-2001 民主黨）上台，兩國對於是否介入波士尼亞衝突觀點不同，剛就任的柯林頓認為美國有義務引領群倫，大肆抨擊梅傑政府裹足不前；另外，柯林頓不顧閣員反對、允發簽證給新芬黨領袖亞當斯，也惹惱英國。等到布萊爾（Tony Blair, 1997-2007 工黨）上台，兩人同屬進步派，兩國終於在 1999 年得以和衷攜手與其他北約盟邦介入科索沃內戰。柯林頓離開白宮前跟布萊爾曉以大義，儘管跟新政府的政策立場有所分歧，還是要「緊緊地抱住」（Burk, 2018）。

（三）小布希總統（George W. Bush, 2001-2009 共和黨）在九一一事件後發動反恐戰爭，英國自告奮勇出兵攻打阿富汗（2001）、及伊拉克（2003），難怪他足感心地說，「美國沒有比英國更忠實的朋友」。英軍負責佔領伊拉克南部，布萊爾被國內政敵指控甘為小布希的傀儡，被迫在 2007 年縮編駐軍，後來，因為找不到大規模殺傷性武器（weapon of mass destruction）的證據，

來源：Kinsley（2016）。

圖 24：小布希的傀儡布萊爾

黯然下台；接任的布朗（Gordon Brown, 2007-10 工黨）乾脆在 2009
年宣布撤軍。

（四）歐巴馬總統（Barack Obama, 2009-17 民主黨）夫婦儘管與
女王過從甚密，然而，由於歐巴馬的尊翁是肯亞人，感同身受當地人
所遭受的殖民統治，所以不會是親英派。在 2008 年大選負責跟隨歐
巴馬跑新聞的英國廣播公司新聞記者休伊特（Hewitt, 2016）之際問
過有關英美之間的特殊關係，儘管答案是確實存在，然而，他發覺歐
巴馬似乎有點不是很高興。事實上，歐巴馬認為德國才是美國在歐洲
要對話的對象，譬如歐元危機、以及俄羅斯入侵烏克蘭，他徵詢的對
象是德國總理梅克爾（Angela Merkel, 2005- ）。歐巴馬總統任內與英
相卡麥隆（David Cameron, 2010-16 保守黨）幾乎重疊，對於英國在
2011 年並未配合出兵利比亞推翻格達費耿耿於懷。他減少在歐洲、
伊拉克、及阿富汗的駐軍，拒絕介入敘利亞，又以「重返亞洲」（Pivot
to Asia）軟索牽豬中國，跟英國的關係冷淡。

（五）川普總統（Donald Trump, 2017-21 共和黨）上台，不管是
俄羅斯、北約、以巴、伊朗、關稅、氣候變遷、移民、回教徒、還是
多邊主義等議題，作法在與英國的理念、及國家利益相左，還蔑視英
國的世界角色，甚至於在推特公開指責英相梅伊（Theresa May,
2016-19 保守黨）不聽忠告、愚蠢地自行其事作法（own foolish way），
外相杭特（Jeremy Hunt, 2018-19）不得不出面表示，川普言行對首相、
及英國大不敬（BBC, 2018）。他在 2018 年觀見英國女王，違反外交、
及王室禮儀，根據當時的民調有四分之三的英國人討厭他（Tisdall,
2020）。

圖 25	圖 26
圖 27	圖 28

來源：Reynolds（2019）。

圖 25：特別關係的結束

來源：Wemer（2018）。

圖 26：川普與梅伊在北約高峰會議（2017）

來源：Puente（2018）。

圖 27：川普背向英國女王

來源：Economist（2020）。

圖 28：脫歐後的英國指望美國

表 1：一次大戰以來的美國總統及國務卿、與英國首相及外相

美國總統	美國國務卿	英國首相	英國外相
19130304-19210304 威爾遜 民主黨	19130305-19150609 布賴恩 19150609-19200213 蘭辛 19200323-19210304 科爾比	19080407-19161207 阿斯奎斯 自由黨	愛德華・格雷
		19161207-19221019 勞合・喬治 自由黨	阿瑟・貝爾福
19210304-19230802 哈定 共和黨	19210305-19250304 休斯	19221023-19230520 博納・勞 保守黨	第一代凱德爾斯頓的寇松侯爵
		19230523-19240116 鮑德溫 保守黨	第一代凱德爾斯頓的寇松侯爵
19230802-19290304 柯立芝 共和黨	19250305-19290304 凱洛格	19240122-19241104 麥克唐納 工黨	拉姆齊・麥克唐納
		19241104-19290605 鮑德溫 保守黨	奧斯丁・張伯倫
19290304-19330304 胡佛 共和黨	19290328-19330304 史汀生	19310824-19350607 麥克唐納 工黨	阿瑟・亨德森 第一代雷丁侯爵 約翰・西蒙
19330304-19450412 羅斯福 民主黨	19330304-19441130 赫爾 19441204-19450627 小斯特蒂紐斯	19350607-19370528 鮑德溫 保守黨	塞繆爾・霍爾
		19370528-19400510 張伯倫 保守黨	安東尼・艾登
		19400510-19450726 邱吉爾 保守黨	第三代哈利法克斯子爵 安東尼・艾登
19450412-19530120 杜魯門 民主黨	19450703-19470121 伯恩斯 19470121-19490120 馬歇爾 19490121-19530120 艾奇遜	19450726-19511026 艾德禮 工黨	歐內斯特・貝文 赫伯特・莫里森
		19511026-19550407 邱吉爾 保守黨	安東尼・艾登

美國總統	美國國務卿	英國首相	英國外相
19530120-19610120 艾森豪 共和黨	19530121-19590422 杜勒斯	19550407-19570110 伊登 保守黨	哈羅德·麥米倫
	19590422-19610120 赫脫	19570110-19631019 麥米倫 保守黨	塞爾文·勞埃 第十四代亞歷克· 道格拉斯-休姆伯 爵
19610120-19631122 甘迺迪 民主黨	19610121-19690120 臘斯克	19631019-19641016 道格拉斯-休姆 保守黨	理查·奧斯汀·巴 特勒
19631122-19690120 詹森 民主黨		19641016-19700619 威爾遜 工黨	派翠克·戈登·沃克 邁克爾·史都華德 喬治·布朗 邁克爾·史都華德
19690120-19740809 尼克森 共和黨	19690122-19730903 羅傑斯	19700619-19740304 希思 保守黨	亞歷克·道格拉斯- 休姆爵士
	19730922-19770120 季辛吉	19740304-19760405 威爾遜 工黨	詹姆士·卡拉漢
19740809-19770120 福特 共和黨		19760405-19790504 卡拉漢	安東尼·克羅斯蘭 德 大衛·歐文
19770120-19810120 卡特 民主黨	19770123-19800428 萬斯 19800508-19810120 馬斯基	19790504-19901128 柴契爾 保守黨	卡靈頓 弗朗西斯·皮姆 傑佛瑞·侯艾 約翰·梅傑
19810120-19890120 雷根 共和黨	19810122-19820705 黑格 19820716-19890120 舒爾茨		
19890120-19930120 老布希 共和黨	19890125-19920823 貝克三世 19920823-19930119 伊格爾伯格	19901128-19970502 梅傑 保守黨	道格拉斯·赫德 馬爾康·芮夫金

美國總統	美國國務卿	英國首相	英國外相
19930120-20010120 柯林頓 民主黨	19930120-19970117 凱瑞斯多福 19970123-20010120 奧爾布賴特	19970503-20070627 布萊爾 工黨	傑克·斯特勞 瑪格麗特·貝克特
20010120-20090120 小布希 共和黨	20010120-20050126 鮑威爾 20050126-20090120 賴斯	20070627-20100511 布朗 工黨	大衛·米勒班
20090120-20170120 歐巴馬 民主黨	20090121-20130201 希拉蕊 29130201-20170120 凱瑞	20100511-20160713 卡麥隆 保守黨	威廉·海格 菲利普·韓蒙德
		20160713-20190724 梅伊 保守黨	鮑里斯·強森 傑瑞米·杭特
20179129-20219129 川普 共和黨	20170201-20180331 蒂勒森 20180426-20210120 龐皮歐	20190724-20220906 強森 保守黨	多米尼克·拉布 麗茲·特拉斯
20210120- 拜登 民主黨	20210126- 布林肯	20220906-20221025 特拉斯 保守黨 20221025- 蘇納克 保守黨	詹姆士·柯維立

參考文獻

Barribal, W. H. 1914. "The Anglo-American Exposition at White City, 1914." (https://collections.museumoflondon.org.uk/online/object/547628.html) (2021/6/26)

BBC. 2019. "Trump 'Disrespectful' to PM and UK, Says Jeremy Hunt." July 9 (https://www.bbc.com/news/uk-48921243) (2021/6/7)

Burk, Kathleen. 2018. "From Churchill and Roosevelt to May and Trump: 75 years of the 'Special Relationship' between the US and the UK." BBC World Histories Magazine, August-September (https://www.historyextra.com/period/20th-century/relationship-us-uk-america-anglo-american-relations-trump-president/) (2021/6/12)

Coleman, Jonathan. 2004. "Harold Wilson, Lyndon Johnson and the Vietnam War, 1964-68." (http://www.americansc.org.uk/online/Wilsonjohnson.htm) (2021/6/7)

Colomb, John Charles Ready. 1886. "Imperial Federation, Map of the World Showing the Extent of the British Empire in 1886." *Graphic*, July 24 (https://collections.leventhalmap.org/search/commonwealth:x633f896s) (2021/6/26)

Dalrymple, Louis. 1898. "After Many Years." *Puck*, June 15 (https://www.loc.gov/item/2012647573/) (2021/5/29)

Economist. 2020. "A Weaker Post-Brexit Britain Looks to America: Good Luck with That." January 30 (https://www.economist.com/briefing/2020/01/30/a-weaker-post-brexit-britain-looks-to-america) (2021/6/12)

Gillam, Victor. 1896. "Keep off! The Monroe Doctrine Must Be Respected." *Judge*, February 15 (https://commons.wikimedia.org/wiki/File:%22Keep_off!_The_Monroe_Doctrine_must_be_respected%22_(F._Victor_Gillam,_1896).jpg) (2021/5/29)

Glackens, Louis M. 1910. "Oh, Teddy, Dear Teddy, Come Home to Us Now, ..." *Puck*, April 13 (2021/6/1)

Granger, Historical Picture Archive. 2021. "Britain and Civil War, 1862." (https://www.granger.com/results.asp?image=0091594&screenwidth=412) (2021/5/30)

Hawley, Joshua. 2008. "Who Special a Relationship?" *American Scholar*, Autumn (https://theamericanscholar.org/how-special-a-relationship/) (2021/6/1)

Henderson, Anne. 2016. "Churchill and His Loyal Americans." Sydney Institute, May 3 (https://thesydneyinstitute.com.au/blog/churchill-loyal-americans/) (2021/6/5)

Hewitt, Gavin. 2016. "US-UK: Strains on a Special Relationship." *BBC*, April 4 (https://www.bbc.com/news/uk-36084672) (2021/6/11)

Heritage Auctions. 2021. "Dwight D. Eisenhower and Montgomery of Alamein Photograph Signed." (https://historical.ha.com/itm/autographs/military-figures/dwight-d-eisenhower-and-montgomery-of-alamein-photogr aph-signed-dwight-d-eisenhower-and-montgomery-of-alamein-fie/a/658-25 269.s) (2021/6/7)

Imperial War Museums. n.d. "Hrh Princess Elizabeth in the Auxiliary Territorial Service, April 1945." TR 2832 (https://www.iwm.org.uk/collections/item/object/205124047) (2021/6/5)

Gillam, Victor. 1898. "Hands across the Sea." *Judge*, June 11 (https://www.reddit.com/r/PropagandaPosters/comments/8c1ed7/hands_across_the_sea_ 1898/) (2021/6/22)

Gillam, Victor. "The See-Saw Nations--The Anglo-Saxons Balance of Power." *Judge*, June 9 (https://www.loc.gov/resource/cph.3g04136/) (2021/6/26)

Kinsley, Michael. 2016. "Why The George W. Bush–Tony Blair Political Bromance Is Still a Mystery." *Vanity Fair*, March 8 (https://www.vanityfair.com/news/2016/03/george-w-bush-tony-blair-iraq-war) (2021/6/7)

Library of Congress. n.d. "John Bull and Uncle Sam: Four Centuries of British-American Relations -- Exploration and Settlement." (https://www.loc.gov/exhibits/british/brit-1.html) (2021/5/30)

Light, Bob, and John Houston. 1981. "'Gone with the Wind' (Ronald Reagan; Margaret Thatcher)." (https://www.npg.org.uk/collections/search/portrait/mw251471/Gone-with-the-Wind-Ronald-Reagan-Margaret-Thatcher) (2021/6/12)

Makamson, Collin. 2020. "Coming To America: The War Brides Act of 1945." (https://www.nationalww2museum.org/war/articles/war-brides-act-1945) (2021/6/12)

Olson, Lynne. 2010. *Citizens of London: The Americans Who Stood with Britain in Its Darkest, Finest Hour.* New York: Random House.

Opper, Frederick Burr. 1896. "They Can't Fight." *Puck*, January 15 (https://www.loc.gov/item/2012648596/) (2021/6/11)

Owen, Geoffrey. 2013. "The Moneybags and the Brains." *Standpoint*, March 26 (https://standpointmag.co.uk/books-april-13-the-moneybags-and-the-brains-geoffrey-owen-the-battle-of-bretton-woods-benn-steil/) (2021/6/5)

Pike, Francis. 2021. "The Japanese Empire: 1941." (http://www.francispike.org/main.php?mode=25&p1=1_1) (2021/6/22)

Puente, Maria. 2018. "Twitter Counts Ways Trump 'Insulted' the Queen." *Sydney Morning Herald*, July 14 (https://www.smh.com.au/world/europe/twitter-counts-ways-trump-insulted-the-queen-20180714-p4zric.html) (2021/6/7)

Pughe, John S. 1895. "Give It Another Twist, Grover – We're All with You!" *Puck*, January 8 (https://www.loc.gov/item/2012648595/) (2021/5/30)

Raven-Hill, Leonard. 1918. "America to the Front." *Punch*, April 10 (https://www.periodpaper.com/products/1918-engraving-wwi-cartoon-punch-american-soldier-allies-battle-front-raven-hill-241340-yph1-024) (2021/6/26)

Raven-Hill, Leonard. 1919. "The Gap In The Bridge." *Punch*, December 10 (https://www.gettyimages.fi/detail/news-photo/the-gap-in-the-bridge-cartoon-on-the-absence-of-the-usa-in-news-photo/1195078170?adppopup=true) (2021/6/26)

Reynolds, David. 2019. "The End of the Special Relationship?" *Wall Street Journal*, July 19 (https://www.wsj.com/articles/the-end-of-the-special-relationship-11563544911) (2021/6/12)

Robinson, Wallace. 1915. "I'm Neutral, BUT - Not Afraid of Any of Them." (https://commons.wikimedia.org/wiki/File:I_am_neutral_but_not_afraid_of_any_of_them_1915.jpg) (2021/6/26)

Tisdall, Simon. 2020. "Love, Hate … Indifference: Is US-UK Relationship Still Special?" *Guardian*, April 28 (https://www.theguardian.com/politics/2019/apr/28/britain-america-history-special-relationship-highs-and-lows-churchill-to-trump) (2021/6/12)

Trumbull, John. 1834 (2021). "File:The Death of General Warren at the Battle of Bunker's Hill, June 17, 1775.jpg." Wikimedia Commons (https://commons.wikimedia.org/wiki/File:The_Death_of_General_Warren_at_the_Battle_of_Bunker%27s_Hill,_June_17,_1775.jpg) (2021/6/13)

Untermeyer, Chase. 2018. "The Special Relationship." (http://www.untermeyer.com/the-special-relationship-5/) (2021/6/4)

Wemer, David. 2018. "A Waning US-UK 'Special Relationship'." Atlantic Council, July 10 (https://www.atlanticcouncil.org/blogs/new-atlanticist/a-waning-us-uk-special-relationship/) (2021/6/7)

Wikimedia Commons. 2015. "File:Warof1812.jpg." (The Taking of the City of Washington in America) (https://commons.wikimedia.org/wiki/File:Warof1812.jpg) (2021/5/29)

Wikimedia Commons. 2020. "File:Winston Churchill in uniform, 1898.jpg." (https://commons.wikimedia.org/wiki/File:Winston_Churchill_in_uniform,_1898.jpg) (2021/6/10)

Wikimedia Commons. 2021. "File:Tehran Conference, 1943.jpg." (https://commons.wikimedia.org/wiki/File:Tehran_Conference,_1943.jpg) (2021/6/12)

美國與菲律賓的獨立[*]

Death comes to all of us sooner or later, so I will face the LORD Almighty calmly.   But I want to tell you that we are not bandits and robbers, as the Americans have accused us, but members of the revolutionary force that defended our mother country, the Philippines! Farewell!   Long live the Republic and may our independence be born in the future!   Long live the Philippines!

Macario Sakay（Wikipedia, 2022: Macario Sakay）

When the government takes measures for the stagnation of the people, whether for its own profit or that of a particular class, or for any other purpose, revolution is inevitable.   A people that have not yet reached the fullness of life must grow and develop because otherwise their existence would be paralyzed, and paralyzation is equivalent to death.   Since it is unnatural for a being to submit to its own destruction, the people must exert all their efforts to destroy the government which prevents their development.   If the government is composed of the very sons of the people, it must necessarily fall.

Apolinario Mabini（1969）

---

* 　刊於《台日法政研究》7 期，頁 27-92（2022）。

Finally, it should be the earnest wish and paramount aim of the military administration to win the confidence, respect, and affection of the inhabitants of the Philippines by assuring them in every possible way that full measure of individual rights and liberties which is the heritage of free peoples, and by proving to them that the mission of the United States is one of benevolent assimilation substituting the mild sway of justice and right for arbitrary rule.

William McKinley（1898）

菲律賓在美西戰爭（Spanish-American War, 1898）遭到池魚之殃，戰勝的美國順手牽羊，畢竟，不說戰略位置，菲律賓是前往中國發展商機、及傳教的踏腳石，因此執意納為己有、延續殖民統治。原本跟美國並肩作戰的菲律賓革命領袖阿奎納多（Emilio Aguinaldo, 1869-1964）在 1898 年 6 月 12 日宣佈獨立，未能獲得美國承認。美國與西班牙在 12 月 10 日簽訂『巴黎條約』（*Treaty of Paris, 1898*）取得菲律賓，麥金利總統（William McKinley, 1897-1901）12 月 21 日發表『親善同化宣言』（*Benevolent Assimilation Proclamation*），揭櫫美國並非以侵略者、或征服者的姿態前來，而是要來保護當地人的家園、就業、權利，希望透過親善同化來贏得菲律賓人的民心。美菲戰爭（Philippine-American War, 1899-1902）在 1899 年 2 月 4 日爆發，參議院在 2 月 6 日核准條約。在這場戰爭，總共有 4,200 名美軍陣亡、2,800 名受傷，15,000 名菲律賓反抗軍捐軀、近 20 萬名非武裝平民喪命（Dudden, 1992: 88-89; Gates, 1998; Wikipedia, 2022: Philippine- American War）。

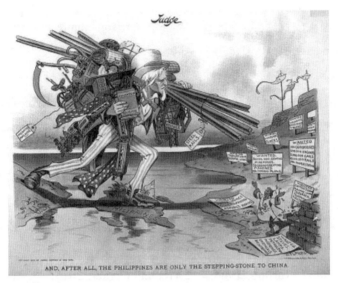

來源：Flohri（1900）。

圖 1：美國視菲律賓為前往中國的踏腳石

壹、西班牙前來

　　歐洲農民往往在秋天屠宰牲口以備冬天飼料不足，必須使用香料調味醃製才能保存肉品，包括胡椒、肉桂、肉豆蔻、丁香。歐洲傳統的香料貿易航線走地中海，由於土耳其人從中作梗，葡萄牙航海家迪亞士（Bartolomeu Dias, 1451-1500）及達伽馬（Vasco da Gama, 1469-1524）繞過好望角到印度，阿爾布克爾克（Afonso de Albuquerque, 1453-1515）在 1511 年征服馬六甲，前進泰國、香料群島（Maluku Islands 摩鹿加群島）、及中國，基本上是以果阿（Goa）為轉運站，由印度洋到東南亞設置貿易點，拿印度的織物來交換香料，打破回教徒的壟斷，成就葡萄牙的「要塞帝國」（garrison empire）（Tarling, 1966: 36; Warshaw, 1988: 41-43）。

西班牙非分葡萄牙的香料貿易，必須另闢蹊徑，探險家往西南穿過大西洋到南美最南端、橫渡太平洋到東方（Karnow, 1989: 26-29）。原本，根據西班牙與葡萄牙在教皇亞歷山大六世（Pope Alexander VI, 1492-1503）見證下所簽訂的『托德西利亞斯條約』（*Treaty of Tordesillas, 1494*），雙方以新版教皇子午線（經線）作為勢力範圍的界線，以西歸西班牙、以東歸葡萄牙，然而香料群島的歸屬並未確定，雙方競爭激烈；兩國後來又簽訂『薩拉戈薩條約』（*Treaty of Zaragoza, 1529*），西班牙暫且退出摩鹿加群島、將重心擺在菲律賓的擴張（Allen, 1970: 30-31; Tarling, 1966: 81; Tremml-Werner, 2015: 48; Wikipedia, 2022: Treaty of Tordesillas; Treaty of Zaragoza）。

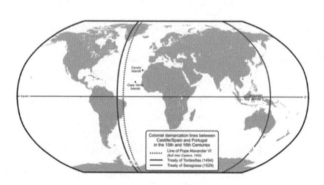

來源：Wikimedia Commons（2021: File:Spain and Portugal.png）。

說明：紫色（左）是『托德西利亞斯條約』的教皇子午線，綠色（右）是『薩拉戈薩條約』

圖 2：西班牙與葡萄牙瓜分天下

　　葡萄牙探險家麥哲倫（Ferdinand Magellan, 1480-1521）在西班牙國王卡洛斯一世[1]（Charles I of Spain, 1516-58）的贊助下從事環球首航[2]，於 1521 年來到菲律賓、登陸中部維薩亞斯群島（Visayas）的薩馬島（Samar），不久因為捲入宿霧（Cebu）附近麥克坦島（Mactan）的地方衝突身亡，這片群島以王儲菲利普（未來的腓力二世 Philip II of Spain, 1556-98）之名被命為菲律賓群島（*Las islas Felipinas*）；德萊加斯皮（Miguel López de Legazpi, 1502-72）銜命率領西班牙艦隊在 1565 年入侵宿霧、以征服納為西班牙領土，被封西屬東印度群島（Spanish East Indies, 1565-1901）首任都督[3]，進而在 1571 年往北攻打呂宋島、建立馬尼拉城，西班牙此後殖民菲律賓 327 年，遏止回教勢力往中北部擴張，而腓力二世也可以自詡西班牙是日不落帝國（Karnow, 1989: 30-37, 43-46; Cady, 1964: 235; Field, 2006; Wikipedia, 2022: Names of the Philippines）。除了民答那峨島（Mindanao）、及蘇祿群島（Sulu Archipelago），西班牙在北境的征服於 1584 年大致底定。

---

[1]　他不惜賄賂爭取神聖羅馬的皇位（查理五世 Charles V, 1519-56），又必須償還祖父馬克西米安一世（Maximilian I, Holy Roman Emperor, 1508-19）的債務，積極尋求財源（Karnow, 1989: 32）。

[2]　當時，由於土耳其人從中作梗，歐洲傳統走地中海東來的香料貿易航線不安全，必須另闢蹊徑，葡萄牙航海家迪亞士（Bartolomeu Dias, 1451-1500）及達伽馬（Vasco da Gama, 1469-1524）往南走非洲繞過好望角到印度，西班牙探險家往西南穿過大西洋到南美最南端、橫渡太平洋到東方（Karnow, 1989: 26-29）。

[3]　西屬東印度群島包含菲律賓都督府（Captaincy General of the Philippines, 1574-1898，涵蓋局部北台灣 Spanish Formosa, 1626-42），隸屬於新西班牙總督轄區（Viceroyalty of New Spain, 1521-1821），往上則是位於馬德里的印度皇家最高議會（Council of the Indies, 1524-1834）。

來源：Velarde（1774）。

圖 3：西班牙征服之際的菲律賓

　　西班牙在王位繼承戰爭（War of the Portuguese Succession, 1580-83）後與葡萄牙（1580-1640）合併，西王腓力二世兼任葡王腓力一世（Philip I, 1580-98），西班牙得以重返香料群島、多次出手幫忙葡萄牙解荷蘭之圍，不過，兩國始終為了競爭貿易、及傳教貌合神離；西班牙為了跟荷蘭爭取香料群島的控制權，在 1653 年於民答那峨島西端的三寶顏（Zamboanga）建立堡壘，然而，由於中國海盜不時來襲，加上風聞出兵台灣驅逐荷蘭的鄭成功打算將膺懲馬尼拉，不得已在 1663 年退出，香料群島終究還是落入荷蘭手中（Allen, 1970: 31; Cady, 1964: 236, 244-45; Tarling, 1966: 83; Dudden, 1992: 79; Warshaw, 1988: 44; Tarling, 1966: 82-83; Wikipedia, 2022: Maluku Islands; Dutch-Portuguese War; Sluiter, 1942）。

貳、西班牙殖民統治與反殖民抗爭

　　除了南部民答那峨、及蘇祿的莫洛人（Moro people）因為受到回教文化影響而由蘇丹統治，桀驁不馴[4]，菲律賓群島大體不像中南半島、及印尼群島，沒有受到印度、或中國文化的洗禮，沿海低地尚未出現王國般的政治組織、而高地更是鬆散孤立的部落，西班牙因此沒有遭遇大規模有組織的抗爭，征服並未使用多大的武力；西班牙移植行諸拉丁美洲有年的間接統治，在鄉下地方透過修士（friar）吸納聚落（*barabgay*）、村鎮（*pueblo*）的世襲領袖（*datu*）來控制當地人，這些地方仕紳（*principalia*）幫忙官員催收人頭稅、及分派徭役等行

---

[4]　一直到 1878 年才言和（Wikipedia, 2022: Spanish-Moro conflict）。

政瑣事，一方面充當政治避震器、另一方面又擔任文化掮客，如此的殖民平衡或可視為結盟；這是一種稱為 *caciquismo* 的家長式（paternalism）侍從關係（clientelism），老百姓透過對頭人（*cabeza*）的效忠來交換恩寵庇護，地方領袖（*cacique*）由是發展為本土貴族（Allen, 1970: 60-63; Cady, 1964: 232, 236-37; Tarling, 1966: 87; Williams, 1876: 66; Wikipedia, 2021: Caciquismo (España)）。

當年，西班牙由美洲跨越太平洋的目標有二，尋找香料群島、以及前往中國傳教的跳板，那麼，佔領菲律賓就可以掌控中國、婆羅洲、及香料群島之間的貿易。由於菲律賓的香料產量不多[5]、又沒有其他容易開採的資源，西班牙心灰意冷，只不過，首度經由北太平洋載回肉桂，儘管經濟價值不高，卻帶來可以前往中國貿易的好消息，喜出望外馬尼拉可以成為轉口站；在 1565-1815 年間，馬尼拉大帆船（Manila galleon）來往新西班牙（墨西哥）的阿卡普爾科（Acapulco）與馬尼拉間，每年 2-3 月出航運來中國所欠缺的交易媒介白銀，6 月回航交換中國的絲綢織錦、及瓷器等奢侈品，再轉銷香料、檀木、及其他熱帶產品到歐洲（Williams, 1976: 65; Cady, 1964: 236, 245-49, 258; Tarling, 1966: 84）。一直要到西班牙於半島戰爭（1808-14）期間被法國佔領，拉丁美洲的殖民地紛紛獨立、菲律賓不復附屬於墨西哥，三角貿易戛然而止、白銀不再湧入，而西班牙也因為國力衰退無

---

[5] 主要是民答那峨的肉桂，因為莫洛人凶悍而裹足不前；話又說回來，西班牙對於香料群島一直舉棋不定，一方面是不願意跟葡萄牙翻臉，另一方面則發現無法插手香料貿易，以棄守三寶顏之前為例（1606-63），西班牙還是可以在蒂多雷（Tidore）收購充分的丁香，只不過，新西班牙的市場有限，而北美洲、及歐洲的市場操在葡萄牙、及荷蘭手上，不易打破，終究放棄蒂多雷、及三寶顏（Cady, 1964: 235-36, 244-45）。

法繼續補貼赤字，菲律賓的經濟情況惡化；隨著中國在跟英國簽訂『南京條約』（1842）後開放五口通商，外商已不受制於廣東的特許行商，外國船沒有必要再造訪馬尼拉，菲律賓的經濟一落千丈（Cady, 1964: 257-58, 460）。

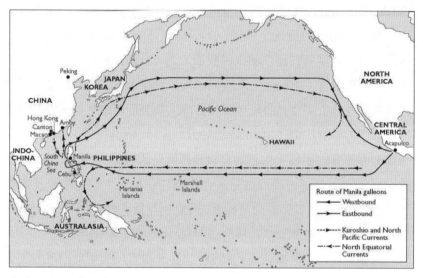

來源：Wong（1969）。

圖4：馬尼拉大帆船航線

最早前來菲律賓的殖民者不多，早先多半是來自墨西哥、出生於伊比利亞半島的西班牙人，稱為半島人（*peninsulares*），主要是官員、軍人、及教士，佔據高層；殖民政府為了鼓勵半島人前來墾殖，引入在拉丁美洲行之有年的委託監護制（*encomienda*），把領地授與退役的榮民、或可以信賴的新來墾殖者（稱為 *encomendero* 監護制者），傳統共有的土地轉換為所有權（監護權），而農民（*kasama*）則必須獻納以交換保護，納糧配額不免出現強制收購、或不合理的抽頭、甚至乾脆不付錢，有些近乎半奴隸制度，這種剝削直到 1721-42 年才銷聲匿跡（Allen, 1970: 62-64; Cady, 1964: 236-37; Williams, 1976: 66-67; Tarling, 1966: 85, 193-98; Wikipedia, 2022: Encomienda）。

在 250 年的大帆船貿易（galleon trade）期間，漸漸出現不少墨西哥及秘魯出生的白人土生仔[6]（creoles）、或混血兒（mestizo），他們在分紅制度的鼓勵下前來尋找新天地，一般擔任基層公務員、士官、或低階軍官，由於缺乏政治關係、教育機會、或血緣純度，無緣升遷；這些土生仔及混血兒多半娶當地人為妻而落地生根、也取得土地，影響力不容小覷（Steinberg, 1992: 34-35; Cady, 1964: 245）。那些避走菲律賓的半島人自認為有義務捍衛帝國版圖，不僅瞧不起同樣跨洋而來的土生仔、或混血兒，也不信任在地出生的土生仔及混血兒，而後者則視前者為外來統治者，彼此相互猜忌對立（Tarling, 1966: 194; Steinberg, 1992: 38-39; 1964: 231; Stanley, 1974: 33-36）。

修會對於本土神職人員的歧視，也是菲律賓民族主義出現的因素之一。根據天主教會聖統制（Catholic Church Hierarchy），教友以外還分為教區的世俗聖職人員（secular clergy 神父）、及修會的修道士（regular clergy）兩個系統：前者聽命於教區主教、負責都會區教堂的牧靈工作，地位比較低、工作比較繁重，不准加入修會；後者人數 250-400 譜、不受馬尼拉主教節制，地位比較高、有幾分傲慢貪婪，

---

[6] 在地出生的白人稱為 Filipino（españoles filipinos 的簡稱），相對地，當地人則稱為 indio（indigenta）；後來，所有土生土長的都稱為 Filipino（菲律賓人）（Steinberg, 1992: 35, 132-33; Wikipedia, 2022: Filipinos）。西班牙跟葡萄牙不同，並不鼓勵通婚，因此白人與當地人的混血兒較少（Cady, 1964: 249）。

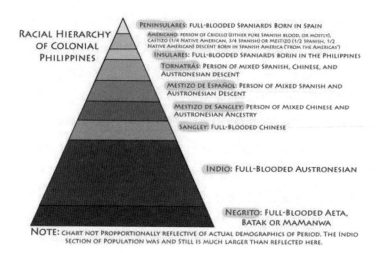

來源：Jackson（2019）。

圖 5：西班牙統治下的種族階層

各有所屬修會[7]、傳教地盤（Cady, 1964: 235, 249-50; Tarling, 1966: 85）。修會獲得授與大量肥沃的土地，修士通常在綏靖完成後尾隨前來，主要是派在邊遠地區，除了洗禮傳教，還控制教育、掌握司法、幫忙收稅、收購轉賣；修士早期只是把菲律賓做前往中國、日本傳教的踏板，然而到了 18 世紀，隨著中日傳教的機會幻滅，新西班牙的老修士不願意前來，而要從西班牙本土招募新血所費不貲，修會只好就地訓練神職人員，卻拒絕平起平坐（Cady, 1994: 250-51）。

真正的衝突則是在中產階級出現後，特別是在英國短暫佔領馬尼

7　包括聖奧古斯丁修道會（Augustinians）、方濟各會（Franciscans）、道明會（Dominicans）、耶穌會（Jesuits）、本篤會（Benedictines）、及重整奧思定會（Recollects）。

拉期間（1762-64），刺激經濟作物（稻米、馬尼拉麻、甘蔗、煙草）的生產及外銷，此後西班牙的貿易壟斷不再、馬尼拉港開放給外國船隻（1834），加上蘇伊士運河開通（1869），仕紳、或佃農（*inquilino*）的子弟不僅可以多受點教育、甚至放洋到歐洲留學，吸收美國獨立、及法國大革命的思潮，這些知識份子人（*ilustrado*）不願像父執輩隱忍，孕育現代的菲律賓民族主義（Steinberg, 1971: 27; Allen, 1970: 65-66; Williams, 1976: 99, 113; Tarling, 1966: 85-88, 193-98; Warshaw, 1988: 46）。

在西班牙殖民統治的後期，開明專制國王卡洛斯三世（Charles III of Spain, 1759-88）受到法國啟蒙運動影響嘗試改革，譬如廢除人頭稅、降低徭役、馴服修士、以及開放西語學習[8] 等等，卻因鞭長莫及成效有限，無法觸及讀書人所感受到的相對剝奪感；伊莎貝拉二世（Isabella II of Spain, 1833-68）在光榮革命（Glorious Revolution, 1868）後被黜，西班牙短暫放鬆對菲律賓的控制，旋又故態復萌，終於導致1872 年的甲米地起義（Cavite Mutiny），現代菲律賓民族革命運動從此展開，驚惶失措的殖民當局鐵腕鎮壓，激起更激烈的反彈（Williams, 1976: 135-36; Cady, 1964: 256-57; Tarling, 1966: 198）。三名天主教神父戈麥斯（Mariano Gomez, 1799-1872）、布爾戈斯（José Burgos, 1837-72）、及薩莫拉（Jacinto Zamora, 1835-72）在 1872 年被絞死，合稱戈布薩（Gomburza）。醫生出身的小說家黎剎（José Rizal, 1861-96）其實是反對革命的溫和份子，倡議政治改革、得罪當道，自我放逐古巴行醫，卻被殖民當局在巴塞隆納抓回馬尼拉，以煽動、顛覆、叛亂

---

[8]　西班牙教士勤於學習當地語言方便傳教，卻不願意菲律賓小孩學西班牙語，以免他們可以直接獲得知識（Allen, 1970: 64）。

罪被槍斃，刺激更多的革命份子。

軍事家滂尼發秀（Andrés Bonifacio, 1863-97）組織地下革命團體卡蒂普南（Society of the Sons of the People, *Katipunan*），因為被殖民當局破獲不得已提前起義，宣布成立他加祿共和國[9]（Tagalog Republic, 1896-97）、發動菲律賓革命（Philippine Revolution/Tagalog War, 1896-98，他加祿戰爭），風起雲湧，死於具有瑜亮情節的阿奎納多。阿奎納多在 1897 年 11 月 2 日宣佈成立邊那巴多共和國（Republic of Biak-na-Bato）、制訂『邊那巴多共和國憲法』（*Provisional Constitution of the Philippines, 1897*）；只不過，他終究接受殖民者的收買而投降、與其他革命份子流亡香港，曇花一現的共和國壽命只有一個月。

資料來源：n.a.（n.d.）。

圖 6：三位就義的神父

來源：Bartholomew（1898）。
說明：山姆叔叔訓誡小阿奎納多，看這裡，小朋友，你打算跟誰射石頭？

圖 7：美國訓誡阿奎納多

---

[9] 全名是 Sovereign Nation of the Tagalog People 或 Republic of the Tagalog People。事實上，滂尼發秀的訴求是在西班牙國會有代表、跟西班牙人地位平等，否則要求日本保護（Hahn, 1981: 32）。

參、美西戰爭與菲律賓的併吞

美國的生意人、及捕鯨船是在 18 世紀末來到菲律賓，於 19 世紀媒介馬尼拉麻、蔗糖、及煙草的生產外銷（Dudden, 1992: 80; Bradley, 1942: 46）。不過，真正連結在一起的是被國務卿海約翰（John Hay, 1898-1905）稱為「輝煌的小戰爭」（splendid little war）的美西戰爭。美國在 1898 年 4 月 25 日藉口解救水深火熱中的古巴而向西班牙宣戰，當時擔任海軍助理部長的羅斯福（Theodore Roosevelt, 1897-98，後來的老羅斯福總統）下令杜威（George Dewey）率領停泊在香港的亞洲分艦隊（Asiatic Squadron）趕往菲律賓[10]，在 5 月 1 日於馬尼拉灣大敗西班牙太平洋分艦隊（Spanish Pacific Squadron）。阿奎納多在杜威的安排下搭美艦於 5 月 19 日趕回呂宋島的故鄉甲米地（Cavite）配合起義，在 6 月 12 日發表『菲律賓獨立宣言』（Philippine Declaration of Independence）、宣佈獨立[11]，到了 8 月，革命軍幾乎收復全境；美國原本與阿奎納多約定聯手圍攻馬尼拉城，竟然在 1,100 名陸軍增援[12] 於夏天抵達後跟西班牙密約[13]，全力阻擋菲律賓部隊進城，守軍

---

[10] 杜威的任務是防止西班牙太平洋分艦隊（Spanish Pacific Squadron）馳援加勒比海（van Dijk, 2015: 387）。事實上，杜威的彈藥不足、無力登陸攻城，德艦環伺（Hahn, 1981: 44）。砲擊是一回事，攻佔需要陸軍，杜威只好向阿奎納多借兵（Bradley, 2009: 85-86）。

[11] 阿奎納多尋求強權支持，可惜沒有任何國家願意承認（Zelikow, 2017: 53）。

[12] 美國沒有專為殖民地建置的部隊，陸軍只有 28,000 人、派駐全國 78 個基地，汽船由加州出發需要一個月才能抵達菲律賓；杜威雖然可以派陸戰隊佔領軍港，他預估西班牙守城兵力 10,000 人，自知無力攻下馬尼拉，因此要求總統至少增援 5,000 人；陸軍完全沒有心理準備，倉促派出三波遠征軍（Philippine Expeditionary Force），在 7 月陸續趕到（Zelikow: 39, 41, 44-45）。這是美國陸軍首次跨過太平洋作戰（Karnow, 1989: 11）

只作象徵性抵抗就投降、免得帝國臉上無光（Allen, 1970: 67-68）。

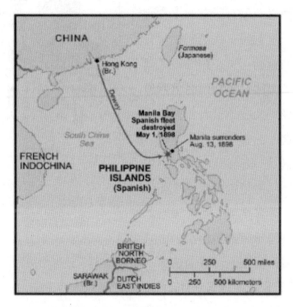

來源：Eyster（n.d.）。

圖 8：美西戰爭的亞洲戰場

　　早先，美國總統麥金利要求授權出兵解救古巴，國會除了決議承認古巴獨立，另外還通過『泰勒修正案』（*Teller Amendment, 1898*）揭示美國沒有領土野心。麥金利一開頭還表示領土併吞是侵略罪，沒想到在馬尼拉大獲全勝，美國人嚐到帝國的滋味欣喜若狂、國內情勢一片大好，等到國會在 1898 年 7 月 6 日決議併吞夏威夷作為通往菲

13　密約是由杜威及率領遠征軍而來的少將梅利特（Wesley Merritt, 1836-1910）
　　與前後任西班牙總督奧古斯丁（Basilio Augustín, 1898）及豪德內斯（Fermín
　　Jáudenes, 1898）簽（Wikipedia, 2022: Philippine-American War）。

律賓的加煤中繼站,他改口「戰爭之際,我們必須保有所有手上拿到的東西;一旦戰勝,我們必須保有所有想樣的東西」;在跟西班牙談判的時候,美國最早開口要求西班牙割讓關島、及波多黎各作為停火的條件,進而佔領馬尼拉當作簽訂和約的籌碼[14],接著得寸進尺要求整個呂宋島,最後乾脆獅子大開口強索菲律賓群島全部;西班牙原本只願意割讓菲律賓群島南部,後來

來源:Nelan(1898)。

圖 9:美國不知道要如何處置菲律賓群島

懾于美國最後通牒的淫威而讓步,雙方簽訂『巴黎條約』,西班牙以2,000 萬美元賣掉菲律賓(Dudden, 1992: 83-85; Welch, 1979: 6)。

根據麥金利的報人好友科爾薩特(Kohlsaat, 1923: 68)的回憶,他在馬尼拉灣大捷幾天後到白宮,總統坦承自己根本搞不清菲律賓到底在哪裡;幾個月後,麥金利抱怨道,「要是海軍老將杜威擊潰西班牙艦隊後拍拍屁股走人,就可以省下不少麻煩」。麥金利跟一群造訪白宮的牧師說,他跪祈上蒼賜予啟示,因為把菲律賓交還西班牙是懦弱而不光彩的事,也不能移轉給在東方的商業勁敵法國、或德國,更

---

[14] 自從 1830 年代,美國在東亞只有一些艦艇,是用來防止海盜洗劫商船,亞洲分艦隊通常停泊中國、日本、或韓國的港口;此時,加煤必須仰賴中立的日本(長崎)、及英國(新加坡、香港),一旦跟西班牙宣戰,美艦勢必會被要求離去,所以,海軍攻打馬尼拉並沒有高深的戰略考量;其實,美國最早只是想要在菲律賓、或是加羅林群島,取得加煤站就好(Zelikow: 42-44, 48)。

不能交給無力自治的菲律賓人，否則會造成無政府狀態、甚或出現比西班牙更糟的暴政，因此只剩下教化提升、把他們變成基督徒[15]（Dudden, 1992: 83-84; McHale, 1961: 61; Grunder & Livezev, 1973: 36; Welch, 1979: 6-0）。

事實上，美國自來的遠東政策是不取殖民地、租借地、或勢力範圍（Romulo, 1936: 477）。美國內部最早對於是否繼續佔領菲律賓意見紛歧[16]，主戰的一方訴諸「昭昭天命」（Manifest Destiny）、高舉吉卜林（Rudyard Kipling, 1865-1936）所

資料來源：Leslie（1889）。

圖 10：麥金利不知道菲律賓在哪裡

謂的「白種人的負擔」（White Man's Burden），認為有義務留下來保護、並教化落後地區；在 1898 年成立的美國反帝國主義者聯盟（American Anti-Imperialist League）則持人道主義，認為殖民地的攫取不只違反民主理念、而且也違背開國精神（Karnow, 1989: 10; Grunder & Livezev, 1973: 38-44）。由於菲律賓介於日本、中南半島、及東印度群島之間，德國、日本、及英國虎視眈眈，麥金利總統認為任其獨立而被瓜分是不負責任的作法，轉讓、或中立不可行，既然是天上掉下來的禮物，卻之不恭，乾脆就併吞了（Bradley, 1942: 47-48; Welch, 1979: 6-10）。

---

[15] 可笑的是，菲律賓人已經是天主教徒了。
[16] 閣員看法也南轅北轍，包括悉數歸還西班牙、取得煤站、納為保護國、或是全盤接收（Zelikow, 2017: 52）。

來源：Bradley（2009: 116）。
說明：美國共和黨全國委員會出版
　　　的地圖，以馬尼拉為中心。

圖 11：包含菲律賓在內的美國
　　　　東方商業地圖（1900）

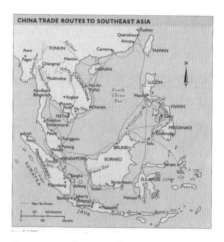

來源：Reid（1996: 16）。

圖 12：中國到東南亞的貿易航線

肆、荷蘭、及德國的覬覦

　　當年，荷蘭為了脫離西班牙獨立打了一場漫長的八十年戰爭（Eighty Years' War, 1568-1648），戰火延燒到東南亞、及遠東，一方面與英國一爭長短、另一方面搶奪葡萄牙所支配的香料貿易，西班牙自始在菲律賓必須面對來自荷蘭的嚴峻挑戰，防止對方攻佔馬尼拉、攫取中國貿易（Sluiter, 1942）。范諾爾特（Olivier van Noort, 1558-1627）在完成環球首航之前，於 1600 年洗劫前往馬尼拉的船隻，此後時而封鎖馬尼拉灣，殖民官為了備戰動員糧食、及徭役，百姓苦不堪言；荷蘭在 1641 年從葡萄牙手中奪下馬六甲，進而在 1642 年攻佔西班牙位於北台灣的殖民地[17]，食髓知味，緊接著又五度嘗試攻佔菲律賓不果，稱馬尼拉海戰（La Naval de Manila），雙方在 1648 年簽訂『明斯特和約』（*Peace of Münster*），西班牙承認荷蘭獨立、交換對方不再圍困，然而，荷蘭終究還是在 1667 年征服香料群島，持續阻礙西班牙綏靖民答那峨島、及蘇祿群島（Allen, 1970: 32-35, 62; Tarling, 1966: 82-83; Cady, 1964: 236-37; Wikipedia, 2022: Battles of La Naval de Manila; Maluku Islands; Sluiter, 1942）。

經過西班牙王位繼承戰爭（War of the Spanish Succession, 1701-14）、及七年戰爭（Seven Years' War, 1756-63），西班牙國力一落千丈，馬尼拉在 1762-64 還一度被英國佔領（Wikipedia, 2022: British occupation of Manila）。美西戰爭爆發，歐洲強權擔心國際均勢平衡被破壞，除了法國保持中立，幾個國家在西班牙請託下出面，希望美國能以和平方式解決紛爭；英國自知在歐陸不受歡迎，因此對美國頻頻示好，大張旗鼓揭露他國別有用心[18]；俄羅斯拒絕替西班牙仗義執言，又擔心美國被英國拉攏過去，因此跟美國表示，只要分文不花，未嘗不可跟日本共同代為管理菲律賓，免得後者老是在滿洲跟

---

[17] 西班牙原本在 1626 年佔領北台灣以牽制荷蘭、並伺機往中國傳教，終究因為回防應付與荷蘭結盟的莫洛人，自顧不暇，讓荷蘭趁虛而入（Cady, 1964: 340; Wikipedia, 2022: Spanish Formosa ; Spanish-Moro conflict）。

[18] 西班牙原本派遣艦隊前往菲律賓馳援，英國以中立國為由，不准通過蘇伊士運河；參議員洛奇（Henry Cabot Lodge, 1893-1924）主張先拿下整個菲律賓群島，然後只保留呂宋島，其他的各讓給英國（Zelikow, 2017: 49, 51）。英國反對美國將菲律賓交還西班牙，判定終究會被德國買去，因此，支持美國繼續佔領菲律賓，自己則讓出加勒比海給美國支配（Romulo, 1936: 477）。當時，二度拜相的索爾斯伯利（Lord Salisbury, 1886-92）面對叛服不常的南非波耳人、主張鎮壓，當然希望美國收服；英國也希望美國差旗後，彼此可以一起在中國大展身手（Welch, 1979: 152）。

自己搶地盤；日本搶先在 1898 年 5 月 2 日宣布中立，此地無銀三百兩跟美國交心沒有非分之想，還表態樂於效犬馬之勞代管[19]（Grunder & Livezev, 1973: 15-16; Eyre, 1942: 55-56）。

正當杜威的亞洲分艦隊包圍馬尼拉灣之際，強權紛紛以保護僑民為名派遣軍艦前往觀戰，包括英國、日本、法國、德國，這些國家在東亞已經都有海軍基地，宛如等著搶食的禿鷹，特別是德國（Zelikow. 2017: 45）。德國在 19 世紀末崛起，儘管無視西班牙的求援，對於美國的海外擴張頗不以為然（Grunder & Livezev, 1973: 15-16）。

來源：Perdon（2010）。

圖 13：德國窺伺菲律賓

菲律賓革命份子請願德國領事，呼籲支持民族自決、提供武器，威廉二世（Wilhelm II, German Emperor, 1888-1918）為之動容，曾考慮買下菲律賓。德國原本只能把軍艦停泊長崎、或香港，在 1898 年強租中國膠州灣之後，進而染指菲律賓，認為可能的安排包括中立國、扶植日耳曼國王成為保護國、或由英法德共管，再不然至少瓜分租借蘇祿群島設置加煤站、進而連結德屬新幾內亞（German New Guinea, 1884-1914），由於實力不足挑戰美國知難而退，轉而盤算如何接收西班牙在太平洋的其他殖民地[20]（Guerrero, 1961; Schult, 2005）。

---

[19] 日本大使表示，要是美國佔領菲律賓，日本政府會感激萬分，然而，要是交給其他強權，就恕難苟同了（it would not be as agreeable）（Zelikow, 2017: 52）。

[20] 除了菲律賓，西屬東印度群島還包含帛琉（1574-1899）、馬里亞納群島（1667-1899）、加羅林群島（1686-1899）、馬紹爾群島（1874-85）。

伍、菲律賓獨立戰爭

在 1898 年 9 月底，阿奎納多的代表阿貢西羅（Felipe Agoncillo, 1859-1941）在遠征軍格林將軍（Francis Vinton Greene, 1850-1921）的陪同下前往白宮，他表達要是不可能讓菲律賓完全獨立，退而求其次願意成為美國的保護國，再不然，要是成為美國的殖民地也可以，最壞的情況則是變成英國的殖民地，麥金利總統不置可否，要他整理一份備忘錄給國務卿（見附錄 1）；格林私下跟麥金利提出 5 種選擇，包括將菲律賓歸還西班牙（意味內戰）、交給菲律賓人（將陷入無政府狀態）、轉交德國或日本（顯示美國懦弱無能）、與英國共同保護（終究還是要獨自攬責）、及先全數吃下再慢慢思考其命運，至於革命政府，他認為阿奎納多無力取得多數百姓的支持，反倒是讀書人跟地主願意接受美國保護，麥金利則表示將回到中西部聽取再定奪（Brands, 1992: 48; Zelikow, 2017: 57）。

麥金利總統另外透過非正式管道，取得隨行軍醫波恩斯（Frank Swift Bourns, 1866-1935）的類似看法，後者以為，社會低階層對於阿奎納多有盲目的信心、認為美國跟西班牙沒有兩樣，中產階級則相當有自信，然而，這兩種人都搞不清楚獨立政府難以持久維護，就是一心一意想要嚐到革命的成果；相對地，他相信那些受過高等教育、及有錢人比較務實，95%會支持變成美國的保護國，至於最有影響力的人甚至於希望美國併吞；因此，他深信只要好好「處理」（disposed of）一些野心勃勃的「酋長」，在缺乏榜樣、又無法整合的情況下，老百姓其實是可以教化的，問題在美軍不會收攬當地民心（Zelikow, 2017: 58-59）。

　　麥金利總統的猶豫不決還牽涉到國際法的考量，以古巴的經驗來看，即使美國願意承認革命政府，除非菲律賓能合法讓渡給一個其他強權承認的政府，這些國家依然會認為菲律賓的主權還在西班牙手中，因此，美國要是不打算吸納，就只好拱手交還西班牙；此外，即使西班牙願意放棄菲律賓，德國蠢蠢欲動，私下表示願意購買，事後也證實德國囊括帛琉、加羅林群島、及馬里亞納群島（關島除外）；總之，美國果真的想要賦予菲律賓自治，必須先合法取得、再決定如何進行，這也是為什麼美國後來決定跟西班牙買下菲律賓（Zelikow, 2017: 60-61）。

　　由於民主黨反對保有菲律賓，參議院對於是否核准『巴黎條約』議論紛紛，麥金利總統在 1898 年 12 月 1 日下令將整個菲律賓群島納入軍事統治[21]。既然美西談判『巴黎條約』根本沒有徵詢菲律賓人的意願，菲律賓人覺得被出賣，阿奎納多於 1899 年 1 月 21 日公布『馬洛洛斯憲法』（*Malolos Constitution, 1899*）、兩天後成立菲律賓第一共和國（First Philippine Republic, 1899-1901，馬洛洛斯共和國），革命軍（Philippine Revolutionary Army）搖身一變為共和軍（Philippine Republican Army），槍口轉向美軍、層層包圍馬尼拉城，雙方衝突是遲早的事，只是等待正式翻臉的藉口，終於在 2 月 4 日爆發獨立戰爭，美國人稱「菲律賓叛亂」（Philippine Insurrection），參議院順手通過『巴黎條約』（Dudden, 1992: 87）。

---

[21] 格林在麥金利總統的訓令下，再度接觸又來華府的阿奎納多代表阿貢西羅，表達先透過教育提高參與、由地方自治再循序漸進自治政府，後者擔心被控叛國而不敢轉達，不過，他提出所謂「絕對獨立」、及「美國保護」兩種訴求，相當突兀（Zelikow, 2017: 62-62）。

來源：Wikimedia Commons（2007: File:Filipino casualties on the first day of war.jpg）。

圖 14：美菲戰爭第一天犧牲的菲律賓獨立軍（1899）

　　阿奎納多準備過境新加坡到歐洲，經過在菲律賓做生意的英國人布雷（Howard W. Bray）牽線，先跟美國領事普拉特（E. Spencer Pratt）見面，三人再聯袂搭美艦麥卡洛克（USS *McCulloch*）回香港會領事懷爾德曼（Rounsevelle Wildman），協議聯手驅逐西班牙軍隊；在阿奎納多的認知中，美國同意扶植他在菲律賓獨立後擔任總統、並提供海軍保護，當下普拉特跟懷爾德曼異口同聲允諾支持獨立[22]，不過，

---

[22] 阿奎納多回憶普拉特在香港這樣說（Aguinaldo, 1957）：

You need not have any worry about America. The American Congress and President have just made a solemn declaration disclaiming any desire to possess Cuba and promising to leave the country to the Cubans after having driven away the Spaniards and pacified the country. As in Cuba, so in the Philippines. Even more so, if possible; Cuba is at our door while the Philippines is 10,000 miles away!

口說無憑，杜威事後撇得乾乾淨淨[23]，聲稱那是普拉特、及懷爾德曼霸王硬上弓，至於所謂的協議根本就是烏有子虛，畢竟他自己早已率軍開往馬尼拉（Dudden, 1992: 86-87; Allen, 1970: 67-68; Karnow, 1989: 113-15）。

　　阿奎納多在 1901 年 3 月被美軍俘虜，於 4 月 1 日宣誓效忠美國、發表宣言向游擊隊招降[24]；到了 1902 年 4 月，絕大多數的游擊隊領袖跟著投降。滂尼發秀的同志薩凱（Macario Sakay, 1878-1907）繼續在山上打游擊，後來被俘、以顛覆最入獄，經過特赦出獄後組黨、誤信可以採取合法的途徑推動獨立運動，沒想到殖民政府通過『煽動法』（Sedition Law, 1901）禁止宣揚獨立，他只好又上梁山抗爭、復建他加祿共和國[25]（1902-1906），後又受騙以為走議會路線朝向獨立、接

　　根據阿奎納多的說法，沒有行諸文字，是因為杜威、及懷爾德曼拍胸膛保證美國人說話算話、口頭承諾就已經夠了，畢竟，美國政府相當老實、公正、及強大（The Government of the United States is a very honest, just and powerful government）。誰是誰非，究竟翻譯有誤、中間人刻意誤導、還是阿奎納多將計就計？到底是合作、協調、聯手、還是結盟，那是歷史公案（Bradley, 2009: 86; Grynaviski, 2018: chap. 6）。

[23] 儘管杜威認為菲律賓人比古巴人更有能力自治，上司訓令不得作承諾（Zelikow, 2017: 51, 54）。

[24] 阿奎納多在 1935 年的首度自由邦總督選舉，因為早年投降美國、及滂尼發秀之死的疑雲，輸給奎松；日軍在 1942 年攻佔菲律賓，他廣播心戰喊話領導在巴丹半島戰役（Battle of Bataan）打游擊的麥克阿瑟投降，加入菲律賓獨立籌備委員會（Preparatory Committee for Philippine Independence），終究未能當上傀儡政權（Second Philippine Republic, 1943-45 第二共和國）的總統；戰後，他辯駁自己是被迫跟日本合作、實際上還是忠於美國，被控 11 項叛國罪名，最後在菲律賓獨立後被特赦（Dudden, 1992: 88; Wikipedia, 2022: Emilio Aguinaldo）。

[25] 稱為 Republic of the Tagalog Nation、或 Republic of the Archipelago of the Tagalog Nation。

受特赦率眾放下武器下山，獲軍方邀
請風風光光參加總督府的宴會甕中捉
鱉被捕，最後被美國當局以『土匪法』
（*Brigandage Act, 1902*）吊死（Dudden,
1992: 88）。

來源：Bayani Art（2015）。

圖 15：薩凱赴義

軍事總督[26] 小亞瑟‧麥克阿瑟
（Arthur MacArthur Jr., 1845-1912）承
襲西班牙殖民者的作法，將 43 名獨立
運動領導人放逐關島，包括阿奎納
多、以及被稱「革命之腦」的作家馬比尼（Apolinario Mabini,
1864-1903），反殖民革命運動一時群龍無首；老羅斯福總統（Theodore
Roosevelt, 1991-09）選擇在 1902 年 7 月 4 日美國的國慶日特赦他們，
接著在 9 月 8 日正式宣布戰爭結束；這些政治犯必須宣示效忠美國才
能返鄉，只有馬比尼、及理查德（Artemio Ricarte, 1886-1945）堅拒，
當運輸船抵達馬尼拉灣，前者染病終於屈服、不久死於霍亂，後者不
准上岸、放逐香港、流亡日本（O'Connor, 2020; Wikipedia, 2022:
Artemio Ricarte）。

戰爭結束，美軍接著展開綏靖清鄉，阿兵哥犯下至少 57 項嚴重
的暴行，包括謀殺俘虜[27]（6）、謀殺平民（18）、強姦（15）、水刑

26　在第一次美國殖民時期（1898-1901），歷任軍事政府（United States Military
　　Government of the Philippine Islands）總督為梅利特（Wesley Merritt, 1898）、
　　奧蒂斯（Elwell S. Otis, 1898-1900）、小亞瑟‧麥克阿瑟（Arthur MacArthur Jr.,
　　1900-01）、及查菲（Adna Chaffee, 1901-02）。
27　最常見的藉口是戰俘試圖逃亡（Kramer, 2006: 201）。

（14）、及其他酷刑（4），另外還有 60 項近似於刑求的重傷害，特別是在塔夫脫（William Howard Taft, 1857-1930）就任總督（1901-1904）初期，半文半武[28]，美軍、及斥候[29]（Philippine Scout）屢遭游擊隊伏擊，時聞戰俘被肢解，為了取得情報不惜用刑（Welch, 1974: 234-38）。最惡名昭彰的是打過印第安戰爭[30]（American Indian Wars, 1609-1924）的陸軍將軍史密斯（Jacob H. Smith, 1840-1918），視菲律賓人為野蠻人、認為他們比印第安人還要糟糕，為了殺雞儆猴，他除了放火燒巴蘭吉加小鎮（Balangiga）成為荒涼的曠野，還下令不留半個戰俘、殺死薩馬島十歲以上的男人；另外，陸戰隊少校沃勒（Littleton Waller, 1856-1926）處決 11 名嚮導，只因懷疑他們知情不報，他後來在軍事審判中辯駁，自己只是服從史密斯「殺死所有能夠持槍者」的軍令，最後被判無罪；審判當局寬大為懷，只要能跟軍事行動搭上邊就輕輕放下，不外降階、或斥責（Dudden, 1992: 89; Welch, 1974: 238-40; Wikipedia, 2022: Jacob H. Smith; Battle of Balangiga; March across Samar）。

來源：Davenport（1902）。

圖 16：殺死所有十歲以上的人

---

[28] 究竟塔夫脫與小亞瑟・麥克阿瑟之間的手法是否不同，見 Gates（1998: 33）。
[29] 菲律賓斥候（Philippine Scout）。
[30] 印第安戰爭一直到傷膝河大屠殺（Wounded Knee Massacre, 1890）才大致底定。

　　菲律賓獨立戰爭之所以失敗，除了美軍裝備比較精良外，阿奎納犯了重大的戰術錯誤，一開頭就跟佔有優勢的對方打正規戰，大軍全力捍衛臨時政府首都馬洛洛斯（位於馬尼拉北邊 45 公里），直到他的精銳部隊在 1899 年 11 月潰敗，才改弦更張為游擊戰，為時已晚[31]；再來，是一些投機的知識份子被收買變節、出賣人民，嚴重打擊反抗軍的士氣，特別是阿奎納的馬洛洛斯共和國成員[32]，相對地，美軍終究知道透過建立學校、改革地方政府、及改善衛生條件，來跟百姓示好；其次，獨立軍的軍官主要來自菁英，追求政治自主的目標是取而代之、及政治權力的攫取，而非社會改造、或平等，因此，儘管有農民加入，大體還是出於對地主的效忠、應付應付罷了（May, 1983; Gates, 1998: 34-35）。

陸、美國的殖民統治

　　美菲戰爭在 1898 年 2 月 4 日爆發，美國參議院在兩天後核准『巴黎條約』，只比所需要的三分之二多 1 票（57 比 27），8 天後通過決議宣示美國的政策並非永久併吞菲律賓，誓言盡其所能促進美國、及島民的利益，然而，並未保證將來會讓菲律賓獨立，不免讓人想像

---

[31]　除了說阿奎納圖謀跟美國談判的可能，他也有可能是擔心打游擊戰後，部將可能不聽節制而坐大，特別是陸軍指揮官盧納（Antonio Luna, 1886-99）（May, 1983: 361-62 Kramer, 2006: 196）。

[32]　包括臨時政府總理帕特諾（Pedro Paterno, 1857-1911）、法務部長阿拉內塔（Gregorio S. Araneta, 1869-1930）、外交部長（Felipe Buencamino, 1848-1929），以及國會要員崔尼戴德（Trinidad Pardo de Tavera, 1857-1925）、及列加達（Benito Legarda, 1853-1915）等等（May, 1983: 359-60;Wikipeida, 2022: Philippine-American War; Kramer, 2006: 183-85）。

美國打算保有該地一段時間，特別是副總統霍巴特（Garret Hobart, 1897-99）當天投下關鍵的一票，否決未來賦予菲律賓獨立的對案；可見美國對於是否永遠保有菲律賓、及島民是否準備好自治，內部並沒有明確的共識，因此，總統有很大的裁量空間，就讓大選來決定民意的走向，共和黨與民主黨互別苗頭[33]（Grunder & Livezev, 1973: 44-47）。共和黨的麥金利在 1900 年 11 月 6 日連任總統，打敗反對併吞菲律賓的民主黨候選人布萊恩（1860-1925），洋洋自得獲得選民授權追求菲律賓的「永久繁榮」（perpetual prosperity）、而非「永遠佔領」（permanent occupation）（Bradley, 1942: 49-50）。

麥金利總統在 1899 年 1 月 20 日任命康乃爾大學校長舒爾曼（Jacob Gould Schurman, 1854-1942）組菲律賓第一委員會（First Philippine Commission, 1899，又稱舒爾曼委員會 Schurman Commission）前往現地調查，報告出爐雖然證實菲律賓人無疑渴望終究獲得獨立，卻認為當地人尚且沒有能力實施自我治理，因此建議美國繼續佔領、設置兩院議會、及實施地方自治。麥金萊從善如流，在 1900 年 3 月

---

[33] 一般而言，共和黨對於菲律賓是征服、綏靖、及美國化，對於菲律賓獨立有所保留；相對地，民主黨則自從 1900 就採取反帝國主義的立場、認為違背美國的民主開國精神，反對看管菲律賓（Kotlowski, 2010: 503; Grunder & Livezev, 1973: 76-77）。『1912 年民主黨政策綱領』（*1912 Democratic Party Platform*）揭示：

> We favor an immediate declaration of the nation's purpose to recognize the independence of the Philippine Islands as soon as a stable government can be established, such independence to be guaranteed by us until the neutralization of the islands can be secured by treaty with other Powers.

不過，該政綱堅持保有設置加煤站、及海軍基地所需要的土地。

16 日任命塔夫脫為首任文人總督（1901-1904），領導具有部分立法、行政權的菲律賓第二委員會（Second Philippine Commission, 1901-1907，又稱塔夫脫委員會 Taft Commission），進入美屬菲律賓時期（又稱第二次美國殖民時期），軍事總督小亞瑟‧麥克阿瑟嗤之以鼻、憤而抗議去職。塔夫脫在地方上尋覓可以信任的讀書人參政，應許教導個人自由、提升文明水準，答應有朝一日會實施自治，特別是在麥金利總統的訓令下，軍方優先著手初等教育（Dudden, 1992: 94-95）。在 1901 年 8 月，美國陸軍運輸艦托馬斯號（USAT *Thomas*）千里迢迢由本土載來約 600 名老師教英文、展開美國化的工作，通稱為托馬斯人（Thomasites）（Dudden, 1992: 96; Racelis & Ick, 2001）。

來源：Ehrhart（1900）。

圖 17：美國教師在士兵離去後前來

繼任的兩位共和黨總統老羅斯福（1901-1909）、及塔夫脫（1909-13），大體是蕭規曹隨。隨著美國與菲律賓的戰爭結束，國會在 1902 年 7 月 1 日通過『菲律賓基本法』（*Philippine Organic Act/Cooper Act*），先成立菲律賓群島島民政府（Insular Government of the Philippine Islands, 1902-35），再

來源：*Boston Herald*（1899）。
圖 18：美國指導菲律賓人文明之光

於 1907 年民選相當於眾議院的菲律賓議會（Philippine Assembly），而原來的菲律賓委員會則轉為參議院，兩者合組菲律賓國會（Philippine Legislature, 1907-35），總統則另外指派文人總督統治、積極從事建設來討好當地人。

民主黨的威爾遜總統（Woodrow Wilson, 1913-21）在大選期間允諾菲律賓獨立，不過，上台後轉而朝向菲律賓自治的準備工作。在他任內，菲律賓當地政黨極力鼓吹獨立。經過一番波折[34]，國會在 1916 年通過『菲律賓自治法』（*Philippine Autonomy Act/Jones Act* 瓊斯法案），除了廢除菲律賓委員會、增擴民選參議員[35]，並擴大自治權，還允諾儘快讓菲律賓獨立，美軍也在一次大戰（1914-18）期間撤走

---

[34] 在完全在立法過程，參議員克拉克（James Paul Clarke, 1903-16）提出修正案，建議讓菲律賓在 2-4 年內獨立，正反兩面相持不下，終究由副總統馬歇爾（Thomas R. Marshall, 1913-21）投下關鍵的反對票（CQ Researcher, 1924）。有關於威爾遜的轉折，見 Curry（1954）。

[35] 民選眾議員 91 名、參議員 24 名（CQ Researcher, 1926）。

（Curry, 1954）。威爾遜的總督哈里森（Francis Burton Harrison, 1913-21）比較樂觀，一開頭相信菲律賓在 4 年內就可以獨立，然而，總統不希望操之過急；儘管威爾遜在最後一次對國會談話表示，希望能遵守諾言讓菲律賓獨立（Wilson, 1920），終究在 8 年總統任內，獨立淪為政治口號（CQ Researcher, 1924）。

伍德（Leonard Wood, 1921-27）是共和黨籍總統哈定（Warren G. Harding, 1921-23）、及柯立芝（Calvin Coolidge, 1923-29）所任命的總督，他是老羅斯福在古巴的老戰友，當過莫羅省（Moro Province）的省長、過去無情鎮壓反抗份子；捲土重來的他認為菲律賓人沒有自治能力、還需要繼續見習，主張立即獨立是背棄菲律賓人；儘管『菲律賓自治法』的用字相當含混[36]，伍德態度囂張、倒行逆施，硬是取消先前民主黨政府的本土化措施，終究因為濫用否決權引起公憤[37]；眾議院議長羅哈斯（Manuel Roxas, 1892-1948）參他一本，哈定總統卻斥責菲律賓人是沒有教養的小孩；柯立芝總統則提醒前來華府的菲律賓獨立遊說團[38]（Philippine Independence Missions to the United

---

[36] 該法前言寫著「Whereas it is, as it has always been, the purpose of the people of the United States to withdraw their sovereignty over Philippine Islands and to recognize their independence as soon as a stable government can be established therein」，這裡的所謂「穩定」（stable）有解釋的空間，因此是有條件的允諾，甚至於還有可能落空，譬如聯邦最高法院釋憲、或是國會修法（Bradley, 1942: 50; Immerwahr, 2020: 6-7）。

[37] 他在就任後的頭兩個年，否決了 21 個法案，到了 1925 年會期更是變本加厲，否決了三分之一法案（CQ Researcher, 1926）。

[38] 由於菲律賓的地位妾身不明，受制於美國國會（CQ Researcher, 1926）。在 1919-34 間，菲律賓國會每年組團到美國，要求讓菲律賓立即獨立（Churchill, 1981）。

States），日本野心勃勃，若無美國的幫忙，菲律賓的防衛不是那麼樂觀[39]（Allen, 1970: 70; Kotlowski, 504; Dudden, 1992: 101-102; Bradley, 1942: 50-51; Wheeler, 1959: 379-83, 385-86）。

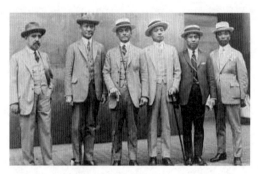

來源：Wikimedia Common（2020: File:Manuel Luis Quezon, (center), with representatives from the Philippine Independence Mission (cropped).jpg）。
說明：左 2 奧斯米納、左 3 奎松。

圖 19：菲律賓獨立遊說團（1924）

史汀生（Henry L. Stimson, 1927-29）接手伍德擔任總督，他建議菲律賓成為美國的半自治領（semi-dominion），發現當地領袖相當感興趣；他後來在日記寫道，菲律賓政客十分可憐，心理上其實是不想獨立，卻因為先前的競選口號綁死，改變立場無異政治生命的死亡（Wheeler, 1959: 1959: 383）。進入 1930 年代，國內民意擔心菲律賓產品影響國內經濟、甚至認為殖民統治是賠錢貨而主張丟包[40]；共和

---

[39] 代表團則回以，日本會同意讓菲律賓中立；1923 年關東大地震，菲律賓人還捐了 50 萬以示情誼（CQ Researcher, 1924）。

[40] Pepinsky（2015）指出，夏威夷、及波多黎各同樣是殖民地，因為大型甘蔗園掌控在美國人手裡，不像菲律賓糖業主是當地人、或是其他外國人，外銷

黨的胡佛總統（Herbert Hoover, 1929-33）雖然憂心菲律賓獨立恐怕會破壞遠東的均勢平衡，由於黨籍國會議員跟在野黨一鼻出氣，又是在跛腳的情況下，不願跟國會對立（Bradley, 1942: 51-52; McHale, 1961: 71; Wheeler, 1959: 386-88; Immerwahr, 2020: 4; Friend, 1964a; Veatch, 1931）。

民主黨羅斯福總統（Franklin D. Roosevelt, 1933-45）上台，國會在 1 月 17 日剛通過『海爾-哈衛斯-加亭獨立法』（*Hare-Hawes-Cutting Act, 1933*），但菲律賓參議院拒絕核准，經過修正為『菲律賓獨立法』（*Philippine Independence Act/Tydings-McDuffie Act, 1934*）才過關，允諾 10 年後獨立[41]、將不再保有海軍基地；接著根據公投通過的『自由邦憲法』（*Constitution of the Philippine Commonwealth, 1935*），菲律賓成立過渡時期的自由邦[42]，設置單院議會[43]（Commonwealth National Assembly），由奎松與奧斯米納分別擔任民選正副總督；此

商、或是大小型蔗農對美國國會沒有影響力；大體而言，菲律賓蔗糖對美國的威脅比不上波多黎各、或是夏威夷，因為不像數十戶大地主，幾千戶小蔗農的生產面積很難擴大，彼此之間也沒有整合成有力的壓力團體；事實上；『菲律賓基本法』（1902）之所以能過關，也是因為有條款限制美國公司擁有土地、以免未來菲律賓獨立加以充公，國會才願意納入菲律賓，儘管如此，美國糖業公司在菲美商會（Philippine-American Chamber of Commerce）相當有影響力，在 1930 年代強烈反對菲律賓獨立（pp. 401-402, 405, 408）。

[41] 其實，於先的『哈衛斯-加亭獨立法草案』（*Hawes-Cutting Bill, 1931*）是 5 年，奎松在 1931 年 11 月訪問美國國會，牽涉到關稅的調整，要求將過渡時期延長為 10 年（Veatch, 1931, 1993）。

[42] 正式名稱是 Commonwealth of the Philippines（1935-42），這裡的 commonwealth（國協）是借自英國，也就是自治領的意思。

[43] 在 1941 年恢復由兩院所組成的自由邦國會（Commonwealth Congress），因日軍入侵未能就職。

後，菲律賓不能算美國的殖民地，而文人總督也改為菲律賓高級專員[44]（High Commissioner to the Philippines），帶有一點外交官的味道（Dudden, 1992: 105-106; Williams, 1976: 158: Tarling, 1966: 205）。

　　經過美國殖民政府的籠絡政策（policy of attraction），過去西班牙統治下的菁英終究接受妥協而加入統治階層，民族運動漸趨保守，基本的社會結構並沒有多大的變革，傳統的地主、及讀書人階層繼續支配，跟美國人眉來眼去、相互標榜；最初，一些人在 1900 年底組成聯邦黨（Federalist Party），倡議加入美國成為一州[45]、經過保護下先自治再求獨立，等到菲律賓議會在 1907 年設立，奎松（Manuel L. Quezon, 1878-1944）與奧斯米納（Sergio Osmeña, 1878-1961）的民族

---

[44] 高級專員的權力不如總督，既沒有立法否決權、也不能任命行政官員，只有調閱文件的權力，羅斯福總統也不希望他管太多、不要過度介入菲律賓的內政，專注軍事基地、及貿易關係的問題就好（Kotlowski, 2010: 509）。四任菲律賓高級專員分別為墨菲（Frank Murphy, 1935-36）、麥克納特（Paul V. McNutt, 1937-39）、塞爾（Francis Bowes Sayre Sr., 1939-42）、及麥克納特（1945-46）。

[45] 根據『菲律賓基本法』（1902），菲律賓人是美國公民（Grunder & Livezev, 1973: 80-81），只不過，根據美國聯邦最高法院通過的『島嶼判例』（Insular Cases），菲律賓這塊屬地是「未納入領土」（unincorporated territory），儘管並非外國（foreign country）、而且也透過基本法而有地方自治政府的建制（organized），畢竟並非本土、憲法也未必 100%適用，換句話說，即使如美商所願提升為領地，也不再是準備建州的過渡時期安排、而是永遠停留在殖民地的地位；更何況，當時菲律賓人口與紐約州相當，一旦建州以後，依照比率可以選出 45 名眾議員，美國人可能難以接受；其他考慮的選項包括中立、自治領、或獨立後取得租借地（CQ Researcher, 1929）。一些獨立運動者宣稱，華盛頓會議確保菲律賓的安全，只不過，要是菲律賓不再是美國的島嶼領地，未必能繼續獲得『四國公約』（*Four-Power Treaty, 1921*）保護（Gardiner, 1922: 169-71）。

主義黨（Nationalist Party）公開要求立即獨立，聯邦黨被迫跟進；菲律賓政治人物面對同化委曲求全，他們與美國人維持良好關係，向追隨者炫耀美國人的賞識，對於美國的獨立承諾半信半疑，卻又擔心太早撤軍的可能負面效果，隱藏不了內心民族自尊受傷的沮喪（Allen, 1970: 69-70; Curry, 1954: 436-37; Dudden, 1992: 100-101; Wertheim, 2009: 507; Stanley, 1974: 69-70, 115-16）。

柒、日本佔領菲律賓

日本最早曾經佔領呂宋島北部 125 年，後來被西班牙人趕走（Gardiner, 1922: 165-66）。豐臣秀吉（1592-98）野心勃勃，出兵朝鮮、又威脅攻打馬尼拉[46]，西班牙暫緩香料群島的征服；德川家康（1603-05）改善彼此的關係，不過，接位的德川秀忠（1605-23）憂心西班牙教士偷渡上岸、暗中武裝敵對的薩摩藩及長州藩，在荷蘭及英國的煽動下兩度關閉使館，又驅逐修士、切斷與馬尼拉的往來；馬尼拉原本有 1,000 多日本人，武士充當西班牙的傭兵幫忙鎮壓華人（sangleys 生理人）的抗暴起義（1603），本身終究也受不了橫徵暴斂、加上輸日產品限定只准用西班牙船隻載運，不少人選擇歸國，留下來的則公開支持荷蘭封鎖馬尼拉港，日本海盜（倭寇）肆虐呂宋島；德川秀忠（1605-23）接任，日本對於跨太平洋的貿易一度相當好奇，兩艘日本船在 1613、1616 年闖進阿卡普爾科，虛驚一場，此後，荷

---

[46] 根據修士 Juan Cobo、及華人教友 Antonio López 所提供的情資，日本將經由琉球、及台灣出征呂宋；當時，西班牙計畫先下手為強佔領台灣，因為豐臣秀吉病逝而暫且化解危機（Turnbull, 2016: 110-11）。

蘭騷擾馬尼拉也可以看到日本武士的影子（Cady, 1964: 239-42；Turnbull, 2016: 108-11, 116）。

第三代江戶幕府將軍德川家光（1623-51）壓迫天主教徒變本加厲，肥前國島原藩主松倉重政（1616-30）自動請纓出兵 5,000 人攻佔呂宋、以防西班牙聯手葡萄牙進犯，身故而作罷，其子松倉勝家（1630-38）積極籌劃遠征馬尼拉、打算派兵 10,000 人，因為島原之亂（1637-38）而胎死腹中；不過，日本裹足不前的關鍵是受制於海軍不夠壯大，連砲擊亂民圍城都必須仰賴荷蘭軍艦，加上西班牙在原先計畫的中繼站台灣已經有堡壘，只好打消出征馬尼拉的念頭，而後為了要防制教士偷渡上岸，乾脆採取鎖國政策（Turnbull, 2016: 111-18）。

日本在明治維新（1868-89）發奮圖強，除了廢除不平等條約，還展開領土的擴張，於甲午戰爭（1894-95）後從中國手中取得台灣，遼東半島則在俄羅斯、德國、及法國「友善勸告」下歸還，耿耿於懷。日本對菲律賓垂涎已久，擔心萬落入敵對的西方強權手中、進而攫取台灣，因此對美國表示，萬一對方無意併吞、或納為保護國，願代管、或與俄羅斯共管；等到美國決意據為己有，日本不再有懸念，還跟美國表態因為台灣心無旁騖，並拒絕阿奎納多的求援（Eyre, 1942; LaFeber, 1997: 62; Iriye, 1967: 74; Barnhart, 1995: 28）。在日俄戰爭（1904-1905）爆發前，俄羅斯向美國示警，日本一旦拿下朝鮮後就會進軍菲律賓，外相小村壽太郎（1901-1906）再三跟美國保證，日本的目標是打敗俄羅斯；等到俄羅斯戰敗，南柯一夢的美國趕緊強化在菲律賓的駐軍（LaFeber, 1997: 81, 84-85）。

美國在 1907 年提出以日本為假想敵的『橙色計畫』（*Plan*

ORANGE），海軍主張把陸軍部署在菲律賓的巴丹半島、全力防止日軍攻取蘇比克灣（Subic Bay），而亞洲分艦隊則先轉進到安全的地方，等待大西洋艦隊（Atlantic Fleet, 1906-）趕來會合再反擊；美國的基本假設是日本有七個月的時間肆虐關島、薩摩亞、及夏威夷，甚至於騷擾巴拿馬運河、及美國西岸，因此，陸軍必須死守菲律賓，等到大西洋艦隊經穿過蘇伊士運河趕來，亞洲分艦隊才有辦法聯手決戰日本艦隊（Turk, 1978: 196）。儘管杜威研判日本在短期內不敢造次，老羅斯福在 1907 年表示，面對日本的菲律賓是美國的致命傷（Achilles' Heel），個人樂見菲律賓獨立；他唯恐太平洋戰火蔓延加州，悄悄地在 1908 年把部署菲律賓的艦隊回防夏威夷（LaFeber, 1997: 92; Neu, 1975: 56-57, 60-61; Wertheim, 2009: 506-507）。

美國在 1913 年修訂『橙色計畫』，把太平洋防線的外圍設定在阿留申群島、夏威夷、及巴拿馬運河三角地帶，基本假設還是非等大西洋艦隊前來馳援不可；老羅斯福無可奈何，因為美國當時只擔心德國會隨時入侵加勒比海，所以把戰艦部

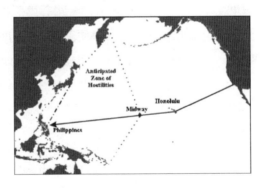

來源：Carlson（1998: 17, fig. 3）。

圖 20：橙色計畫的美日艦隊路線

署的重心擺在大西洋（Turk, 1978: 202）。進入一次大戰，美國海軍實力與德國及日本不相上下，『橙色計畫』假設日軍拿下菲律賓、及關島後，將會以基斯卡島（Kiska）、中途島、及美屬薩摩亞為前進

基地，因此判斷萬一亞洲分艦隊在關島被擋下來，估計美艦由大西洋趕來菲律賓馳援，最快也要 68 天，要是巴拿馬運河中立化，則更要超過 100 天，相對之下，日艦只要 8 天就可以到，因此，『橙色計畫』假定美軍必須至少獨力抵抗 60 天（Carlson, 1998: 17）。

美國在一次大戰初期採取中立，對日本的擴張睜一隻眼、閉一隻眼[47]，威爾遜總統調停無效，跟日本簽訂『藍辛-石井協定』（*Lansing-Ishii Agreement, 1917*），承認日本因為「地理接近」享有中國的「特殊利益」；等到日軍深入西伯利亞，美國終於證實日本在東亞的擴張野心，威爾遜決定取代英國成為世界第一海軍大國（Trask, 1978: 205-13）。大戰結束，日本在華盛頓會議（Washington Naval Conference, 1921-22）確認強權地位。哈定總統的遠東政策有二，中國門戶開放、及防衛菲律賓，關心馬尼拉、及蘇比克灣的奧隆阿波（Olongapo）海軍基地，以便美軍可以隨時揮軍北上（Wheeler, 1959: 384）。在 1920-30 年代，美國海軍的戰略還是放在防守本土，而陸軍希望能退出菲律賓[48]，無力也無意防衛（Rozen 1978: 232; Zelikow, 2017: 37; Stanley, 1974: 276-77）。

---

[47] 大戰爆發，日本趁機以英日同盟佔領德國在中國（山東）、以及南太平洋的領土，首相大隈重信（1914-16）跟美國交心無意擴張菲律賓（Gardiner, 2022; 167-68）。

[48] 胡佛總統的國務卿史汀生（1929-33）表示，要是美國撒手不管菲律賓，另一個遠東國家一定會馬上併吞，不是中國、就是日本，後者趕緊跳出來表態，關心的是當地的市場，不僅無意取得菲律賓、而且還願意跟美國簽約保障其永久的獨立；只不過，當美國駐日大使格魯（Joseph Grew, 1932-41）前來履新，外交官出身的石井菊次郎子爵在歡迎宴會上直言，要是美國阻止日本的和平自然擴張，事態嚴重，外相廣田弘毅（Kōki Hirota, 1933-36）甚至於建議美國不要介入遠東，與歐洲國家分別管自己的門羅主義（Romulo, 1936: 481, 485-86）。

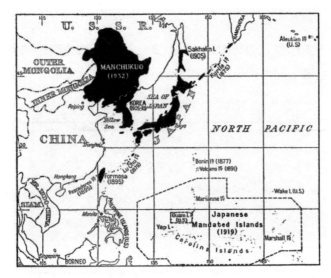

來源：Romulo（1936: 478）。

圖 21：日本在 1930 年代初期的版圖

　　在美國殖民時期，特別是 1930 年代，日本加緊投資菲律賓，幾乎壟斷當地的漁業，而馬尼拉麻蕉、及木材的產銷也相當程度被日本人控制；在這時期，日本移民首度超越華人，光在民答那峨的達沃省（Davao del Sur）就有 18,000 人[49]，主要從事馬麻的生產，當地又有「小日本國」之稱、或仿效滿洲國稱為「達沃國」（Davaquo）；自由邦政府唯恐失控，加緊鼓勵百姓前往開發（Wikipedia, 2022: Japanese in the Philippines; Kotlowski, 2010: 513-14）。羅斯福在 1936

---

[49]　根據戰前的統計，日本在南洋拓殖總數 36,134 人，其中在菲律賓就有 21,468 人（Moore, 2018）。當時日本在台灣有 300,000 人，因此，預估只要移入同樣的數字，配合當地華人在商業的支配，就足以控制菲律賓（Romulo, 1936: 483）。

年 2 底大選連任總統，日本在 1937 年 7 月 7 日入侵中國本土，美國的海軍主力部署在加勒比海，在菲律賓、及中國只能派遣少數的軍艦給亞洲艦隊，無力約束日本。

來源：Moore（2018）。

圖 22：日本國民在南洋的拓殖分布（1935）

日本在 1941 年偷襲珍珠港，隨即由台灣進攻菲律賓，美軍潰不成軍（Morton, 1993）。自由邦政府退至科雷希多島（Corregidor），奎松要求立即獨立，希望能跟日本、及美國談判撤軍，也獲得麥克阿瑟將軍（Douglas MacArthur, 1880-1964）的支持，被羅斯福總統訓了一頓，自由邦政府受命流亡澳洲（Government in exile of the Commonwealth of the Philippines, 1942-45），麥克阿瑟也奉命撤往澳洲（Immerwahr, 2020: 9-10）。儘管麥克阿瑟誓言「我將回去」（I shall return.），不少菲律賓民族主義者覺得被美國拋棄，轉而接受日本的「大東亞共榮圈」主張，紛紛加入日軍扶植的傀儡政權菲律賓第二共和國（Second Philippine Republic, 1943-45）[50]，勞雷爾（Jose P. Laurel, 1943-45）被推選為總統[51]。

來源：Wikimedia Commons（2021: File:Greater East Asia Conference.JPG）。
說明：左起巴莫（Ba Maw 緬甸）、張景惠（滿洲）、汪精衛（中國）、東條英機（日本）、那拉底親王（Wan Waithayakon 泰國）、勞雷爾（菲律賓）、鮑斯（Subhas Chandra Bose 印度）

圖 23：參加大東亞會議的勞雷爾（1943）

捌、菲律賓獨立

一般認為美國在菲律賓的統治方式，是希望能先從事由文官、行

---

[50] 在日本軍事佔領時期（1942-45），比島派遣軍司令官為實質上的軍事總督，分別為本間雅晴（1942）、田中靜壱（1942-43）、黑田重德（1943-44）、及山下奉文（1944-45）。
[51] 由於無法判斷投懷送抱、或無可奈何，麥克阿瑟戰後力主從輕發落，羅哈斯選上第三共和國（Third Republic of the Philippines, 1946-72）首任總統（Tarling, 1966: 279; Immerwahr, 2020: 11）。

政、到立法的菲律賓化（Filipinization），再循序漸進輔導成立一個穩定、自主、自給的共和國，不管稱為協作式的殖民主義（collaborative colonialism）、買辦殖民主義（Compadre Colonialism）、或訓政殖民主義（tutelary colonialism），由自治到獨立，就好像火車到站，也許會有些誤點，畢竟水到渠成、張燈結綵、塵埃落定，並沒有什麼稀奇的地方（Dudden, 1992: 100-101; Owen, 1971; Immerwahr, 2020: 2-3）。Immerwahr（2020）則不以為然，認為美國終究決定讓菲律賓獨立，比較像是開在路上的車子，曲折蜿蜒，美國果真希望菲律賓獨立、還是維持自治就好？即使是要經過一段準備期，美國也要盤算究竟要花多少時間才夠？換句話說，人道、或意識形態的考量未必有決定性，還有一些脈絡因素出現。

衛麥金利總統之命前往菲律賓調查的康乃爾大學校長舒爾曼，他說，動之以情沒有用、訴諸武力不符國情，而建設也不過表示美國人慷慨，真正有用的是必須讓菲律賓人覺得對他們有好處而心存感激[52]

---

[52] 原文是：

Appeal to the self-interest of your wards and make their connection with you profitable.　In this way, if at all, we are to win the confidence and gratitude (perhaps affection is too much to expect) of the natives of the Philippine Islands.　They must see and feel that their connection with the United States is advantageous to them.

....

Something else is necessary to appeal to their sense of profit and advantage.　That something is a great, manifest, and ever-continuing act of generosity on the part of the United States. The abolition or sweeping reduction of our customs duties on the products of Philippine labor and skill would be just such a measure. No other field of generosity half so promising is open to us.　Such a concession, though meaning little to us,

（Veatch, 1931）。事實上，自從國會在 1909 年通過『潘恩關稅法』
（*Payne-Aldrich Tariff Act*），菲律賓產品因為免關稅而長驅直入，到
了 1930 年代有 80%銷往美洲大陸，特別是蔗糖，而菲律賓人也不斷
移入[53]，菲律賓貿易、及勞工議題再度引起注目，西岸的工會、及農
民強力支持菲律賓獨立，尤其是生產甜菜、及棉花的州，希望政府能
阻擋蔗糖、馬尼拉麻、及椰子[54] 的進口，國會要求課徵關稅、或放棄
菲律賓的呼聲高漲，無關政黨立場、也不是出於崇高的反帝國主義關
懷、更不是擔憂日本是否會出兵併吞菲律賓（Immerwahr, 2020: 4-5;
Kotlowski, 2010: 513; Veatch, 1931）。菲律賓人當然百思不解，為何
美國要求中國門戶開放[55]，卻視自己的殖民地為外國而採取配額、或
關稅壁壘政策，他們同時也對被移民法當作外國人而忿忿不平
（Dudden, 1992: 103-105; Allen, 1970: 70; Veatch, 1931）。

---

would mean everything to the Filipinos.　May Congress have wisdom to
utilize this unique and fruitful opportunity.

[53] 美國國會在 1924 年通過『移民法』（*Immigration Act*），又稱為『詹森-里
德法案』（*Johnson-Reed Act*）、或『國家來源法案』（*National Origins Act*），
限制亞太國家移民的配額，主要是針對日本人。同樣地，國會在 1930 年通
過『斯姆特-霍利關稅法案』（*Smoot-Hawley Tariff Act*），也不適用於菲律賓
（Pepinsky, 2015: 395）。

[54] 菲律賓的椰子核可以提煉椰油，可以取代棉油，用於糕餅、人造奶油、及肥
皂等等，生產動植物油感受到強大的競爭壓力（Pepinsky, 2015: 388, 403）。

[55] 美國在簽訂『巴黎條約』後，國務卿海約翰兩度向英德法義俄日等六國提出
中國門戶開放政策（*First Open Door Note, 1899*、*Second Open Door Note,
1900*），除了沒有勢力範圍的義大利，其他各國虛應；日本駐美大使小村壽
太郎（1898-1900）嘗試說服美國保護日本在夏威夷的貿易，答案是門戶開放
政策不適用於剛納入的領土（Romulo, 1936L 479LaFeber, 1997: 69-70,
61-62）。Welch（1979: 154-55）認為，美國是「非殖民的帝國」（noncolonial
empire）、採行「門戶開放式的帝國主義」（open door imperialism）。

　　奎松的政治生涯漫長、長袖善舞[56]，尤其是擔任菲律賓參議院議長（1916-35）、促成『菲律賓自治法[57]』，他為了跟對手互別苗頭[58]，必須時而在公開場合高調疾呼菲律賓獨立、戰術上則私下跟美國人唱和或可接受自治領[59]，雙方扮演黑白臉的角色[60]，然而，一旦看到美國國會決定放手不擋菲律賓獨立，他知道再自己的兩面手法也玩不下

[56]　奎松除了有魅力，最厲害的地方是有辦法說服政敵，甚至於不惜動用職位收買，直到沒有敵人為止，因此，主張立即獨立、跟反對獨立的人都可以支持他，難怪羅斯福總統稱他為「徹頭徹尾的政客」（first and last a politician）（Kotlowski, 2010: 509）。

[57]　『海爾-哈衛斯-加亭獨立法』在 1932 年 12 月通過，奎松卻要求胡佛否決，1933 年 1 月被國會反否決，奎松的說詞是獨立議題要是由他人推動，權力將落入極端份子手中，因此他帶頭菲律賓參議院表達無法接受，對外的理由是美國不放棄海軍基地；然而，真正的理由是副手奧斯米納（1922-34）與眾議院議長羅哈斯（1822-33）在 1931 年 12 月訪美遊說（OsRox Mission, 1931），奎松這回因病未能成行，法案一旦通過，功勞計在別人的身上；奎松自己在 1934 年親自率團訪華府，遊說通過修正的『菲律賓獨立法』，在 1935 年如願順利選上首任自由邦總督（1935-44）（Wheeler, 1959: 383; Kotlowski, 2010: 507; Friend, 1964b; Veatch, 1931, 1933）。

[58]　哈定、及柯立芝總統的菲律賓伍德對於獨立遊說團每年造訪華府相當不耐煩，奎松表示無可奈何陪同奧斯米納，否則，很可能會被質疑放棄獨立的目標（Kotlowski, 2010: 507）。

[59]　伍德在 1923 告訴奎松，「你們尚未準備好獨立」，要他想辦法導正菲律賓人根深蒂固的獨立思想，後者表示「我知道」；奎松認為，當下的菲律賓只是「行政殖民地」（administrative colony）、而非「墾殖殖民地」（settler colony），前者是只有少數殖民官員前來統治當地人，而後者則有歐洲移民前來落地生根，他相信加拿大、或澳洲模式的自治領適合菲律賓，而伍德對於菲律賓人的自治能力嗤之以鼻；只不過，當國務院官員在 1937 年前來，探詢是否願意正式提出變成自治領的要求，奎松當然必須公開表示異議（Kotlowski, 2010: 508, 514-15）。

[60]　奎松表面上高喊獨立，實際是支持自治，威爾遜了然於胸（Curry, 1954: 441-42; Wheeler, 1959: 377-78）。

去了；在這樣的氛圍下，擔任自由邦總督的奎松，憂心獨立後的菲律賓，一旦失去美國的免關稅市場、及軍事保護，究竟要如何生存，因此必須未雨綢繆，除了找來麥克阿瑟幫忙加緊備戰，也透過流亡份子跟日本接觸示好[61]，另外還徵詢英國，萬一美國棄守、對方是否願意接手，甚至於考慮中立化（Kotlowski, 2010: 506-509, 515; Immerwahr, 2020: 5-6, 9-10）。

這時候登場的，是羅斯福總統的菲律賓高級專員麥克納特（Paul V. McNutt, 1937-39），他跟奎松曉以大義，日軍伺機南進，一旦美國撤出，菲律賓恐怕血流成河，何不「實事求是重新檢視」（realistic reexamination）即將到來（1946）的獨立，讓美國嚇阻日本入侵（Immerwahr, 2020: 8-9）。只不過，當時美國的農民希望能切斷跟菲律賓的關係、對菲律賓農產品課徵關稅，另外，孤立主義者也主張把菲律賓交給日本，而羅斯福總統也考慮透過國際條約來保障菲律賓獨立後的中立；伍德在 1938 年回到華府述職，他認為對雙方最有利的方式是維持自由邦的安排，總而統的回答則是，「要是菲律賓人真的要這樣，就由他們自己開口吧！」台面上的政治人物當然不會政治自殺，伍德終究無功而返，接任的塞爾無意重啟話題（Kotlowski, 2010: 512, 519）。

美軍在 1944 年 10 月 20 日登陸萊特島（Leyte），4 個月就取回 5 大島，進而在 1945 年 3 月進攻民答那峨島（Cannon, 1993）。事實上，菲律賓在獲得獨立之前，自由邦流亡政府是『聯合國共同宣言』

---

[61] 奎松擔任參議院議長時警告，只要美軍還在，日本出兵必須三思；等到出任自由邦總督，他在 1937 年訪問日本，對方相當冷淡，表示只關心彼此的貿易（Romulo, 1936: 485:; Kotlowski, 2010: 514）。

（*Declaration by United Nations, 1942*）的簽署國之一，又參加太平洋
戰爭會議（Pacific War Council, 1942）、布列敦森林會議（Bretton
Woods Conference, 1944）、及國際民用航空公約會議（Chicago
Convention on International Civil Aviation, 1944），更參加舊金山會議
（United Nations Conference on International Organization, 1945）、隨
後成為聯合國會員，而美國是在 1946 年才簽訂『馬尼拉條約』（*Treaty
of Manila, 1946*）正式承認菲律賓獨立。

美國目前除了現有的 50 州以外，還有一些海外領地（oversee
possession），也就是所謂的島嶼地區（insular area），包括美屬威京
群島（購自丹麥）、波多黎各、關島（美西戰爭的戰利品）、美屬薩
摩亞（原為聯合國非自治領）、以及北馬里亞納群島（原為聯合國託
管地），都已經成為不可分的本土（integral part of the proper），也
就是所謂「納入領土」（incorporated territory）。目前除了美屬薩摩
亞，其他領地都已經透過國會訂定的基本法而獲得建制，住民都享有
美國公民權。就政治安排而言，波多黎各、以及北馬里亞納群島與美
國有國協（自由邦）的安排，有相當的自治權，其他領地則算是屬地，
權限較少。

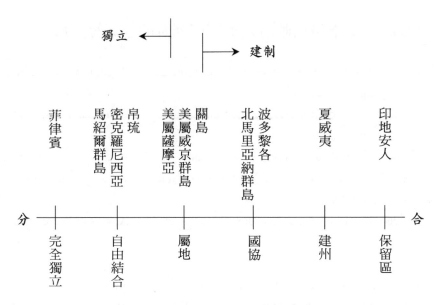

圖 24：美國前殖民地或託管地的安排

附錄 1：馬洛洛斯政府給美國國務院的備忘錄（1899）[62]

1. American precept and example have influenced my people to desire an independent government.

2. Suffering, as did the Americans, from alien rule, they rose and drove out foreign masters.

3. They established, and for seven months have maintained, a form of government resembling the American, in that it is based on the right of the people to rule.

4. According to doctrines laid down by distinguished American Secretaries of State, this government is entitled to recognition by the American Republic.

5. The expelled government of Spain, having, at the time of the signing of the Treaty of Peace, been in possession of but one port, and the remainder of the Philippines, except Manila, having been in the possession of the Philippine Republic, and all attributes of sovereignty having passed from Spain, that country could give no title to the United States for the Philippine Islands.

6. Spain having no title to give, her claim cannot be rendered better by the ratification of the Treaty of Peace.

7. From the foregoing, it would seem to follow that the present recognition of the first Republic of Asia by the greatest Republic of America would be consonant with right, justice, and precedent.

---

[62] *Memorandum Relative to the Right of the Philippine Republic to Recognition, 1899* (Brands, 1992: 48)。

附錄 2：菲律賓與美國關係年表[63]

西屬東印度群島（Spanish East Indies, 1565-1901）

大英帝國殖民時期（British occupation of Manila, 1761-64）

第一次美國殖民時期（United States Military Government of the Philippine Islands, 1898-1902）

菲律賓軍事總督梅利特（Wesley Merritt, 1898）

菲律賓軍事總督奧蒂斯（Elwell S. Otis, 1898-1900）

菲律賓第一共和國（First Republic of the Philippines, 1899-1901）

菲律賓軍事總督小亞瑟・麥克阿瑟（Arthur MacArthur Jr., 1900-1901）

第二次美國殖民時期／菲律賓群島島民政府／美屬菲律賓／（Insular Government of the Philippine Islands, 1901-35）

美國總統羅斯福（Theodore Roosevelt, 1901-1909）

菲律賓軍事總督阿德納・查菲（Adna Chaffee, 1901-1902）

菲律賓總督威廉・霍華德・塔虎脫（William Howard Taft, 1901-1904）

菲律賓總督盧克・愛德華・賴特（Luke Edward Wright, 1904-1905）

菲律賓總督亨利・克萊・艾德（Henry Clay Ide, 1905-1906）

菲律賓總督詹姆斯・法蘭西斯・史密斯（James Francis Smith, 1906-1909）

美國總統塔虎脫（William Howard Taft, 1909-13）

菲律賓總督威廉・卡梅倫・福布斯（William Cameron Forbes, 1909-13）

美國總統威爾遜（Woodrow Wilson, 1913-21）

菲律賓總督弗蘭西斯・布頓・哈里森 Francis Burton Harrison（1913-21）

美國總統哈定（Warren G. Harding, 1921-23）

---

[63] 整理自 Wikipedia (2022: Governor-General of the Philippines.)、及維基百科（2021：菲律賓總督列表）。

菲律賓總督萊昂納德・伍德（Leonard Wood, 1921-27）

美國總統柯立芝（Calvin Coolidge, 1923-29）

菲律賓總督亨利・劉易斯・史汀生（Henry L. Stimson, 1927-29）

美國總統胡佛（Herbert Hoover, 1929-33）

菲律賓總督德懷特・F・戴維斯（Dwight F. Davis, 1929-32）

菲律賓總督西奧多・羅斯福三世（Theodore Roosevelt, Jr.,1932-33）

美國總統羅斯福（Franklin D. Roosevelt, 1933-45）

菲律賓總督弗蘭克・墨菲（Frank Murphy, 1933-35）

菲律賓自由邦（Commonwealth of the Philippines, 1935-42, 1945-46）

菲律賓高級專員弗蘭克・墨菲（Frank Murphy, 1935-37）

菲律賓高級專員保羅・麥克納特（Paul V. McNutt, 1937-39）

菲律賓高級專員法蘭西斯・鮑斯・塞爾（Francis Bowes Sayre, Sr., 1939-42）

菲律賓自由邦流亡政府（Government in Exile of the Commonwealth of the
　　　Philippines, 1942-45）

日本軍事佔領時期（1942-45）

菲律賓執行委員會（Philippine Executive Commission, 1942-43）

菲律賓第二共和國（Second Republic of the Philippines, 1943-45）

美國總統杜魯門（Harry S. Truman, 1945-53）

菲律賓高級專員保羅・麥克納特（Paul V. McNutt, 1945-46）

菲律賓第三共和國（Third Republic of the Philippines, 1946-65）

菲律賓第四共和國（Fourth Republic of the Philippines, 1981-86）

菲律賓第五共和國（Fifth Republic of the Philippines, 1986-）

附錄 3：條約、法律、宣言、文件

Treaty of Tordesillas, 1494

Treaty of Zaragoza, 1529

Peace of Münster, 1648

Provisional Constitution of the Philippines, 1897

Philippine Declaration of Independence, 1898

Treaty of Paris, 1898

Teller Amendment, 1898

Benevolent Assimilation Proclamation, 1898

First Open Door Note, 1899

Memorandum Relative to the Right of the Philippine Republic to Recognition, 1899

Malolos Constitution, 1899

Second Open Door Note, 1900

Sedition Law, 1901

Brigandage Act, 1902

Philippine Organic Act/Cooper Act, 1902

Payne-Aldrich Tariff Act, 1909

1912 Democratic Party Platform

Philippine Autonomy Act/Jones Act, 1916

Lansing-Ishii Agreement, 1917

Four-Power Treaty, 1921

Immigration Act/Johnson-Reed Act/National Origins Act, 1924

Smoot-Hawley Tariff Act, 1930

Hawes-Cutting Bill, 1931

Hare-Hawes-Cutting Act, 1933

Philippine Independence Act/Tydings- McDuffie Act, 1934
Constitution of the Philippine Commonwealth, 1935
Declaration by United Nations, 1942
Treaty of Manila, 1946

參考文獻

維基百科，2021。〈菲律賓總督列表〉（https://zh.wikipedia.org/wiki/菲律賓總督列表）（2022/3/7）。

1912 Democratic Party Platform (https://www.presidency.ucsb.edu/documents/1912-democratic-party-platform) (2022/3/2)

Allen, Richard. 1970. *A Short Introduction to the History and Politics of Southeast Asia.* New York: Oxford University Press.

Barnhart, Michael A. 1995. *Japan and the World since 1868.* London: Edward Arnold.

Bartholomew, Charles L. 1898. "Uncle Sam to Little Aguinaldo — See Here Sonny, Whom Are You Going to Throw Those Rocks At?" *Minneapolis Journal*, September (https://commons.wikimedia.org/wiki/File:%E2%80%9CUncle_Sam_to_Little_Aguinaldo_%E2%80%94_See_Here_Sonny,_Whom_Are_You_Going_to_Throw_Those_Rocks_At%3F%22.jpg) (2022/3/6)

Bayani Art. 2015. "Sakay-Was-Sentenced-To-Death,-And-Hanged-On-13-Sept.-1907." (https://www.bayaniart.com/articles/macario-sakay-biography/sakay-was-sentenced-to-death-and-hanged-on-13-sept-1907/) (2022/3/6)

Boston Herald. 1899. "Showing the Light to the Filipinos." (https://ifp.nyu.edu/2017/history/showing-light-filipinos/) (2022/3/6)

Bradley, Harold. 1942. "Observations upon American Policy in the Philippines." *Pacific Historical Review*, Vol. 11, No. 1, pp. 43-53.

Bradley. James. 2009. *The Imperial Cruise: A Secret History of Empire and War.* New York: Little, Brown & Co.

Brands, H. W. 1992. *Bound to Empire: The United State and the Philippines.* New York: Oxford University Press.

Cady, John F. 1964. *Southeast Asia: Its Historical Development.* New York: McGraw-Hill Book Co.

Cannon, M. Hamlin. 1993. *Leyte: The Return to the Philippines.* Washington, D.C.: Center of Military History, United States Army.

Carlson, Adolf. 1998. "Joint U.S. Army-Navy War Planning on the Eve of the First World War." (https://press.armywarcollege.edu/cgi/viewcontent.cgi?article=1862&context=monographs) (2022/3/1)

Churchill, Bernardita Reyes. 1981. "The Philippine Independence Missions to the United States 1919-1934." Ph.D. Thesis, Australian National University (file:///C:/Users/Genuine/Downloads/b12617726_Churchill_Bernardita_Reyes.pdf) (2022/3/3)

CQ Researcher. 1924. "Philippine Independence." (https://library.cqpress.com/cqresearcher/document.php?id=cqresrre1924012800) (2022/3/9)

CQ Researcher. 1924. "The Problem of the Philippines." (https://library.cqpress.com/cqresearcher/document.php?id=cqresrre1926110600) (2022/3/9)

Curry, Roy Watson. 1954. "Woodrow Wilson and Philippine Policy." *Mississippi Valley Historical Review*, Vol. 41, No. 3, pp. 435-52.

Davenport, Homer. 1902. "Kill Every One over Ten: Criminals Because They Were Born Ten Years Before We Took the Philippines." *New York Evening Journal*, May 5 (https://commons.wikimedia.org/wiki/File:Editorial_cartoon_about_Jacob_Smith%27s_retaliation_for_Balangiga.gif) (2022/3/6)

Dudden, Arthur Power. 1992. *The American Pacific: From the Old China Trade to the Present.* New York: Oxford University Press.

Ehrhart, Samuel D. 1900. "If They'll Only Be Good." *Puck*, January 31 (https://thomasites.wordpress.com/2009/03/22/cartoon-from-puck/) (2022/3/6)

Eyre, James K. 1942. "Japan and the American Annexation of the Philippines." *Pacific Historical Review*, Vol. 11, No. 1, pp. 55-71.

Eyster, Nathan. n.d. "The Spanish-American War." (https://www.sutori.com/en/story/the-spanish-american-war--oEbwgX9d1G6C2ugZm9Yd6ZB4) (2022/3/7)

Field, Richard J. 2006. "Revisiting Magellan's Voyage to the Philippines." *Philippine Quarterly of Culture and Society*, Vol. 34, No. 4, pp. 313-37.

Flohri. Emil. 1900. "And, After All, the Philippines Are Only the Stepping-Stone to China." *Judge* (https://commons.wikimedia.org/wiki/File:Flohri_cartoon_about_the_Philippines_as_a_bridge_to_China.jpg) (2022/3/6)

Friend, Theodore W. 1964a. "Philippine Independence and the Last Lame-Duck Congress." *Philippine Studies*, Vol. 12, No. 24, pp. 260-76.

Friend, Theodore W. 1964b. "Veto and Repassage of the Hare-Hawes-Cutting Act: A Catalogue of Motives." *Philippine Studies*, Vol. 12, No. 4, pp. 666-80.

Gardiner, William Howard. 1922. "The Philippines and Sea Powers." *North America Review*, Vol. 216, No. 801, pp. 165-73.

Gates, John M. 1998. *The U.S. Army and Irregular Warfare*. Wooster, Ohio: College of Wooster.

Grunder, Garel A., and William E. Livezev. 1973. *The Philippines and the United States*. Westport, Co.: Greenwood Press.

Grynaviski, Eric. 2018. *America's Middlemen: Power at the Edge of Empire*. Cambridge: Cambridge University Press.

Guerrero, Leon Ma. 1961. "The Kaiser and the Philippines." *Philippine Studies*, Vol. 9, No. 4, pp. 584-600.

Hahn, Emily. 1981. *The Islands: America's Imperial Adventure in the*

Philippines. New York: Coward, McCann & Geoghegan.

Immerwahr, Daniel. 2020. "Philippine Independence in U.S. History: A Car, Not a Train." *Pacific Historical Review*, Vol. 89, No. 1, pp. 1-28.

Iriye, Akira. 1967. *Across the Pacific: An Inner History of American-East Asia Relations.* New York: Harcourt, Brace & Word.

Jackson, Asia. 2019. "Racial Hierarchy of the Philippines." (https://twitter.com/aasian/status/1119354630243098624?lang=zh-Hant) (2022/3/6)

Karnow, Stanley. 1989. *In Our Image: America's Empire in the Philippines.* New York: Random House.

Kohlsaat, H. H. 1923. *From McKinley to Harding: Personal Recollections of Our Presidents.* New York: Charles Scribner's Sons.

Kotlowski, Dean. 2010. "Independence or Not? Paul V. McNutt, Manuel L. Quezon, and the Re-examination of Philippine Independence, 1937-39." *International History Review*, Vol. 32, No. 3, pp. 501-31.

Kramer, Paul A. 2006. "Race-making and Colonial Violence in the U.S. Empire: The Philippine-American War as Race War." *Diplomatic History*, Vol. 30, No. 2, pp. 169-210.

LaFeber, Walter. 1997. *Clash: U.S.-Japan Relations throughout History.* Ney York: W. W. Norton & Co.

Leslie, Frank. 1898. "Guess I'll Keep 'em!." *Leslie's Weekly*, June 9 (https://www.wisconsinhistory.org/Records/Image/IM59627) (2022/3/7)

McHale, Thomas R. 1961. "The Development of American Policy toward the Philippines." *Philippine Studies*, Vol. 9, No. 1, pp. 47-71.

McKinley, William. 1898. "Benevolent Assimilation Proclamation." December 21 (https://www.msc.edu.ph/centennial/benevolent.html) (2022/3/6)

Mabini, Apolinario. 1969. *The Philippine Revolution*, trans. by Leon Ma. Guerrero. Manila: National Historical Commission (https://www.univie. ac.at/ksa/apsis/aufi/history/mabini2.htm) (2022/3/6)

May, Glenn A. 1983. "Why the United States Won the Philippine-American War, 1890-1902." *Pacific Historical Review*, Vol. 52, No. 4, pp. 353-77.

Moore, Ryan. 2018. "FBI Maps of Japanese Nationals and Economic Interests in the 1930s." (https://blogs.loc.gov/maps/2018/01/fbi-maps-of-japanese-nationals-and-economic-interests-in-the-1930s/) (2022/3/8)

Morton, Louis. 1993. *The Fall of the Philippines*. Washington, D.C.: Center of Military History, United States Army.

n.a. n.d. "Execution of GomBurZa." (http://horaciodelacosta.blogspot. com/2016/10/gomez-burgos-and-zamora-priests-and.html) (2022/3/6)

Nelan, Charles. 1898. "'What Will He Do With It?' Having Acquired the Philippines, Uncle Sam Ponders How to Deal with the Country." *New York Herald* (https://www.posterazzi.com/cartoon-phillipines-1898-nwhat-will-he-do-with-it-nhaving-acquired-the-philippines-uncle-sam-ponders-how-to-deal-with-the-country-cartoon-by-charles-nelan-1898-poster-print-by-grang er-collection-item-vargrc0066577/) (2022/3/6)

Neu, Charles E. 1975. *The Troubled Encounter: The United States and Japan*. Malabar, Fla.: Robert E. Krieger Publishing Co.

O'Connor, Lopak. 2020. "'America's St. Helena': Filipino Exiles and U.S. Empire on Guam, 1901-03." (https://humanities.wustl.edu/news/%E2% 80%9Camerica%E2%80%99s-st-helena%E2%80%9D-filipino-exiles-and-us-empire-guam-1901%E2%80%9303) (2022/3/7)

Owen, Norman G., ed. 1971. *Compadre Colonialism: Studies in the Philippines under American Rule*. Ann Arbor: University of Michigan Press.

Pepinsky, Thomas B. 2015. "Trade Competition and American Decolonization." *World Politics*, Vol. 67, No. 3, pp. 387-422.

Perdon, Renato. 2010. "The German Philippines That Never Was." (https://muntingnayon.com/100/100965/) (2022/3/6)

Racelis, Mary, and Judy Celine Ick. 2001. *Bearers of Benevolence: The Thomasites and Public Education in the Philippines.* Pasig City, the Philippine: Anvil Pub.

Reid, Anthony. 1996. "China Trade Routes to Southeast Asia," in Anthony Reid, ed. *Sojourners and Settlers: Histories of Southeast Asia and the Chinese*, p. 16. Honolulu: University of Hawaii Press (http://visualizing modernchina.org/content/chapter-7/) (2022/3/6)

Romulo, Carlos P. 1936. "The Philippines Look at Japan." *Foreign Affairs*, Vol. 14, No. 3, pp. 476-86.

Schult, Volker. 2005. "The Philippines and the Kaiser's World Politics." *Philippines Quarterly of Culture and Society*, Vol. 33, Nos. 1-2, pp. 1-31.

Sluiter, Engel. 1942. "Dutch Maritime Power and the Colonial Status Quo." *Pacific Historical Review*, Vol. 11, No. 1, pp. 29-41.

Stanley, Peter W. 1974. *A Nation in the Making: The Philippines and the United States, 1899-1921.* Cambridge, Mass.: Harvard University Press.

Steinberg, David Joel. 1992. *The Philippines: A Singular and a Plural Place.* Boulder, Colo. Westview Press.

Tarling, Nicholas. 1966. *A Concise History of Southeast Asia.* New York: Frederick A. Praeger.

Trask, David F. 1978. "The American Navy in a World at War, 1914-1919," in Kenneth J. Hagan, ed. *In Peace and War: Interpretations of American Naval History, 1775-1978*, pp. 204-20. Westport, Conn.: Greenwood Press.

Tremml-Werner, Birgit. 2015. *Spain, China, and Japan in Manila, 1571-1644.* Amsterdam: Amsterdam University Press.

Turk, Richard W. 1978. "Defending the New Empire, 1900-1914," in Kenneth J. Hagan, ed. *In Peace and War: Interpretations of American Naval History, 1775-1978*, pp. 186-204. Westport, Conn.: Greenwood Press.

Turnbull, Stephen. 2016. "Wars and Rumours of Wars: Japanese Plans to Invade the Philippines, 1593-1637." *Naval War College Review*, Vol. 69, No. 1, pp. 107-20.

Van Dijk, Kees, 2015. *Pacific Strife.* Amsterdam: Amsterdam University Press.

Veatch, R. 1931. "Economics of the Philippine Problem." (https://library. cqpress.com/cqresearcher/document.php?id=cqresrre1931121200) (2022/3/6)

Veatch, R. 1933. "Independence Contest in the Philippines." (https://library. cqpress.com/cqresearcher/document.php?id=cqresrre1933080500) (2022/3/6)

Velarde, Pedro Murillo. 1774. "Map of the Philippine Islands." (https://www.asianstudies.org/publications/eaa/archives/the-philippines-an-overview-of-the-colonial-era/) (2022/3/6)

Warshaw, Steven. 1964. *Southeast Asia Emerges: A Concise History of Southeast Asia from Its Origin to the Present.* Berkeley: Diablo Press.

Welch, Richard E., Jr. 1974. "American Atrocities in the Philippines: The Indictment and the Response." *Pacific Historical Review*, Vol. 43, No. 2, pp. 233-53.

Welch, Richard E., Jr. 1979. *Response to Imperialism: The United State and the Philippine-American War, 1899-1902.* Chapel Hill: University of

North Carolina Press.

Wertheim, Stephen. 2009. "Reluctant Liberator: Theodore Roosevelt's Philosophy of Self-Government and Preparation for Philippine Independence." *Presidential Studies Quarterly*, Vol. 39, No. 3, pp. 494-518.

Wheeler, Gerald E. 1959. "Republican Philippine Policy, 1921-1933. *Pacific Historical Review*, Vol. 28, No. 4, pp. 377-90.

Wikimedia Commons. 2007. "File:Filipino casualties on the first day of war.jpg." (https://en.wikipedia.org/wiki/File:Filipino_casualties_on_the_first_day_of_war.jpg) (2022/3/3)

Wikimedia Commons. 2020. "File:Manuel Luis Quezon, (center), with representatives from the Philippine Independence Mission (cropped).jpg." (commons.wikimedia.org/wiki/File:Manuel_Luis_Quezon,_(center),_with_representatives_from_the_Philippine_Independence_Mission_(cropped).jpg) (2022/3/3)

Wikimedia Commons. 2021. "File:Greater East Asia Conference.JPG." (https://commons.wikimedia.org/wiki/File:Greater_East_Asia_Conference.JPG) (2022/3/3)

Wikimedia Commons. 2021. "File:Spain and Portugal.png." (https://commons.wikimedia.org/wiki/File:Spain_and_Portugal.png) (2022/3/6)

Wikipedia. 2021. "Caciquismo (España)." (https://es.wikipedia.org/wiki/Caciquismo_(Espa%C3%B1a)) (2022/3/2)

Wikipedia. 2022. "Artemio Ricarte." (https://en.wikipedia.org/wiki/Artemio_Ricarte) (2022/3/2)

Wikipedia. 2022. "British occupation of Manila." (https://en.wikipedia.org/wiki/Philippine%E2%80%93American_War#Filipino_collaboration) (2022/3/2)

Wikipedia. 2022. "Battle of Balangiga." (https://en.wikipedia.org/wiki/Battle_of_Balangiga) (2022/3/2)

Wikipedia. 2022. "Battles of La Naval de Manila." (https://en.wikipedia.org/wiki/Battles_of_La_Naval_de_Manila) (2022/3/2)

Wikipedia. 2022. "Dutch-Portuguese War." (https://en.wikipedia.org/wiki/Dutch-Portuguese_War) (2022/3/2)

Wikipedia. 2022. "Encomienda." (https://en.wikipedia.org/wiki/Encomienda) (2022/3/2)

Wikipedia. 2022. "Emilio Aguinaldo." (https://en.wikipedia.org/wiki/Emilio_Aguinaldo) (2022/3/2)

Wikipedia. 2022. "Filipinos." (https://en.wikipedia.org/wiki/Filipinos) (2022/3/2)

Wikipedia. 2022. "Governor-General of the Philippines." (https://en.wikipedia.org/wiki/Governor-General_of_the_Philippines) (2022/3/2)

Wikipedia. 2022. "Jacob H. Smith." (https://en.wikipedia.org/wiki/Jacob_H._Smith) (2022/3/2)

Wikipedia. 2022. "Japanese in the Philippines." (https://en.wikipedia.org/wiki/Japanese_in_the_Philippines) (2022/3/2)

Wikipedia. 2022. "Macario Sakay." (https://en.wikipedia.org/wiki/Macario_Sakay) (2022/3/2)

Wikipedia. 2022. "Maluku Islands." (https://en.wikipedia.org/wiki/Maluku_Islands) (2022/3/2)

Wikipedia. 2022. "March across Samar." (https://en.wikipedia.org/wiki/March_across_Samar) (2022/3/2)

Wikipedia. 2022. "Names of the Philippines." (https://en.wikipedia.org/wiki/Names_of_the_Philippines) (2022/3/2)

Wikipedia. 2022. "Philippine-American War." (https://en.wikipedia.org/wiki/Philippine-American_War) (2022/3/2)

Wikipedia. 2022. "Spanish Formosa." (https://en.wikipedia.org/wiki/Spanish_Formosa) (2022/3/2)

Wikipedia. 2022. "Spanish-Moro conflict." (https://en.wikipedia.org/wiki/Spanish-Moro_conflict) (2022/3/2)

Wikipedia. 2022. "Treaty of Tordesillas." (https://en.wikipedia.org/wiki/Treaty_of_Tordesillas) (2022/3/2)

Wikipedia. 2022. "Treaty of Zaragoza." (https://en.wikipedia.org/wiki/Treaty_of_Tordesillas) (2022/3/2)

Wilson, Woodrow. 1920. "December 7, 1920: Eighth Annual Message [to the Congress]." (https://millercenter.org/the-presidency/presidential-speeches/december-7-1920-eighth-annual-message) (2022/3/6)

Williams, Lea E. 1976. *Southeast Asia: A History*. New York: Oxford University Press.

Wong. James. 1969. "Route of Manila Galleon," in Thomas W. Chin, ed., *A History of the Chinese in California*, p. 5. San Francisco: Chinese Historical Society of America (https://www.worldhistory.biz/ancient-history/69372-globalization-begins-the-manila-galleon-trade.html) (2022/3/6)

Zelikow, Philip. 2017. "Why Did America Cross the Pacific? Reconstructing the U.S. Decision to Take the Philippines, 1898-99." *Texas National Security Review*, Vol. 1, No. 1, pp. 36-67.

戰前美國與日本的恩怨情愁

　　根據 LaFeber（1997: xviii-xix），從 19 世紀起，美國與日本自始的關係是亦師、亦友、亦敵，主要是因為美國項莊舞劍、志在沛公，也就是垂涎廣大的遠東市場，特別是要求開放中國門戶、雨露均霑，而日本剛好是方便的戰略中繼站；相對地，日本想要建立自己的帝國，而中國、及亞洲大陸是尚未開發的大好機會，跟美國可以合作對抗已經伸張到華北的俄羅斯。所以，美日兩國邂逅以後的 150 年，基本上是建立在美中日三角關係，而日本只是其中比較次要的一個環節，在重要關頭，美國的考量會選擇支持中國、捨棄日本（pp. 4-5）。

　　美國在 19 世紀中葉先後取得俄勒岡（1846）、及加州（1848），在「昭昭天命」（Manifest Destiny）的使命感驅策下，必須尋覓嶄新的「邊疆」（frontier）來開發，由於亞洲頓時成為鄰居，中國是看中的主要目標、日本次之，而舊金山就是前往的跳板（LaFeber, 1997: 9-11）。到了 19 世紀末，美國適逢二次工業革命，必須為生產工多的產品（manufactured goods）尋找出路，因此在太平洋大肆擴張，日本不敢造次、只能冷眼旁觀，預見雙方為了中國市場角力。一次世界大戰爆發，日本已非吳下阿蒙，一口氣吞掉德國在亞洲、及太平洋的地盤，又與美國聯手進軍西伯利亞以遏止蘇聯紅軍，不掩雄心壯志。美國隱忍不發，先透過裁軍軟索牽豬、暫且承認日本在西太平洋的海軍優勢，然後伺機挹注中國，再切斷日本外來的奧援，兩國水火不容，終於在二次世界大戰展開決戰。

壹、美國黑船強迫日本開國

在大航海時代（15-17 世紀），葡萄牙人在 1542 年因為颱風船難首度抵達九州南端的種子島，除了帶來洋槍、也展開歐洲人的商務；幾年後，西班牙耶穌會教士也陸續來到傳教，在 1582 年號稱已經有 150,000 名教友領洗，不過，外國教士在 1587 年被豐臣秀吉驅逐（LaFeber, 1997: 7）。德川幕府（1603-1868）在 1620-30 年代致力國家發展，認為外國人從事的貿易不公平而嫌惡，於 1639 年決定進一步採取鎖國政策、以避免外力介入，不准國人及外人進出、違者處死；此後兩百年，日本除了維持與中國的貿易關係，只允荷蘭船隻進入長崎，商館就設在人工的出島。

工業革命（1760-1840）後，西方國家開始向遠東進行擴張，俄羅斯由北進犯，美國東來，英國、及法國則由南包抄，強權環伺，日本不能倖免。從 18 世紀末、到 19 世紀初，俄羅斯已經跨越西伯利亞來到黑龍江流域，在千島群島、及庫頁島跟日本漁民時有糾紛，甚至於不斷要求通商、騷擾北方島民，終於無功而返。同時，英國不服茶葉、及絲綢的買賣掌控在荷商手裡，艦艇在 1808 年不顧禁令硬闖長崎，從此騷擾不斷而來；不過，一直要到英國在鴉片戰爭（1839-42）

後取得香港，日本才驚覺英國可能帶來嚴重的威脅。

正當歐洲強權著手染指中國之際，太平洋彼岸的美國也躍躍欲試，希望能分享中國沿海通商口岸；終究，美國仿效中英『南京條約』（*Treaty of Nanking, 1842*）簽訂『望廈條約』（*Treaty of Wanghia, 1844*），取得五口通商口岸、及領事裁判權。當時，美國的捕鯨業已經發展到北太平洋，梅爾維爾（Herman Melville）膾炙人口的小說《白鯨記》（*Moby-Dick*）所描繪的意象，儼然就是大西部開疆闢土的翻版；美國希望能讓自己的捕鯨船、及快帆船入港補給，萬一船難，也期待能上岸獲得救濟，不過，當地人對於外來者並不是那麼友善。一旦蒸汽船開始取代帆船，中途必須有加煤站、及補給站，日本剛好地利之便，美國當然企盼能建立商業、及外交關係。這時候，美國的基督教會有強烈的使命感，深信有義務前往宣教，兼顧帶來教化、及現代化，認為對於當地人是好的。

在 1800-40 年間，美國總統總計九次派軍艦前往東方，特別是在 1830 年代多次嘗試來到日本尋求基地，始終未能獲准上岸。直到鴉片戰爭爆發，美國決定派遣東印度分艦隊（East India Squadron, 1835-65）前往中國、常駐廣州，表面上的理由是護僑，其實是為了討好中國而嚴加取締鴉片走私。東印度分艦隊司令貝特爾（James Biddle, 1845-48）在 1846 年率領風帆戰艦哥倫布號（USS *Columbus*）、及小型風帆戰船溫賽尼斯號（USS *Vincennes*）從中國來到東京灣，把中文版的『南京條約』（1842）、及『望廈條約』（1844）交給日本官員，希望能如法炮製，不過，軟硬兼施未能奏效（Paullin, 1971: 108-12）。

從加州到夏威夷距離 2,100 海里，由夏威夷到中國要 4,700 海里，因此，如果能在日本設置加煤站，就可以跟英國在貿易上一爭長短（Bradley, 2009: 1732）。在 1852 年，美國總統菲爾莫爾（Millard Fillmore, 1850-53）決定派遣一支遠征軍前往遠東，希望以武力脅迫日本簽定條約，表面上的理由是保護觸礁美國船隻獲救的船員、及建立補給站，真正的意圖則是打算開始在太平洋大展身手。海軍准將培里（Matthew C. Perry, 1852-54）被任命為東印度分艦隊司令，他在 1852 年 11 月由維吉尼亞州的諾福克（Norfolk）海軍基地啟航，經過西北非外海的馬德拉（Madeira）、繞過好望角、模里西斯、新加坡，在 1853 年 4 月抵達香港會合停泊的主力，一路往北經過廣東、上海、琉球那霸、及小笠原群島（含硫磺島），終於在 7 月浩浩蕩蕩航向日本（Paullin, 1971: 127-29）。

培里的現代化鐵殼黑船抵達江戶（東京）外海，環伺東京灣。該來的

來源：Eastley（1848）。

圖 1：在東京灣耀武揚威的美國戰艦哥倫布號及溫賽尼斯號

來源：Bradley（2009: 173）。

圖 2：培里構思的貿易路線

來源：Tsukioka Yoshitoshi（1876）。

圖 3：黑船前來航浦賀（1853）

總會來，幕府不知所措，輿論對於開放門戶有「開國」與「攘夷」兩派：開國派以所謂的「蘭學」學者為主，相信鎖國政策已經失效，不如吸收西方的知識及武器以自保，因此主張在國力尚不足以自恃之前，委曲求全，暫且不要跟強權開戰，不妨務實地開放通商口岸；攘夷派則以武士居多，認為中國在鴉片戰爭之所以落敗，主要是因為西方文化、及宗教的污染，而非西方的船堅砲利，因此誓死採取武力抗爭，以免開放帶來無限政治、及文化禍害。

　　培理將軍正式提出開港的要求後，因為船上補給不足，暫時緩兵之計撤往琉球過冬，揚言來年春天再返。他果真在次年又來叩關，這回，艦隊已由四艘倍增為八艘，幕府束手無策，內部經過激辯後決定讓步，在砲口淫威下被迫跟美國簽訂了『神奈川和約』（*Kanagawa Treaty, 1854* 日米和親條約），開放下田、及函館兩個通商口岸，日本門戶從此洞開，還加上最惠國待遇。培理在簽完條約後躊躇滿志地表示：「無疑，日本人跟中國人一樣，很會模仿、調適，而且相當順服，根據這些民族性，或可比較容易引入外國的習俗，甚至於帶入高尚的原則、及高等的文明生活」（Pyle, 1978: 52）。日本人雖然認命，卻是國家蛻變的契機。

來源：Heine（1854）。

圖4：培理將軍再來
（1854）

美國搶到先機跟日本簽訂和約，英國、及俄羅斯循例相繼簽了『日英和親條約』（*Anglo-Japanese Friendship Treaty, 1854*）、及『日俄和親通好條約』（*Treaty of Commerce and Navigation between Japan and Russia, 1855* 下田條約）。幕府原本

來源：*London News*（1860）。

圖5：美國總統布坎南歡迎日本首任來使

還慶幸開放的範圍不大，沒想到西方強權得寸進尺，要求更多的讓步。帶頭的是美國首任領事哈里斯（Townsend Harris），儘管沒有武力當後盾，他跟日本耳提面命，指出英法聯軍已經對中國發動第二次鴉片戰爭（1856-60），戰艦隨時可以轉向來對付日本，更不用說心懷不軌的俄羅斯，因此勸說幕府不如先好好跟美國談判，逼日本簽訂商業條約、自動開放門戶，日本不願步中國的後塵，便在1858年勉強同意簽訂『美日修好通商條約』（*Treaty of Amity and Commerce* 哈里斯條約）。耐人尋味的是，日本人把哈里斯當作良師益友，代表美國人的無畏、自律、及優越感，又象徵著美國的正義感、及宗教熱忱（Iriye, 1967: 37）。

『美日修好通商條約』是日本簽訂不平等條約的濫觴，除了被迫開放江戶、神戶、長崎、新潟、以及橫濱，海關任憑宰制、關稅被壓到最低，還要接受領事裁判權，完全沒有尊嚴可言。不久，英國、法國、荷蘭、及俄羅斯相繼要求援例簽訂相仿的條約，統稱『五國通商條約』（*Ansei Treaties, 1858* 安政條約）。儘管日本並未割讓任何領

土，這些不平等條約卻嚴重侵犯
國家主權，把日本置於近似於殖
民地的地位，那是奇恥大辱（Pyle,
1978: 53-54）。首任駐美大使新見
正興（Shinmi Masaoki）與使節團
77 人，在 1860 年搭上新型的主力
艦波瓦坦號（USS *Pawhatan*），

來源：Wikimedia Commons（2020）。

圖 6：五國通商條約（1858）

橫渡太平洋、穿過巴拿馬運河，三個月後來到美國首都華府謁見布坎
南總統（James Buchanan, 1857-61）。

日本被以美國為首的西方國家強迫門戶開放，外交屈辱導致幕府
的崩解，無意中徹底改變了日本人的世界觀，覺悟到必須擷取西方的
知識，才能避免重蹈中國被西方帝國主義踩躪的覆轍，憤而在 1868
年啟動明治維新，勵精圖治，希望能洗刷羞辱、擺脫次殖民的地位。
透過政治改革、以及工業化，日本展開現代國家的打造，很快地在
19 世紀末完成富國強兵的目標，不再忍辱負重、或韜光養晦。其實，
這時候的美國剛打完南北戰爭（1861-65）、從事民族國家（nation-state）
的建構，日本剛好趕上國際潮流。在 1871 年，日本派遣岩倉使節團
（Iwakura Mission）周遊歐美各國、尋求修訂不平等條約，也要考察
看哪些洋人之長可以在十年內擷取，包括軍事的現代化，及經濟與政
治層面的同步發展，借用西方國家的方法、而非價值，特別是師法美
國（Iriye, 1967: 45-48）。

日本於 1894 年 7 月在外相陸奧宗光（Mutsu Munemitsu, 1892-96）
的領銜下與英國簽訂『日英通商航海條約』（*Treaty of Commerce and
Navigation between Great Britain and Japan, 1894*），廢除了領事裁判

權，象徵不平等條約的結束。接下來，日本才與美國談判不平等條約
的修訂，改簽『日美通商航海條約』（*Treaty of Commerce and Navigation
between the United States of American and the Empire of Japan* 陸奧條
約，1898 年生效），廢除領事裁判權。美國未能捷足先登，稍有不
悅，此外，日本堅持雙方國民自由進出，主張這是彼此「修好」（amity）
的精髓，美方則對日本移民進入有所保留，顧慮參議院的反彈而拒絕
核可條約，終究，日本因為亟欲與美國改善關係，只好讓步（Minohara
& Iokebe, 2017: 20）。直到簽訂『日美通商航海條約』（*Treaty of
Commerce and Navigation between the United States and Japan, 1911* 小
村條約），日本才收回關稅自主，完全廢除不平等條約。

貳、十九世紀下半葉在太平洋的周旋

明治維新的先覺吉田松陰（Yoshida Shōin, 1830-59）在獄中撰寫
《幽囚錄》，論述日本的保國之道：

> 今急修武備，艦粗具、砲略足，則宜開墾蝦夷，封建諸侯，乘
> 間奪取堪察加、鄂霍次克。諭琉球，朝覲會同，比內諸侯。責
> 朝鮮納質奉貢如古盛時。北割滿洲之地，南收台灣、呂宋諸島，
> 漸示進取之勢，然後愛民養士，慎守邊圉，則可謂善保國矣。

雖然沒有特別提到太平洋，他主張日本必須收納滿洲、朝鮮、台
灣、及菲律賓，對於明治維新後的外交政策有相當的啟發，也就是帝
國擴張、殖民主義、及軍國主義的基礎（維基百科，2021：吉田松陰）。
日本在二次大戰的領土擴張，遠超過他的憧憬。

美國與日本在太平洋的初次短兵相見，是在夏威夷。美國的捕鯨船、及傳教士在 1820 年代開始前來，特別是後者蠶食鯨吞土地，連美國的領事都看不下去，稱之為吸血鬼。泰勒總統（John Tyler, 1841-45）在 1842 年跟國會發表國情咨文，反對任何歐洲強權殖民夏威夷，誓言要是任何國家試圖顛覆，美國將會毫不思索規勸（decided remonstrance），實質上將夏威夷納為『門羅主義』（*Monroe Doctrine*）所保護的地盤，又稱為『泰勒主義』（*Tyler Doctrine*）。到了 1860-70 年代，美國的捕鯨業衰退，在這裡投資的糖業崛起取而代之，農場需要大量廉價的勞工，而華工又面對歧視，日本移民在 1868 年大舉前來；當時，日本大藏大臣松方正義（Matsukata Masayoshi, 1881-85）的財政改革雖然抑制通貨膨脹，卻帶來經濟蕭條、及政治動亂，

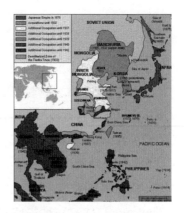

來源：Wikimedia Commons (2020: File:Japanese Empire.png)。

圖 7：日本的領土擴張（1870-1942）

來源：Emmert（c. 1853）。

圖 8：火奴魯魯堡軍營的夏威夷國旗

政府開始鼓吹移民夏威夷、及朝鮮，到了 1896 年，夏威夷已經有 24,400 日本人，剛好與美國的西擴勢力在這裡邂逅（LaFeber, 1997: 53-54）。

在林肯總統（Abraham Lincoln, 1861-65）、及接任安德魯・詹森（Andrew Johnson, 1965-69）的任內，國務卿西華德（William H.

Seward, 1861-69）積極對外展開帝國主義擴張，視之為內戰後重建（Reconstruction Era, 1863-77）、及因應二次工業革命的不二法門，而夏威夷既是美國海軍在太平洋會合的地方、也是美國商船中繼站；美國政府在 1867-68 年嘗試跟夏威夷簽訂互惠條約，西華德訓示談判代表說，要是對方有意願，能夠趕緊安排合併更好（LaFeber, 1993: 17）。美國與夏威夷在 1875 年簽訂『美夏互惠條約』（*Reciprocity Treaty, 1875*），免除雙方貿易關稅、允許夏威夷蔗糖及其他產品自由進口，同時鼓勵美國資本進入，後來又進一步修訂（*Hawai`i-United States Convention, 1884*），取得使用珍珠港的專屬權、進而發展為海軍基地。克里夫蘭總統（Grover Cleveland, 1885-89, 1893-97）直言不諱，夏威夷是美國前往大洋洲、及東方通衢的商業前哨站，也是擴展太平洋貿易的踏腳石（Cleveland, 1886）。

日本在 1867 年跟夏威夷協定、同意國民前往幫忙，由於日本人飽受歧視，雙方在 1886 年簽訂『移民條約』（*Hawaiian-Japanese Labor Convention, 1886*），當時，夏威夷國王希望日人可以制衡白人，然而還是不斷被白人欺負；儘管如此，由於日本國內經濟情況不佳，進入 20 世紀時，日本人還是源源前來，人數達到 60,000 人（Dewey, 2015; LaFeber, 1993: 147）。在 1890 年代初期，夏威夷的蔗糖銷美因為保護主義遭受打擊[1]，白人於 1893 年趁火打劫發動政變推翻女王利留卡拉尼（Lili'uokalani, 1891-93）、建立所謂的夏威夷共和國（Republic of Hawaii），日本派遣巡洋艦浪速號（*Naniwa* 艦長東鄉平八郎）、及

---

[1] 美國國會通過『1890 年關稅法』（*McKinley Tariff Act*），相對地，古巴的蔗糖則享受免稅待遇，直到被『1894 年關稅法』（*Wilson-Gorman Tariff Act*）所廢除才改觀，此番，反倒是造成古巴蔗糖銷美腰斬、導致動亂（Deere, 2017: 161-62; LaFeber, 1993: 129）。

護衛艦金剛號（JS *Kongō*）前往護僑，美國大為不悅；當時夏威夷的
總人口 109,00 人，美國白人卻只有 7,200 人，國內的併吞派主張納入
領地才能保護這些人的權益，以避免日本移來過多的人，而捲土重來
的克里夫蘭總統則認為只要當作保護國就好，不願意被治理殖民地瑣
事纏身，因此拒絕加以併吞。換句話說，如果是經濟課題，或許互惠
條約就可以處理，否則卻之不恭，就只好併吞了（Dennett, 1922: 610）。

對於日本來說，夏威夷的日
本人口比美國人多，或可用來作
為海外擴張的前哨，美國憑什麼
想要納為己有，當然是十分不悅
（Iriye, 1867: 74）。在 1897 年，
反日的白人政府阻止兩艘載滿
日本移民的船上岸，理由是恐怕
會危及社區的道德、衛生、及經

來源：Whitney（1890）。

圖 9：夏威夷連接太平洋港口及基地

濟利益，日本是可忍、孰不可忍，再度派遣浪速號前往，外相大隈重
信（Ōkuma Shigenobu, 1888-89, 1896-98, 1915）雖然否認日本對夏威
夷有任何遐思，卻毫不掩飾地指出，美國併吞夏威夷之舉會破壞太平
洋的現狀；麥金利總統（William McKinley, 1897-1901）認為夏威夷
的海軍基地是通往馬尼拉、及上海所必須，重要性不下於加州，因此
對日本態度強硬、嗤之以鼻；他派遣最新型的戰艦俄勒岡號（USS
Oregon）前往示威，不惜武力相向，日本當時因為苦於支應由滿洲擴
張朝鮮的俄羅斯，加上增援的美國海軍的確擁有絕對的優勢，只好知
難而退、很快就非正式撤回抗議書，美國便在 1898 年毫不客氣吞掉
夏威夷（LaFeber, 1997: 54-57; 1883: 147-48; Dennett, 1922: 614）。

對於美國來說，國內過多的工業
生產必須在亞洲市場群找出路，而菲
律賓是太平洋的警戒哨，宰制貨物進
出朝鮮、中國、中南半島、馬來半島、
及印尼，因此，至少必須控制呂宋島
才能放心；等到美國在美西戰爭
（1898）後從西班牙手中取得菲律賓
後，體會到自身的實力不足，必須尋
求與海權國家英國、及日本結盟，才
能對抗陸國家權俄羅斯、德國、及法
國，而日本雖然在甲午戰爭（1894-
95）打敗中國，卻面對俄羅斯在遼東
半島、及德國在膠州灣的擴張，暫時
無力周旋，希望能跟覬覦中國的強權
合作，特別是配合美國的門戶開放，
包括在菲律賓可以效犬馬之勞，美國
敬謝不敏[2]、日本碰了軟釘子（LaFeber,
1993: 157-59）。留美的駐美大使小
村壽太郎（Komura Jutarō 1898-1900）
來到華府，原本希望美國能保障在夏
威夷、及加州日本人的權利，卻徒勞

來源：Saint Paul Globe（1897）。

圖 10：美國要求日本止步夏威夷

來源：Miller（1991: 20）。

圖 11：美西戰爭前的太平洋
（1898）

---

[2] Dennett（1922: 613）指出，日本不願意翻臉，除了考慮美國民意反彈，另一
　　個考量是剛取得台灣百廢待舉，掛念萬一列強介入瓜分太平洋、重演當年列
　　強要求歸還遼東半島局面，可能切斷與台灣的聯繫，得不償失。

無功，接著又嘗試說服美國保護日本在夏威夷的貿易，所獲得的答案竟然是門戶開放政策不適用於剛納入的領土，因此，當美國在 1898 年 4 月為了古巴與西班牙開戰、逕自進軍菲律賓，日本一開頭消極以待、維持中立，除了休養生息、也是報一箭之仇（LaFeber, 1997: 61-62）。

　　儘管美國一夕之間成為亞洲的強權，日本沒多久就發現，美國海軍准將喬治‧杜威（George Dewey, 1898-99）由香港趕來的亞洲分艦隊（Asiatic Squadron, 1868-1902），儘管在馬尼拉海灣戰役（Battle of Manila Bay）大敗老舊的西班牙艦隊，顯然無力對抗前來圍事的德國艦隊，卻又不希望宿敵德國取得菲律賓，日艦在重要關頭選擇跟美艦一鼻出氣；只不過，美國對於是否併吞菲律賓猶豫不決，而日本則因為剛取得鄰近的台

來源：Berryman（1898）。
圖 12：德國防堵美國到東方（菲律賓）

灣，試探看看是否可以分憂解勞、遭到婉拒，乖乖地朝亞洲大陸發展；此後，由於本身面對台灣抗日運動，因此當菲律賓人在 1899 初展開民族運動，日本不願意得罪美國，對於他們的求援充耳不聞（LaFeber, 1997: 62; Iriye, 1867: 74）。

參、二十世紀的前夕

　　在 19 世紀中葉，俄羅斯追隨美國的腳步與日本簽訂『日俄和親

通好條約』（1855），日本獲得南千島群島（北方四島）、而庫頁島則由兩國共管，雙方接著又在 1875 年簽訂『聖彼得堡條約』（*Treaty of Saint Petersburg* 樺太‧千島交換條約），日本以放棄庫頁島來取得整個千島群島。俄羅斯勢力在 19 世紀下半葉進入滿洲，先是跟中國簽訂『北京條約』（1860），取得烏蘇里江以東至海土地（包括庫頁島）、並開始在海參崴興建軍港；到了 1880 年代末期，俄羅斯往南轉向尋求溫水港，窺伺中國、及朝鮮半島，不免與日本利益衝突。

中國在甲午戰爭大敗，為了感謝俄羅斯義助充當調人，除了允諾租借遼東半島（含旅溫水港旅順）、還同意興建由哈爾濱到旅順的滿洲鐵路，日本耿耿於懷，也只能忍氣吞聲，先後與俄羅斯簽了『小村-韋貝備忘錄』（1896）、『羅拔諾甫-山縣協議』（1896 山縣‧ロバノフ協定）、及『羅森-西協議』（1898 西‧ローゼン協定），雙方承認朝鮮獨立、允諾不介入。在 1897 年，德國也不落人後，藉口傳教士被殺（曹州教案、巨野教案）出兵山東膠州灣，又以幫忙中國索回遼東半島為由要求分一杯羹，簽訂『膠澳租借條約』（1898）、租借 99 年，山東成為勢力範圍。這時候，日本還在躊躇不決自己的出路。

來源：Wikimedia Commons (2021: File:Putyatin Nagasaki 1853.jpg)。

圖 13：俄羅斯海將普提雅廷來到長崎（1853）

美國在中國被日本打敗後自動請纓調停，日本外相陸奧宗光只接受中國透過美國傳遞和議的條件，不過，在談判的過程，倒是持續尋求美國提供歐洲強權動向情報，譬如俄羅斯對滿洲的算計；中國原先要求英法德俄美五強出席和會，美國勸說不要節外生枝，李鴻章才悻悻然前往日本（Minohara & Iokebe, 2017: 20）。中國在『馬關條約』（1895）割讓遼東半島、台灣、及澎湖，而俄羅斯、德國、及法國卻聯手要求日本交回遼東半島，稱為「三國干涉」（Triple Intervention, 1895），日本原本還寄望英義美出面反制，美國則因為一向不願意捲入歐洲強權的政治加以拒絕，不過倒是跟中國施壓，一旦取回遼東半島、趕緊核可條約，免得夜長夢多；此時，可以看到日本跟歐洲強權是維持「和睦」（amicable）的關係，而跟美國則是尋求「友善」（friendly）的關係（Minohara & Iokebe, 2017: 20-21）。

來源：Meyer（1898）。

圖 14：躊躇不決的日本

來源：知新報（1998）。

圖 15：中國分割圖

在進入 20 世紀之前，美國國務卿海約翰（John Hay, 1898-1905）向英德法義俄日等六國照會門戶開放政策（*First Open Door Note, 1899*），呼籲大家公開宣佈開放中國的通商航海、在勢力範圍不要排除他國的利益，日本欣然表示同意，前提則是其他國家也願意遵守，其他國家也是同樣虛應故事；海約翰次年再度照會六國（*Second Open Door Note, 1900*），疾呼列強尊重中國的領土完整，竟然獲得全數首肯（LaFeber, 1997: 69-70）。義和團激化排外（1899-1901），八國聯軍在 1900 年攻佔北京，俄羅斯以保護東滿鐵路權益為由派軍五萬、藉機南北兩路揮軍攻佔滿洲，中國被迫簽訂『辛丑條約』（1901）、鉅額賠款，俄國卻拒不撤軍，還打算由鴨綠江興建一條鐵路到漢城，對日本來說宛如芒刺在背。

美國由於美菲戰爭（1899-1902）、及義和團事件的經驗，除了在菲律賓蘇比克灣（Subic Bay）構築新型海軍基地，還打算在西太平洋設置好幾個前進基地，包括天津、舟山群島、三沙灣（福州東北）、及廈門。美國內部對於在中國取得勢力範圍有不同的看法，麥金利總統的駐大清國公使康格（Edwin Conger, 1898-1905）一開頭反對取得勢力範圍、後來主張直隸省（含天津），駐廈門領事建議福建省，而海軍則偏好舟山群島（Thomas, 1981: 126; Neu, 1975: 55-56）。日本認為廈門就在台灣的對岸，臥榻之旁、豈容他人鼾睡，海約翰碰了一鼻子灰（Braisted, 1958: 128; Takahashi, 2004: 91）。

進入 20 世紀之前，強權在東亞的勢力範圍大致底定：英國擁有長江流域、及華南，法國掌握中南半島、及中國西南（雲南、廣西、部分廣東），德國控制山東半島，俄羅斯及日本瓜分東北亞，美國殖民菲律賓。終究，美國還是決定在菲律賓派駐陸戰隊，伺機在中國取得基地（Grenville, 1961: 11）。這時候，已經著手現代化的日本發現，西方強權日益把焦點轉向亞洲、特別是競相在中國擴張勢力，因此覺悟到如果要生存，必須「脫亞」加入強權的行列，實力、及成就才是鐵的證據，而朝鮮、及台灣是牛刀小試（Iriye, 1967: 64-66）。

肆、以日本為假想敵

在 1880-90 年代，由於科技的發展，美國對於國家安全有嶄新的一套想法，也就是強調海權對於國防的重要性：當時，英國的經濟、及軍事霸權漸露衰相，已經無力保證國際局勢的穩定，隨著歐陸國家的海軍發展迎頭趕上、競相擴張軍事作戰的範圍，美洲大陸不再免除來自歐洲的可能攻擊，換句話說，美國的安全不能繼續被動地仰賴歐洲強權的均勢平衡（balance of power），因此開始有海外領土擴張的新帝國主義思維，特別是海權日益重要，具體的作法包括現代海軍的建立、開鑿巴拿馬運河、以及取得海外的海軍基地跟加煤站；這時候，日本已經初步完成經濟、及政治革新，而軍事強化的腳步更是加緊，包括實施徵兵制、設置參謀部、及擴充海軍（Iriye, 1967: 54-57）。

美國在 19 世紀末盤算吸納夏威夷，日本幾度派軍艦護僑，此後，美國海軍對於日本在太平洋的軍力已有戒心，麥金利總統的海軍次長老羅斯福（1897-98）推動建造 6 艘戰艦，以便能夠持續維持領先日本的地位。前海軍戰爭學院校長馬漢（Alfred Thayer Mahan, 1886-89, 1892-93）公開表示，由於華人、及日本人盤據夏威夷，日本這個野心國家突然冒出來，當然會震撼世人；他私下寫了一封信給老友老羅斯福，直言日本的海軍直接威脅到夏威夷，可見美國利益在太平洋面對的危險遠勝於大西洋，而虎視眈眈的俄羅斯則樂於見到美日大動干戈，因此極力主張美國先拿下夏威夷再說；當下，老羅斯福要海軍戰爭學院好好做功課，研判要是日本需索夏威夷，美國則因為古巴而必須跟西班牙兵戎相見，那麼，究竟要如何肆應（LaFeber, 1997: 56-57）？

儘管美國在馬尼拉海灣戰役大敗西班牙，其實是年輕人打老太婆、勝之不武，老羅斯福心知肚明，就任總統後就奮發從事美國現代海軍的發展，將排名由世界第六提升到第二（日本第五），而他的「巨棒外交」（Big Stick ideology）恩威並施，仗恃的就是在必要的時

來源：Naval Historical Center（2008）。

圖 16：大白艦隊抵達日本橫濱

候不惜出動海軍著手干預。老羅斯福在 1907 年底派出由 16 艘戰艦、及護航艦組成的大白艦隊（Great White Fleet）向世人展現美國的大海軍，特別是造訪日本橫濱道「敦睦」，市民夾道歡迎，彷彿不知兩國已經明爭暗鬥、友好的關係回不去了。

美國軍方在 1907 年以日本為假想敵提出『橙色計畫』（*Plan ORANGE*），海軍主張把所有兵力擺在菲律賓的巴丹半島、全力防止日軍攻取蘇比克灣，至於亞洲分艦隊則先轉進到安全的地方，等候大西洋艦隊（Atlantic Fleet, 1906-）前來會合再反擊；這樣的想定是假設日本有長達七個月的時間可以肆虐整個太平洋，包括關島、薩摩亞、及夏威夷，甚至於東進騷擾巴拿馬運河、及美國西岸，因此，美軍必須死守，等到大西洋艦隊經由蘇伊士運河趕到，稍事喘息才能日本艦隊一決生死（Turk, 1978: 196）。儘管海將杜威判斷短期內不會與日本衝突，老羅斯福唯恐太平洋戰火會蔓延到加州，在 1908 年悄悄地把菲律賓的艦隊調回夏威夷，可見相當悲觀（LaFeber, 1997: 92; Neu, 1975: 56-57, 60-61）。

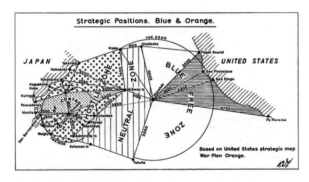

來源：Grenville（1961: 15）。

圖 17：對日本的橙色作戰計畫

　　美國在 1913 年修訂『橙色計畫』，把太平洋的防線外圍設定在阿留申群島、夏威夷、及巴拿馬運河，還是假設要等候大西洋艦隊前來馳援；老羅斯福總統知道這樣的戰略安排是無可奈何的，因為當時美國心懸德國隨時入侵加勒比海，所以把大多數的戰艦部署在大西洋（Turk, 1978: 202）。在一次大戰期間，美國海軍的實力在德國、及日本伯仲之間，『橙色計畫』假設日軍在拿下菲律賓、及關島之後，會以基斯卡島（Kiska）、中途島、及美屬薩摩亞為前進基地，因此，要是亞洲分艦隊在關島被擋下來，還是必須等到大西洋艦隊前來夏威夷會合，才有能力展開反攻。美國在戰爭初期採取中立，對日本睜一隻眼、閉一隻眼，威爾遜總統調停無效，跟日本簽訂『藍辛-石井協定』（1917）；等到日軍深入西伯利亞，美國終於證實日本在東亞的擴張野心，威爾遜下定決心採取天下無敵的大海軍政策、取代英國成為世界第一海軍大國，打定主意要美國的實力比德國、日本、奧國加起來還要強才行（Trask, 1978: 205-13）。

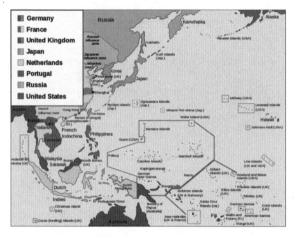

來源：Wikimedia Commons（2020: File:East Asia and Oceania 1914-en.svg）。

圖 18：一次大戰前的東亞及太平洋

伍、進入二十世紀

　　中國元朝（1271-1368）皇帝忽必烈與屬國高麗在 13 世紀兩度來
襲，日本從此視朝鮮宛如利刃，不免憂心忡忡由強權支配的朝鮮會威
脅到自己；為了要防止作為緩衝的朝鮮落入他人，日本認為必須控制
旅順港、及遼東半島，自然視駐軍滿洲的俄國為眼中釘，便在美國、
及英國等支持下要求俄羅斯撤軍。這時候，恰好英國在亞洲為了制衡
法國與俄羅斯的同盟（*Franco-Russian Alliance, 1891*），有心捨棄 19
世紀下半葉以來所採取的「光榮孤立」（splendid isolation）政策，便
跟日本於 1902 年簽訂同盟條約（*Anglo-Japanese Treaty of Alliance,
1902*），一方面防止日本與德國結盟，另一方面讓日本牽制俄羅斯，
免得後者將利爪伸向阿富汗、危及印度（LaFeber, 1997: 76）。

日本既然打破國際孤立，便跟俄羅斯展開談判，提議以北緯 39 度線為界，由日本保有南部（韓國）、以北（滿洲）中立化，也就是所謂的「滿韓交換」，卻遭到悍然拒絕；忍無可忍的日本在 1904 年對俄羅斯出兵、大獲全勝，一掃三國干涉還遼的陰霾，隔岸觀火的老羅斯福總統（Theodore Roosevelt, 1900-1909）表示：「這是前所未見的世界大事，連英國在百年前重挫法國、西班牙聯合艦隊的特拉法加海戰（Battle of Trafalgar, 1805）都不能比，當捷報傳來，連我自己都不敢置信！不過，當接二連三接獲訊息，我高興得簡直變成日本人了，根本無法辦公！我當天跟賓客分享日本海的戰事，因為這將會左右日本帝國的命運。」日本揚眉吐氣，卻由防衛走向擴張的不歸路（LaFeber, 1997: 75-82; Pyle, 1978: 107）。

來源：Kitazawa Rakuten（1902）。

圖 19：倭姬王與不列顛女神捍衛中國及朝鮮抗俄

來源：Bigot（1900）。

圖 20：英美撐腰日本對抗俄羅斯

　　老羅斯福接受日本委託出面斡旋，儘管他把日本在黃海的擴張比擬為美國在加勒比海的作為，不免憂慮日本在俄羅斯撤走後坐大、進而危及美國的利益，因此刻意讓雙方在軍事上相互制衡；談判的焦點在滿洲的港口、朝鮮的地盤、庫頁島的歸屬、及軍費賠款，日方要求控制朝鮮、南滿、及賠款，俄羅斯則堅持保有庫頁島、拒絕賠款；老羅斯福嘗試說服俄羅斯向日本買回庫頁島北半部，俄羅斯則認為此舉不啻賠款，相持不下，日本終究接受忠告、不索賠款。根據日俄『朴次茅斯和約』（*Treaty of Portsmouth, 1905*），俄羅斯讓出在滿洲所有利益，包括遼東半島（旅順、大連）、及南滿鐵路，又割讓庫頁島南半部。緊接著，日本又以阻止俄羅斯佔領滿洲為由，簽訂『中日會議東三省事宜條約』（1905 滿洲善後條約），大大方方將南滿納為勢力範圍，魚與熊掌兼得。

來源：*Granger*（1905）。

圖 21：美國充當日俄之間的和事佬

從日俄戰爭到和約的簽訂，美國的輿論基本上是站在日本一方，大體認為這是對抗俄羅斯侵略的正義之戰，一般也相信日本支持美國的中國政策，也就是門戶開放、及領土完整，因此樂於伸出援手，此外，由於日本言聽計從放棄賠款，美國覺得是孺子可教；只不過，這是美國敲門日本以來，雙方最後一次實質的合

來源：Bigot（1904）。

圖 22：西方眼中二十世紀初的日本

作，彼此在太平洋的競爭越來越激烈，相對地，日本與俄羅斯的關係此後有所改善，直到二次大戰末期才翻臉（Office of the Historian, n.d.）。究竟老羅斯福扮演調人的手腕如何難以論定，特別是對雙方領導者所施加的壓力，不過，他最後因為調停有功獲得諾貝爾和平獎（1906）。

其實，日俄戰爭爆發之前，俄羅斯有向美國總統老羅斯福咬耳朵，示警日本一旦取得朝鮮以後就會動菲律賓的腦筋，首相桂太郎（Katsura Tarō, 1901-1906, 1908-13）的外相小村壽太郎（1901-1906）再三跟美國保證，日本只要打敗俄羅斯就好、絕對會接受亞洲的現狀，顯然，老羅斯福立意讓兩者相互牽制，等到俄羅斯戰敗，美國趕緊強化在菲律賓的駐軍；由於日本人在夏威夷的人口遠超過白人，領地總督卡特（George R. Carter, 1903-1907）指出，當地日人在日俄戰爭後日益囂張，或許有這樣的疑慮，老羅斯福打定主義讓日本全神貫注朝鮮、甚至於滿洲，以免對中國、或加州有非分之想（LaFeber, 1997: 81, 84-85; 1993: 232）。

Iriye（1967: 107-108）指出，老羅斯福以為日本的大陸主義可以遏止她往太平洋擴張的野心，因為日本當下只有能力選擇發展陸權、還是海權，一旦日本專注大陸事務、發展勢力範圍之際，也就是專注在朝鮮、滿洲、及中國的利益，就無暇往東、或是往南挑戰美國，如此一來，俄羅斯就是日本的天敵，兩者便不可能會聯手去動美國、英國、或是荷蘭在太平洋屬地的腦筋；換句話說，他的考量並非出自國際現實主義讓日本制衡俄羅斯，而是要日本自顧不暇，也就是說，只要日本不要通盤吞掉東亞就好，要是日本有本事叫俄羅斯交出南滿的特權也無傷大雅，反正日本在朝鮮、及南滿的支配不會改變東亞的現狀。

儘管美國對於日本稍有戒心，還是簽訂一連串的密約，包括『桂太郎-塔虎脫協定』（Taft-Katsura Agreement, 1905 桂・タフト協定）、及『羅脫-高平協議』（Root-Takahira Agreement, 1908 高平・ルート協定），承認日本在東北亞的地位、任令將朝鮮納為保護國。既然有美國的默許，日本透過『乙巳保護條約』（1905）將朝鮮變成保護國，兩年後，日本進一步以『丁未條約』（1907）掌控朝鮮內政，最後再以『日韓合併條約』（1910）加以併吞，美國、英國、及俄國都不吭聲。

　　日本與英國同盟條約雖然在 1905、1911 年兩度續簽（到 1923 年正式終止），由於沒有十分把握，又先後四次（1907、1910、1912、1916）與俄羅斯簽密約，雙方在『日俄協定』（*Russo-Japanese Agreement*）除了同意瓜分滿洲、約定互不侵犯，日本還以承認外蒙古是俄國的地盤做條件，成功交換對方同意朝鮮（加上內蒙古）為自己的勢力範圍。早先，德奧義三國結為同盟（*Triple Alliance, 1882*），法俄為了制衡而在 1891 年結盟、又與英國簽署『三國協約』（*Triple Entente, 1907*），也就是未來一次大戰（1914-18）三國同盟（Mittelmächte）與三國協約（Allies, Entente Powers）的對峙，而日本也與法國簽訂『日法協約』（*Franco-Japanese Treaty, 1907*），間接成為協約國的成員[3]，歐洲強權視為國際穩定的力量。美國開國以來不喜歡結盟，猛然驚覺與日本為了中國市場勢必分道揚鑣、在太平洋一較長短。

　　塔虎脫總統入主白宮（William Howard Taft, 1909-13），雖然他是老羅斯福所倚重的戰爭部長（1904-1908），曾經四度造訪日本、三度前往中國，而且又被視為儲君，然而，外交政策卻未必是蕭規曹隨。塔虎脫高舉「金元外交」（Dollar diplomacy），強調以金元取代

---

[3] 主要由法國、俄羅斯、英國、日本、中國、義大利、及美國所組成，對抗由德意志帝國、奧匈帝國、鄂圖曼帝國、及保加利亞王國所組成的同盟國。

子彈，也就是如果能用金錢解決的事、就沒有必要動刀動槍，包括在拉丁美洲、及東亞都一樣；他最大的調整是試圖擴張美國在滿洲的經濟利益，不像老羅斯福承認滿洲是日本的勢力範圍，相對之下，日本則認為自己為了捍衛南滿、在日俄戰爭已經付出相當多的代價，不甘心平白讓美國片面改變現狀；終究，塔虎脫不想破壞跟日本的有好關係，只好妥協，在 1911 年更新『日美通商航海條約』（1894），日本得以收回關稅自主、完全廢除不平等條約，兩國的經濟關係大為熱絡（Minohara, et al., 2017: 43-46）。

在 20 世紀初，英國與德國進行激烈的軍備競賽，具體而言就是海軍造艦的競賽，被視為一次大戰爆發的原因之一，而美國與日本也忙著互別苗頭；當時英國海軍一枝獨秀，德國不甘示弱打算建立艦隊，沒有想到英國在 1906 年搶先推出無畏號戰艦（HMS *Dreadnought*），德國只好轉而建造小型潛水艇，勝敗立見。日本在甲午戰爭後致力於海軍的現代化，終於在日俄戰爭大敗對方千里迢迢前來解救的波羅的海艦隊，此後發奮圖強展開海軍的本國化，到了一次大戰結束，日本海軍已經是世界第三名，次於英國、及美國。

來源：Ehrhart（1909）。

圖 23：老羅斯福將日本政策交給塔虎脫

來源：Glackens（1909）。

圖 24：一次大戰前賭注無限的海軍競賽

陸、一次世界大戰

一次世界大戰於 1914 年 7 月 28 日在歐洲大陸爆發，日本原本打算維持中立，不料，英國於 8 月 4 日對德國宣戰，援引同盟條約要求日本保護其在遠東的船隻；根據條約內容，英國的要求或許看來牽強，然而，日本認為這是天賜良機擴大帝國版圖，厚顏聲稱唯一的作法就是佔領德國在太平

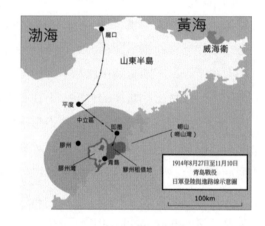

來源：Wikimedia Commons (2020: File:Japanese Army's advanced in Battle of Tsingtao.svg)。

圖 25：日德青島戰役（1914）

洋的屬地，英國欣然答應。日本便在 8 月 15 日對德國發出最後通牒、要求對方撤出青島，德國置之不理，日本遂在 23 日對德國宣戰；同樣地，日本也在 25 日要求奧匈帝國駐在中國的伊莉莎白皇后號巡洋艦（SMS *Kaiserin Elisabeth*）撤出青島，不從，兩天後宣戰。終究，寡不敵眾的德軍在 11 月 7 日投降。

日本趁機進軍德國在南太平洋密克羅尼西亞（Micronesia）的領地，幾乎沒有遭遇抵抗，吞掉加羅林群島、馬里亞納群島、馬紹爾群島、帛琉、及雅浦島，這些位於赤道以北的殖民地購自西班牙，是德屬新幾內亞（German New Guinea）的一部份。戰後，日本的殖民統治在巴黎和會（Paris Peace Conference, 1819-20）獲得確認，經過妥

協列為國際聯盟的 C 級託管地，日本欲蓋彌彰稱為委任統治領南洋群島（1919-47），設有南洋廳管轄。由於日本國內為了日俄戰爭還在止痛療傷，軍方雖然大有斬獲，政府並未進行動員，連戰勝也不太張揚。當時西方強權關心的只是歐洲戰場上的亞洲軍伕，眼睜睜讓一心一意進軍中國的日本坐大。

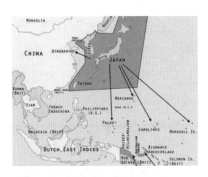

來源：Jungle Maps（2018）。

圖 26：日本在一次大戰取得的領土

　　日本在 1915 年趁人之危向中國提出『二十一條要求』，展露壟斷南滿經濟利益的野心，還非分山東、及內蒙古的東部，更要求指派顧問給中國政府、共同管理地方警政，儼然是要把中國納為保護國；美國唯恐日本危及自己在亞太的大業，甚至於懷疑日本對菲律賓還有野心，強烈反彈、堅持中國門戶開放，埋下日後兩國翻臉的種子。威爾遜總統（Woodrow Wilson, 1913-21）高唱民族自決、主權完整，強調「不容日本欺凌中國」，彷彿以中國的保護者自居，實則對於中國的求援其實只有口惠。美國在 1917 年加入大戰後跟日本簽訂『藍辛-石井協定』（*Lansing-Ishii Agreement* 石井・ランシング協定），雙方同意尊重中國門戶開放、機會均等、及維持中國政權及領土完整等原則，美國含糊承認日本因為與中國有地理上的接壤（geographic proximity）而享有特殊的利益（special interests）。

在一次世界大戰期間，日本海軍上將佐藤皐藏（Kōzō Satō）於1917年率領由巡洋艦、及驅逐艦組成的第二特務艦隊千里迢迢航向馬爾他，護航協約國在地中海由馬賽到開羅之間的船隻；另一方面，日本海軍除了護送紐澳軍團由太平洋跨過印度洋到歐洲戰場，還忙著獵殺德國、及奧國的潛艇。這時，美日雙方已經隱隱約約察覺彼此在太平洋的利益衝突，而美國軍方特別注意到，兩國未來在軍備上的競爭不可避免。

來源：*Omaha Daily Bee*（1919）。

圖 27：美國民眾看日本的二十一條要求

俄羅斯在1917年底爆發革命、次年退出大戰，協約國決定出兵俄羅斯遠東地區、以免軍事物資落入德國手中，同時也要解救受困的捷克軍團（Czechoslovak Legion），英法因為西線陷入膠著自顧不暇，責成美日派遣西伯利亞遠征軍，稱為「西伯利亞干涉戰爭」

來源：Buttigieg（2017）。

圖 28：馬爾他格蘭德港的巡洋艦日進號及四艘潛水艇

（Siberian Intervention, 1918-22）。美國原本意興闌珊、卻又不放心日本藉機擴張，派軍 7,000 人由海參崴登陸，日本質疑美國眼紅東清鐵路、及西伯利亞鐵路，由滿洲、及朝鮮派軍 70,000 人，遠超過原先所約定的 12,000 人，一路打到貝加爾湖、扶植白軍傀儡政權；由於軍方囤積米穀、糧價倍增，釀成米騷動，首相寺內正毅（Terauchi Masatake, 1916-18）被迫去職，平民首相原敬（Hara Takashi, 1918-21）上台，日本才減少軍隊人數，與美國的緊張才化解。

俄羅斯在 1917 年底爆發革命、次年退出大戰，協約國決定出兵俄羅斯遠東地區、以免軍事物資落入德國手中，同時也要解救受困的捷克軍團（Czechoslovak Legion），英法因為西線陷入膠著自顧不暇，責成美日派遣西伯利亞遠征軍，稱為「西伯利亞干涉戰爭」（Siberian Intervention, 1918-22）。美國原本意興闌珊、卻又不放心日本藉機擴張，派軍 7,000 人由海參崴登陸，日本質疑美國眼紅東清鐵路、及西伯利亞鐵路，由滿洲、及朝鮮派軍 70,000 人，遠超過原先所約定的 12,000 人，一路打到貝加爾湖、扶植白軍傀儡政權；由於軍方囤積米穀、糧價倍增，釀成米騷動，首相寺內正毅（Terauchi Masatake, 1916-18）被迫去職，平民首相原敬（Hara Takashi, 1918-21）上台，日本才減少軍隊人數，與美國的緊張才化解。

來源：Wikimedia Commons (2021: File:The Illustration of The Siberian War, No. 16. The Japanese Army Occupied Vragaeschensk.jpg)。

圖 29：日軍佔領海蘭泡（1918）

美國相當不痛快，知道日本志在控制北滿、及西伯利亞，因此，一旦捷克軍團解圍，便在 1920 年初黯然片面撤軍；日軍一直待到 1922 年，唯獨佔據庫頁島北部不放、到 1925 年才不得已放棄。中國雖然是一次大戰的戰勝國，日本卻要求接收德國在山東的租借地及所有權益，並透過『中日密約』（1918 關於山東問題的換文）獲得確認，總算對於德國當年的三國干涉報了一箭之仇。一開頭，美國對於日本開始戒慎小心，終究還是因為憂心萬一日本走人、拒絕加入國際聯盟，在『凡爾賽和約』（*Treaty of Versailles, 1919*）同意日本取得在山東的經濟特權，結果激起了中國的現代民族主義，在 1919 年引發了五四運動，親中的美國駐華公使芮恩施（Paul Samuel Reinsch, 1913-19）憤而辭職。

柒、種族主義下的移民衝突

美、日之間的齟齬，還可以溯自法規上對於日本移民的限制，除了反映本勞與外勞的競爭，背後更有強烈的種族主義偏見。美國的亞洲移民大增，是在 1849 年加州發現金礦後，由於國內嚴重欠缺勞力，只好由中國廣東引入苦力（契約工），主要是分布在西岸從事鐵路建築、及挖礦的工作，由於華工吃苦耐勞、又願意接受比較低的工資，一開始廣受歡迎，然而，沒多久就被視為競爭者而排斥；美國在『中美天津條約續增條款』（*Burlingame Treaty, 1868* 蒲安臣條約）給中國最惠國待遇、允許華工移民，加上第一條橫貫大陸鐵路（First Transcontinental Railroad）在 1869 年完成，又釋出大量的華工，海斯總統（Rutherford B. Hayes, 1977-81）嘗試透過修改條約的移民條款來加以管制，而亞瑟總統（Chester A. Arthur, 1881-85）又先後通過『排華法案』（*Chinese Exclusion Act, 1882*）停止華人移民十年、及『外籍契約工法』（*Alien Contract Labor Law, 1885*）禁止引入契約工，到

了 1904 年，美國國會乾脆將所有的排華法案無限期延長，直到 1843
年才廢除（Unrau, 1996: 2; Amano, 1977: 194）。

　　日本明治維新從事現代化，雖然吸納不少工業勞工，然而，農民
因為重稅補貼工業苦不堪言，因此，美國的『排華法案』適時提供日
本契約工前往美國脫困的契機；在推拉兩股力量之下，日本政府在
1885 年立法允許國民以契約工方式移民，又在 1894 年將『美日修好
通商條約』（1858）改簽為『日美通商航海條约』（1898 年生效），
取得最惠國待遇，象徵不平等條約的結束。條約的第一條明文規範雙
方國民可以自由進出：

> The citizens or subjects of each of the two High Contracting
> Parties shall have full liberty to enter, travel, or reside in any part
> of the territories of the other Contracting Party, and shall enjoy
> full and perfect protection for their persons and property.

在 1890 年代，日本的海外移民達到高峰，主要是來自人口過多的農
村，特別是西南地區本州、及九州的中產階級，八成移民的目的地是
美國、由舊金山上岸；由於不慣鐵路鋪設的工作，他們很快就轉向農
業，然後慢慢集資承租、或是購買農地，從事土地開發、及精耕（Unrau,
1996: 3-4）。

　　進入 20 世紀，日本移民更是大為成長，美國西海岸視之為東方
的黃禍來襲、開始出現反日的聲浪，工會、政客、及白人至上組織結
合，要求政府遏止日本人進入，尤其是有反華傳統的加州。麥金利總
統一度與日本政府協商，要求對方不要核發護照給契約工移民，然
而，日本人還是間接由夏威夷、加拿大、及墨西哥源源而入（Unrau,

1996: 4）。在 1905 年，加州議會決議要求聯邦政府限制日本移民，污衊為「不道德、動輒爭吵、只要微薄的工資」；在 1906 年，舊金山市政府以大地震造成教室倒塌、學生上課太擁擠為由，刻意另外設立特別學校來安置日本、朝鮮、及中國學童，只不過，當時該市的公立學校學生總數 25,000 人，日本學生不過 93 人，其中 25 名還是美國出生、擁有公民身分，此舉不啻種族隔離；這時候，日本已經打敗俄羅斯，對於老羅斯福總統調停的『朴次茅斯和約』（1905）已經有所芥蒂，當下嚴厲指控美國違反『日美通商航海條約』（1894），歐洲的報紙預測兩國來日不久將會開戰（Dozer, 1943: 144-45; Amano, 1977: 195-97）。

共和黨籍的老羅斯福把舊金山市長、及教育委員會成員邀到華府曉以大義，終究，美日雙方不想傷彼此的和氣，私下達成未經國會核准的『日米紳士協約』（Gentlemen's Agreement, 1907），彼此心照不宣，美方應允廢除相關法規，但杜絕日人間接透過第三國、或海外領土（夏威夷）進入，日方則同意自我設限勞工前往美國本土每年 500人；只不過，日本人還是覺得自尊受損，認為美國不願意跟自己平起平坐，不少第一代的移民（一世）乾脆搬回日本（Pyle, 1978: 135-36; Hane & Perez, 2009: 209-10; Dozer, 1943: 146-47; Amano, 1977: 197-98）。為了排除彼此的歧見，美國與日本私下達成『羅脫-高平協議』（1908），日本同意勸阻百姓不要移民美國大陸、把移民轉向滿洲，美國則除了接受日本擁有台灣、及澎湖的事實，也承認日本在朝鮮、及滿洲有特殊利益。

儘管設下重重關卡，日本居留者還是可以接來雙親、妻子、及20 歲以下小孩，所以日本移民人數並未降低，此外，既有的單身移民還是可以透過仲介由故鄉娶來照片新娘（picture bride），加上第二代（二世）小孩也開始投入勞動市場，承租或購買農地從事園藝、及柑橘園經營，讓白人牧場主人倍感壓力、助長反日的呼聲；加州先有『外國人土地法』（*California Alien Land Law, 1913*）禁止日本人購買土地、或是承租超過三年，又進一步立法防堵二世買地

來源：*Le Petit Parisien*（1906）。

圖 30：美國與日本之間的外交齟齬

（*California Alien Land Law, 1920*），華盛頓、俄勒岡、及愛達荷州相繼起而效尤，剛上台的民主黨籍總統威爾遜莫可奈何，一次大戰起，加州政府甚至於以公共利益為由強徵日裔美國人的農地，美日兩國之間的齟齬不斷（Unrau, 1996: 3-4; Amano, 1977: 199-201; Wikipedia, 2021: Alien land laws; Minohara, et al., 2017: 46-49）。

在巴黎和會上，日本針對『國際聯盟盟約』（*Covenant of the League of Nations, 1919*）草案提出「種族平等議案」（Racial Equality Proposal 人種的差別撤廢提案），要求國際聯盟的成員國能夠實施種族平等（Wikipedia, 2021: Racial Equality Proposal）：

> The equality of nations being a basic principle of the League of Nations, the High Contracting Parties agree to accord as soon as possible to all alien nationals of states, members of the League, equal and just treatment in every respect making no distinction, either in law or in fact, on account of their race or nationality.

儘管獲得與會代表的普遍支持（11：0），英國唯恐會破壞本身殖民統治的基礎、鼓勵獨立運動而強烈反對，美國則因為內部有種族隔離、操心反彈而不敢支持，兩國棄權，威爾遜以根除既定社會規範為由要求共識決、該提案胎死腹中，被出賣的日

來源：Sundberg（n.d.）。

圖 31：巴黎和會的日本代表團

本終於體會到，西方強權絕對不會接納自己（Pyle, 1978: 136）。與會的近衛文麿（Konoe Fumimaro）日後成為首相（1937-41），他在 1918 年寫了一篇〈推開英美本位的和平主義〉，似乎預見威爾遜和平主義的虛假（華人百科，n.d.）：

> 英美和平主義實際上是利用維持現狀之便的得過且過主義，與什麼正義人道毫無必然關系。我國的理論家們沉醉在他們宣傳的美麗辭藻之中，認為和平即是人道。目前我國的國際地位與德、意並無二異。在應打破現狀的日本卻高唱著英美和平主義，對國際聯盟象祈盼福音一樣渴盼仰止，實為卑躬屈膝，與正義人道相比實為蛇蠍而已。

治絲益棼的是，美國聯邦最高法院在 1922 年通過判例 *Takao Osawa vs. United States*，確認日本人不能歸化取得公民權的措施，也因此就不能購買、或是承租土地；儘管如此，由於美國採取屬地主義，在美國出生的日裔小孩還是可以取合法擁有土地，費盡心思的圍堵措施無效，剪不斷理還亂，加州的反日人士還厚顏指控這種「表裡不一」

的舉止違反了『紳士協約』，不啻火上加油（Unrau, 1996: 7; Amano, 1977: 201; Wikipedia, 2021: Alien land laws）。

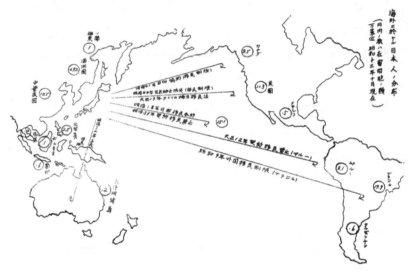

來源：Lu（2019: 25）。

圖 32：日本海外移民分布（1937）

日本外相幣原喜重郎（Kijūrō Shidehara, 1924-27, 1929-31）雖然強調外交手段、尤其是跟美國交好，然而，因為美國西海岸各州公然歧視日本移民，包括子弟被隔離、自由被限制、甚至財產被充公，兩國關係漸漸惡化；美國國會在1924年無所忌憚立法[4]（*Immigration Act, 1924*）限制亞太國家移民的配額，特別是排除所謂「那些不適合取得公民權者」，不言而喻就是針對日本人；日本駐美大使埴原正直

---

[4] 又稱為『詹森-里德法案』（*Johnson-Reed Act*）、或『國家來源法案』（*National Origins Act*）。

（Masanao Hanihara, 1922-24）憤而去職，親美的自由派政府遭到軍方挑戰，哈定總統（Warren G. Harding, 1921-23）的國務卿休斯（Charles Evans Hughes, 1921-25）相當沮喪，認為政府在華盛頓海軍會議（Washington Naval Conference, 1921-22）的努力付諸流水（Pyle, 1978: 138; Amano, 1977: 204-207; LaFeber, 1997: 144-46）。由於台灣、及朝鮮人口密度較高，而滿洲局勢又相對比較緊張，日本如果要大規模移民，勢必要轉向大洋洲、東南亞、及南美洲（Neu, 1975: 116）。

捌、一次大戰結束

一次大戰結束後，美國與日本展開海軍競賽，美國率先進行大規模造艦計畫，日本緊追後面，互別苗頭。在巴黎和會上（1919），日本硬是取得德國在中國山東的利益，並獲得德國在太平洋赤道以北屬地的託管，美國參議院外交關係委員主席洛奇（Henry Cabot Lodge, 1919-24）稱之為「東方的普魯士」（Prussia of the East），聽來似褒實貶。為了因應日本的擴張，美國重新配置海軍在兩大洋的部署，把19 艘戰艦留在大西洋艦隊幫忙防禦英國，21 艘則歸屬太平洋艦隊，對這時候的美國來說，太平洋至少已經跟大西洋一樣重要了；如此的攻勢佈局，擺明的就是衝著自己而來，日本當然老大不高興（Trask, 1978: 218）。

在 1920 年，美國提議由美日英法組成新四國銀行團，共同投資中國的建設，日本要求排除南滿、及東蒙，而英美則堅持日本已經掌控的地方才排除，美日雙方鬧得不是很愉快；哈定總統上台，立意修補彼此的勃谿，他相信兩國如果要建立可長可久的關係，必須先東亞的強權能夠建立合作的框架，重大議題才有可能解決，包括海軍裁軍、太平洋的現狀、及中國的未來，日本因為『二十一條要求』受挫的教訓，不顧海軍代表的反對而願意妥協；經過美國所主導的華盛頓海軍會議，簽了『（英美法日）四強條約』（*Four-Power Treaty, 1921*）、『（英日美法義）五強條約』（*Five-Power Treaty, Washington Naval Treaty, 1922* 華盛頓海軍條約）、及『（英日美法義荷比葡中）九國公約』（*Nine-Power Treaty, 1922*），除了根據門戶開放原則確認中國的主權、及領土完整，還將五國主力艦總噸位之比訂為 5.25：5.25：3.15：1.75：1.75，除了中國、皆大歡喜（Hattori & Minohara, 2017: 64-69）。

由於『五強條約』確認日本在西太平洋的海軍優勢，包括不在太平洋日本領地附近建立海軍基地、或要塞（新加坡、及夏威夷除外），而『九國公約』又承認日本掌控滿洲[5]，日本搖身一變為世界強權，相信從此可以跟美國好好做生意。羅斯福擔任威爾遜總統的海軍助理部長（1913-20），他在 1923 年也樂觀地表示：「往前看，兩國委實沒有任何理由相互對抗」（Pyle, 1978: 137-38）。由於『四強條約』以灌水的方式廢止英日同盟，美國在 1920-30 年代好整以暇，趁機展開海軍的現代化，尤其是燃料由煤轉換為油，除了艦艇速度加快、及航程加長，對於太平洋海軍基地的倚賴相對降低，另外則是嘗試發展航空母艦；羅斯福總統上台後不只強烈支持海軍的擴張，更宣稱海軍霸權是美國的天命，對手是日本；另外，他也同意海軍的看法，也就是防衛不在太平洋的東岸、而是在幾千浬外的西岸，因此主張繼續介入亞洲的事務，包括支持中國對抗日本（Rozen, 1978: 233）。

---

[5] 另外，美國在華盛頓會議調停中日簽訂『解決山東懸案條約』（1922），日本同意撤軍山東。

大正民主（1912-26）結束，軍方日益騷動。在 1928 年，各國為了遏止抑制德國的擴張，簽訂『非戰公約』（*Kellogg-Briand Pact, 1928* 凱洛格—白里安公約），規範國家只能以和平方法解決彼此的爭端，包括日本及中國都是簽署國；只不過，白紙黑字只能道德勸說、沒有實質的約束力，未能阻止二次大戰的爆發。胡佛總統（Herbert Hoover, 1929-33）上台，美國與英國主導『（英日美法義）倫敦海軍條約』（*London Naval Treaty, 1930*）簽訂，大致上延續『華盛頓海軍條約』（1922）對日本海軍擴展所訂的上限，首相濱口雄幸（Hamaguchi Osachi, 1929-31）不顧軍方反對簽署，反對黨視為出賣國家利益，被右翼份子槍傷、染菌不治。終究，日本拒簽『第二次倫敦海軍條約』（*Second London Naval Treaty, 1936*），美日關係跌到谷底。

來源：Raven-Hill（1934）。

圖 33：日本惱怒自己分到的比例

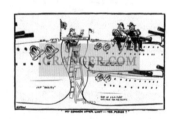

來源：Low（1936）。

圖 34：日本拒絕參加二次倫敦海軍裁軍會議

玖、進入 1930 年代

在 1930 年代經濟蕭條間，日本的對外貿易大為衰退，親西方的政府並未獲得英、美挹注，關東軍不聽文人政府節制，國家走上軍國主義。日本既然在滿洲練兵已久，於 1931 年藉口南滿鐵路柳條湖段被炸，乾脆席捲整個滿洲，也就是九一八事變（瀋陽事變、奉天事變、滿洲事變），國際聯盟三次決議要求日本撤軍無效。當時，美國的孤立主義甚囂塵上，胡佛總統（Herbert Clark Hoover, 1929-33）認為美國在亞洲沒有切身的利益（vital interests），

THE COMMAND COURTEOUS.
League of Nations "GOOD DOG——DROP IT!"

來源：Partridge（1932）。

圖 35：國際聯盟要日本將滿洲吐出來

以為日本入侵滿洲事不關己，主張構築由阿拉斯加、夏威夷、到巴拿馬的防線，覺得海軍只要能夠守住沿海、防止入侵本土就好（Rozen, 1978: 232）。美國國務卿史汀生（Henry L. Stimson, 1929-33）也只能在 1932 年 1 月 7 日發表『史汀生主義』（*Stimson Doctrine, 1932* 不承認主義），空谷足音宣示「不承認以武力造成的國際領土變更」。

李頓調查團（Lytton Commission）在 1931 年 12 月抵達上海、次年春前往滿洲展開調查，日本則在 1932 年 3 月 1 日扶植滿洲國、立溥儀為帝。調查團於 1932 年 10 月 2 日發表『李頓報告』（*Lytton*

Report），抹壁雙面光，一方面譴責日本侵犯中國領土的完整、違反
『九國公約』（1922），因此反對承認滿洲國，另一方面也怪罪中國
的民族主義、及政局紛亂。日本憤而在 1933 年 3 月 27 日退出國際聯
盟，全盤推翻與西方合作的政策，加緊準備同時跟美國、俄羅斯、及
中國作戰。

來源：Low（1933）。

圖 36：日本踐踏國際聯盟

日本在 1932 年 1 月 28 日攻下上海，稱為一二八事變（淞滬戰
爭），一不做、二不休，又在 3 月 1 日扶植滿洲國，臨危授命的首相
犬養毅（Inukai Tsuyoshi, 1931-32）遇刺身亡，軍方日益張狂，乾脆
在 1933 年 2 月進犯中國熱河省，華北門戶洞開。在 1934 年，日本外
務省情報長官天羽英二（Eiji Amau）根據新上任的外相廣田弘毅（Kōki
Hirota, 1934-36）訓示，宣示日本與中國有特殊的關係、歐美列強不
應介入中國事務，稱為『天羽聲明』（Amau Doctrine），被視為「亞
洲門羅主義」；廣田弘毅甚至於進一步跟美國建議，不如由兩國瓜分

太平洋，彼此相安無事、各自建立勢力範圍
（LaFeber, 1997: 177）。廣田弘毅被《時代
周刊》列為封面人物（*Times*, 1934/5/21），
對於中國充滿「使命感」，戰後被遠東國際
軍事法庭以甲級戰犯起訴、判處絞刑。

來源：*Times*（1934/5/21）。

圖 37：廣田弘毅

　　羅斯福在 1937 年連任總統，日本在 7
月 7 日入侵中國關內本土，美國才開始全力
強化在太平洋的海軍部署，然而，畢竟在菲
律賓、及中國只能派遣少數的軍艦給亞洲艦
隊，無力約束日本；癥結在於美國不願意同時打兩面戰爭，既然大西
洋是優先，重點在加勒比海、及巴拿馬運河的安全，心不在太平洋的
防衛，直到德國在 1941 年 6 月全力攻打蘇聯，稍事喘息的美國才調
整在遠東消極以待的政策（Major, 1978: 237-59）。

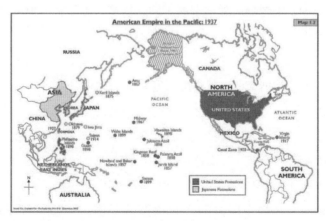

來源：Pike（2021）。

圖 38：美國與日本在太平洋的對峙（1937）

在 1940 年，日本海軍判定美軍到了 1942 年就會稱霸太平洋，深信此後必須轉而取得荷蘭在印尼的油源，所以必須先下手為強。在這樣的推算下，日本與德國、以及義大利簽訂『三國同盟條約』（*Tripartite Pact, 1940*），用意是孤立美國、嚇阻兵戎，以便接收西方國家在東南亞的殖民地。美國總統羅斯福強烈反彈，禁止廢鐵、鋼鐵、以及原油輸日，並要求日本無條件撤出中國；日本則認為此

來源：n.a.（n.d.）。

圖 39：美國對日本實施石油禁運

舉強人所難，不啻把自己當作二等國家，堅信不入虎穴、焉得虎子。由於本身的儲油捉襟見肘，而美國海軍卻日益壯大，日本決定孤注一擲，在 1941 年發動珍珠港奇襲，同時對英、美開戰，也就是所謂的「大東亞戰爭」。

日本在突襲珍珠港之後，開始對東南亞、及太平洋展開攻勢，包括香港、泰國、馬來亞、荷屬東印度、關島、威克島（馬紹爾群島）、吉爾伯特群島（基里巴斯）、及婆羅洲，勢如破竹；到了 1942 年，又攻擊新幾內亞、新加坡、緬甸、雲南、印度、索羅門群島、帝汶、阿留申群島、聖誕島、及安達曼群島（Andaman Islands），如日中天、不可一世。日本在 1943 年底於東京召開大東亞會議（Greater East Asia Conference），揭櫫所謂的「大東亞共榮圈」（Greater East Asia Co-Prosperity Sphere），號召亞洲民族對抗西方殖民主義，聽來令人動容，其實就是西方殖民地的翻版。

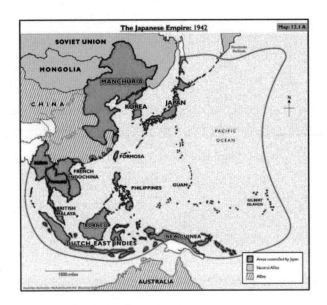

來源：Pike（2021）。

圖 40：日本帝國的版圖（1942）

附錄 1：珍珠港事件前的美、日關係[6]

川普一選上美國總統，日本首相安倍晉三立即飛往紐約祝賀。川普正式入主白宮，安倍拔得頭籌，雙方熱情擁抱、握手十九秒，尤其是川普左手還拍安倍的右手背，讓安倍受寵若驚，更不用說川普還邀請安倍一起搭空軍一號到佛州豪宅作客、打高爾夫球。回顧歷史，日本在 1941 年 12 月 7 日突襲珍珠港，終究，在兩顆原子彈的震撼下投降，淪為美國的佔領地。戰後，美、日軍事同盟，近年，日本希望國家正常化，現在，日本似乎終於得以跟美國平起平坐。

儘管美國在十九世紀中葉以黑船強迫日本開放鎖國，內部自顧不暇，在東亞的活動以傳教為主，避免介入強權的爭鬥；日本在甲午戰爭打敗中國，美國只是隔岸觀火。雙方首度出現齟齬是為了夏威夷，日本視之為和平擴張太平洋的檢驗，而美國則感受到日本的潛在威脅；雙方在 1897 年翻臉，日本抗議美國併吞之舉破壞太平洋的現狀無效。美國在美西戰爭（1898）後取得菲律賓，預見把太平洋當作地中海；日本無力瓜分中國，因此支持美國的「門戶開放政策」（1899）。

進入二十世紀，英國與日本結盟對抗俄國在遠東的擴張，美國為了固守太平洋，鼓勵日本在前往大陸發展，包括承認日本在韓國的特殊利益。日本在 1904 年對俄國發動戰爭，美國在戰後同意日本要求俄國割讓遼東半島、及將南滿納為勢力範圍。然而，由於加州爆發反日事件（1906），特別是舊金山市政府隔離日本學童，日本最後同意自我約束、和平移民構想受挫。雙方在 1908 年簽訂『高平-魯特協定』，

---

[6] 《民報》2017/2/15。

同意在太平洋合作。

一次大戰爆發，日本向中國提出『二十一點要求』，特別是接收德國在膠州灣的特權，威爾遜總統強烈反彈、虎頭蛇尾。日本在 1917年跟美國簽訂『藍辛-石井協定』，尊重美國的門戶開放政策，而美國承認日本在中國的「特殊的利益」。戰後，美國對於日本佔領德國在赤道以北的島嶼相當焦慮，決心遏阻日本在東亞的霸權，華盛頓會議（1921-22）、以及倫敦海軍會議（1930）終究只是緩兵之計，而日本也已經覺悟與美國為了西太平洋終需一戰。

蔣介石北伐成功，日本擔心在滿州的利益恐將不保，決定先下手為強，陸續發動九一八事變（1931）、一二八事變（1932）、以及七七盧溝橋事變（1937），美國李伯大夢，軍方認為尚且無力對抗。日本內部看法不一，一派主張聯手美國對抗共產蘇聯，另一派則力主南進印支半島以圍堵中國、不惜與美國開戰。在 1941 年 9 月 6 日，日本天皇昭和在御前會議吟詠祖父明治天皇御製和歌「四海之內、本皆兄弟、胡為擾攘、致此洶洶」（1904），可見不願意與美國為敵。

三度拜相的近衞文麿親王希望能跟羅斯福總在夏威夷舉行高峰會議，央求東久邇宮稔彥王（姪女是昭和天皇的皇后）向軍方說項，軍事大臣東條英機應允。不過，這位在巴黎習武（1920-26）的親王說，當年貝當元帥、以及克里蒙梭告訴自己，德國是美國在歐洲的眼中釘、因此在一次大戰中被幹掉，日本是美國在東方的眼中釘，在下一場世界大戰就會被作掉；既然美國瞧不起日本的外交能力，認為可以玩弄於股掌，還是不要招惹。

其實，當天皇跟首相還在試圖力挽狂瀾之際，換到阿拉斯加會面也好，美國國務卿赫爾卻是虛與委蛇、甚至於頤指氣使，盤算如何以時間換取空間。羅斯福總統跟英國首相邱吉爾在紐芬蘭哥倆好,大言不慚說:「我還可以把他們當作嬰兒看待、騙個三個月!」美國國會早先立法設限日本移民,認為會錯亂美國的民族認同,大家心知肚明。其實,日本同意退出華北,只要能守住滿州、擋下蘇聯就好;可惜,美國國務卿赫爾苦苦相逼,日本只好發動奇襲。

戰後,美國歷史學者約翰・諾蘭到鴨巢監獄訪談,東條對於美國的咄咄相逼仍然耿耿於懷,因為日本原本對於蔣介石還是有一點期待,只要大家能聯手對抗蘇聯。蔣介石在 1927 年下野,私下訪日,更不用說,張群、何應欽在日本還有很多學長、學弟;坦誠而言,與其說中共師承蘇共、倒不如說與日共有更早的淵源。總之,美國從夏威夷、遼東半島、到華盛頓會議,認定日本虛張聲勢,沒想到日本人還是有武士道精神。只不過,此番,安倍還是被當作小漢仔!

附錄 2：羅脫-高平協議（ *Root-Takahira Agreement*, 1908 ）

The Japanese Ambassador to the Secretary of State:

The exchange of views between us, which has taken place at the several interviews which I have recently had the honor of holding with you, has shown that Japan and the United States holding important outlying insular possessions in the region of the Pacific Ocean, the Governments of the two countries are animated by a common aim, policy, and intention in that region.

Believing that a frank avowal of that aim, policy, and intention would not only tend to strengthen the relations of friendship and good neighborhood, which have immemorially existed between Japan and the United States, but would materially contribute to the preservation of the general peace, the Imperial Government have authorized me to present to you an outline of their understanding of that common aim, policy, and intention:

1. It is the wish of the two Governments to encourage the free and peaceful development of their commerce on the Pacific Ocean.

2. The policy of both Governments, uninfluenced by any aggressive tendencies, is directed to the maintenance of the existing status quo in the region above mentioned and to the defense of the principle of equal opportunity for commerce and industry in China.

3. They are accordingly firmly resolved reciprocally to respect the territorial possessions belonging to each other in said region.

4. They are also determined to preserve the common interest of all powers in China by supporting by all pacific means at their disposal the independence and integrity of China and the principle of equal opportunity for commerce and industry of all nations in that Empire.

5. Should any event occur threatening the status quo as above described or the principle of equal opportunity as above defined, it remains for the two Governments to communicate with each other in order to arrive at an understanding as to what measures they may consider it useful to take.

If the foregoing outline accords with the view of the Government of the United States, I shall be gratified to receive your confirmation.

I take this opportunity to renew to your excellency the assurance of my highest consideration.

K. Takahira

附錄 3：史汀生主義（*Stimson Doctrine*, 1932）

The Secretary of State to the Consul General at Nanking:

With the recent military operations about Chinchow, the last remaining administrative authority of the Government of the Chinese Republic in South Manchuria, as it existed prior to September 18th, 1931, has been destroyed. The American Government continues confident that the work of the neutral commission recently authorized by the Council of the League of Nations will facilitate an ultimate solution of the difficulties now existing between China and Japan.　But in view of the present situation and of its own rights and obligations therein, the American Government deems it to be its duty to notify both the Government of the Chinese Republic and the Imperial Japanese Government that it cannot admit the legality of any situation de facto nor does it intend to recognize any treaty or agreement entered into between those Governments, or agents thereof, which may impair the treaty rights of the United States or its citizens in China, including those which relate to the sovereignty, the independence, or the territorial and administrative integrity of the Republic of China, or to the international policy relative to China, commonly known as the open door policy; and that it does not intend to recognize any situation, treaty or agreement which may be brought about by means contrary to the covenants and obligations of the Pact of Paris of August 27, 1928, to which Treaty both China and Japan, as well as the United States, are parties.

Stimson

附表：明治維新以來的美國總統及國務卿、與日本首相及外相

美國總統	美國國務卿	日本首相	日本外相
18850304-18890304 克里夫蘭	18850307-18890306 貝亞德	18851222-18880430 伊藤博文	18851222 井上馨 18880201 伊藤博文
		18880430-18891025 黑田清隆	18880430 大隈重信
18890304-18930304 哈瑞森	18890307-18920604 布萊恩 18920629-18930223 福斯特	18891224-18910506 山縣有朋	18891224 青木周藏
		18910506-18920808 松方正義	18910506 青木周藏 18910529 榎本武揚
		18920808-18960831 伊藤博文	18920808 陸奧宗光
18930304 -18970304 克里夫蘭	18930307-18950528 葛禮山 18950610-18970305 奧爾尼	18960918-18980112 松方正義	18960918 西園寺公望 18960922 大隈重信
18970304-19010914 麥金萊	18970306-18980427 舍曼 18980428-18980916 戴 18980930-19050701 海約翰	18980112-18980630 伊藤博文	18980112 西德二郎
		18980630-18981108 大隈重信	18980630 大隈重信
		18981108-19001019 山縣有朋	18981108 青木周藏
		19001019-19010510 伊藤博文	19001019 加藤高明
		19010602-19060107 桂太郎	19010602 曾禰荒助 19010921 小村壽太郎

美國總統	美國國務卿	日本首相	日本外相
19010914-19090304 老羅斯福	19050719-19090127 羅脫 19090127-19090305 培根	19060107-19080714 西園寺公望	19060107 加藤高明 19060303 西園寺公望 19060519 林董
		19080714-19110830 桂太郎	19080714 寺內正毅 19080827 小村壽太郎
19090304-19130304 塔虎脫	19090306-19130305 諾克斯	19110830-19121221 西園寺公望	19110830 內田康哉
		19121221-19130220 桂太郎	19121221 桂太郎 19130129 加藤高明
		19130220-19140416 山本權兵衛	19130220 牧野伸顯
19130304-19210304 威爾遜 民主黨	19130305-19150609 布賴恩 19150609-19200213 蘭辛 19200323-19210304 科爾比	19140416-19161009 大隈重信	19140416 加藤高明 19150810 大隈重信 19151013 石井菊次郎
		19161009-19180929 寺內正毅	19161009 寺內正毅 19161121 本野一郎 19180423 後藤新平
		19180929-19211104 原敬	19180929 原敬

美國總統	美國國務卿	日本首相	日本外相
19210304-19230802 哈定 共和黨	19210305-19250304 休斯	19211113-19220612 高橋是清	19211113 內田康哉
		19220612-19230824 加藤友三郎	19220612 加藤友三郎
19230802-19290304 柯立芝 共和黨	19250305-19290304 凱洛格	19230902-19240107 山本權兵衛	19230902 山本權兵衛 19230919 伊集院彥吉
		19240107-19240611 清浦奎吾	19240107 松井慶四郎
		19240611-19260128 加藤高明	19240611 幣原喜重郎
		19260130-19270420 若槻禮次郎	19260130 幣原喜重郎
		19270420-19290702 田中義一	19270420 田中義一
19290304-19330304 胡佛 共和黨	19290328-19330304 史汀生	19290702-19310414 濱口雄幸	19290702 幣原喜重郎
		19310414-19311213 若槻禮次郎	19310414 幣原喜重郎
		19311213-19320516 犬養毅	19311213 犬養毅 19320114 芳澤謙吉
		19320526-19340708 齋藤實	19320526 齋藤實 19320706 內田康哉
19330304-19450412 羅斯福 民主黨	19330304-19441130 赫爾 19441204-19450627 小斯特蒂紐斯	19340708-19360309 岡田啟介	19340708 廣田弘毅
		19360309-19370202 廣田弘毅	19360309 廣田弘毅

美國總統	美國國務卿	日本首相	日本外相
			19360402 有田八郎
		19370202-19370604 林銑十郎	19370202 林銑十郎 19370303 佐藤尚武
		19370604-19390105 近衛文麿	19370604 廣田弘毅 19380526 宇垣一成 19380930 近衛文麿
		19390105-19390830 平沼騏一郎	19390105 有田八郎
		19390830-19400116 阿部信行	19390830 阿部信行 19390925 野村吉三郎
		19400116-19400722 米內光政	19400116 有田八郎
		19400722-19411018 近衛文麿	19400722 松岡洋右 19410718 豐田貞次郎
		19411018-19440722 東條英機	19411018 東鄉茂德 19420901 東條英機 19420917 谷正之
		19440722-19450407 小磯國昭	19440722 重光葵

美國總統	美國國務卿	日本首相	日本外相
		19450407-19450817 鈴木貫太郎	19450407 鈴木貫太郎 19450409 東鄉茂德
19450412-19530120 杜魯門 民主黨	19450703-19470121 伯恩斯 19470121-19490120 馬歇爾 19490121-19530120 艾奇遜	19450817-19451009 東久邇宮稔彥	19450817 重光葵
		19451009-19460522 幣原喜重郎	19451009 吉田茂
		19460522-19470524 吉田茂	19460522 吉田茂
		19470524-19480310 片山哲	19470524 片山哲
		19480310-19481015 蘆田均	19480310 蘆田均
		19481015-19541210 吉田茂	19481015 吉田茂 19521030 岡崎勝男
19530120-19610120 艾森豪 共和黨	19530121-19590422 杜勒斯 19590422-19610120 赫脫	19541210-19561223 鳩山一郎	19541210 重光葵
		19561223-19570225 石橋湛山	19561223 石橋湛山
		19570225-19600719 岸信介	19570225 岸信介 19570710 藤山愛一郎
		19600719-19641109 池田勇人	19600719 小坂善太郎 19620718 大平正芳

美國總統	美國國務卿	日本首相	日本外相
19610120-19631122 甘迺迪 民主黨	19610121-19690120 臘斯克	19641109-19700114 佐藤榮作	19641109 椎名悅三郎 19661203 三木武夫 19681029 佐藤榮作 19681130 愛知揆一 19710709 福田赳夫
19631122-19690120 詹森 民主黨			
19690120-19740809 尼克森 共和黨	19690122-19730903 羅傑斯 19730922-19770120 季辛吉	19720707-19741209 田中角榮	19720707 大平正芳 19741111 木村俊夫
19740809-19770120 福特 共和黨		19741209-19761224 三木武夫	19741209 宮澤喜一 19760915 小坂善太郎
		19761224-19781207 福田赳夫	19761224 鳩山威一郎 19771128 園田直
19770120-19810120 卡特 民主黨	19770123-19800428 萬斯 19800508-19810120 馬斯基	19781207-19800612 大平正芳	19791108 大來佐武郎
		19800717-19821127 鈴木善幸	19800717 伊東正義 19810518 園田直 19811130 櫻內義雄

美國總統	美國國務卿	日本首相	日本外相
19810120-19890120 雷根 共和黨	19810122-19820705 黑格 19820716-19890120 舒爾茨	19821127-19871106 中曾根康弘	19821127 安倍晉太郎 1986072 倉成正
		19871106-19890603 竹下登	19871106 宇野宗佑
19890120-19930120 老布希 共和黨	19890125-19920823 貝克三世 19920823-19930119 伊格爾伯格	19890603-19890810 宇野宗佑	19890603 三塚博
		19890810-19911105 海部俊樹	19890810 中山太郎
		19911105-19930809 宮澤喜一	19911105 渡邊美智雄 19930407 武藤嘉文
19930120-20010120 柯林頓 民主黨	19930120-19970117 凱瑞斯多福 19970123-20010120 奧爾布賴特	19930809-19940428 細川護熙	19930809 羽田孜
		19940428-19940630 羽田孜	19940428 柿澤弘治
		19940630-19960111 村山富市	19940630 河野洋平
		19960111-19980730 橋本龍太郎	19960111 池田行彦 19970911 小淵惠三
		19980730-20000405 小淵惠三	19980730 高村正彦
		20000704-20010426 森喜朗	20000405 河野洋平
20010120-20090120 小布希 共和黨	20010120-20050126 鮑威爾 20050126-20090120 賴斯	20010426-20060926 小泉純一郎	20010426 田中真紀子 20020130 小泉純一郎 20020930 川口順子

美國總統	美國國務卿	日本首相	日本外相
			20040927 町村信孝
		20060926-20070926 安倍晉三	20060926 麻生太郎 20070827 町村信孝
		20070926-20080924 福田康夫	20070926 高村正彥
		20080924-20090916 麻生太郎	20080924 中曾根弘文
20090120-20170120 歐巴馬 民主黨	20090121-20130201 希拉蕊 29130201-20170120 凱瑞	20090916-20100608 鳩山由紀夫	20090916 岡田克也
		20100608-20110902 菅直人	20100608 岡田克也 20100917 前原誠司 20110307 枝野幸男 20110309 松本剛明
		20110902-20121226 野田佳彥	20110902 玄葉光一郎
		20121226-20200916 安倍晉三	20121226 岸田文雄 20170803 河野太郎
20179129-20219129 川普 共和黨	20170201-20180331 蒂勒森 20180426-20210120 龐皮歐	20200916-20211004 菅義偉	20190911 茂木敏充
20210120- 拜登 民主黨	20210126- 布林肯	20211004- 岸田文雄	20211110 林芳正

參考文獻

近衛文麿〈近衛文麿〉（https://www.itsfun.com.tw/近衛文麿/wiki-3471095-6409865）（2021/7/18）。

知新報，1998。〈法國照會瓜分中國事〉（https://heiup.uni-heidelberg.de/journals/index.php/transcultural/article/view/23700/17430）（2021/7/27）。

維基百科，2021。〈吉田松陰〉（https://zh.wikipedia.org/wiki/吉田松陰）（2021/7/19）。

Amano, Hajime (天野元). 1977. "The Japanese in the United States in the Early Twentieth Century." (https://www.i-repository.net/contents/outemon/ir/301/301771211.pdf) (2021/7/12)

Berryman, Clifford K. 1898. "Kaiser Wilhelm II of Germany Struggles to Hold Shut the Door to the 'East' as Uncle Sam's Oversized Leg Squeezes through the Opening.." *Washington Post* (https://history.house.gov/Exhibitions-and-Publications/APA/Historical-Essays/Exclusion-and-Empire/Introduction/) (2021/7/22)

Bigot, Georges Ferdinand. 1900. "England and the United States Push the Japanese Military into Taking on Russia." (https://imgur.com/t/russia/hpBHxde) (2121/6/21)

Bigot, Georges Ferdinand. 1904. "Empire d'Asie," (The Asian Empire) (http://factsanddetails.com/japan/cat16/sub108/item510.html) (2121/6/21)

Buttigieg, Mario. 2017. "Malta and the Imperial Japanese Navy's Second Special Squadron in WWI." *Times of Malta*, May 21 (https://timesofmalta.com/articles/view/Malta-and-the-Imperial-Japanese-Navy-s-Second-Special-Squadron-in-WWI.648609) (2021/7/7)

Cleveland, Grover. 1886. "December 6, 1886: Second Annual Message." December 6 (https://millercenter.org/the-presidency/presidential-speeches/

december-6-1886-second-annual-message) (2021/7/21)

Deere, Carmen Diana. 2017. "U.S.-Cuba Trade and the Challenge of Diversifying a Sugar Economy, 1902-1962." *Florida Journal of International Law*, Vol. 29, No. 1, pp. 159-78.

Dewey, Joseph. 2015. "Immigration Convention of 1886." (https:// immigrationtounitedstates.org/599-immigration-convention-of-1886.html) (2021/7/21)

Dozer, Donald Marquand. 1943. "Beginnings of Japanese-American Friction." *Dalhousie Review*, Vol. 23, No. 2, pp. 143-48.

Eastley, John. 1848. "Colombus and Vincennes in Japan." (https://commons. wikimedia.org/wiki/File:ColombusAndVincennesInJapan1848JohnEastley. jpg) (2021/7/9)

Ehrhart, S. D. 1909. "Baby, Kiss Papa Good-by." *Puck*, February 24 (https://www.loc.gov/pictures/item/2011647430/) (2021/6/26)

Emmert, Paul. c. 1853. "View of the Honolulu Fort – Interior." (https:// commons.wikimedia.org/wiki/File:%27View_of_the_Honolulu_Fort_-_Int erior%27,_oil_on_canvas_painting_by_Paul_Emmert,_c._1853,_Hawaii_H istorical_Society.jpg) (2021/7/25)

Glackens, L. M. 1909. "No Limit: Japan, -- I See Your Cruisers, and Raise You a Dreadnought." *Puck*, September 22 (https://commons.wikimedia. org/wiki/File:Naval-race-1909.jpg) (2021/6/22)

Granger. 1905. "Let Us Have Peace." (https://www.granger.com/results. asp?image=0007084) (2021/6/26)

Hay, John. 1899. "First Open Door Note." (https://www.digitalhistory. uh.edu/disp_textbook_print.cfm?smtid=3&psid=4068) (2021/7/23)

Heine, Peter Bernhard Wilhelm. 1854. "Commodore Perry Coming Ashore at Yokohama." (http://www.duhaime.org/LawMuseum/LawGallery/

Item52/Commodore_Perry_Opens_Japan.aspx) (2021/6/22)

Jungle Maps. 2018. "Maps of Japan before and after WWI." (https:// junglemaps.blogspot.com/2018/03/map-of-japan-before-and-after-ww1.ht ml) (2021/6/23)

Kitazawa Rakuten (北 澤 楽 天). 1902. "Anglo-Japanese Alliance: Yamato-hime and Britannia." (Guarding Childish Feet) *Jiji Shimpo* (時事 新 報), February 18 (https://core.ac.uk/download/pdf/132567409.pdf) (2021/7/11)

LaFeber, Walter. 1997. *Clash: U.S.-Japan Relations throughout History.* Ney York: W. W. Norton & Co.

Le Petit Parisien. 1906. "Blanc Contras Jaunes," (White against Yellow). December 16 (https://www.meijishowa.com/art-prints/4798/140301-0018-us-japan-diplomatic-crisis) (2021/6/21)

London News. 1860. "U.S. President James Buchanan Welcomes the Japan Embassy in Washington on May 17, 1860." (https://www.goforbroke. org/learn/history/timeline/pre-1941.php) (2021/6/21)

Low, David. 1933. "Doormat." *Evening Standard*, January 19 (https://www. sutori.com/story/how-did-the-manchurian-crisis-weaken-the-league-teacher -template-year-12--h8rNSyik4qudtr3JCG52iHnP) (2021/6/24)

Low, David. 1936. "Hon. Common Upper Limit - Yes, Please?" (https://www.granger.com/results.asp?image=0115512&itemw=4&itemf=0 001&itemstep=1&itemx=1) (2021/7/20)

Lu, Sidney Xu. 2019. *The Making of Japanese Settler Colonialism.* Cambridge: Cambridge University Press.

Lytton Report, 1932 (https://en.wikisource.org/wiki/Report_of_the_ Commission_of_Enquiry) (2021/7/8)

Meyer, H. 1898. "En Chine Le gâteau des Rois et... des Empereurs," (China

-- the cake of kings and... of emperors) *Le Petit Journal*, January 16 (https://commons.wikimedia.org/wiki/File:China_imperialism_cartoon.jpg) (2021/6/21)

Miller, Edward S. 1991. *War Plan Orange: The U.S. Strategy to Defeat Japan, 1897-1945.* Annapolis, Md.: Naval Institute Press.

n.a. n.d. "Cartoon of US Oil Embargo of Japan." (http://www.francis pike.org/main.php?mode=13&p1=3_23) (2021/6/21)

Naval Historical Center. 2008. " 'Great White Fleet' World Cruise." (https://www.ibiblio.org/hyperwar/OnlineLibrary/photos/events/ev-1900s/g wf07-09/gwf-7m.htm) (2021/7/12)

Neu, Charles E. 1975. *The Troubled Encounter: The United States and Japan.* Malabar, Fla.: Robert E. Krieger Publishing Co.

Office of the Historian, Foreign Service Institute, United States Department of State. n.d. "The Treaty of Portsmouth and the Russo-Japanese War, 1904-1905." (https://history.state.gov/milestones/1899-1913/portsmouth-treaty) (2021/7/8)

O'Keefe, C. F. 1900. "Troops of the Eight-Nation Alliance (Except Russia) That Fought against the Boxer Rebellion in China." (https://commons. wikimedia.org/wiki/File:Troops_of_the_Eight-Nation_Alliance_(except_R ussia)_that_fought_against_the_Boxer_Rebellion_in_China,_1900._From_ the_left_Britain,_United_States,_Australia,_India,_Germany,_France,_Aus tria-Hungary,_Italy,_Japan._(49652330563).jpg) (2021/7/18)

Omaha Daily Bee. 1919. "Tongue and Shantung." July 23 (https:// chroniclingamerica.loc.gov/lccn/sn99021999/1919-07-23/ed-1/seq-1/) (2021/6/23)

Partridge, Bernard. 1932. "The Command Courteous: League of Nations – GOOD Dog - Drop it!." *Punch*, October 2 (https://images.slideplayer.

com/35/10427820/slides/slide_13.jpg) (2021/7/8)

Pike, Francis. 2021. "The Japanese Empire: 1942." (http://www.francispike. org/main.php?mode=25&p1=12_1A) (2021/6/22)

Pike, Francis. 2021. "American Empire in the Pacific: 1937." (http://www. francispike.org/main.php?mode=25&p1=1_2) (2021/6/22)

Raven-Hill, Leonard. 1934. "Honourable Ratio; or, Naval Conversations in London." *Punch*, October 31 https://punch.photoshelter.com/image/ I00000gVhxkmyi7s) (2021/6/21)

Root-Takahira Agreement, 1908 (https://history.state.gov/historicaldocuments/ frus1908/d487) (2021/7/9)

Saint Paul Globe. 1897. "Uncle Sam--You Fellows Will Please Stand Back While I Try These Oyster Sandwiches Myself." June 17 (https://en. wikipedia.org/wiki/File:Uncle_Sam_and_His_%22Oyster_Sandwiches%22 .jpg) (2021/6/21)

Stimson Doctrine, 1932 (https://history.state.gov/historicaldocuments/frus 1932v03/d10) (2021/7/8)

Sundberg, Steve. n.d. "Victorious Great Powers at the Paris Peace Conference, 1919." (http://www.oldtokyo.com/victorious-great-powers-at-the-paris-peace-conference-1919/) (2021/7/18)

Times. 1934. "Koki Hirota." May 21 (http://content.time.com/time/covers/ 0,16641,19340521,00.html) (2021/7/16)

Tsukioka Yoshitoshi (月岡芳年). 1876. "Arrival of Commodore Perry's Black Ship off the Coast of Uraga," （黑船来航）(https://www. britishmuseum.org/collection/object/A_1949-0514-0-6) (2021/6/26)

Tyler, John. 1842. "December 30, 1842: Message to Congress Regarding US-Hawaiian Relations." (https://millercenter.org/the-presidency/ presidential-speeches/december-30-1842-message-congress-regarding-us-hawaiian) (2021/7/22)

Unrau, Harlan D. 1996. *The Evacuation and Relocation of Persons of Japanese Ancestry during World War II: A Historical Study of the Manzanar War Relocation Center: Historic Resource Study*, Vol. 1. Washington, D.C.: National Park Service, United States Department of the Interior.

Whitney, Henry M., ed. 1890. "Back Cover," in *The Tourists' Guide through the Hawaiian Islands*. Honolulu: The Hawaiian Gazette (http://www. hawaiianstamps.com/mappac.html) (2021/7/25)

Wikimedia Commons, 2020. "File:Treaties of Amity and Commerce between Japan and Holland England France Russia and the United States 1858.jpg." (https://commons.wikimedia.org/wiki/File:Treaties_of_Amity_and_Comm erce_between_Japan_and_Holland_England_France_Russia_and_the_Unit ed_States_1858.jpg) (2021/6/22)

Wikimedia Commons. 2020. "File:East Asia and Oceania 1914-en.svg." (https://commons.wikimedia.org/wiki/File:East_Asia_and_Oceania_1914-en. svg) (2021/6/22)

Wikimedia Commons. 2020. "File:Japanese Empire.png." (https://commons. wikimedia.org/wiki/File:Japanese_Empire.png) (2021/6/27)

Wikimedia Commons. 2020. "File:Japanese Army's advanced in Battle of Tsingtao.svg) (https://commons.wikimedia.org/wiki/File:Japanese_ Army%27s_advanced_in_Battle_of_Tsingtao.svg) (2021/7/7)

Wikimedia Commons. 2021. "File:The Illustration of The Siberian War, No. 16. The Japanese Army Occupied Vragaeschensk.jpg." (commons. wikimedia.org/wiki/File:The_Illustration_of_The_Siberian_War,_No._16._ The_Japanese_Army_Occupied_Vragaeschensk.jpg) (2021/7/18)

Wikimedia Commons. 2021. "File:Putyatin Nagasaki 1853.jpg."

(https://commons.wikimedia.org/wiki/File:Putyatin_Nagasaki_1853.jpg) (2021/7/18)

Wikipedia. 2021. "Racial Equality Proposal." (https://en.wikipedia.org/wiki/ Racial_Equality_Proposal#Proposal) (2021/7/8)

Wikipedia. 2021. "Alien land laws." (https://en.wikipedia.org/wiki/Alien_ land_laws#California) (2121/7/12)

美國與韓國的歷史關係

I should like to see Japan have Korea.　She will be a check
upon Russia, and she deserves it for what she has done.

Theodore Roosevelt to Speck von Sternberg (1900/8/28)

壹、歷史背景

現代的韓國（朝鮮）夾在日本與中國之間，宛如夾在德國與法國
之間的比利時，在外交上究竟要採取「交鄰」、還是「事大」政策，
左右為難。對於日本來說，雖然有神功皇后三度出征朝鮮半島的傳
說，自從中國元朝（1271-1368）皇帝忽必烈與屬國高麗在十三世紀
兩度來襲，朝鮮半島一直是心腹大患，認為由強權支配的朝鮮勢必威
脅到自己的安全。朝鮮早期實施海禁，到了十五世紀中葉，日本人獲
許在釜山等三地設立入港的居留地（三浦倭館），由對馬府中藩壟斷
來往通商，後來因為倭寇騷擾、不勝其煩，陸續被封。日本在十六世
紀，兩度以借道攻打中國明朝為由出兵朝鮮（1592、1597），史稱萬

曆朝鮮之役（壬辰倭亂），終於因為豐臣秀吉病故無功而返。滿清入主中國（1616-1912），朝鮮王朝（1392-1910）依然臣服，外交上維持封閉自鎖，後來被稱為「隱士王國」（Hermit kingdom）。到了十八世紀下半葉，朝鮮王英祖（1724-76）、及正祖（1776-1800）祖孫勵精圖治，此後開始國勢衰退。

來源：Wikimedia Commons (2020: File:Siege-of-Busanjin-1592.jpg)。

圖1：日軍包圍釜山（1592）

從十九世紀起，朝鮮開始面對西方國家的叩關，最早接觸到的西洋人是前來傳教的法國天主教神父（1836），因為教士、教友遭受迫害，法國駐在橫濱的遠東分艦隊（French Far Eastern Squadron）在 1866 年出兵膺懲無效，史稱丙寅洋擾，而外交要求開港通商也不成，讓朝鮮政府更加確信鎖國政策。這時候，美國也躍躍欲試。日本啟動明治維新（1868），視朝鮮為取得資源、及農地的來源，在 1869 年遣使到釜山，東施效顰美國要求門戶開放被拒，一時「征韓論」沸騰，主戰派（武斷派）的西鄉隆盛在 1873 年請纓出兵懲罰；歸國改革派（內治派）的大久保利通、及木戶孝允則認為海外擴張是次要的，當下日本實力不夠、不應輕啟兵戎，否則會讓西方強權坐收漁翁之利。

終究，日本在 1876 年以砲艇強迫朝鮮簽訂『江華條約』（*Japan-Korea Treaty of 1876, Treaty of Ganghwa* 日朝修好條規），這是朝鮮跟外國所締結的第一個不平等條約。儘管條約的第一款寫著「朝鮮國自主之邦，保有與日本國平等之權」（Chosen being an independent state enjoys the same sovereign rights as does Japan.），表

面上承認朝鮮是獨立國家，實質上卻是要朝鮮脫離中國的朝貢體系。中國作為朝鮮的宗主國，決定以夷制夷，鼓勵朝鮮儘量跟西方國家締約通好，朝鮮開始與其他國家來往，於 1881 年設立統理機務衙門（Office for Extraordinary State Affairs），並在 1882 年跟美國簽訂『朝美修好通商條約』（*Treaty of Peace, Amity, Commerce and Navigation, Shufeldt Treaty*）建交。

　　面對西方的挑戰，朝鮮內部對於究竟要如何肆應沒有共識：王室（事上黨）堅持向中國求援，而改革派（開化黨）則主張師法日本維新。在壬午兵變（1882）後，日本以公使館被暴民攻打搗毀為由，逼迫簽訂『濟物浦條約』（*Japan-Korea Treaty of 1882, Chemulpo Treaty*），取得在朝鮮的駐

來源：n.a.（n.d.）。

圖2：日本垂詢打算瓜分朝鮮
　　的俄羅斯

兵權。此後兩年，朝鮮內爭不斷，改革派於 1884 年在日本的撐腰下發動甲申政變，而保守派則獲得中國派駐幫忙建軍的袁世凱奧援，日本公使倉皇搭艦竄逃。儘管中、日雙方增兵對峙，這時的日本忙著制憲，為了向西方國家展現外交能力、無意擴大爭端，中國也因為跟法國交戰而自顧不暇（1883-85），雙方簽訂『天津條約』（1885）作為緩兵之計，協議撤兵。表面上是中、日共治朝鮮，實際上是承認中國對朝鮮的宗主權，日本臉上無光。此後十年，中國駐朝鮮總督袁世凱支配朝鮮政局、積極擴張通商，日本日益心焦。

　　俄國在英法聯軍之役（1856-60）後，以調停有功跟中國簽訂『北京條約』（1860），取得烏蘇里江以東至海土地（包括庫頁島），開

始在海參崴建立軍港，次年嘗試搶奪對馬島未果，稱為「俄羅斯軍艦佔領對馬事件」（Tsushima Incident）。根據『日俄和親通好條約』（*Treaty of Commerce and Navigation between Japan and Russia*, 1855 下田條約），日本取得南千島群島（北方四島），而庫頁島則由兩國共管；在 1875 年，日本跟俄國簽訂『聖彼得堡條約』（*Treaty of Saint Petersburg* 庫頁島千島交換條約），以放棄庫頁島來交換取得整個千島群島。到了 1880 年代末期，西方強權覬覦朝鮮、及中國，而俄羅斯也虎視眈眈，不止在朝鮮半島尋求溫水港，甚至於不排除囊括、作為擴張東亞大陸的踏腳石。

　　進入 1890 年代，日本明治維新告一段落，外交上不再韜光養晦，認為中國在朝鮮的作為日益挑釁，譬如阻擋對外派遣大使、或是送學生留洋，而俄國在西伯利亞的鐵路又即將完工，加上反對黨大肆抨擊政府卑躬屈膝，日本視為視帝國發展的最大絆腳石。既然已非吳下阿蒙，日本終究由安內走向擴外，為了一勞永逸解決朝鮮問題，對中國發動甲午戰爭（1894）。引爆點是倡議尊王攘夷、恢復國權的東學黨起義，韓國政府要求中國派兵平定農民之亂，日本則擔心俄羅斯藉機往南擴張，以中國違反協議為由先下手為強；日本不僅佔領大部分韓國，還進軍南滿洲，更配合英國攻下山東半島的威海衛，隨時可以攻取北京。

　　當時，朝鮮是中國的藩屬，落敗的中國被迫在『馬關條約』（1895）放棄朝鮮的宗主權、承認朝鮮獨立，同時又割讓遼東半島、及台灣；大獲全勝的日本一躍成為強權，然而，卻在三強的「忠告」下被迫歸還遼東半島，國家尊嚴大為受損。儘管日本取代中國在朝鮮的影響力，由於閔妃（明成皇后）與攝政的興宣大院君相互傾軋，政客各自挾外人自重，朝鮮政局不穩，俄羅斯趁虛而入、扮演好人，不少朝鮮人寄望俄羅斯、認為是唯一可以制衡日本的國家；日本一直無法掌控當地政局，躁進的全權公使三浦梧樓策動乙未事件（1895），暗殺親俄反日的閔妃、清除宮中親俄勢力，朝鮮王高宗（1863-1907）與世子躲進俄國使館尋求保護，反日情緒日益高漲。

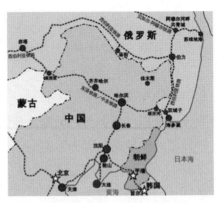

來源：Wikimedia Commons（2020: File: Chinese Eastern Railway-cn.svg）。

圖 3：東清鐵路

當時，日本要求遼東半島的理由是為了捍衛在朝鮮的地盤，視之為插旗中國的立足之地，而俄羅斯當時積極在遠東擴張，特別是取得溫水港，認為日本將威脅本身在滿洲的利益，惶惶不可終日，因此，在法國、及德國的撐腰下表示不惜一戰，要求日本將遼東半島歸還中國，日本不得不讓步。俄羅斯進而透過『中俄同盟密約』（1896），除了取得夢寐以求的旅順溫水港、進駐太平洋艦隊，又在滿洲興

來源：*Le Journal illustré*（1895）。

圖 4：明成皇后遇刺

建鐵路（東清鐵路）、將滿洲納入勢力範圍，並將手伸進朝鮮的鴨綠江、及圖們江流域。在 1896 年，俄羅斯回應朝鮮王高宗的求援，派遣陸戰隊登陸攻佔漢城，翦除親日份子；終究，高宗在 1897 年離開

俄國使館，宣布改國號為「大韓帝國」、簡稱「韓國」，跟中國建立平等的關係，嘗試平衡於日、俄之間。

在 1896-98 年間，列強對中國的作法改弦更張，將開放通商口岸轉為勢力範圍的擴張，俄羅斯以調人取得滿洲（含旅順港在內的遼東半島）。當時，日本知道如果為了在韓國的利益而跟俄羅斯結盟，勢必要放棄長城以北，最後決定虛與委蛇。

來源：Partridge（1904）。

圖 5：夾在日俄之間的朝鮮

對於當時的日本首相伊藤博文來說，如果能確保朝鮮，其實，滿洲未嘗不可讓給俄國，相對地，俄國也認為只要能夠確保旅順，就沒有必要涉入朝鮮，彼此相安無事；雙方妥協，先後簽了『小村-韋貝協定』（1896）、『山縣-羅拔諾夫協定』（1896）、及『西-羅仙協定』（1898），承認朝鮮獨立、允諾不介入。

中國對於俄羅斯的仗義執言心存感激，在 1898 年租借遼東半島、並同意興建由哈爾濱到旅順的滿洲鐵路，無異引狼入室。八國聯軍在 1900 年攻入北京，五萬俄軍藉機進揮軍駐滿洲不退，甚至於還打算由鴨綠江興建一條鐵路到漢城，日本倍感威脅。對於日本來說，本身的安危繫於朝鮮，因此，為了要防止朝鮮落入他人，唯有控制犄角相倚的旅順港、及遼東半島，視進駐滿洲的俄國為眼中釘。儘管日本當時已經晉身為強權，俄國卻沒有看在眼裡，雙方談判沒有進展，山雨欲來風滿樓。

貳、美國強迫開放門戶

美國與朝鮮的第一次邂逅是在 1866 年，當時，一艘商船在海岸外擱淺，獲救的船員被善待，終究由中國官員護送到中國。不久，美國武裝商船謝爾曼將軍號（USS *General Sherman*）進入水域，無視韓國官方要求尊重國家主權的警示，堅持以「和平」方式侵門踏戶著手調查，還強行駛入大同江、直闖平壤而擱淺，終究因為不聽勸離而船毀人亡，這是韓國外交的濫觴。當時，法國與朝鮮也有糾葛，美國國務卿西華德（William H. Seward, 1861-69）建議聯軍討伐，前者因為心有旁鶩而婉拒；末代幕府將軍德川慶喜（1867-68）以日美友誼自動請纓出征，次年幕府壽終就寢，代征之

來源：Wikimedia Commons (2020: File:Plaque Marking the Sinking of the General Sherman (4613639457).jpg)。

圖 6：位於平壤的謝爾曼將軍號事件紀念碑

議無疾而終，美國只好獨力出手，剛成軍的亞洲分艦隊（Asiatic Squadron）兩度上門責問，徒勞無功。

在 1871 年，美國政府派駐大清國公使鏤斐迪（Frederick Low, 1869-73）率亞洲分艦隊的五艘戰艦前往討伐，出動包含 100 名陸戰隊在內的 650 名軍隊，這是培理將軍（Matthew C. Perry）在 1853 年強迫日本開國的翻版，一方面是要跟弱國耀武揚威，另一方面也是為了強迫朝鮮開國、簽訂貿易條約。儘管韓國人明白表示無意訂約，美方依然藉口從事勘查水域，不聽勸阻強行駛入漢江、直擣首都漢陽（漢

城），岸砲只好發彈示警。

美方認為逃之夭夭相當沒有面
子，要求朝鮮方必須在十天內道歉，
不果，登陸江華島，摧毀碉堡、殺死
250 名韓軍，以大欺小、勝之不武，史
稱辛未洋擾，美方則稱為江華島戰役
（Battle of Ganghwa）。當時興宣大院
君攝政，不願屈從訂約，立意加強鎖
國，嚴禁外國、及天主教勢力，還在
1871 年全國豎立斥和碑，昭示「洋夷
侵犯，非戰則和，主和賣國，戒我萬

來源：Wikimedia Commons
（2020: File:가덕도
척화비.jpg）。

圖 7：釜山加德島的斥和碑

年子孫」（Seth, 2008; 維基百科，2021：斥和碑）。由於韓方堅拒訂
約，美軍只好悻悻然撤退；朝鮮興高采烈驅逐西洋蠻人，而美國則因
為尚無利益必須保護，短期內未再苦苦相逼。

終究，日本領銜攻堅，在 1869-72 年三度要求建交碰壁，國內義
憤填膺，政府派遣副島種臣（Soejima Taneomi）到中國興師問罪，清
廷答以朝鮮雖是藩屬，「內政外交從不與聞」。副島種臣回國憤而主
張征韓，主戰論甚囂塵上，明治天皇以國力不足海外出兵緩議，派遣
黑田清隆（Kuroda Kiyotaka）、及井上馨（Inoue Kaoru）洽簽條約，
儘管興宣大院君極力反對，朝鮮還是在 1876 年被迫跟日本簽訂『江
華條約』。朝鮮除了被迫建交，還開放三個通商口岸、同時讓日本人
享有領事裁判權，其他國家接踵而至。

在 1878 年，美國國務卿埃瓦茨（1877-81）訓令海軍准將舒菲爾
特（Robert Wilson Shufeldt）尋求洽簽類似條約的可能；舒菲爾特原

本希望透過日本牽線，無奈對方有所保留。這時候，李鴻章出任直隸總督、兼北洋通商事務大臣，主持中國外交、負責朝鮮政策，為了牽制日本，同意出面充當調人疏通，在他的開導下，朝鮮於 1882 年跟美國建交、訂下『朝美修好通商條約』。這是不平等條約，也是朝鮮跟西方國家所簽訂的第一個條約，內容包含領事裁判權、及最惠國待遇，直到朝鮮在 1910 年正式被日本併吞而無效。條約第一款寫著援護文字[1]：

> 嗣後大朝鮮國君主、大美國伯理璽天德併其商民各皆永遠和平友好。

> There shall be perpetual peace and friendship between the President of the United States and the King of Chosen and the citizens and subjects of their respective Governments.

> 若他國有何不公輕藐之事，一經照知，必須相助，從中善為調處，以示友誼關切。

> If other powers deal unjustly or oppressively with either Government, the other will exert their good offices on being informed of the case, to bring about an amicable arrangement, thus showing their friendly feelings.

---

[1] 條約草案只有：
There shall be a perfect, permanent and universal peace, and a sincere and cordial amity, between the United Stated of America on the one part, and the Kingdom of Choson on the other part, and between their people respectively, without exception of persons or places,

其實，這段文字是照抄『中美天津條約[2]』（1858），朝鮮隨後與英國（*United Kingdom-Korea Treaty of 1883*）、德國（*Germany-Korea Treaty of 1883*）、義大利（*Italy-Korea Treaty of 1884*）、俄羅斯（*Russia-Korea Treaty of 1884*）、以及法國（*France-Korea Treaty of 1886*）的條約，都有類似的條款[3]。日後，韓國面對日本併吞，苦苦哀求美國出面調停，然而，由於美國亟欲討好日本、對抗俄羅斯，因此充耳不聞。

在協商條約的過程，李鴻章要求條文寫入朝鮮是「中國屬邦」，薛斐爾沒有同意，最後決定由朝鮮政府另外發布照會聲明，表明中國與朝之間雖是宗主國與藩屬關係、卻是「屬國自主」（中文百科，n.d.：

---

[2] Article I:

There shall be, as there have always been, peace and friendship between the United States of America and the Ta-Tsing Empire, and between their people respectively.   They shall not insult or oppress each other for any trifling cause, so as to produce an estrangement between them; and if any other nation should act unjustly or oppressively, the United States will exert their good offices, on being informed of the case, to bring about an amicable arrangement of the question, thus showing their friendly feelings.

第一款：

嗣後大清與大合眾兩國並其民人，各皆照前和平友好，毋得或異；更不得互相欺凌，偶因小故而啟爭端。若他國有何不公輕藐之事，一經照知，必須相助，從中善為調處，以示友誼關切。

[3] 譬如『朝英通商條約』寫著：

In case of difference arising between of the High Contracting Parties and a third Power, the other High Contracting Party, if requested to do so, shall exert its good offices to bring about an amicable arrangement.

朝美修好通商條約）：

> 大朝鮮國君主為照會事：竊照朝鮮素為中國屬邦，而內治外交
> 向來均由大朝鮮國君主自主，今大朝鮮國、大美國彼此立約，
> 理屬平行相待。大朝鮮國君主明允將約內各款，必按自主公例，
> 認真照辦。至大朝鮮國為中國屬邦，其分一切應行各節，均與
> 大美國毫無干涉，除派員議立條約外，相應備文照會，須至照
> 會者。

兩周後，中國與朝鮮簽訂『中朝商民水陸貿易章程』（1882），搭順風車取得領事裁判等特權；此後，袁世凱銜命以北洋通商大臣身份常駐朝鮮，訓練新軍、及協辦通商。一直到 1898 年，兩國才終於簽訂平等的『中韓通商條約』。

儘管美國在 1883 年在漢城正式開館，由於沒有什麼利益值得保護，對於韓國興味索然，冀望朝鮮能跟其他東亞國家一樣，好好發展、維持獨立自主，而國務院只期待能與前來競逐的各國保持等距；這樣的想法，剛好跟日本不謀而合，也就是自己在朝鮮的利益，必須建立在對方能擺脫中國。朝鮮在中日甲午戰爭後陷入內亂，中日俄競相扶植對立的勢力，政府嘗試透過與西方國家簽訂修好通商條約來突圍，而中國則百般阻撓外交人員出國，美國國務卿貝亞德（Thomas F. Bayard, 1885-89）表示訝異而遺憾；在 1887 年，韓國特使成功搭上美國戰艦奧斯皮號（USS *Ossipee*）前往美國晉見克里夫蘭總統（Grover Cleveland, 1885-89, 1893-97），中國儘管對朝鮮若即若離，臥榻之旁、豈容他人鼾睡，李鴻章老大不高興，袁世凱在遣使回國後嘗試嚴懲不果（Battistini, 1952: 59）。

甲午戰爭爆發之前，列強試圖聯手節制日本，然而，美國並不願

意參一腳。朝鮮政府在 1894 年向美國求援，國務卿葛禮山（Walter Q. Gresham, 1893-95）跟韓國大使直言，美國對朝鮮問題的立場是「不偏不倚的中立」（impartial neutrality），同時又加上一句，對日本只會採取友善的方式；不過，他也跟日本大使曉以大義，希望對方能公平善待弱鄰（Battistini, 1952: 62）。等到日本與中國開打，英國建議美國聯合俄、德、法，要求中國賠款止戰、並保證朝鮮獨立，美國依然拒絕捲入歐洲強權的陰謀，不願意偏袒日本、或是中國，對於朝鮮的興趣不大；同樣地，中國援引『中美天津條約 』（1858）的斡旋（good offices）條款尋求美國調解，克里夫蘭總統表示，唯有交戰的雙方都提出要求，美國才會充當調人；同時，葛禮山訓令駐日本大使徵詢日本政府，看對方是否希望美國出面，他明言，儘管美國的態度是不偏不倚、友善中立，判斷強權的和解方案不太可能有利於日本，換句話說，他已經看清這些歐洲國家圍事的盤算，並不是真的關心朝鮮、或中國的福祉，而是要把日本的影響力趕出亞洲大陸，以免危害大家瓜分中國；日本婉拒美國的幫忙，義正辭嚴表示，中國如果真的想要談和，必須自己出面（Battistini, 1952: 62-63, 66）。

總之，美國在東方姍姍來遲，跟中國在 1844 年仿效中英『南京條約』（1842）簽訂不平等的『望廈條約』、取得五口通商口岸，繼而在 1858 年簽訂『中美天津條約 』、取得最惠國待遇。培理將軍在 1853 年強龍壓境，先是逼日本簽訂『日美親善條約』（*Japan-US Treaty of Peace and Amity, 1854*）、開放通商口岸，終究簽訂不平等的『美日修好通商條約』（*Treaty of Amity and Commerce, 1858*），取得領事裁判權。最後，美國跟韓國硬加『朝美修好通商條約』，取得領事裁判權、及最惠國待遇，東亞國家門戶開放的拼圖終於完成。

來源：n.a.（n.d.）。

圖 8：朝鮮作為攻打滿洲的橋樑

參、日俄戰爭前後的美國立場

進入二十世紀，日本首相桂太郎（1901-1906）上台，雖然覺悟與俄羅斯終須一戰，卻又自知無力單獨對付俄國，因此在 1902 年與英國結盟（Anglo-Japanese Alliance 日英同盟），然後跟俄國展開談判，提議以北緯 39 度線為界，由日本保有南部（韓國）、而以北（滿洲）則中立化，也就是「滿韓交換」（exchange Manchuria for Korea）。然而，崛起中的俄國執意往南擴張、強行派兵進駐滿洲，日本憤而退出談判桌，對旅順港的俄國太平洋艦隊發動夜襲，再由陸軍從朝鮮半島進軍包圍，姍姍來遲的波海艦隊也在對馬海峽被殲滅，這就是日俄戰爭。雙方在美國總統老羅斯福（Theodore Roosevelt, 1901-1909）的斡旋下簽訂『朴次茅斯和約』（*Treaty of Portsmouth, 1905*），俄羅斯被迫讓出遼東半島（旅順、大連）及南滿鐵路（長春至旅順）、並割讓庫頁島南半部。日本終於覺悟，國家安全維繫於帝國的建立，而積弱不振的鄰邦則必須先下手為強囊括，以免強權用來對付自己。

美國對於日本的崛起，自始保持樂觀其成的態度，並違憲簽訂密約承認日本在東北亞的地位，包括『桂太郎-塔虎脫協定』（*Taft-Katsura Agreement, 1905* 桂・タフト協定）、及『羅脫-高平協議』（*Root-Takahira Agreement, 1908* 高平・ルート協定），坐視朝鮮被蠶食鯨吞，以交換日本棄絕對菲律賓的妄想。事實上，老羅斯福總統相當自豪親日，而且毫不掩飾他瞧不起韓國的態度，對他來說，日本

來源：Beltrame（1904）。

圖 9：日軍抵達韓國

人統治是好的，因此，在日俄戰爭爆發之前，他早已決定放棄朝鮮，願意幫助日本在朝鮮、及滿洲為所應為（due role）；日俄雙方開打後，他跟來訪的末松謙澄男爵（Suematsu Kenchō）說，日本在朝鮮應該有一席之地，就好像我們在古巴一樣（Krishnan, 1984: 5, 7）。

既然有美國的默許，日本沒有後顧之憂，首先在 1904 年逼迫朝鮮簽訂『日韓新協約』（*Japan-Korea Treaty of 1904* 第一次日韓協約）、

強制韓國聘用日本外交及財政顧問、與外國締約需先與日本協商；接著，日本在 1905 年以『乙巳保護條約』（*Japan-Korea Treaty of 1905* 第二次日韓協約）將朝鮮納為保護國、控制外交；再來，日本又在 1907 年以『丁未條約』（*Japan-Korea Treaty of 1907* 第三次日韓協約）掌控朝鮮內政，實施間接統治。最後，日本乾脆在 1910 年以『日韓合併條約』（*Japan-Korea Treaty of 1910*）併吞朝鮮，毫不靦腆展露帝國主義的面目，而美國、英國、以及俄國都不吭聲。

日本在 1905 年逼迫朝鮮簽訂『乙巳保護條約』，已經稱帝（光武帝）的高宗派遣特使要求美國斡旋被拒，對方還落井下石關掉大使館；老羅斯福總統津津樂道的『朴次茅斯和約』塵埃落定，他訓令駐韓大使趕緊收拾行李打道回府，因為日本併吞朝鮮不只是為日本好、也是為朝鮮好；其實，

來源：*Punch*（1908）。

圖 10：美國討好日本

在『朴次茅斯和約』談判桌上，日俄雙方一度因賠款、及割讓庫頁島問題相持不下，哈佛出身的金子堅太郎（Kaneko Kentarō）向校友老羅斯福求救，後者好言相勸（Krishnan, 1984: 5-6）：

> 你們又不缺錢，談什麼賠款。其實，拿庫頁島、滿洲鐵路、以及旅順港就夠了。反正，朝鮮早晚是你們的，不管對日本、朝鮮、跟亞洲來說，都是好事一樁。或許，先不要拿朝鮮，稍安勿躁，反正，遲早拿下對日本而言是好的。

高宗不屈不撓，又接著派遣三名密使（李儁、李相卨、李瑋鐘）前往海牙第二次萬國和平會議（Hague Conventions of 1907），除了打算控訴日本侵略，也希望表達韓國人獨立的願望，卻不得其門而入，史稱海牙密使事件。日本相當惱怒、揚言派兵開戰，高宗被逼謝罪、退位給皇太子，即末代皇帝純宗（1907-10 隆熙帝），這是傀儡政權。這時，日本在朝鮮的外交障礙大致已經清理完畢，接下來就是如何直接對中國下手，首當其衝的是滿洲。老羅斯福在 1906 年因為促成『朴次茅斯和約』有功獲得諾貝爾和平獎，背後是美國對日本的侵略擴張採取姑息主義政策，代價是犧牲朝鮮的主權獨立，冷血的美國沒有絲毫同情。

來源：Hassmann（1907）。

圖 11：第二次海牙和平會議

肆、威爾遜的權宜及妥協

在日本殖民統治朝鮮時期（1910-45），也就是由醞釀一次大戰（1914-18）到二次大戰（1939-45）結束，對於美國來說，遙遠的朝鮮似乎無足輕重，如果有所謂的朝鮮政策，也是次於其他重大政策的考量，不會考慮到韓國人所企盼的，特別是獨立運動。美國總統威爾遜（Woodrow Wilson, 1913-21）在 1918 年於國會發表著名的演說『十四點計畫』（*Fourteen Points*），擘劃戰後的國際秩序安排，特別是成立國際聯盟、並揭櫫民族自決原則。韓國人在 1919 年 3 月 1 日發起反日獨立運動，宣布『獨立宣言書』，各地群眾走向街頭示威遊行，遭到日本憲兵無情鎮壓，志士流亡中國、及俄羅斯。

一次大戰爆發，日本對德國宣戰，趁機佔領德國在中國（山東）、及南太平洋的領土，逼近美國的屬地關島、夏威夷、及菲律賓，美國輿論譁然；日本得寸進尺，在 1915 年向中國提出『二十一條要求』，領土野心昭然若揭。由於美國當時跟日本在形式上是協約國的盟友，不好公開嚴厲斥責，總統威爾遜誓言「不容日本欺凌中國」，雙方在 1917 年簽訂權宜的妥協『藍辛-石井協定』（*Lansing-Ishii Agreement*），日方誓言尊重中國領土完整，而美國則承認日本由於「地理上的接近」（geographic proximity），在中國享有「特殊的利益」（special interests），高高舉起、輕輕放下。戰後，美國主導巴黎和會（1919），威爾遜因為擔心日本拒絕加入國際聯盟，同意在『凡爾賽和約』（*Treaty of Versailles, 1919*）將德國在中國的租借地交給日本，絕口不提朝鮮的民族自決。

話說日本在 1905 年打算將朝鮮納為保護國，高宗派駐法大使閔泳瓚（Min Yeong-chan）前往美國，要求美國依據建交時所簽訂『朝美修好通商條約』（1882）出面斡旋，同時又拜託美國傳教士赫伯特（Homer Hulbert）回國說項，只不過，老羅斯福關心的是地緣政治的盤算，早已透過密約『桂太郎-塔虎脫協定』（1905）、及『羅脫-高平協議』（1908）確認韓國是日本的勢力範圍，交換日本承認美國併吞菲律賓、及夏威夷，當下，國務卿羅脫（Elihu Root, 1905-1909）以高宗已經屈從打發了事。總之，自從朝鮮在 1910 年被日本併吞，美國認定朝鮮由朝鮮總督府管轄，事不關己。

事過境遷，沒有想到在多年後，竟然會有人舊事重提。在 1916年紐約州共和黨的總統大選造勢大會上，主題演講者羅脫附和老羅斯福的批判，高舉條約責任、及道德人性，大肆抨擊尋求連任的民主黨總統威爾遜，指控他未能捍衛比利時的中立地位，外交委員會順勢通過決議，要求政府公布國務院當年所有相關日本併吞朝鮮的文件，國務卿藍辛（Robert Lansing, 1915-20）翻箱倒櫃，赫然發現羅脫當年是如何說謊糊弄閔泳瓚；面對媒體的質問，羅脫拒絕回答，而曾經陪赫伯特晉見羅脫的助理國務卿阿迪（Alvey A. Adee），臉不紅氣不喘地幫腔，那是陳年舊事（ancient history）（Savage, 1996: 193-94）。

話又說回來，威爾遜政府也是點到為止、不願意把這件尷尬的事鬧大，畢竟，要是全盤托出，很可能會挑起老百姓的反日情緒，進而刺激日本人的反美情結，恐怕是得不償失，只不過，龜不要笑鱉無尾，威爾遜自己馬上要面對良心的考驗；韓國爆發三一獨立運動後，大韓民國臨時政府結合各方勢力於 4 月 13 日在上海法租界成立，人在美國的國務總理李承晚一再呼籲美國承認，儘管獲得美國輿論的同情，當時美國與日本關係因為中國而緊張不已，國務院特別訓令在朝鮮的美國人不要捲入朝鮮獨立運動，特別是教會人士，而外交官更不能落人口實，當然是拒人於千里之外（Savage, 1996: 194-98）。

來源：Wikimedia Commons (2021: File:Provisional Government of the Republic of Korea.jpg)。

圖 12：大韓民國臨時政府國務院（1919）

那麼，為何威爾遜會不惜違背自己倡議的理念、不理會朝鮮人的哀求？根據 Savage（1996: 198-99, 202-203）的分析，有可能是因為他認為民族自決只適合歐洲的民族，也有可能原本構想的對象是限定殖民地被壓迫的民族、並不適用協約國盟友的既有帝國子民，譬如大英帝國的愛爾蘭、或是大日本帝國的朝鮮；當然，也有可能是因為當時美國對日本垂涎中國已經有所戒心，彼此的關係已經跌到谷底，不希望因為朝鮮問題而節外生枝，進而造成日本退出和會、拒簽『凡爾賽和約』。終究，由於國會拒絕背書『凡爾賽和約』，美國未能加入國際聯盟，委曲求全的威爾遜顏面無光，而國務院乾脆跟前來請願的韓國獨立運動支持者直言不諱，既然朝鮮已經在 1910 年成為日本帝國的一部份，還有什麼自主性可以被日本侵犯？到後來，連美國國會的支持者也心灰意冷，認為朝鮮被日本併吞成為既定事實（fait accompli），多半意興闌珊（Savage, 1996: 198）。

進入 1920 年代，在中國上海的臨時政府因為路線嚴重分歧，一部份志士前往滿洲、及西伯利亞從事抗爭，李承晚流亡美國尋求對臨時政府的承認，也有少數訴求託管者，獨立運動乏善可陳，美國政府評價不高；共和黨政府上台，美國官方的立場是把朝鮮課題當作日本的內政，對於朝鮮獨立運動的態度並沒有多大改變，哈定總統（Warren G. Harding, 1921-23）的國務卿舒爾茨（Charles Evans Hughes, 1921-25）直言，看不出承認臨時政府有什麼好處；進入 1930 年代，日本關東軍日益騷動不安，在 1931 年以韓國為跳板入侵滿洲、繼而在 1933 年 3 月退出國際聯盟，中國政府才開始把境內的朝鮮人當作潛在的盟友，特別是中日雙方在 1937 年全面爆發戰爭（蘆溝橋事變），儘管如此，此時的美國大致上還是對朝鮮視若無物（Savage, 1996: 205-206）。

伍、二次大戰前後

日本在 1941 年 12 月 7 日偷襲珍珠港，美國終於加入二次大戰，只不過，朝鮮仍舊不是關注的對象。即使羅斯福總統（Franklin D. Roosevelt, 1933-45）與英國首相邱吉爾（Winston Churchill, 1940-45, 1951-55）在 1941 年簽署『大西洋憲章』（*Atlantic Charter*），作為

戰後世界秩序重建的依據，揭櫫民族自決等八個原則，朝鮮並不適用
（Krishnan, 1984: 7）。美國在 1942 年春跟英國、中國、澳洲、紐西
蘭、荷蘭、及加拿大等盟邦組成太平洋戰爭理事會（Pacific War
Council），由羅斯福總統主持，當中設立了一個關於朝鮮的委員會，
由宋子文主持，國務院遠東事務處（Division of Far Eastern Affairs）
主任漢密爾頓（Maxwell M. Hamilton）跟大家提點，由於朝鮮自從
1910 年就沒有參政的經驗，或許暫時國際託管會好一點；中國政府
跟美國大使館說，朝鮮戰後應該獨立，不過，由於擔心會有其他國家
獨佔朝鮮半島，主張美國應該保證朝鮮的獨立，加上中國、英國、及
蘇聯的參與（Savage, 1996: 216）。

羅斯福總統跟老羅斯福一樣，對朝鮮人沒有好感，認為他們沒有
能力治理自己，主張應該在美國的主導下，實施多國的共管；他在
1943 年 3 月跟英國外相艾登（Anthony Eden, 1940-45, 1951-55）說，
韓國跟中南半島託管的時機已經成熟，不過，英國、及法國一眼看破
他的盤算，就是在掙脫自由後，轉而在政治、及經濟上倚賴美國
（Krishnan, 1984: 8）。在開羅會議（1943/11/22-26），羅斯福與中國
委員長蔣介石、及英國首相邱吉爾同意讓朝鮮在戰後獨立，幾經修改
的『開羅宣言』（*Cairo Declaration, 1943*）決議：

> 我三大盟國稔知朝鮮人民所受之奴隸待遇，決定在相當時期，
> 使朝鮮自由與獨立。

> The aforesaid three great powers, mindful of the enslavement of
> the people of Korea, are determined that in due course Korea shall
> become free and independent.

　　宣言的起草者是羅斯福的親信霍普金斯，原本草案的用字是「儘早」（at the earliest moment），被羅斯福改為「在適當的時候」（at the proper moment），最後定案的用字則是「相當時期」（in due course），也就是說，美國的國際化構想，原本只是想要對朝鮮人的奴役表達一點關懷，並沒有強烈到支持他們立即獲得獨立，朝鮮人感到被出賣而相當憤怒（Krishnan, 1984: 8-9）。畢竟，當年日本首相原敬（1918-21）針對朝鮮人三一獨立運動，除了任命齋藤實（1919-27）換掉總督長谷川好道（1916-1919），還被迫調整殖民政策，他的用字也是「in due course」（*Boston Globe*, 1919）：

It is the ultimate purpose of the Japanese Government in due course to treat Korea as in all respects on the same footing as Japan.

這時候，看到這樣的用字，已經遷到重慶的大韓民國臨時政府不免起疑，擔心中國是不是想要託管，對於國民政府越來越不滿（Savage, 1996: 214）。

　　在緊接著的德黑蘭會議（1943/11/28-12/1），羅斯福嘗試說服史達林，在朝鮮脫離日本殖民統治後交給美國監護，他指出，遠東地區的民族有必要教育「自治之道」，特別是朝鮮在獨立之前，必須先經過一段差不多40年的時間見習，他並且自豪地推銷菲律賓模式（Cho, 1967: 22-23）。羅斯福沒有說明為什麼需要花40年，不過，在1944年，國務院開始煞有介事規劃美國如何軍事佔領朝鮮，然後，戰後再來實施託管；在雅爾達會議（1945/2/4-11），美國表明戰後在朝鮮扮演軍事、及政治角色的態度，羅斯福再度跟史達林遊說託管朝鮮，而且具體邀請蘇聯與中國共襄盛舉,這回,他老生常談美國在菲律賓的自治準備期,認為或許朝鮮只要 20-30 年就夠了,史達林答則說,「越快越好」(Krishnan, 1984: 9-10: Savage, 1996: 219)。

美國算盤打得很精、自己不出手,而是讓蘇聯出兵滿洲、及朝鮮去清理戰場,自己不願跟關東軍鏖戰,根據麥克阿瑟將軍(Douglas MacArthur)的說法,美國深信蘇聯一定會索取滿洲、朝鮮、甚至於部分華北,既然如此,索性敦促蘇聯儘快跟日本交戰、消耗兵力,以便美軍好整以暇按照計畫在 9 月攻打九州(Krishnan, 1984: 11-12)。杜魯門(Harry S. Truman, 1945-53)在羅斯福病故後接任,他來到延期的波茨坦會議(1945/7/16-8/2),美國剛好試爆原子彈成功,自忖美國可以獨力佔領日本、及朝鮮,而蘇聯還在滿洲跟關東軍肉搏纏鬥,因此並未跟史達林、或是邱吉爾討論朝鮮的託管(Savage, 1996: 220-21)。

美國於 1945 年 8 月 6、9 日分別在廣島、長崎投下原子彈,蘇聯在月 8 日向日本宣戰,沒有想到日軍兵敗如山倒,在滿洲勢如破竹的蘇聯一下子就攻入朝鮮,美國已經不可能獨佔朝鮮半島,卻又擔心萬一中立的朝鮮變成蘇聯的側翼,不免夜長夢多,因此改弦更張、建議採取老式的勢力範圍作法,美軍估計往北最多只能逼近到北緯 38 度;相對地,蘇聯也擔心日本可能死灰復燃、重新支配朝鮮,因此同意跟美國進行瓜分,進而在佔領區扶植卵翼政權,又回到日俄戰爭前「滿韓交換」的局勢(Savage, 1996: 221; Krishnan, 1984: 13)。在這樣的盤算下,當下是否讓朝鮮獨立當然不會是重點,更不用說尊重朝鮮人的意願。

美國國務院、戰爭部、及海軍部在 1944 年成立跨部委員會

（State-War-Navy Coordination Committee, SWNCC），協調規劃戰後佔領區政治、及軍事事務，在 8 月 10-11 日確立跟蘇聯各自接收託管北緯 38 度南、北的原則。日本在 1945 年 8 月 15 日向同盟國無條件投降，美軍主力部隊在 9 月 8 日才登陸仁川，不費吹灰之力接收北緯 38 度以南的地盤。在美軍前來的三個禮拜，呂運亨組成朝鮮建國準備委員會（Committee for the Preparation of Korean Independence, CPKI），四處成立人民委員會、籌組建國準備委員會，在 9 月 6 日召開全國人民代表大會、宣布成立朝鮮人民共和國（People's Republic of Korea）。

　　在 1945 年 9 月 11 日，美國建立駐朝鮮美國陸軍司令部軍政廳（United States Army Military Government in Korea, USAMGIK, 1945-48），以霍奇（John R. Hodge）為駐朝鮮美國陸軍司令。美軍視朝鮮為佔領區、或敵區，而非解放區，霍奇甚至於跟下屬說，朝鮮是投降的敵人，更令朝鮮人傻眼的是，軍政府宣布總督府照常運作，包括末任朝鮮總督阿部信行（1944-45）、及日朝公務人員留任，直到阿諾德（Archibald Vincent Arnold）9 月 12 日接任軍政長官。軍政府拒絕承認朝鮮人民共和國，以共產黨滲透為由取締

來源：Wikimedia Commons（2020: File:Anti-Trusteeship Campaign.jpg）。

圖 13：朝鮮人抗議託管（1945）

朝鮮建國準備委員會、及人民委員會（Krishnan, 1984: 14-15）。美、英、蘇三方在 12 月於莫斯科召開外長會議（Moscow Conference of

Foreign Ministers, 1945），同意共同託管朝鮮，朝鮮人聞風群起反對：
此後，美蘇共同委員會未能有進展，民間抗議不斷，直到韓戰在 1950
年 6 月 25 日爆發。

附錄 1：美日支配下的朝鮮[4]

　　朝鮮在歷史上夾於中國與日本間，左右為難。早先，日本被美國逼迫門戶開放，明治維新後東施效顰，視朝鮮為擴張中國的踏腳石。從中日甲午戰爭到日俄戰爭，美國刮目相看，認為日本足以制衡俄羅斯，簽訂密約默許蠶食鯨吞朝鮮、以換取允諾不取菲律賓。日本在 1905 年強納朝鮮為保護國，美國拒絕斡旋、還落井下石關掉大使館。

　　海牙第二次萬國和平會議在 1907 年召開，朝鮮高宗派遣密使前往控訴日本惡行，卻不得其門而入。日本惱怒萬分，高宗被逼謝罪退位。日本清理朝鮮的外交戰場完畢，接下來首當其衝的是滿洲。老羅斯福因為促成日俄簽訂和約而獲得諾貝爾和平獎，背後是美國對日本的侵略採取姑息主義立場、代價是犧牲朝鮮的主權獨立，冷血的美國沒有絲毫同情。

　　一次大戰結束，列強在 1919 年召開巴黎和會，美國總統威爾遜雖然高唱民族自決，關注國際聯盟成立，唯恐得罪日本，李承晚、金九簽證被拒。不久朝鮮爆發三一獨立運動，臨時政府外交部長金奎植以 YMCA 代表身分前往，無人搭理；受辱的他後來到莫斯科參加遠東革命團體第一次代表大會，獲得列寧熱烈歡迎，當下痛斥強權宛如吸血鬼。

　　巴黎和會期間，麗思飯店有一名越南廚師，跟法國朋友借了一套西裝混進會場請願獨立，被當作空氣，所謂的「威爾遜時刻」稍縱即逝，他就是後來的胡志明。要是威爾遜肯撥出幾分鐘接見，他應該會走親美的路線，就不會有越戰。

　　美國戰後主導對日舊金山和會，由於韓戰爆發，希望日本趕緊復甦、共同圍堵共產主義，不願意節外生枝，終究沒有邀請韓國參加。主事的杜勒斯告知韓國大使梁裕燦，韓國早先並未簽訂『聯合國家宣言』，因此不能簽署和約。然而，為何法國的殖民地越南、柬埔寨、及寮國，英國的殖民地印度、及緬甸，及荷蘭的殖民地印尼就可以受邀？

關鍵在於朝鮮是日本的殖民地，在珍珠港事件爆發後並未跟日本宣戰，既不是交戰團體、更不是盟國。換句話說，重點在於是否有跟軸心國宣戰、而非被日本殖民過，戰爭損害跟殖民壓榨是兩回事。此外，美國也認為韓國接收日本留下來的資產已夠賠償，加上打定主意儘速跟日本和解，唯恐韓國因為國內反日情緒高漲、政府必須表達強硬的態度而獅子大開口。

日本人又擔心境內有 60 萬朝鮮人，要是允諾韓國簽署和約，萬一這些人以盟國國民身分求償，恐怕沒完沒了，除非悉數遣返、或韓國願意承諾放棄索賠。美國儘管同情韓國的處境，既然不可能皆大歡喜，因此曉以大義、萬萬不可妨礙美國的千秋大業；為了顧及韓國的顏面、滿足參與感，美國一度權宜考慮提供無傷大雅的諮詢地位，讓他們提高一點國際能見度。

對於杜勒斯來說，相較於美國的戰略安全考量，韓國是否與會無關痛癢；他一再跟要求再議的韓國大使梁裕燦好言相勸，要顧全大局、不要小題大作。遠東事務助理國務卿魯斯克也認為韓國喋喋不休，無助民族尊嚴的提升。在開議前，國務院建議不妨提供觀察員身分，杜勒斯以自找麻煩而反對，終究給韓國代表的地位是降級的非正式客人，唯一好處是安排旅館訂房。

日本殖民統治下的台灣人，彷彿錯過歷史。

附錄 2：日朝修好條規（1876）[5]

　　大日本國與大朝鮮國素敦友誼，歷有年所，今因視兩國情意未洽，欲重修舊好，以固親睦，是以日本國政府簡特命全權辦理大臣陸軍中將兼參議開拓長官黑田清隆、副全權辦理大臣議官井上馨詣朝鮮國江華府，朝鮮國政府簡判中樞府事申櫶、副總管尹滋承，各遵所奉諭旨，議立條款，開列於左：

第一款　朝鮮國自主之邦，保有與日本國平等之權。嗣後兩國欲表和親之實，須以彼此同等之禮相待，不可毫有侵越猜嫌。宜先將從前為交情阻塞之患諸例規一切革除，務開擴寬裕弘通之法，以期永遠相安。

第二款　日本國政府自今十五個月後隨時派使臣到朝鮮國京城，得親接禮曹判書，商議交際事務。該使臣駐留久暫，共任時宜。朝鮮國政府亦隨時派使臣到日本國東京，得親接外務卿，商議交際事務。該使臣駐留久暫，亦任時宜。

第三款　嗣後兩國往來公文，日本用其國文，自今十年間別具譯漢文一本。朝鮮用真文。

第四款　朝鮮國釜山草梁項立有日本公館，久已為兩國人民通商之區。今應革除從前慣例及歲遣船等事，憑準新立條款，措辦貿易事務。且朝鮮國政府須別開第五款所載之二口，準聽日本國人民往來通商，就該地賃借地基，造營家屋，或僑寓所在人民屋宅，各隨其便。

第五款　京圻、忠清、全羅、慶尚、咸鏡五道中，沿海擇便通商之港口二處，指定地名，開口之期日本歷自明治九年二月、朝鮮歷自

5　維基文庫（2018：日朝修好條規）。

丙子年二月起算，共為二十個月。

第六款　嗣後日本國船隻在朝鮮國沿海或遭大風，或薪糧窮竭不能達指
　　　　定港口，即得入隨處沿岸支港避險補缺、修繕船具、買求柴炭
　　　　等，其在地方供給費用，必由船主賠償。凡是等事地方官民須
　　　　特別加意憐恤，救援無不至，補給勿敢吝惜。倘兩國船隻在洋
　　　　破壞，舟人漂至，隨處地方人民即時救卹保全，稟地方官，該
　　　　官護還其本國，或交付其就近駐留本國官員。

第七款　朝鮮國沿海島嶼岩礁，從前無經審檢，極為危險。準聽日本國
　　　　航海者隨時測量海岸，審其位置深淺，編制圖誌，俾兩國船客
　　　　以得避危就安。

第八款　嗣後日本國政府於朝鮮國指定各口，隨時設置管理日本國商民
　　　　之官，遇有兩國交涉案件，會商所在地方長官辦理。

第九款　兩國既經通好，彼此人民各自任意貿易，兩國官吏毫無干預，
　　　　又不得限制禁阻。倘有兩國商民欺罔炫賣、貸借不償等事，兩
　　　　國官吏嚴拿該逋商民，令追辦債欠，但兩國政府不能代償。

第十款　日本國人民在朝鮮國指定各口，如其犯罪交涉朝鮮國人民，皆
　　　　歸日本官審斷。如朝鮮國人民犯罪交涉日本國人民，均歸朝鮮
　　　　官查辦。各據其國律訊斷，毫無回護袒庇，務昭公平允當。

第十一款　兩國既經通好，須另設立通商章程，以便兩國商民；且並現
　　　　　下議立各條款中，更應補添細目，以便遵照條件。自今不出
　　　　　六個月，兩國另派委員，會朝鮮國京城或江華府商議定立。

第十二款　右十一款議定條約，以此日為兩國信守遵行之始，兩國政府
　　　　　不得復變革之，永遠信遵，以敦和好矣。為此，作約書二本，
　　　　　兩國委任大臣各鈐印，互相交付，以昭憑信。

大朝鮮國開國四百八十五年丙子二月初二日
大官判中樞府事
申櫶　印

副官都總府副總管
尹滋承　印

大日本國紀元二千五百三十六年，明治九年二月二十六日
特命全權辦理大臣陸軍中將兼參議開拓長官
黑田清隆　印

特命副全權辦理大臣議官
井上馨　印

附錄 3：朝美修好通商條約（1882）[6]

大朝鮮國與大亞美理駕合眾國切欲敦崇和好，惠顧彼此人民，是以大朝鮮國君主特派全權大官經理統理機務衙門事申櫶、全權副官經理統理機務衙門事金宏集，大美國伯理璽天德特派全權大臣水師總兵薛斐爾各將所奉全權字據互相較閱，俱屬妥善，訂立條臚列於左：

第一款　嗣後大朝鮮國君主、大美國伯理璽天德併其商民各皆永遠和平友好。若他國有何不公輕藐之事，一經照知，必須相助，從中善為調處，以示友誼關切。

第二款　此次立約通商和好，從此兩國可交派秉權大臣駐紮彼此都城，並於彼此通商口岸設立領事等官，均聽其便。此等官員與本地方官交涉往來，均應用品級相當之禮。兩國秉權大臣與領事等官享獲種種恩施與彼此所待最優之國官員無異，惟領事官必須奉到駐紮之國，批准文憑，方可視事。所派領事等官必須真正官員，不得以商人兼充，亦不得兼作貿易。倘各口未設領事官或請別國領事兼代，亦不得以商人兼充或即由地方官照現定條約代辦。若駐紮朝鮮之美國領事等官辦事不合，須知照美國公使，彼此意見相同，可將批准文憑追回。

第三款　美國船隻在朝鮮在近海面如遇颶風或缺糧食煤水，距通商口岸太遠，應許其隨處收泊以避颶風，購買糧食，收理船隻，所有經費係由船主自備，地方官民應加憐恤援助，供其所需。如該船主潛往不通商之口貿易，拿獲船貨入官。如美國船隻在朝鮮海岸破壞，朝鮮地方官一經聞知，即應飭令將水手先行救護供

6　維基文庫（2018：朝美修好通商條約）。

其糧食等項，一面設法保護船隻貨物，並行知照領事官俾將水手送回本國，並將船貨撈起，一切費用或由船主或由美國認還。

第四款 美國民人在朝鮮居住，安分守法，其性命財產朝鮮地方官應當代為保護，勿許稍有欺凌損毀。如有不法之徒欲將美國房屋業產搶劫燒毀者，地方如一經領事告知，即應派兵彈壓並查拏罪犯按律重辦朝鮮民人。如有欺凌美國民人，應歸朝鮮官按朝鮮律例懲辦。美國民人無論在商船在岸上，如有欺凌、騷擾、損傷朝鮮民人性命財產等事，應歸美國領事官或美國所派官員按照美國律例查拏懲辦。其在朝鮮國內，美國民人如有涉訟，應由原告所屬之官員以本國律例審斷被告，所屬之國可以派員聽審。審官常以禮相待，聽審官如欲傳訊、查訊、分訊、證見，亦聽其便，如以審官所斷為不公，亦許其詳細駁辯。大美國與大朝鮮國彼此明定，如朝鮮日後改定律例及審案辦法，在美國視與本國律例辦法相符，即將美國官員在朝鮮審案之權收以後朝鮮境內美國民人即歸地方官管轄。

第五款 朝鮮國商民併其商船前往美國貿易，凡納稅船鈔並一切各費應遵照美國海關章程辦理，與徵收本國人民及相待最優之國稅鈔不得額外加增。美國商民併其商船前往朝鮮貿易，進出口貨物均應納稅，其收稅之權應由朝鮮自主，所有進出口稅項及海關禁防偷漏諸弊，悉聽朝鮮政府設立規則，先期知會美國官布示商民遵行。現擬先訂稅則大略，各色進口貨有關民生日用者照估價值，百抽稅不得過十；洋酒、洋菸、時計類，百抽稅不得過三十；至出口土貨概照值，百抽稅不得過五；凡進口洋貨除在口岸完納正稅外，該項貨物或入內地或在口岸，永遠不納別項稅費。美國商船進朝鮮口岸，須納船鈔每噸銀五錢，每船按中曆一季抽一次。

第六款　朝鮮國商民前往美國各處，准其在該處居住賃房買地，起蓋棧
　　　　房，任其自便，其貿易工作一切所有土產以及製造之物與不違
　　　　禁之貨均許買賣。美國商民前往朝鮮已開口岸，准其在該處所
　　　　定界內居住，賃房租地建屋任其自便，其貿易工作一切所有土
　　　　產以及製造之物與不違禁止貨均許買賣，惟租地時不得稍有靭
　　　　逼。該地租價悉照朝鮮所定等則完納，其出租之地仍歸朝鮮版
　　　　圖。除按此約內所指明歸美國官員應管商民錢產外，皆仍歸朝
　　　　鮮地方官管轄。美國商民不得以洋貨運入內地售賣，亦不得自
　　　　入內地採買土貨，並不得以土貨由此口販運彼口，違者將貨物
　　　　入官並將該商交領事官懲辦。

第七款　朝鮮國與美國彼此商定，朝鮮商民不准販運洋藥入美國通商口
　　　　岸，美國商民亦不准販運洋藥入朝鮮通商口岸，並由此口運往
　　　　彼口亦不准。作一切賣買洋藥之貿易，所有兩國商民無論僱用
　　　　本國船別國船及本國船為別國商民僱用販運洋藥者，均由各本
　　　　國自行永遠禁止，查出從重懲罰。

第八款　如朝鮮因有事故恐致境內缺食，大朝鮮國君主暫禁米糧出口，
　　　　經地方官照知後，由美國官員轉飭在各口美國商民一體遵辦。
　　　　惟於已開仁川一港，各色米糧概行禁止運出。紅參一項，朝鮮
　　　　舊禁出口，美國人如有潛買出洋者，均查拏入官仍分別懲罰。

第九款　凡砲位、槍刀、火藥、鉛丸一切軍器應由朝鮮官自行採辦，或
　　　　美國人奉朝鮮官準買明文方准進口，如有私販查貨入官仍分別
　　　　懲罰。

第十款　凡兩國官員商民在彼此通商地方居住，均可僱請各色人等襄助
　　　　分內工藝。若朝鮮人遇犯本國例禁或牽涉被控，凡在美國商民
　　　　寓所行棧及商船隱匿者由地方官照知領事官有或準差役自行往
　　　　拏，或由領事派人拏交朝鮮差役，美國官民不得稍有庇縱捎留。

第十一款　兩國生徒往來，學習語言、文字、律例、藝業等事，彼此均
　　　　　宜襄助，以敦睦誼。

第十二款　茲朝鮮國初次立約，所訂條款姑從簡略，應遵條約已載者先
　　　　　行辦理。其未載者俟五年後兩國官民彼此言語稍通再行議定。
　　　　　至通商詳細章程須酌照萬國公法通例公平商訂，無有輕重大
　　　　　小之別。

第十三款　此均兩國訂立條約，與夫日後往來公牘，朝鮮專用華文，美
　　　　　國亦用華文或用英文，必須以華文註明以免歧誤。

第十四款　現經兩國議定，嗣後大朝鮮國君主有何惠政、恩典、利益施
　　　　　及他國或其商民，無論關涉海面行船、通商貿易、交往等事
　　　　　為該國併其商民從來未沾，抑為此條約所無者，亦準美國官
　　　　　民一體均霑。惟此種優待他國之利益，若入有專條互相酬報
　　　　　者，美國官民必將互訂酬報之專條一體遵守，方准同沾優待
　　　　　之利益。

　　以上各款現經大朝鮮、大美國大臣同在朝鮮仁川府議定，繕寫華、
洋文各三分，句法相同，先行畫押蓋印，以昭憑信。仍俟兩國御筆批准，
總以一年為期，在朝鮮仁川府互換，然後將此約各款彼此通諭本國官員
商民，俾得咸知遵守。

　　大朝鮮國開國四百九十一年即中國光緒八年四月初六日
　　全權大官經理統理機務衙門事　申　櫶　印
　　全權副官經理統理機務衙門事　金宏集　印

　　大美國一千八百八十二年五月二十二日
　　全權大臣水師總兵　薛斐爾　印　　全权大臣水师总兵　薛斐尔　印

參考文獻

中文百科，n.d.。〈朝美修好通商條約〉（https://www.newton.com.tw/wiki/ 朝美修好通商條約）（2021/7/1）。

維基百科，2021。〈斥和碑〉（https://zh.wikipedia.org/wiki/斥和碑）
（2021/6/27）。

Beltrame, Achille. 1904. "Arrival of Japanese Troops in Korea." *La Domenica del Corriere*, February 21 (https://www.agefotostock.com/age/ en/details-photo/arrival-of-japanese-troops-in-korea-by-achille-beltrame-18 71-1945-illustration-from-la-domenica-del-corriere-21-february-1904/DAE -11092513) (2021/6/22)

Boston Globe. 1919. "Japan Gives Korea Measure of Liberty." August 21 (https://www.newspapers.com/clip/28957712/the-boston-globe/) (2021/7/3)

Cho, Soon Sung. 1967. *Korea in World Politics, 1940-1950: An Evaluation of American Responsibility*. Berkeley: University of California Press.

Hassmann, Carl. 1907. "A Laugh from the Gallery." *Puck*, May 1 (https://www.loc.gov/item/2011647199/) (2021/6/27)

Krishnan, R. R. 1984. "Early History of U.S. Imperialism in Korea." *Social Scientist*, Vol. 12, No. 11, pp. 3-18.

Le Journal illustré. 1895. "Le Journal illustre Korean queen assassination." October 27 (https://commons.wikimedia.org/wiki/File:Le_Journal_illustre_ Korean_queen_assassination.png) (2021/6/27)

n.a. n.d. "So Obliging." (https://www.sutori.com/item/this-political-cartoon- shows-how-japan-invaded-manchuria-using-korea-as-a-bridg) (2021/6/26)

n.a. n.d. "After China, Korea." (http://www.portsmouthpeacetreaty.org/ process/causes/images/05-CuttingupKorea-lg.jpg) (2021/6/26)

Partridge, Bernard. 1904. "In a Tight Place: The Korean Government Has Decided to Preserve a Strict Neutrality in the Event of War between Japan and Russia." *Daily Paper* (https://images.slideplayer.com/35/1042 7820/slides/slide_13.jpg) (2021/6/26)

Punch. 1908. "Happy Afterthoughts." April 1 (https://www.ebay.com/itm/163779938368#viTabs_0) (2021/6/27)

Treaty Between the United States of America and the Kingdom of Chosen (https://web.archive.org/web/20160311075538/http://www.instrok.org/instrok/resources/Draft%20and%20Final%20Versions.pdf) (2021/6/27)

Wikimedia Commons. 2020. "File:Chinese Eastern Railway-cn.svg." (中国东省铁路地图) (https://commons.wikimedia.org/wiki/File:Chinese_Eastern_Railway-cn.svg) (2021/6/27)

Wikimedia Commons. 2020. "File:Plaque Marking the Sinking of the General Sherman (4613639457).jpg." (https://commons.wikimedia.org/wiki/File:Plaque_Marking_the_Sinking_of_the_General_Sherman_(46136 39457).jpg) (2021/6/27)

Wikimedia Commons. 2020. "File:Siege-of-Busanjin-1592.jpg." (釜山鎮の戰い) (https://commons.wikimedia.org/wiki/File:Siege-of-Busanjin-1592.jpg) (2021/6/27)

Wikimedia Commons. 2020. "File:가덕도 척화비.jpg." (https://commons.wikimedia.org/wiki/File:가덕도_척화비.jpg) (2021/6/26)

Wikimedia Commons. 2020. "File:Anti-Trusteeship Campaign.jpg." (https://commons.wikimedia.org/wiki/File:Anti-Trusteeship_Campaign.jpg) (2021/7/6)

Wikimedia Commons. 2021. "File:Provisional Government of the Republic of Korea.jpg." (https://commons.wikimedia.org/wiki/File:Provisional_Government_of_the_Republic_of_Korea.jpg) (2021/7/3)

拜登政府的外交大戰略初探[*]

We will support Taiwan, a leading democracy and a critical economic and security partner, in line with longstanding American commitments.

Joseph R. Biden, Jr. (2021)

The Ministers underscoredthe importance of peace and stability in the Taiwan Strait.

Ministry of Foreign Affairs (2021)

We underscore the importance of peace and stability across the Taiwan Strait and encourage the peaceful resolution of cross-Strait issues.

White House (2021)

壹、前言

從現實主義的角度來看，外交決定於國際體系的結構、及本身的

---

[*] 原先預計發表於台灣國際戰略學會主辦、台灣國際研究學會合辦「第二屆當前國際戰略學術研討會——拜登新局與美中台戰略轉型」，台大校友會館 3B 會議室，2021/6/19。刊於《台灣國際研究季刊》17 卷 3 期，頁 1-35（2021）。

實力與位置，相對地，自由主義則相信國際規約制度、及相互倚賴合作下的共存共榮；共和黨服膺前者，民主黨則擁護後者，兩者的共同點是美國應該當仁不讓引領群倫，而差別在於安全、還是繁榮優先。冷戰結束，老布希躊躇滿志、柯林頓四顧茫然、小布希左支右絀，李伯大夢、龜兔賽跑，等到歐巴馬猛然一驚、回防揭櫫「重返亞洲／再平衡」（Pivot to Asia/Rebalance），中國悄然崛起、已非吳下阿蒙。

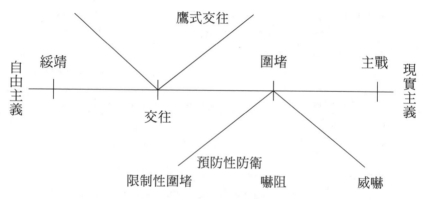

圖 1：美國在後冷戰的大戰略選擇的光譜

拜登號稱有 2,000 多名外交顧問、細分為 20 多組，不過，他的外交班底基本上是歐巴馬政府部會次長扶正，眾聲喧嘩，整體看來，對於亞洲事務相對上是比較生疏，更不用說台灣。國防部長奧斯汀（Lloyd Austin）算是政治圈白紙、而國務卿布林肯（Antony Blinken）

則是自由派的雅痞，由於兩者必須獲得共和黨掌有多數的參議院同意[1]，應該是對中國比較沒有強烈好惡者；國家安全顧問是比較低調的職務，蘇利文（Jake Sullivan）儘管專長不在亞洲，但早先跟過希拉蕊，福禍難說[2]。

比較特別的是坎貝爾（Kurt Campbell），他擔任過歐巴馬政府的亞太助理國務卿，往前則是柯林頓政府的國防部副助理部長、參贊美國在 1996 年派遣兩個航空母艦戰鬥群到台灣海峽，算是拜登外交顧問裡頭資深的中國通。他過去曾經表示不能接受中國和平統一，在拜登上台前則兩度在台灣主導的會議上表示拜登新政府應該鼓勵雙方對話（Teng, 2020; *CAN*, 2020）。由於美國一向立場是不當調人，究竟是拜登在試水溫、還是智庫拿錢辦事？如果是後者，就必須探究已經連任總統的蔡英文到底在想什麼。

貳、川普政府四年的外交[3]

四年前，川普擊敗希拉蕊上台，除了代表美國內部惡化的社會分歧、及政治對立，也反映的是民主黨的交往（engagement）政策無效，也就是說，跟中國的經貿擴張不僅不能催化共產政權的民主化，反而坐視對方發揮經濟力量、聽任在國際社會攻城掠地。川普身邊環繞著

---

[1] 民主黨 48 票全數投給他，民主黨參議員 28 人支持、22 人反對，獨立人士 2 人支持（Ballotpedia, 2021）。

[2] 根據 Avanzato(2021)，除了布林肯、及蘇利文，拜登的外交三頭同盟（triumvirate）還包括住聯合國大使湯瑪斯-格林菲爾德（Linda Thomas-Greenfield），都是歐巴馬政府的人。

[3] 請參考施正鋒（2019）。

一堆臭味相投的江湖術士，外包用人、推特甩人。由於缺乏深謀遠慮、短視近利，捨棄龍頭樞紐的地位，老是指控盟友貪小便宜、搭便車，眾人只能搖頭。

川普生意人出身，在商言商，外交談判風格是討價還價（transactionalism），翻臉就像翻書，充滿了不確定性。由於摒棄民主黨奉為圭臬的多邊主義，川普改弦更張，放棄美國傳統領導國際社會秩序的角色，儼然以掮客自居，能要到多少算多少，連盟邦都暗自叫苦、甚至於鄙夷。由於川普心中只有連任，過去四年來，國務院基本上是被晾在一邊，縱容軍火商主導外交，外館敢怒不敢言。

原本川普一開頭溫良恭儉讓，對於中國百般巴結，還阿諛習近平是「卓越的領導者」（brilliant leader），至於中國新疆維穩、及香港送中則不置可否。只不過，隨著連任的壓力逼近，政績上必須有所亮點，開始在經貿上發動攻勢，與中國的經貿交鋒越演越烈，劍拔弩張。基本上，這是七傷拳，短期內看似關稅進帳不少，長期而言，究竟在所謂「美國優先」（America First）的愛國口號下，製造業能有多少回籠，大家存疑。至於甚囂塵上的供應鏈（supply chain）調整是否奏效，有待觀察。終究，「美國優先」的經濟民族主義口號只能消炎退燒，增加的關稅無法掩飾政府必須補貼農民的困境。

作戲空、看戲憨，美國兩黨往往黑白郎君、或可拉長談判的縱深，同樣地，立法與行政也可以分別唱黑臉白臉、增加討價還價的籌碼。畢竟，美國有其國家利益的考量，滿口仁義道德，隨時可以棄之如敝屣、甚至背後一刀。即使世界衛生組織（WHO）都只是要幫忙台灣「參與」、要求盟邦「發聲」，為德不卒，美國國務卿蓬佩奧（Mike Pompeo）臨去秋波，看來也不過是口惠罷了（見附錄1）。

參、拜登的初步觀察

一、基本傾向

　　就個性而言，拜登比較像是務實的喬王，不像歐巴馬那麼天真、也不像川普那麼鬥雞。當決策者有豐富的外交歷練、又展現相當的興趣，通常幕僚的影響力相對比較弱。拜登長期浸淫外交領域，除了蹲點參議院外交委員會、擔任主席 8 年，還自詡周遊列國、閱人多矣。人稱「喬叔叔」（Uncle Joe）的他相信見面三分情、津津樂道頑石點頭，迄今唯一確定的是就任後會召開全球性的「民主高峰會議」，究竟是否好大喜功，能否修補過去 4 年的齟齬、重返風華，有待觀察。整體來看，拜登在外交上的三大支柱是安全、榮景、以及價值：國家安全是兩黨的起碼共識，經濟繁榮要兼顧症狀控制、及體質條理，人權、及民主則是民主黨的門面。

　　拜登擔任歐巴馬總統副手之際（2009-17），被委以外交重任，特別是對於『跨太平洋戰略夥伴關係協定』（*Trans-Pacific Partnership*, TPP）的擘劃，當然不是看來和藹可親的老阿公而已。他在黨內屬於溫和派，是所謂「進步派」（Progressive）與中間派的妥協，很難視為左派、或是川普所戴的帽子「社會主義的特洛伊木馬」。另外，拜登信服政治民主，特別是最基本的人權保障，這是民主黨的共同信念。

　　小布希在 2001 年當選總統後首度會見俄羅斯總統普丁，他的評價是，「我直視他的雙眼，發現他相當直截了當、值得信任，可以感受到他的靈魂意識[4]」。當時普丁掌權才沒有多久，小布希與人為善，

---

[4]　原文是（Bush, 2001）：

看到的是一位生澀而尋求西方認同的菜鳥總統。根據《紐約客》（*New Yorker*），拜登 10 年後以副總統身分訪問莫斯科，他當面嗤之以鼻，「我正視你的眼睛，認為你沒有靈魂」（Mr. Prime Minister, I'm looking into your eyes, and I don't think you have a soul.）；只不過，他必須承認，普丁相當有禮貌地微笑答道，「我們彼此相知」（We understand one another.）（Osnos, 2014）。兩相對照，拜登可能是在暗示小布希視人不明，隱隱約約可以看出，他不會像川普那麼親俄、反中。

二、對於中國的看法

自從中美建交聯手對抗蘇聯以來，美國內部對於如何面對崛起的中國，兩黨的看法南轅北轍。民主黨傾向於採取交往的策略，也就是循循善誘、軟索牽豬，寄望中國能接受國際制度（international regime）的約束，因此，只要中國的經濟持續發展，自然有一天會朝民主化走向，沒有必要操之過急。相對地，共和黨一向對中國抱持戒慎小心的態度，甚至於有終需一戰的心理準備。近年來，有不少人援引國際關係「權力轉移」（power transition）理論[5]，主張中國要是不甘屈居老二，勢必挑戰美國的大哥地位，特別是所謂的修昔底德陷阱（Thucydides Trap）（Allison, 2017）。到底習近平是否依然服膺鄧

I looked the man in the eye. I found him to be very straightforward and trustworthy. We had a very good dialogue. I was able to get a sense of his soul; a man deeply committed to his country and the best interests of his country. And I appreciated so very much the frank dialogue

[5] 權力轉移理論最早是由 Organski 與 Kugler（1980）所提出，在 1980 年代的國際關係教科書都會提到，近日二十一世紀，其門生溫故知新（Tammen, et al., 2000）。

小平的韜光養晦，還是自認為中國已經不是吳下阿蒙，不得而知，雙方學者叫陣、軍方抗衡，真真假假。本質上，川普東施效顰，看來比較像是 1980 年代一心一意要把日本壓落底的雷根。

早先，拜登似乎相信中國共產黨是可以轉型的，認為彼此可以競爭、也可以合作，未必要你死我活。因此，我們可以看到他當年支持讓中國加入世界貿易組織（WTO），儘管是否對美國有利，即使後見之明，還是利弊互見。相較於川普喜歡片面主義，拜登堅信多邊主義，主張美國應該重新承擔領導的角色，同時要結合盟邦跟中國曉以大義，也就是自由式國際主義（Liberal Internationalism）。

拜登擔任歐巴馬總統副手 8 年，相當程度幫忙外交生手分勞解憂，尤其是習近平擔任國家副主席（2007-12）之際，兩人來往互訪頻繁，促膝詳談、甚至於投籃競技，不敢說惺惺相惜，至少相信對方並非冥頑不靈。不過，在初選的過程，由於川普厲聲指控他是中國的傀儡，拜登被迫由原本對習近平的緩頰「不是壞人」，轉而厲聲撻伐為「身上沒有一根民主的骨頭」、甚至於惡言相向說「這個傢伙是惡棍」（thug）。當然，選舉語言聽聽就好，畢竟是轉口作為大內宣用的。

儘管拜登的中國政策或許會比較舒緩，短期之內，他耿耿於懷的智慧財產強制轉讓、高科技的竊取、及外銷補貼國營事業等不公平貿易課題，應該不會有所讓步。然而，他畢竟必須面對美國實力大不如前的事實，所以，當下的要務是擺在內部體質強化的投資，尤其是研發、及教育。另一個觀察點是美國是否會加入『跨太平洋夥伴全面進步協定』（*Comprehensive and Progressive Agreement for Trans-Pacific Partnership*, CPTPP），以跟中國主導的『區域全面經濟夥伴協定』（*Regional Comprehensive Economic Partnership*, RCEP）互別苗頭。

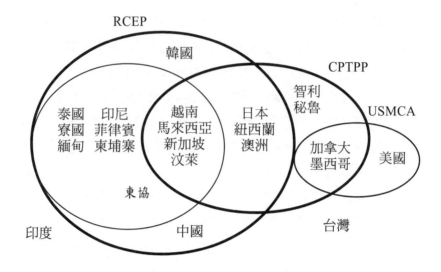

圖 2：RCEP 與 CPTPP 的成員國

三、呼之欲出的大戰略

通常，新政府的「國家安全戰略」不會那麼快就出爐，不過，由拜登在初選宣布的政見、以及他在春天發表於《外交事務》（*Foreign Affairs*）的〈為何美國必須再度領導——由川普手中挽回美國外交政策〉，仍然可以勾勒出他的世界觀、病理針砭、及藥石妙方（Biden, 2020）。當下，儘管美國的國民生產總值仍然佔有世界的四分之一，加上歐盟也有過半，然而，拜登不得不承認沈痾是美國整體生產力大不入前的事實，因此，他宣告上台後的重點將是如何提升國力，不會是外交。

自從武漢肺炎肆虐以來，美國人對於中國的負面評價空前攀升，根據美國皮尤研究中心（Pew Research Center）在 2020 年 10 月初所公布的民調，竟然高達 73%，光是川普上台就增加了 20%（Silver, et al., 2020）。面對這樣的民意，拜登在短期內不太可能會對中國表達太友善的姿態；然而，由民主黨傳統的傾向來看，拜登至少不會把中國當作必須圍堵的威脅、而競爭的挑戰。如果說川普的大戰略是「務實的現實主義」，拜登看來會蕭規曹隨歐巴馬的「選擇性交往」，端賴議題、或場域的不同選擇進行有條件的交往，決定到底要採取競爭、還是合作。

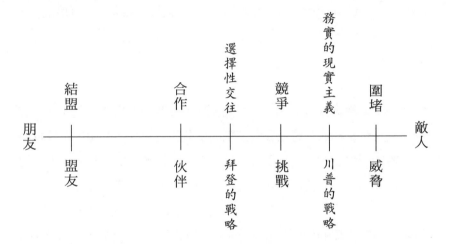

圖 3：拜登與川普對中國的大戰略

從國家安全的層面來看，川普援引日本前首相安倍所提出的「自由開放的印太」（Free and Open Indo-Pacific, FOIP）策略，而拜登選後打電話給澳洲總理莫里森（Scott Morrison）、韓國總統文在寅、及印度總理莫迪（Narendra Modi），稍加調整用字為「牢靠而繁榮」（secure and prosperous），或許是希望不要給中國有針對性的感覺。

至於所謂的「四方會談」（Quadrilateral Security Dialogue, Quad），原本是安倍在 2007 年所倡議，成員包括美國、日本、澳洲、及印度，是否能進一步深化為同盟、甚至於廣化為「亞洲的北大西洋公約組織」（Asian NATO），有待觀察。總之，拜登誓言外交回到正軌常態、強調對傳統外交的重視，聽起來似乎有點懷舊的樣子，譬如由美國領導的多邊主義、以及採取所謂的戰略耐心，當然會讓人質疑是否歐規拜隨；然而，究竟他會是復原主義者（Restorationist）、修正論者（Transformationalist）、還是執兩用中、甚至於自我矛盾，值得觀察。

肆、布林肯的外交觀點

在美國總統大選的過程，拜登號稱外交政策的智囊高達千人，聲勢浩大、有點膨風，真正參與規劃的應該只有百人，其中，布林肯是最高的顧問。當下，拜登政府的外交團隊，基本上是前總統歐巴馬的人馬班師回朝，也就是圈內人，特別是國務卿布林肯、及國家安全顧問蘇利文，兩個人算是先進與後輩，很快就上手。他們所領導的班底，算是民主黨內部的中間偏左，介於進步派與中間派之間，相當務實，並沒有進步主義者所期待的那麼「進步」，也就是妥協中的妥協，基本態度是不要出事就好。布林肯原本是國家安全顧問的熱門人選，最後卻重回國務院，應該是要借重他的外交專才，特別是跟伊朗談判核武、以及處理伊斯蘭國。

一、早期的經歷

布林肯出身外交官世家，雙親都是猶太人[6]，一向毫不掩飾對以色列的支持。他九歲時父母離異，隨母親搬到巴黎念雙語學校，法語據說是無可挑剔。他的繼父是經歷浩劫的波蘭裔猶太人，大牌律師、與歷來的法國總統交好，寫了一本回憶錄《血與希望》（*Blood and Hope*）；他生前接受訪問時緩頰，說布林肯他小時候老纏著想知道當年戰爭的經驗，所以，聽聞敘利亞發生毒氣殺人事件，難怪會回想到集中營的慘劇，因而日後在國會擔任拜登的幕僚，會遊說老闆支持美國出兵敘利亞、及利比亞，聽起來是相當悲天憫人。

他後來回美國念哈佛大學（1980-84）、主攻社會研究，接著到哥倫比亞大學拿了一個法學博士（1985-88）。在進入政府部門工作之前，他在紐約、及巴黎執業當律師，有時候也投稿發表時論，譬如在《新共和國》（*New Republic*）雜誌寫文章談德國的墮胎政策，典型的自由主義文青（Blinken, 1991）。歐巴馬的顧問、政治學者阿克塞爾羅（David Axelrod）誇耀他優秀、貼心、誠實、老到。就個性上而言，布林肯有幾分重視形式主義，講白一點就是稍嫌矯揉做作。

在柯林頓當政時期，布林肯加入國家安全會議團隊（1994-2001），先是參與戰略規劃、兼總統演講撰稿人，後來轉而負責歐洲、及加拿大事務。小布希政府上台，賦閒的布林肯投稿《時代周刊》（*Time Europe*），提到先前的工作主要是傾聽歐洲人批判美國人支持死刑；

---

[6] 祖父 Maurice Blinken 是來自蘇聯的難民，祖母 Vera Blinken 是來自匈牙利的難民；生父 Donald Blinken 是駐匈牙利大使，叔叔 Alan Blinken 是駐比利時大使（Blinken 2021）。

他覺得有點委屈，畢竟，連自己都反對死刑（Blinken, 2001a）。他在《外交事務》（*Foreign Affairs*）進一步闡述，認為除了死刑，歐洲盟邦對美國有相當大的誤解，也就是沒有內才、對外臭屁的看法，特別是把靈魂賣給資本主義、及軍工複合體；他指出，彼此的價值其實並沒有很大的差距，細究之下，大西洋兩岸在文化、經濟、甚至於戰略上有相當大的聚合（Blinken, 2001b）。

由於拜登在政壇上打滾了將近半個世紀，大家都熟識；然而，儘管他在外交政策有自己的想法，一般的評價卻是缺乏宏觀、見招拆招。還好，布林肯相隨多年，兩人的關係被形容為「心靈契合」，所以，他在重要關頭還是勇於說出不同意見。布林肯描寫拜登的待友之道，在私底下要儘量保持相當大的差異、至於公開場合要儘可能表現出沒有距離，相當傳神；由此可見，對於拜登來說，中國絕非美國的朋友。在理念上，布林肯支持民族自決原則，所以，過去曾經要求土耳其讓境內的庫德人自治。不過，在行事上，他算是比較低調的人。

二、通盤交往策略

布林肯任職於參議院外交委會時（2002-2008），戰略思想才比較有完整的呈現。首先是在《華盛頓季刊》（*Washing Quarterly*）發表了一篇〈贏得理念的戰爭〉（Winning the War of Ideas），認為美國要是不能贏得全球的理念之戰，那麼，阿富汗戰爭是白打的；他強調，說服是一種力量，主張外交官必須改善溝通的方式，特別是應該傾聽，不要讓人家留在十九世紀歐洲人對美國人的觀感，也就是粗線條、沒有教養、物質主義、自我中心;他援引「巧實力」(smart power[7])的概念,強調美國必須結合盟友、及尋求妥協,才能化解別人對於美國自行其是的不滿,聽起來比較像是說不要單打獨鬥(Blinken, 2002)。

布林肯同意,實力是美國國家安全的磐石,然而,在這全球化的時代,美國需要他國的積極合作才能擊潰敵人,因此不能固執己見採取單邊主義;他指出,畢竟有些批評未必是沒有道理的,要是不能化解怨氣,最壞的情況是擴大敵人的勢力。他提到冷戰時期所盛行的公眾外交(public diplomacy),強調美國政府必須去瞭解、告知、並影響外國大眾,特別是異議的知識份子、政治人物、及藝術家,聽來暮鼓晨鐘。比較特別的是,他主張美國外交的優先是敦促他國保障媒體自由、著手教育改革,如此,才有可能掃除偏執、計較、及蒙昧。

他緊接著又在學術期刊《生存》(*Survival*)發表〈由先發制人到交往〉(From Preemption to Engagement),主張採取通盤交往的策略,強調必須整合威脅降低、核武嚇阻、全球反恐、以及發揮軟實力等四大政策,洋洋灑灑,大致上事前者的擴充。他批評小布希政府在九一一事件後調整柯林頓的國際主義,外交上改弦更張為新孤立主義、甚而採取單邊主義;為了對付恐怖分子,美國放棄冷戰時期奏效的嚇阻、圍堵,還把軍事上的先發制人(military preemption)無限上綱為教條,根本是跟防禦性外交(preventive diplomacy)混為一談(Blinken, 2003)。

在這裡,布林肯不忘(幫自己)澄清,小布希總統在 2002 年要

---

[7] 他雖然提到奈伊(Joseph Nye, 2002),在討論巧實力之際,並未引用。

求國會授權出兵攻打伊拉克，當時擔任外交委員會主席的拜登儘管支持，其實並不認同把先發制人當作一體適用的教條。時任國務次卿的波頓（John Bolton）表示，膺懲伊拉克可以收到示範效果，也就是其他地區的國家將不敢以身試法取得大規模毀滅性武器（WMD）；布林肯不以為然，擔心美國這樣的作法會有反效果，譬如北韓、及伊朗加緊發展核武，而其他國家甚至於有可能會錯意，以為應該先下手為強，譬如中國就很可能對台灣出手。

三、由歐巴馬到川普政府

在 2008 年大選，布林肯加入拜登的競選團隊，選後再度進入白宮（2009-14），先擔任副總統的國家安全顧問、最後升為歐巴馬總統的副國家安全顧問，主要負責阿富汗、巴基斯坦、及伊朗的政策擬定，特別是該地區的核武發展。在 2015 年初，布林肯被調到國務院擔任次卿，直到歐巴馬下台為止，他自詡勤跑亞太地區，光是到國務院的第一年就跑了六趟，蔡英文是在這段期間見到布林肯（Brunnstrom & Pamuk, 2021）。布林肯最津津樂道的是，賓拉登被突襲擊斃之際，自己身在戰情室裡頭，就站在歐巴馬總統旁邊觀察實況轉播。

在川普上台後，布林肯隨俗跟友人合開了一家顧問公司（WestExec），公司的口號是「把戰情室帶進董事會」，無非幫軍火商拉攏政府機構，主要是兜售無人機，說穿了，就像過去的季辛吉一樣當掮客。他在 2017 年底投書《紐約時報》（Blinken, 2017），比較川普與習近平的作為，認為前者把全球性的領導權憑空讓給後者，包括聯合國、世界銀行、國際貨幣基金會、氣候變遷、世界貿易組織、以及 CPTPP 等等。他諷刺道，人家習近平的「一帶一路」是忙著在造橋，而川普則是瘋狂地豎立與墨西哥為界的圍牆。

　　川普就任兩年，布林肯又投書《紐約時報》（Blinken, 2019），認為這是美國外交史上最黑暗的一刻，不說必須經過參議院同意的705個位置尚有275個空缺，國務院的198個缺竟然有三分之一空著。他發現，不管是應該由總統召開的國家安全會議，由國家安全顧問召開的首長委員會、或是由副國家安全顧問召開的副首長委員會，基本上是冬眠的。既然川普身邊缺乏有經驗、有知識的正派人士，視每天的總統國安會報為無物，那麼，面對危機之際，總統怎麼有辦法從事清晰而明智的決策？這當然是相當嚴厲的指控。

　　總之，布林肯認為，俄羅斯想要東施效顰蘇聯在冷戰時代的作法，想盡辦法劃定勢力範圍，而中國所關注的則是維持內部的穩定，至於推銷所謂的「大國關係」模型，盤算的是跟美國瓜分太平洋；他表示，老掉牙的勢力範圍是行不通的，因為霸權往往貪得無厭，因此，擴張只會帶來壓迫及反抗，終究只會危及美國的經濟利益而衝突。他對於川普把亞洲的經濟領導、及戰略影響讓賢中國，相當不以為然；同樣地，他抨擊川普在外交上自我孤立，特別是惹惱歐洲的盟邦德國，又讓中國、及俄羅斯趁虛而入，相當不智。不管如何，外來四年，國務院的角色將會重於國防部、及中央情報局，應該可以昂首闊步，不再蹣跚跟蹌。

四、戰略觀的浮現

　　歐巴馬在總統任內，嘗試把重點由中東拉到亞洲，也就是所謂的「重返亞洲」，不過，他比較不重視傳統的地緣政治考量，因此，眼睜睜地看著習近平的中國、及普丁的俄羅斯坐大。事實上，不管是敘利亞政策失敗、還是俄羅斯併吞克里米亞，都是歐巴馬最大的外交污點。此番，民主黨捲土重來，承認光是經濟合作、以及交往是不夠的，而所謂的「負責任的利害關係人」（responsible stakeholder）觀點，在實務上更是行不通的。

在 2019 年初，布林肯與布魯金斯布魯金斯學會的卡根（Robert Kagan）合寫了一篇〈優於美國優先的途徑〉（A Better Approach to American First），認為當下的國際社會宛如充斥著民粹主義、民族主義、及煽動者的 1930 年代，而川普的「美國優先」更是混雜民族主義、單邊主義、及仇外意識，因此主張所謂「負責任的全球交往」（responsible global engagement）途徑，強調預防性外交及嚇阻、貿易及科技、盟邦及制度、及移民及難民四大課題，可以隱約看到拜登總統選戰的國際戰略觀雛形，我們把考察重點放在第一項。

布林肯與卡根主張要在危機出現、或擴大之前，就必須防微杜漸，而具體的作法就是以積極的外交為主、軍事嚇阻為輔。他認為從冷戰結束、德國統一、到巴爾幹半島的和平，美國的外交厥功甚偉，而川普政府卻耗盡資深外交官。兩人認為，美國好話說盡、光說不練，並無法阻止普丁、及習近平擴張勢力範圍的野心，因此，必須想辦法讓對方相信光憑武力注定失敗、領悟唯有透過合作取代侵略才能有所得。簡而言之，兩人深信如果沒有武力作後盾，不可能談和、更不用說強行媾和。由於卡根在立場上屬於新保守主義（Neoconservatism），而布林肯跟他共同執筆，可以看出並不排除出兵介入，難免會被視為民主黨的鷹派。

布林肯在總統大選的時候表示，由於川普的關係，美國的戰略位置落後中國；儘管如此，短期內看不出拜登政府有會重大的調整，尤其是關稅方面。然而,他在參議院行使任命同意權的聽證會上,布林肯表示,中國無疑是對美國構成「最嚴重的挑戰」(most significant challenge),又表示同意川普對中國採取較強硬的途徑(a tougher approach),聽起來似乎勢不兩立,不免引人遐想(Ching, 2021)。然而,耳尖的觀察家注意到,布林肯的用字遣詞相當小心,刻意使用「國家」(nation-state),而不像川普政府強調中國是美國「最大的威脅」,應該是別有用心,認為包括新型冠狀病毒肺炎、以及氣候變遷課題,當下還需要中國的配合,尤其是描寫前者為「最大的挑戰」(greatest shared challenge)(Blinken, 2021[8]),可見國家安全的輕重有別。在參議院通過他的任命後,布林肯說,中國是美國在二十一世紀最大的地緣政治試煉(biggest geopolitical test)[9]。

---

[8] 國會的正式紀錄(Blinken, 2021a)只是事先準備的開場白(prepared statement)。

[9] 他在 3 月 3 日表示(Blinken, 2021b):

.... China is the only country with the economic, diplomatic, military, and technological power to seriously challenge the stable and open international system – all the rules, values, and relationships that make the world work the way we want it to, because it ultimately serves the interests and reflects the values of the American people.

Our relationship with China will be competitive when it should be, collaborative when it can be, and adversarial when it must be. The common denominator is the need to engage China from a position of strength.

That requires working with allies and partners, not denigrating them, because our combined weight is much harder for China to ignore. It requires engaging in diplomacy and in international organizations, because where we have pulled back, China has filled in. It requires standing up for our values when human rights are abused in Xinjiang or

　　總之，布林肯接受哥倫比亞廣播公司訪問表示（*CBS News*, 2020a），癥結在於美國本身，美國人必須反躬自省，譬如經濟及勞動的競爭力落後、民主政治制度的強度、與盟邦的關係是否活絡、以及對於自己的價值觀是否有信心，不要像鬥雞一樣老是要找人單挑，算是肺腑之言。

五、對台灣的看法

　　布林肯在 2016 年春前往眾議院外交委員會作證，除了老生常談三報一法下的「一個中國政策」（one-China policy），他還表示致力於台美關係的深化，並誓言會敦促海峽的雙方基於尊嚴及尊重，持續進行建設性的對話，如此才能奠下和平穩定的基礎、進而巨幅改善彼此的關係（Blinken, 2016）。中規中矩，此後要是複製、剪貼，文字應該不會有太大的變化。

　　在去年，布林肯接受哥倫比亞廣播公司訪問（*CBS News*, 2020b），被問到美國與台灣的合作是否為常態？他首先對於世界衛生組織拒人於千里之外表示惋惜，在政治、及防疫實務上都是大錯特錯，因此主張，不管是台灣參與國際組織、還是分享經驗，都有助於世界。布林肯指出，不管是共和黨、還是民主黨，美國多年來與中國關係不錯，要歸功於成功處理中國與台灣的關係。講白話一點，就是美國跟中國對台灣有起碼的共識，彼此的關係才走得下去。

---

when democracy is trampled in Hong Kong, because if we don't, China will act with even greater impunity.　And it means investing in American workers, companies, and technologies, and insisting on a level playing field, because when we do, we can out-compete anyone.

　　在 2020 年夏選戰打得火熱的時候，布林肯接受彭博社（*Bloomberg News*）訪問，被問到中國逐漸勒緊香港之際，是否接下來會想改變台灣的現狀，他前所未有答道：「要是讓中國以為可以犯錯而不受罰，令人擔心會對台灣採取同樣的手段」，雖然委婉、聽似提醒。具體的作為呢？他空泛地答道，「拜登一旦選上總統，將會揭露北京費盡心思介入、以提升台灣對民主的防衛」，然而，被問到是否意味拜登會像一些民主黨員所倡議、讓更多的戰鬥機到台灣，他沒有答案；他認為諷刺的是，台灣在過去幾十年來成功的故事，其實是美中如何處理台灣的成果（Wainer & Cirilli, 2020）。聽來似曾相似，不知道是總算鬆了一口氣、還是覺得不可思議？

　　在參議院的聽證會上，布林肯認為「自治的」（self-ruled）台灣是有能力防衛侵犯，重提『台灣關係法』（*Taiwan Relations Act, 1979*），表示中國共產黨從來沒有統治過台灣，並希望在不需要國家資格的情況下（that do not require the status of a country），能看到台灣在世界各地、及國際組織，可以扮演更大的角色（Ching, 2021）。在 3 月 10 日，布林肯前往眾議院外交委員會作證，稱呼台灣為「國家」（country），被詮釋為打破國務院長久以來的禁忌而雀躍不已（Everington, 2021）。

伍、國家安全顧問蘇利文

一、一帆風順的學經歷

　　蘇利文是美國 60 年來最年輕的國家安全顧問，今年只有 44 歲。

他出身愛爾蘭裔天主教徒中產階級家庭,生於佛蒙特州最大的城市伯靈頓,排行老二,要唸小學四年級的時候搬到中西部靠北邊的明尼蘇達州;父親原本是該州最大的報紙《明星論壇報》(*Star Tribune*)的管理階層,後來到明尼蘇達大學(University of Minnesota)新聞學院教書,母親則是公立學校的老師(諮商員),家教很嚴、重視教育,五個小孩都念長春藤學校(Bertrand, 2020)。他中學擔任學生會長、編輯校園報紙、又獲得辯論賽冠軍,難怪班上同學投票看好他將來最有可能出人頭地(most likely to succeed)。

蘇利文的大學是到東岸念耶魯,主修國際研究、及政治學,當然,參加辯論社是免不了的;1998年畢業後,他獲得羅德獎學金(Rhodes Scholarship),跨海前往英國牛津大學念碩士、專攻國際關係,2000年取得學位前,到澳洲贏得世界辯論賽的亞軍,真是余豈好辯哉;回到耶魯,他跟大多數美國政治人物一樣,特別是拜登、及政府的其他閣員,在2003年隨俗拿到法律博士(Wikipedia, 2021: Jake Sullivan)。

出了校園,蘇利文先在聯邦最高法院擔任書記官,然後回鄉執業當律師、同時在大學兼課教法律,接著擔任舊識明州參議員克羅布徹(Amy Klobuchar, 2007-)的資深政策顧問、及首席法律顧問。在2008年,擔任參議員的希拉蕊·柯林頓(Hillary Clinton, 2001-2009)參加民主黨總統初選,蘇利文被轉介過來輔選,擔任政策副主任,負責國家安全、及外交政策,特別是政見辯論的準備;歐巴馬(Barack Obama)出線後,跟希拉蕊情商借將,蘇利文還是擔綱大選的政策辯論(而非模擬演練),特別是外交,另外,還要幫忙媒體的溝通。歐巴馬在2009年入主白宮後,蘇利文原本打算賦歸回鄉、準備參選眾議員,獲聘為國務卿的希拉蕊(2009-13)特別為他開了一個副幕僚長的職缺，當時只有 32 歲；蘇利文後來轉為主管政策規劃，打點大小事，又跟著出訪世界 112 國家（Wikipedia, 2021: Jake Sullivan; Allen, 2015）。

歐巴馬連任後，希拉蕊不願意繼續國務卿，蘇利文當然必須跟著捲鋪蓋走人，也表達回家鄉蹲點、再參選眾議員回到華府，然而，白宮又不希望失去他；歐巴馬跟他曉以大義，與其當一個資淺的國會議員，不如在白宮還來得有影響力，畢竟，要是歐巴馬不選總統，頂多也不過是國會裡頭的一個菜鳥參議員，終究，他被說動留下來，先擔任總統的次卿，進而轉手當副總統拜登（Joe Biden, 2009-17）的國家安全顧問；這段日子，讓他每天可以接觸到呈給總統的情資簡報，又可以進入戰情室參加國家安全會議，那是最佳的國安訓練場，當然也是希拉蕊所樂見而鼓勵（Allen, 2015）。

從國務院到白宮，蘇利文參贊的主要是中東事務，包括利比亞、及敘利亞，而他自己津津樂道的則是在 2012 年受命秘訪伊朗、獲致 2015 年的『伊朗核問題全面協定』（*Joint Comprehensive Plan of Action*, JCPOA）。在 2016 年的總統大選，蘇利文擔任希拉蕊的首席外交政策顧問、兼顧經濟政策的擘劃，其實是從衛生保健、槍械管制、到移民政策，包山包海都要與聞，注意到外交及國家安全必須著眼國內中產階級蓬勃發展的哲學，充分體會到不能讓老百姓覺得被政府拋棄了，特別是勞工（Bertrand, 2020）。在希拉蕊敗選後，他跟一般政治人物一樣，一方面在大學兼課分享外交實務的經驗，另一方面則掛名擔任智庫的董事、或研究員，譬如卡內基國際和平基金會（Carnegie Endowment for International Peace），甚至於跟朋友一起開公關公司賺錢，譬如 National Security Action、及 Macro Advisory Partners），直到被拜登找回加入大選的團隊。

二、耐操好用的人格特質

就像諸多由鄉下來會唸書的小孩，蘇利文客客氣氣、彬彬有禮，看起來相當純樸；他一路有貴人賞識提攜，而他自己也亦步亦趨、使命必達。希拉蕊擔任國務卿時，已故資深外交官郝爾布魯克（Richard Holbrooke, 1941-2010）耳提面命當時剛被歐巴馬任命為國務次卿的尼德斯（Thomas R. Nides, 2011-13），佈達後只要認識蘇利文一個人就好，因為他不只是希拉蕊的親信，而且是人人喜歡他，更重要的是可以把事情搞定，反正，有什麼問題找他解決就是了；郝爾布魯克有一回打電話給希拉蕊，傳回來的聲音竟然是蘇利文，他就預言，這是未來的國務卿（Allen, 2015; Ballotpedia, n.d.）。也難怪，《經濟學人》稱這位民主黨的外交領域的金童是救火隊（Economist, 2020）。

來源：Economist（2020）。

圖 4：《經濟學人》眼中的蘇利文

　　希拉蕊對蘇利文的評價，是遇事冷靜、頭腦清晰（Ballotpedia, n.d.）。過去的同事說，蘇利文的優點是擅長處理複雜的問題，不會見樹不見林，從容進出不同的課題，而且可以跳脫危機而著眼長期的規劃；他能洞悉希拉蕊在想什麼，又善於排除國務院內部官僚主義的萬難，事無巨細都能儘快促成決策；當然，最令圈內人印象深刻的是，希拉蕊在國務院的下屬與歐巴馬的外交政策人馬一向有瑜亮情結，幕僚之間甚至於殺得流血流滴，蘇利文卻有本事跟總統的國安團隊建立友好的關係、甚至於充當值得信賴的接觸點，除了說彼此在 2008 年的大選共事過，關鍵在於他知道一定要把白宮的看法納入國務院決策考量，到了重要關頭去討救兵就不會碰釘子（Allen, 2015; Ballotpedia, n.d.）。

　　蘇利文的老朋友指出，他是那種凡事豫則立、不豫則廢的人，做事情一定會先有方案（Bertrand, 2020）。希拉蕊在回憶錄寫著，「蘇利文或許不是國務院裡頭最有經驗的外交官，然而，他謹慎小心，充分獲得我的信任」（Clinton, 2015: 368）。不管是在輔選的過程、還是進入政府以後，蘇利文的角色是美國人所謂的「誠實的仲介」（honest broker），也就是說，儘管本身有強烈的意見，還是會像蒸餾器一樣，想辦法諮諏善道、察納雅言，蒐集內部的各方智慧、不同觀點、以及政策偏好，然後毫無偏見地呈給長官，而自己則儘量避開聚光燈、不居功，難怪會獲得老闆的青睞（Allen, 2015）。

　　就決策風格而言，蘇利文的思維方式比較周延，堅持質疑所有政策的既定假設，歡迎「魔鬼代言人」的討論方式，嘗試從不同的框架來看事情，而且會預期三階、甚至於四階的可能發展（Bertrand, 020）。尼德斯說，蘇利文跟人談話之際願意傾聽，無形中就卸除對方的武裝，畢竟，華府的聰明人很多、卻很少人擁有這種馭人之術（Parnes & Chalfant, 2021）。蘇利文在 2016 年接受訪問時表示，政策工作的重點在於人際關係，強調決策者除了必須忠於自己的原則，接下來就是將心比心，畢竟在現實的世界，答案未必是那麼顯而易見，而政策回應也未必都是井井有條，因此，唯有傾聽他人的意見，才有可能真正獲致成功（Ballotpedia, n.d.）。

蘇利文的世界觀跟希拉蕊一樣，不相信有任何意識形態、或解決方案可以放之四海而皆準：他在 2013 年諄諄告誡明尼蘇達大學公共政策的畢業生，做人做事「不要犬儒、不要斬釘截鐵、不要當討厭鬼、要當好腳」（Reject cynicism.　Reject certitude.　And don't be a jerk. Be a good guy.），並非棄自己的核心原則為敝屣，只是，在確定大方向後，原則在特定的情境下未必能提供具體的答案；他跟這群即將踏出校門的學生分享，公共政策不像算術題只有對跟錯，在不完美的世界，找不到沒有瑕疵的立場，也就是必須承認，不管採取什麼立場，總是不免會發現弱點、或是盲點（Allen, 2015）。

就外交手段而言，如果說美國的鷹派強調軍事威脅、武力、及制裁，也就是「硬實力」（hard power），而鴿派則認為外交政策應該重視包括外援、文化經濟關係、及討價還價在內的「軟實力」（soft power），蘇利文跟希拉蕊服膺的卻是「巧實力」（smart power），認為硬實力與軟實力互補，可以交互運用、軟硬兼施；事實上，蘇利文是歐巴馬政府裡頭比較能接受武力手段者，在必要的時候，願意拿武力當外交手段的後盾，看起來好像比較傾向於鷹派（Allen, 2015）。話又說回來，蘇利文本身並不喜歡黨派之間的口舌之爭，甚至於願意跟共和黨的外圍團體、或是智庫交換意見，也因此，不像歐巴馬政府的其他同事，老是被保守派修理（Bertrand, 2020）。

　　希拉蕊應該是在蘇利文身上看到自己的特質，包括像律師一樣、行事有條不紊、著重細節、以及靈活務實的風格，當然，也跟夫婿柯林頓總統一樣討人喜歡（Allen, 2015）。所以，希拉蕊在 2012 年的一次演講上打諢插科，回憶當蘇利文開始前來幫忙，她跟老公提及這位傑出的明日之星，柯林頓笑說，要是他學會吹薩克斯風（柯林頓愛現的癖好），那可就要小心了；可見，希拉蕊相當看好蘇利文，所以不只是讚不絕口，她還進一步自我調侃，自己在率團走訪世界各地之際，各國政要往往會前來探視潛在未來的美國總統，強調那是指蘇利文、而不是自己（Clinton, 2012）。

三、執兩用中的戰略觀

　　在 2016 年的大選，民主黨內厭戰的進步派，原本期待希拉蕊的外交政策能配合經濟政策、及社會政策會改弦更張，結果是大失所望，自由派的新聞評論網站沃克斯（*Vox*）分析，希拉蕊鷹派外交立場的背後影武者就是蘇利文；熟識的前國家安全副顧問羅得斯（Ben Rhodes, 2009-17）說，在歐巴馬政府裡頭，蘇利文的立場是傾向於果敢的交往（assertive engagement）、而且主張外交必須納入一些軍事元素，意思是說，他不是吃素的（Allen, 2015）。

　　蘇利文與坎貝爾（Kurt Campbell）在 2019 年於《外交事務》（*Foreign Affairs*）共同發表了一篇〈沒有災難的美中競爭──美國如何挑戰中國而共存〉，相當清楚勾勒出美國在後川普時代的大戰略，也就是如何跟中國競爭、而又能共存（Campbell & Sullivan, 2019）。兩人開宗明義，闡釋「戰略耐心」（strategic patience）、「戰略模糊」

（strategic ambiguity）、以及「戰略競爭」（strategic competition）
的不同：戰略耐心是指不確定要做什麼、以及何時要做，戰略模糊則
反映出不確定要發出什麼訊息，至於戰略競爭則連到底是為了什麼而
競爭、以及要採取什麼手段才可以獲勝的都搞不清楚。兩人認為，當
下美國內部對於跟中國的關係大體已有共識，也就是揚棄自來樂觀的
交往戰略，然而，總不能為了競爭而競爭。

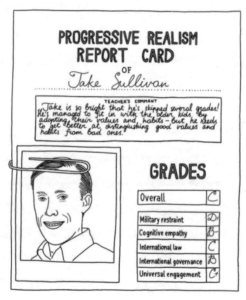

來源：Wright 與 Echols（2021）。

圖 5：進步派給蘇利文打分數

　　兩人坦承，美國過往戰略的最大錯誤，在於妄想可以透過外交、
及經濟交往，來促成中國在政治、經濟、及外交上的基本改變；只不
過，如果相信競爭可以轉變中國，否則就逼降、或想辦法令其崩潰，

那恐怕也是一廂情願。兩人因此主張，美中兩強必須學習如何相安無事，而出發點是美國必須謙遜地承認，美國的戰略目標是必須跟中國共存，而不是著眼於如何影響對方的長期發展；後者聽起來有點像是男女之間相處的基本哲學，要妄想試圖改變誰，畢竟，誰也改變不了誰。具體而言，他們認為共存的戰略包含競爭、及合作，戒慎小心、不可偏廢；換句話說，競爭是必須處理的條件，而非必須解決的問題。

兩人回顧冷戰時期的圍堵大戰略，就是強調美蘇之間的競爭、然後動員國內百姓的支持，終究讓蘇聯自掘墳墓（解體）。然而，他們指出，當下的中國比當年的蘇聯厲害多了，不只經濟力強大、外交手段細膩，連意識形態也相當靈活，更重要的是他們跟世界、及美國的經濟緊密地結合在一起；此外，中共面對瞬息萬變的大環境，透過大規模的監視、以及人工智慧來遂行數位威權主義（digital authoritarianism），展現出相當強的調適能力，因此，中國即使可能會發生動亂，卻不可能指望政權崩潰。換句話說，如果東施效顰冷戰思維，不只是誇大中國對於美國生存所構成的威脅（existential threat），同時也低估中國跟美國長期周旋、及競爭的實力。

蘇利文與坎貝爾指出，儘管中國與美國的關係並非劍拔弩張、彼此的競爭也不復見過去的代理人戰爭，然而，中國畢竟是比蘇聯更具有挑戰性的競爭者，國內生產毛額（GDP）在 2014 年已經是美國的60%，前所未有。此外，不像蘇聯只是封閉的經濟體，中國透過全球化跟世界上三分之二國家建立貿易伙伴關係，更有能力將經濟實力轉換為戰略影響力，連美國的盟邦、及伙伴的經濟都擺脫不了，這種綿密的經濟網絡，很難判斷是友是敵。話又說回來，兩人提醒，即使中國是比蘇聯更強大的競爭者，卻是美國不可缺少的伙伴，許多全球性的課題必須雙方攜手才能解決，包括氣候變遷、經濟危機、核武擴散、及瘟疫傳染。

當下，有人老生常談冷戰的思維、建議新版的圍堵戰略（neo-containment），逼迫中國討饒；也有人認為應該實事求是、進行所謂包容的「大交易」（grand bargain）戰略，跟中國在亞洲實施共治（condominium），實際上就是讓中國劃定的勢力範圍。兩人認為前者的持續圍堵委實沒有必要，至於後者則形同割讓世界經濟最熱絡的地區，將傷害到國內的工人、及企業，而且也會損及盟邦在西太平洋的利益，不只是不可接受的、而且也是不可行。相當程度，這是間接對於時有所聞的所謂「棄台論」委婉打了一個巴掌。他們建議執兩用中，採取「管理式的共存」（managed coexistence），既合作、又競爭。兩人強調，必須先有競爭、再來談合作，也就是必須立場堅定、讓對方知道輕舉妄動必須付出代價，否則，溫良恭儉讓，反而會被對方吃得死死的，把合作的善意拿來當籌碼。

圖6：蘇利文的大戰略觀

蘇利文與坎貝爾（Campbell& Sullivan, 2019）指出，相較於冷戰時期的軍事競爭是全球性的，當下美國與中國的角力是區域性的，也就是區域性的，主要侷限於印度洋-太平洋海域（Indo-Pacific），特別是四個主要潛在的熱點，南海、東海、台灣海峽、以及朝鮮半島。兩人認為，雖然彼此都不希望發生衝突，然而，由於雙方不斷提高自身的攻擊能力、軍事耀武揚威（military presence）日漸頻繁、演習也不時摩肩擦踵，美國擔心中國要將自己趕出西太平洋，而中國也放心不下，唯恐美國圍困自己，軍機海艦騷擾不停，難免擦槍走火。

兩人主張，既然木已成舟，美國必須接受無法恢復軍事支配（primacy）的事實，應該把心力放在如何嚇阻中國，不要干擾自己的軍演的自由、或是脅迫盟邦，尤其是不允許對方使用武力來造成領土的既成事實。為了達成在印太的嚇阻，兩人認為應該調整現有花錢而卻又容易被攻擊的作法，譬如部署航空母艦，轉而投資在比較省錢而又不對稱的能力，讓中國不敢輕舉妄動；換句話說，中國既然仰賴比較便宜的反艦艇、及彈道飛彈，美國未嘗不可在航空母艦配置長程無人機、出動無人水下載具（unmanned underwater vehicle, UUV）、部署巡弋飛彈潛艦、或是發展高速打擊武器（high speed strike weapon, HSSW）。此外，兩人建議在東南亞、及印度洋的軍事現身應該多元化，與其長期駐軍、不如簽訂進出的協定，讓中國在面對危機之際疲於奔命。

四、結語

儘管蘇利文在外交談判展現長才，主要是集中在中東，尤其是伊朗、及加薩走廊，然而，拜登（Biden, 2020）在任命他為國家安全顧問的新聞稿中，特別提到他先前在國務院、及白宮任職時，對於美國亞太「再平衡」（rebalance）戰略的擘劃扮演關鍵的角色，可見他應該是胸有成竹，包括台灣在內。

　　蘇利文最崇拜的政治英雄是前總統杜魯門（Harry S. Truman, 1945-53），應該是性格上同為悶騷型的人，見賢思齊，難怪他在大一就獲得杜魯門獎學金；根據他的同學回想，蘇利文從小就深深地被詹森總統（Lyndon B. Johnson, 1963-69）的「大社會」（Great Society）內政方案所吸引（Bertrand, 2020），可見少有從政的鴻鵠之志，如果不是當上參議員、至少也是眾議員。當然，有為者亦若是，抬轎久了，未來不無可能更上一層樓直接攻頂參選總統。

陸、台灣的自處

　　如果我們以人體來做比喻，總統拜登偏好的應該是對外表演的肢體，頂多加上老好人的臉上表情，國務卿則是負責講話的嘴巴，國家安全顧問蘇利文才是主掌記憶、溝通、及解惑的大腦，十八般武藝都行，至於亞太、或印太課題，或許還要加上小腦般的坎貝爾，提供知覺、協調、及控制的幫忙，細節部分、或是歷史脈絡。由於蘇利文跟白宮幕僚長克萊恩（Ronald A. Klain）共事已久，可以判斷蘇利文應該是狄人傑。

　　由於中國在軍力上尚不足以畏，美國暫且不用擔心對方妄想取而代之；既然當下還不是跟中國攤牌的時候，更沒有必要把台灣當作工具性的棋子。在十月，拜登以〈為我們家庭更繁榮的未來〉為題投書美國的華語《世界日報》，誓言「深化與台灣這個居領先地位的民主政體、主要經濟體，以及科技重鎮的關係」，稱許「台灣也是開放社會可以有效控制新冠病毒的閃亮典範」；不過，他也表示「我們將在符合美國利益的領域與中國合作,包括公共衛生和氣候變遷」,抹壁雙面光,對象是台僑、及中僑或是華裔選民。

相較於川普對於人權保護的言行不一,特別是鼓勵中國在新疆興建集中營、默許中國在香港的鎮壓,拜登至少算是老派的君子,不假辭色。誠然,戰後的民主黨似乎對於台灣比較疏離、共和黨相對友善,然而,一旦情勢所逼,即使民主黨的總統還是必須出手,譬如杜魯門在韓戰爆發後重新把台灣納入保護傘、柯林頓派遣兩個航空母艦戰鬥群在台灣首度民選總統之際通過台灣海峽。

相對之下,儘管尼克森擔任副總統來過台灣,最後決定別抱琵琶也是他。川普任內,美國國會通過一連串友台法案、核准一波又一波的軍售,他毫不靦腆地表示,台灣對他來說只不過是桌上鋼筆的筆尖,也就是用來箝制中國的工具。趙孟能貴之、趙孟能賤之,總不能老是任人擺佈、用完即棄。台灣在戰前是殖民地,戰後妾身不明、形同棄婦;然則,天助必須先自助,不能永遠像大旱之望雲霓。

總之,拜登上台,最壞的情況就是歐巴馬 2.0,頂多視若無睹台灣;最好的情況是他在 2001 年訪台所主張「台灣前途由台灣人民決定」(曾薏蘋,2020),聽起來就是聯合國在 1966 年所通過的『公民與政治權利國際公約』(*International Covenant on Civil and Political Rights*, ICCPR)、及『經濟社會文化權利國際公約』(*International Covenant on Economic, Social and Cultural Rights*, ICESCR)第一條所揭櫫的民族自決權。關鍵在於台灣人是否有足夠的勇氣跟世人宣示獨立建國、要求承認,而不是躲在中華民國的屋簷下、老是跟中國人民共和國爭中國正統。

附錄：Not So Deft on Taiwan[10]

Words matter, in diplomacy and in law

Last week President Bush was asked if the United States had an obligation to defend Taiwan if it was attacked by China. He replied, "Yes, we do, and the Chinese must understand that. Yes, I would.

The interviewer asked, "With the full force of the American military?"

President Bush replied, "Whatever it took" to help Taiwan defend itself.

A few hours later, the president appeared to back off this startling new commitment, stressing that he would continue to abide by the "one China" policy followed by each of the past five administrations.

Where once the United States had a policy of "strategic ambiguity" -- under which we reserved the right to use force to defend Taiwan but kept mum about the circumstances in which we might, or might not, intervene in a war across the Taiwan Strait -- we now appear to have a policy of ambiguous strategic ambiguity. It is not an improvement.

The United States has a vital interest in helping Taiwan sustain its vibrant democracy. I remain as committed today to preserving Taiwan's autonomy as I was 22 years ago when I cast my vote in favor of the Taiwan Relations Act, which obligates the United States to provide Taiwan "with such defense articles and defense services . . . as may be necessary to enable Taiwan to maintain a sufficient self-defense capability." I remain committed to the principle that Taiwan's future must be determined only by peaceful means, consistent with the

---

[10] Biden (2001)。

wishes of the people of Taiwan.

What is the appropriate role for the United States? The president's national security adviser last Wednesday claimed that "the Taiwan Relations Act makes very clear that the U.S. has an obligation that Taiwan's peaceful way of life is not upset by force."

No. Not exactly. The United States has not been obligated to defend Taiwan since we abrogated the 1954 Mutual Defense Treaty signed by President Eisenhower and ratified by the Senate. The Taiwan Relations Act articulates, as a matter of policy, that any attempt to determine the future of Taiwan by other than peaceful means would constitute "a threat to the peace and security of the Western Pacific area" and would be, "of grave concern to the United States."

The act obliges the president to notify Congress in the event of any threat to the security of Taiwan, and stipulates that the president and Congress shall determine, in accordance with constitutional processes, an appropriate response by the United States.

So, if the choice is between an "obligation" and a "policy," what is all the fuss about?

As a matter of diplomacy, there is a huge difference between reserving the right to use force and obligating ourselves, a priori, to come to the defense of Taiwan. The president should not cede to Taiwan, much less to China, the ability automatically to draw us into a war across the Taiwan Strait. Moreover, to make good on the president's pledge, we would almost certainly want to use our bases on Okinawa, Japan.

But there is no evidence the president has consulted with Japan about an explicit and significant expansion of the terms of reference for the U.S.-Japan Security Alliance. Although the alliance provides for joint operations in the areas surrounding Japan, the inclusion of Taiwan within that scope is an issue of the greatest sensitivity in Tokyo. Successive Japanese governments have avoided being pinned down on the issue, for fear of fracturing the alliance.

As a matter of law, obligations and policies are also worlds apart. The president has broad policymaking authority in the realm of foreign policy, but his powers as commander in chief are not absolute. Under the Constitution, as well as the provisions of the Taiwan Relations Act, the commitment of U.S. forces to the defense of Taiwan is a matter the president should bring to the American people and Congress.

I was quick to praise the president's deft handling of the dispute with China over the fate of the downed U.S. surveillance aircraft.

But in this case, his inattention to detail has damaged U.S. credibility with our allies and sown confusion throughout the Pacific Rim.

Words matter.

參考文獻

拜登（喬瑟夫・白登），2020。〈為我們家庭更繁榮的未來〉《世界日報》10 月 22 日（https://www.worldjournal.com/wj/story/121468/4955258）（2021/4/2）。

施正鋒，2019。〈初探川普的大戰略──牧師、掮客、還是惡霸？〉《台灣國際研究季刊》15 卷 2 期，頁 1-34。

曾薏蘋，2020。〈拜登談台灣前途，由台灣人民決定〉《風傳媒》11 月 8 日（ https://www.chinatimes.com/newspapers/20201108000325-260118?chdtv）（2022/5/17）。

Allison, Graham. 2017. *Destined for War: Can America and China Escape Thucydides's Trap?* Melbourne: Scribe Publications.

Avanzato, Michael. 2021. "America Is Back (in the Middle East): The Biden Doctrine." *Beirut Today*, April 4 (https://beirut-today.com/2021/04/01/america-is-back-in-the-middle-east-the-biden-doctrine/) (2021/5/10)

Ballotpedia. 2021. "Confirmation Process for Antony Blinken for Secretary of State." (https://ballotpedia.org/Confirmation_process_for_Antony_Blinken_for_secretary_of_state) (2021/4/2)

Ballotpedia. n.d. "Jake Sullivan." (https://ballotpedia.org/Jake_Sullivan) (2021/4/2)

Bertrand, Natasha. 2020. "The Inexorable Rise of Jake Sullivan." *Politico*, November 27 (https://www.politico.com/news/2020/11/27/jake-sullivan-biden-national-security-440814) (2021/5/12)

Biden, Joseph R., Jr. 2001. "Not So Deft on Taiwan." *Washington Post*, May 2 (https://www.washingtonpost.com/archive/opinions/2001/05/02/not-so-deft-on-taiwan/2adf3075-ee98-4e70-9be0-5459ce1edd5d/) (2021/5/10)

Biden, Joseph R., Jr. 2020. "Why America Must Lead Again: Rescuing U.S.

Foreign Policy After Trump." *Foreign Affairs*, March-April, pp. 64-76.

Biden, Joseph R., Jr. 2021. "Interim National Security Strategic Guidance." (https://www.whitehouse.gov/wp-content/uploads/2021/03/NSC-1v2.pdf) (2021/4/18)

Biden, Joseph R., Jr. 2021. "Remarks by President Biden on America's Place in the World." February 4 (https://www.whitehouse.gov/briefing-room/speeches-remarks/2021/02/04/remarks-by-president-biden-on-americas -place-in-the-world/) (2021/4/18)

Biden, Joseph R., Jr. 2021. "Remarks by President Biden in Address to a Joint Session of Congress." April 28 (https://www.whitehouse.gov/ briefing-room/speeches-remarks/2021/04/29/remarks-by-president-biden-in -address-to-a-joint-session-of-congress/) (2021/4/18)

Blinken, Antony J. 1991. "Womb for Debate." *New Republic*, July 8.

Blinken, Antony J. 2001a. "Listen to the People." *Time Europe*, May 21.

Blinken, Antony J. 2001b. "The False Crisis over the Atlantic." *Foreign Affairs*, May-June, pp. 35-48.

Blinken, Antony J. 2002. "Winning the War of Ideas." *Washing Quarterly*, Vol. 25, No. 2, pp. 101-14.

Blinken, Antony J. 2003. "From Preemption to Engagement." *Survival*, Vol. 45, No. 4, pp. 36-60.

Blinken, Antony J. 2016. "America as a Pacific Power: Challenges and Opportunities in Asia." House Foreign Affairs Committee, April 28 (https://docs.house.gov/meetings/FA/FA00/20160428/104891/HHRG-114- FA00-Wstate-BlinkenA-20160428.pdf) (2021/4/2)

Blinken, Antony J. 2017. "Trump Is Ceding Global Leadership to China." *New York Times*, November 8.

Blinken, Antony J. 2019. "No People. No Process. No Policy." *New York*

Times, January 28.

Blinken, Antony J. 2021a. "Statement for the Record before theUnited States Senate Committee on Foreign Relations." Senate Committee on Foreign Relations, January 19 (https://www.foreign.senate.gov/imo/media/doc/011921_Blinken_Testimony.pdf) (2021/4/2)

Blinken, Antony J. 2021b. "A Foreign Policy for the American People." March 3 (https://www.state.gov/a-foreign-policy-for-the-american-people/) (2021/4/18)

Blinken, Antony J., and Robert Kagan. 2019. "A Better Approach to 'America First.'" *Washington Post*, January 2.

Brunnstrom, David, and HumeyraPamuk. 2021. "U.S. Secretary of State Nominee Blinken Sees Strong Foundation for Bipartisan China Policy." *Reuters*, January 20 (https://www.reuters.com/article/us-usa-biden-state-china-idUSKBN29O2GB) (2021/4/2)

Bush, George W. 2001. "Press Conference by President Bush and Russian Federation President Putin." June 16 (https://georgewbush-whitehouse.archives.gov/news/releases/2001/06/20010618.html) (2021/4/2)

Campbell, Kurt M., and Jake Sullivan. 2019. "Competition without Catastrophe How America Can Both Challenge and Coexist With China." *Foreign Affairs*, September/October.

CAN. 2020. "Biden Should Encourage Cross-Strait Dialogue: Ex-U.S. Official." December 17.

CBS News. 2020a. "Biden Foreign Policy Adviser Antony Blinken on Top Global Challenges." September 25.

CBS News. 2020b. "Joe Biden Foreign Policy Adviser Antony Blinken on COVID Shortfalls, Failures in Syria." May 20.

Ching, Nike. 2021. "Secretary of State Nominee Blinken Sees Strong

Foundation for Bipartisan China Policy." *VOA*, January 19 (https://www. voanews.com/usa/secretary-state-nominee-blinken-sees-strong-foundation-bipartisan-china-policy) (2021/4/2)

Clinton, Rodham. 2012. "Hillary Clinton's Remarks at FP's 'Transformational Trends' Forum." *Foreign Policy*, November 30 (https://foreignpolicy.com/2012/11/30/hillary-clintons-remarks-at-fps-trans formational-trends-forum/) (2021/5/12)

Clinton, Hillary Rodham. 2015. *Hard Choices*. New York: Simon & Schuster.

Economist. 2020. "Jake Sullivan to the Rescue." December 5 (https:// www.economist.com/united-states/2020/12/05/jake-sullivan-to-the-rescue) (2021/5/15)

Everington, Keoni. 2021. "US Secretary of State Calls Taiwan 'Country': 'Country' Label for Taiwan Breaks Longstanding US State Department Taboo." *Taiwan News*, March 12 (https://www.taiwannews.com.tw/en/ news/4148761) (2021/4/2)

Garcia-Kennedy, Ian. 2016. "The Negotiator: The Politic's Exclusive Sit-Down with Jake Sullivan, Hillary's Top Foreign Policy Advisor." *The Politic*, January 18 (https://thepolitic.org/the-negotiator/) (2021/5/8)

Ministry of Foreign Affairs. 2021. "Joint Statement of the U.S.-Japan Security Consultative Committee (2+2)." March 16 (https://www.mofa. go.jp/files/100161035.pdf) (2021/4/18)

Nye, Joseph S., Jr. 2002. *The Paradox of American Power: Why the World's Only Superpower Can't Go It Alone*. Oxford: Oxford University Press.

Nye, Joseph S., Jr. 2009. "Get Smart: Combining Hard and Soft Power." *Foreign Affairs*, July-August. Vol. 88, No. 4, pp. 160-63.

Organski, A. F. K., and Jacek Kugler. 1980. *The War Ledger*. Chicago:

University of Chicago Press.

Osnos, Evan. 2014. "The Biden Agenda: Reckoning with Ukraine and Iraq, and Keeping an Eye on 2016." *New Yorker*, July 20 (https://www. newyorker.com/magazine/2014/07/28/biden-agenda) (2021/4/2)

Parnes, Amie, and Morgan Chalfant. 2021. "Sullivan Is Biden's National Security 'Listener.'" *The Hill*, February 15 (https://thehill.com/policy/national-security/538697-sullivan-is-bidens-national-security-listener) (2021/5/12)

Noa Ronkin, Noa. 2021. "White House Top Asia Policy Officials Discuss U.S. China Strategy at APARC's Oksenberg Conference." *All Shorenstein APARC News News*, May 27 (https://aparc.fsi.stanford.edu/news/white-house-top-asia-policy-officials-discuss-us-china-strategy-aparc%E2%80%99 9s-oksenberg-conference) (2022/1/18)

Silver, Laura, Kat Devlin, and Christine Huang. 2020. "Historic Highs in Many Countries: Majorities Say China Has Handled COVID-19 Outbreak Poorly." (https://www.pewresearch.org/global/2020/10/06/unfavorable-views-of-china-reach-historic-highs-in-many-countries/) (2020/4/2)

Sjursen, Danny. 2020. "Biden's Young Hawk: The Case against Jake Sullivan." *Scheerpost*, December 3 (https://scheerpost.com/2020/12/03/bidens-young-hawk-the-case-against-jake-sullivan/) (2021/5/8)

Sullivan, Jake. 2019. "From Theory to Practice: An Interview with Jake Sullivan, Dartmouth's 2019 Montgomery Fellow." *World Outlook*, No. 55, pp. 77-85 (https://cpb-us-e1.wpmucdn.com/sites.dartmouth.edu/dist/9/244/files/2019/07/from-thEory-to-PractIcE-an-IntErvIEw-wIth-jakE-suLLIvan-dartmouth%E2%80%99s-2019-montgomEry-fELLow.pdf) (2021/5/8)

Tammen, Ronald L., JacekKugler, Douglas Lemke, Alan C. Stam III, Mark Abdollahian, Carole Alsharabati, Brian Efird, and A. F. K. Organski. 2000. *Power Transitions: Strategies for the 21st Century.* New York:

Chatham House.

Teng, Pei-Ju. 2020. "Maintaining Relationship with Taiwan of Interest to Biden Administration: Former US Official." *Taiwan News*, December 8.

Wainer, David, and Kevin Cirilli. 2020. "Containing China Starts with Fixing Alliances, Biden Aide Says." *Bloomberg News*, July 31.

White House. 2021. "Press Briefing by Press Secretary Jen Psaki and National Security Advisor Jake Sullivan, March 12, 2021." March 12 (https://www.whitehouse.gov/briefing-room/press-briefings/2021/03/12/press-briefing-by-press-secretary-jen-psaki-march-12-2021/) (2021/4/18)

White House. 2021. "U.S. - Japan Joint Leaders' Statement: 'U.S. - Japan Global Partnership for a New Era.'" April 16 (https://www.whitehouse.gov/briefing-room/statements-releases/2021/04/16/u-s-japan-joint-leaders-statement-u-s-japan-global-partnership-for-a-new-era/) (2021/4/18)

Wright, Robert, and Connor Echols.2021. "Grading Jake Sullivan." *Progressive Realism*, February 27 (https://nonzero.org/post/grading-jake-sullivan) (2021/5/10)

拜登上台一年的台中美關係[*]

戰後以來，美國兩大黨的外交大戰略依違現實主義（realism）、及自由主義（liberalism）之間：大體而言，共和黨強調安全，採取現實主義的世界觀，傾向於圍堵（containment）、制衡（balancing）、甚至對抗（confrontation）；相對之下，民主黨重視利益、高唱自由主義，揭櫫交往[1]（engagement）、合作、甚至投其所好（appeasement）。現實主義的圍堵策略由威嚇（coercion）、延伸嚇阻[2]（extended deterrence）、到限制性圍堵[3]（finite containment），而自由主義的交

---

* 發表於台灣國際戰略學會、台灣國際研究學會合辦「拜登上台一週年的台美中關係學術研討會」，台北，淡江大學台北校區 D310 會議室，2022/2/19。刊於《台灣國際研究季刊》18 卷 1 期，頁 1-42（2022）。

[1] 即自由式國際主義（liberal internationalism），高舉理想主義式世界秩序（idealist world order）、強調合作式安全（cooperative security）。

[2] 又稱全球圍堵（global containment）、或冷戰式國際主義（cold war internationalism），近似 Posen 與 Ross（1996-97）所謂美國主導／優勢（primacy）、支配（dominance）、或霸權（hegemony）。

[3] 又稱有限圍堵（limited containment）、有限脫離（limited disengagement）、約束（constrainment）。

往策略也可以由深入交往（deep engagement）、選擇性交往[4]（selective engagement）、到脅迫式交往（coercive engagement），因此，由現實主義出發的預防性防衛（preventive defense）與由自由主義出發的鷹式交往（hawk engagement）難免重疊，而競爭則是兩黨的交集（Kaufman, et al., 1991; Posen & Ross, 1996-97; Brooks, et al., 2012-13, 2013; 施正鋒，2019a：16-17）。

冷戰（Cold War, 1947-91）結束，美國儼然國際體系的獨霸、沾沾自喜享有單極的時刻（unipolar moment），老布希總統（George H. W. Bush, 1989-93）心猿意馬，派兵打了一場波斯灣戰爭（Gulf War, 1991），逼迫伊拉克由科威特撤軍。柯林頓（Bill Clinton, 1993-2001）州長出身，對於外交心不在焉，主要的貢獻在於促成北愛爾蘭的和解。小布希（George W. Bush, 2001-2009）一上台就碰上九一一恐攻，憤而出兵阿富汗拉下塔利班（Taliban）政權，他人心不足、好大喜功，又打了一場伊拉克戰爭（Iraq War, 2003-11）。歐巴馬（Barack Obama, 2009-2017）力不從心，雖然結束在伊拉克的戰事，卻又介入利比亞、及敘利亞的內戰（2011），更是半瞑反症增兵（surge）阿富汗。

川普（Donald Trump, 2017-21）誓言「美國優先」（America First）上台（Trump, 2017），不再以濟弱扶傾的大哥自居，毫不覥腆擺出在商言商的態度，要求盟邦對於安全保障使用者付費，在本質上，看來比較像是在冷戰末期、一心一意要把日本壓落底的雷根（Ronald Reagan, 1981-89）；他錙銖必較，開始著手阿富汗撤軍。拜登（Joe Biden,

---

[4]　或條件式交往（conditional engagement），近似於 Posen（2014）的自我克制（restraint），選擇地區做軍事部署。

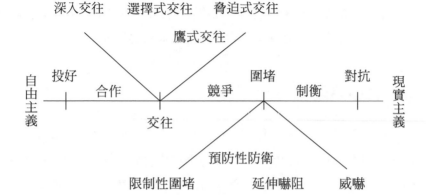

圖 1：美國在後冷戰的大戰略選擇的光譜

2021-)昭告天下「美國回來了！」(America is Back!)(Biden, 2021a)，上台一年，看來還在思索美國自身的能力、及定位；他對於中東毫無懸念，亟欲從阿富汗抽腿[5]，當下又面對烏克蘭一觸即發的考驗，然

---

[5] 事實上，拜登在擔任副總統的時候就堅持撤軍阿富汗。被歐巴馬總統任命為美國阿富汗暨巴基斯坦特使（Special Representative for Afghanistan and Pakistan, 2009-10）的前助理國務卿（1994-96）郝爾布魯克（Richard Holbrooke）回憶，拜登在 2010 年曾經失控咆哮：「我不會為了保護女權而派子弟前往冒險患難，那是行不通的，而且他們也不是為了保護女權而上戰場」(I am not sending my boy back there to risk his life on behalf of women's rights, it just won't work, that's not what they're there for.)（UnHerd, 2021）。拜登同年接受國家廣播公司（NBC）訪問，還是談美國出兵阿富汗的目標是盤據巴基斯坦邊界山區的蓋達組織（Al-Qaeda），不是為了進行重建、或是推動美式民主（Pleming, 2010）。同樣地，拜登在 2011 年反對美國轟炸利比亞、主張由北約出手就好，理由是對於美國在中東的戰略利益不大（peripheral），看法十年如一日，基本上是美國的國家利益至上，尚難說是機會主義者（Shifrinson & Wertheim, 2021）。

而，最大的挑戰應該是崛起而躍躍欲試的中國。接下來，我將分別說明台中美、中美、美台、以及台中關係的最新發展。

壹、台中美關係

　　戰後以來，台灣與美國的扈從關係決定於美國與中國的競逐，而在蘇聯解體之前，美國與中國的關係則又決定於中國與蘇聯的敵友；換句話說，直到冷戰結束，台美中小三角關係大致上決定於美中蘇大三角。在 1950-60 年代，美國與蘇聯因為意識形態對立，國際體系呈穩定的兩極狀態，中國小弟唯蘇聯大哥馬首是瞻，台灣對美國亦步亦趨；中國與蘇聯在 1970 年代翻臉，國際體系變成不穩的多極，也就是美中蘇彼此相互排斥，而台美關係維持表面的和諧，卻是暴風雨前的寧靜；從中美建交（1979）、到天安門事件（1989），國際體系因為中國的轉向而趨於穩定，美國狠心與台灣斷交、維繫曖昧的關係迄今；在 1990 年代，美國因為蘇聯解體儼然獨霸，中國全力發展經濟，台灣致力民主化；進入二十一世紀，美國展開全球性反恐戰爭，中國趁勢悄然崛起，不再溫良恭儉讓自我調適，台灣也不再自足於妾身未明的國際地位。

一、拜登主義的醞釀

　　拜登在 30 歲就當上參議員（1973-2009），長期蹲點參議院外交委員會、甚至於擔任主席（2001-2003、2007-2009），他自詡對外交事務相當嫻熟，幕僚只是必要之際的耳目；其實，歐巴馬總統當年找他擔任副手（2009-17），就是要補自己在這方面的不足，包括『跨太平洋戰略夥伴關係協定』（*Trans-Pacific Partnership*, TPP）的擘劃。
拜登初試啼聲撤軍阿富汗，褒貶不一，「拜登主義」（*Biden Doctrine*）
呼之欲出[6]（Brands, 2021; Kristol, 2021; Politi, 2021）。若要通盤瞭解
拜登的國際大戰略觀點，為了避免管窺蠡測，除了競選過程的政見、
及當選後的官方發言，應該還可以往前考察擔任副總統、甚至於參議
員的言行（Bâli & Rana, 2021; Clemons, 2016; Contorno, 2014; Traub,
2012；施正鋒，2021）。

　　Tierney（2020）在總統大選前將拜登的外交心路歷程分為三個階
段，由越戰（1955-75）到冷戰的溫和派、由冷戰結束到波斯灣戰爭
的鷹派、及伊拉克戰爭以來的鴿派，深受戰爭影響而有不同的反思：
（一）拜登一開頭是以反越戰的姿態選上參議員，在民主黨內走中庸
路線；他雖然支持雷根出兵格瑞那達（1983）、及巴拿馬（1989），
卻反對支持尼加拉瓜康特拉叛軍（Contras）、及發動波斯灣戰爭，大
致上迎合黨意、及民意。（二）冷戰結束底定、越南徵候群（Vietnam
Syndrome）消逝，後知後覺的拜登似乎有點反悔，大肆抨擊老布希為
德不卒、未能順勢拉下伊拉克的海珊（Saddam Hussein, 1979-2003）；
由於美國意氣風發，拜登支持美國用兵巴爾幹半島、還當面指責塞爾
維亞的頭子米洛塞維奇（Slobodan Milošević, 1989-2000）是戰犯、又
批評柯林頓政府的巴爾幹政策懦弱而瀰漫絕望，在這樣的氛圍下，他
支持科索沃戰爭（Kosovo War, 1998-99）、出兵阿富汗（2001）及伊

---

[6] Tierney（2020）將『小布希主義』（*George W. Bush Doctrine*）化約為獵殺
　　恐怖份子、及擴散民主制度，『歐巴馬主義』（*Obama Doctrine*）是避免重
　　蹈伊拉克戰爭的覆轍，而『川普主義』（*Trump Doctrine*）則是希望盟邦不
　　要搭美國的便車。

拉克（2003）。（三）伊拉克開打，拜登大失所望，認為主事的副總統錢尼（Dick Cheney）、及國防部長倫斯斐（Donald Rumsfeld）等新保守主義人士（Neoconservative）過於無能，然而，他此後開始反對動武或增兵，包括伊拉克（2006）、阿富汗（2009）、利比亞（2011）、及敘利亞（2014），或許感染社會上瀰漫的伊拉克徵候群（Iraq Syndrome）。

Shifrinson 與 Wertheim（2021）也有類似的觀察，也就是拜登的立場會隨著國內外情勢變動而有所調整，有時候會看來有現實主義的色彩：（一）在 1970-80 年代，美國內部厭倦越戰，拜登不免隨俗採取溫和姿態，譬如北越在 1975 年發動最後攻勢，他反對增援南越；雷根總統大規模軍事擴張壓制蘇聯，拜登大致投票反對；同樣地，他也反對老布希發動的波斯灣戰爭，理由相當簡單，美國在阿拉伯世界沒有重大利益（vital interest），沒有必要讓美國子弟魂斷沙漠。（二）冷戰結束、進入 1990 年代，美國取得國際體系的單極的支配，也就是所謂自由式霸權（liberal hegemony），拜登除了推動北約成員的擴充、相信可以因此確保歐洲未來 50 年的和平，而且還贊成出兵波士尼亞、及科索沃來對抗塞爾維亞；在九一一恐攻以後，他也支持出兵阿富汗、及伊拉克。（三）由於在阿富汗、及伊拉克的反顛覆行動不順，拜登質疑協助重建的必要性，甚至於為了撤軍鋪路，主張伊拉克依據宗教族群採取聯邦式的分治；擔任副總統，拜登反對擴大戰事的態度更加明顯，儼然是歐巴馬政府唯一強力反對增兵阿富汗者，理由是美國扶植的政權無力消弭塔利班的顛覆，不如實事求是集中火力清剿蓋達組織、及其他恐怖組織。

二、當下拜登的戰略觀

　　拜登在民主黨內光譜上屬於溫和的「中間偏左」（Center-Left），立場與歐巴馬、希拉蕊（Hillary Clinton）、及佩洛西（Nancy Pelosi）相近；他在總統初選出線是「進步派」（Progressive）與「中間派」（Centralist）的妥協[7]，雖然崇尚人權、及民主，基本態度是不要出事就好，相當務實。Tierney（2020），拜登是時勢造英雄的產物，戲棚下站久了就是你的，既然相當務實，思路不會背離民主黨主流、更不會跟輿論民意相左；如果說他在外交政策上有何特殊的地方，就是強調外交手段，重視調解、談判、及結盟，特別是跟外國領袖的關係，透過閒聊扯淡拉近彼此的距離，又有幾分自戀。

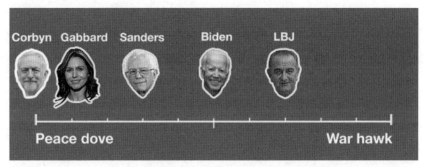

說明：由戰爭鷹派到和平鴿派，分別是 LBJ 是詹森總統，Biden 是拜登，Sanders 是桑德斯，Gabbard 是加巴德，Jeremy Corbyn 柯賓是對照的英國工黨前黨魁。
來源：Zurcher（2020）。

圖 2：民主黨內的外交傾向

---

[7] 進步派的代表人物是桑德斯（Bernie Sanders）、中間派則是柯林頓（Bill Clinton）。2020 的民主黨總統初選，大體是延續 2016 年桑德斯與希拉蕊的競爭。

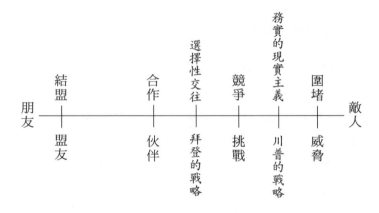

圖3：拜登與川普的大戰略

　　根據拜登在 2021 年 3 月公布的『國家安全戰略暫行指南』（*Interim National Security Strategic Guidance, 2021*），美國的國家利益大致上可以劃分為安全、利益、及民主三個場域，端賴議題決定要合作、或競爭，兩面手法，近似歐巴馬的「選擇性交往[8]」。只不過，實際運作未必可以順心進行市場切割，要是三場競局無法如意聚合的情況下，勢必決定優先順序、及割捨；當然，民主或許只是門面，難說軍事安全與經濟利益孰重，至於中產階級外交擺明內政勝於外交，面對衝突透過結盟呼群保義，未必意味著要硬幹對抗。初步來看，拜登並沒有呈現鮮明的願景，尚未看不出他的作法與川普所謂「務實的現實主義」（pragmatic realism）有多大的差別（Shifrinson & Wertheim, 2021; Kissel, 2017）；或許，他只是過渡時期的妥協人物，頂多是回到過去的歐巴馬的 2.0[9]。

---

[8]　或是 Khalilzad（1999）、及 Friedberg（2011）所謂的「圍交」（congagement）。

[9]　拜登外交班底多是歐巴馬的人馬，包括國務卿布林肯（Antony Blinken）、

不管如何，拜登畢竟必須面對美國實力大不如前的事實，所以，當下的要務是擺在投資內部的體質強化，尤其是研發、及教育；至於外交，他誓言回到正軌常態、強調對傳統外交的重視，特別是由美國領導的多邊主義，聽起來似乎有點懷舊的樣子。國家安全顧問蘇利文近日接受專訪（Mackinnon, 2022），似乎嘗試為『拜登主義』下定義，也不過就是美國及盟邦必須深化投資以面對嚴峻的挑戰、以及外交必須結合內政兩項大原則。那麼，究竟他是蕭規曹隨（restorationist 復原主義者）、改弦更張（transformationalist 修正論者）、還是執兩用中、甚至於自我矛盾，值得觀察[10]（Herszenhorn, 2020）。

貳、中美關係

美國在南北戰爭（1861-65）後展開二次工業革命，由於生產過剩、必須開拓海外市場，亞洲成為覬覦的對象。由於是後進者，美國要求遠東國家開放通商口岸，也就是「門戶開放」，不太願意取得殖民地，相較於其他帝國主義國家的恣意領土擴張，看起來是慈眉善目的慈霸（benevolent hegemon）、或良霸（benign hegemon）[11]。一開頭，美國擔心日本與中國交好，鼓勵擴張朝鮮、及滿洲，同時也可以遏止俄羅斯的東擴；然而，當日本日益坐大之際，美國伺機挹注中國，

及國家安全顧問蘇利文（Jake Sullivan）（施正鋒，2021）。這些人算是黨內外交鷹派（Junes, 2021）。

[10] 譬如 Zhu 與 Chen（2021）認為，拜登政府仍然徬徨於新交往（neo-engagement）、與後交往（post-engagement）之間。

[11] 分別見 Brooks（2011）、及 Mearsheimer（2016）。

也就是以夷制夷。戰後，美國調停國共內戰失敗，原本放棄退守台灣的中華民國政府，直到韓戰爆發，才又納入勢力範圍；此後，美國視中華人民共和國為蘇聯的小老弟，直到陷入越戰的泥淖，盤算如何拉攏熊貓過來一起對抗北極熊。

一、美國對於中國的看法

自從中美建交聯手對抗蘇聯以來，美國內部對於如何面對崛起的中國，兩黨的看法南轅北轍。民主黨傾向於採取交往的策略，也就是循循善誘、軟索牽豬，寄望中國能接受國際制度（international regime）的約束，因此，只要中國的經濟持續發展，自然有一天會朝民主化走向，也就是和平轉換（peaceful transformation），沒有必要操之過急。相對地，共和黨一向對中國抱持戒慎小心的態度，甚至於有終需一戰的心理準備；更近年來，有不少人援引國際關係「權力轉移」（power transition）理論[12]，主張中國要是不甘屈居老二，勢必挑戰美國的大哥地位，特別是所謂的修昔底德陷阱（Thucydides Trap）（Allison, 2016, 2017）。

拜登擔任歐巴馬總統的副手 8 年，相當程度幫忙外交生的老闆手分憂解勞，尤其是習近平擔任國家副主席（2007-12）之際，兩人來往互訪頻繁，促膝長談、甚至於投籃競技，不敢說惺惺相惜，至少認為對方並非冥頑不靈；因此，拜登早先似乎相信中國共產黨是有轉型的可能，以為彼此既可以競爭、也可以合作，未必要你死我活。因此，

---

[12] 權力轉移理論最早是由 Organski 與 Kugler（1980）所提出，在 1980 年代的國際關係教科書都會提到，近日二十一世紀，其門生溫故知新（Tammen, et al., 2000）。

我們可以看到他當年支持讓中國加入世界貿易組織（World Trade Organization, WTO），不管是否對美國有利，回首看來，即使後見之明，還是利弊互見。不過，在初選的過程，由於川普厲聲指控他是中國的傀儡，拜登被迫由原本對習近平的緩頰「不是壞人」，轉而厲聲撻伐為「身上沒有一根民主的骨頭」、甚至於惡言相向說「這個傢伙是惡棍」（thug）。當然，選舉語言聽聽就好，畢竟那些是轉口作為大內宣用的。

　　自從武漢肺炎肆虐以來，美國人對於中國的負面評價空前攀升，根據美國皮尤研究中心（Pew Research Center）在 2021 年 3 月初所公布的民調，高達 67%美國人對中國冷感（cold feelings），比起 2018 年平添 21%（Silver, et al.: 2021）；同樣地，蓋洛普在 2021 年 2 月初所公布的民調，也顯示美國人對中國的負面（unfavorable）印象由 45%陡升為 79%（Gallup, 2021）；面對這樣的民意，拜登短期內恐難對中國表達太友善的姿態。然而，由民主黨傳統的傾向來判斷，拜登至少不會把中國當作必須對抗的威脅、而是彼此相互競爭的挑戰。話又說回來，儘管拜登的中國政策或許會比較舒緩，百廢待舉，他耿耿於懷的智慧財產強制轉讓、高科技的竊取、以及外銷補貼國營事業等不公平貿易等等課題，看來應該仍然不會對中國有所讓步。

　　拜登（Biden, 2021b）就職總統兩個月後在記者會揭示，儘管美國與中國之間容或有激烈的競爭（steep competition），卻未必想要尋求對抗，而是要求中國根據國際規則從事公平而有效率的競爭；他說自己跟習近平談了整整兩個小時，直言不諱，美國首將著手國內的投資，然後會想辦法找回民主盟邦、攜手要求中國遵守規則，同時又不忘強調美國對於自由、及人權的珍惜；他不否認中國想要躍為世界上最富強的國家，然而，只要他擔任總統的一天，美國會繼續成長而擴張，中國就不會如願，聽來軟中帶硬[13]。

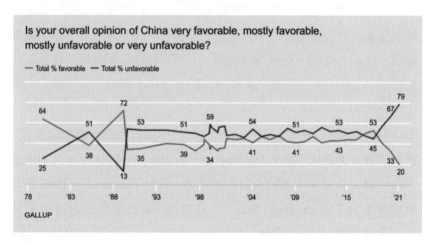

來源：Gallup（2021）。

圖 4：美國人對於中國的整體印象

國安會印太政策協調員（Coordinator for Indo-Pacific Affairs）坎貝爾（Kurt M. Campbell）表示，美國與中國進行交往的時代已經是過去了，目前主導的典範是競爭（Ronkin, 2021）；他隨後又改口，

---

[13]　原文是（Biden, 2021b）：

> So I see stiff competition with China.　China has an overall goal, and I
> don't criticize them for the goal, but they have an overall goal to become
> the leading country in the world, the wealthiest country in the world, and
> the most powerful country in the world.　That's not going to happen on
> my watch because the United States are going to continue to grow and
> expand.

相信可以跟中國和平共存，儘管將會相當困難（n.a., 2021）。國務卿布林肯（Blinken, 2021）指出，中國是美國在二十一世紀最大的地緣政治試煉（biggest geopolitical test），有時必須競爭、有時又可以合作、有時候則應該視為對手，共同點則是美國必須依據實力進行交往[14]。白宮國安會中國事務資深主任（Senior Director for China）羅森伯格（Laura Rosenberger）闡述拜登中國政策的三大支柱：結合盟邦及伙伴推動民主，投資國內及自強，及必要的時候反擊（counter）中國、對美國有利則攜手合作，也就是想辦法管理競爭、避免走向衝突（Ronkin, 2021）。總之，檢視坎貝爾與蘇利文選前的觀點，美國的大戰略是如何跟中國競爭、又能合作，既非盲目地交往、也非為競爭而競爭，更不會圍堵中國、也不會聯手共同管治（condominium），而是追求「管理式的共存」（managed coexistence）（Campbell & Sullivan, 2019）。

二、中國的大戰略

有關於中國大戰略的分析，中規中矩的作法是層級般的剖析，譬如 Akimoto（2021）分為大戰略（一帶一路）、區域（珍珠鏈）、作戰（反介入／區域拒止）、戰術（切香腸軍演）、及技術（軍事科技革新）等五個層級；又如蘭德公司（RAND Corporation）所出版的《中

---

[14] 原文是（Blinken, 2021）：

Our relationship with China will be competitive when it should be, collaborative when it can be, and adversarial when it must be. The common denominator is the need to engage China from a position of strength.

國大戰略》（*China's Grand Strategy*）（Scobell, et al., 2020），列在大戰略下面是國家戰略（national strategy），包含各式各樣的政策，譬如政治、社會、外交、經濟、科技、及軍事政策。另一種則是採取分期的方式，探究中共建國以來大戰略的發展，譬如 Goldstein（2020）以冷戰結束前後大略分為生存、及復興兩大期，以下再各細分為三期；同樣地，Scobell 等人（2020）分為革命（1949-77）、復甦（1978-89）、建設（1990-2003）、及復興（2004）等四個階段。

我們如果以中共五代領導人來分期，由毛澤東（1949-76）、鄧小平（1978-89）、江澤民（1989-2002）、胡錦濤（2002-12）、到習近平（2012-），相對的關鍵事件分別是珍寶島事件（1969）、中美建交（1979）、天安門事件（1989）與蘇聯解體（1991）、九一一事件（2001）、及環球金融危機（2008）。中共戰後原本與蘇聯同盟（alliance）來對抗來自美國的威脅，一旦雙方反目成仇，北京轉向與華府結盟（alignment）來制衡莫斯科，基本上是採取「結合次要敵人打擊主要敵人」的統一戰線策略；鄧小平展開「改革開放」、致力「四大現代化」、耳提面命「韜光養晦[15]」，而江、胡技術官僚治國低調聚焦綜合國力（comprehensive national power, CNP）的發展。借用Scobell 等人（2020：17）的用字，大略可以化約為臥薪嘗膽（reconstruction）、生聚教訓（recovery）、及發奮圖強（building）。

習近平自從在 2012 年底十八大接任中國領導者以來，主張「奮發有為」，並進一步將「中華民族偉大復興」提升為「中國夢」，卻

---

[15] 鄧小平完整的對外戰略方針是「冷靜觀察、穩住陣腳、沉著應付、韜光養晦、善於守拙、決不當頭、有所作為」（百度百科，n.d.：24 字戰略）。

深信安內才能攘外，一再強調經濟發展需要有穩定的外部環境。儘管十九大取消憲法對於國家主席兩任的限制，「全票通過」的模式倒也可以看出內部的權力鞏固未必順遂。面對美國的軟圍堵，中國的「一帶一路」究竟是出於防衛、還是攻擊，尚難拿來作為挑戰美國獨霸的指標；只不過，當戰線延伸過長，習近平當不成漢武帝，必須提防重蹈羅馬帝國過度擴張（imperial overstretch）的覆轍。當下，中國應該還沒有跟美國一比高下的能力，然而，解放軍近年來擦拳磨掌，不管對台灣繞島軍演、或南海擴張，劍拔弩張。由鄧小平的「和平發展」走過江、胡的「和平崛起」，習近平是否依然服膺鄧小平的韜光養晦，還是自認為中國已經不是吳下阿蒙、沒有必要繼續低聲下氣，因此要求至少能跟美國平起平坐，甚至於有取而代之的雄心？

根據 Scobell 等人（2020：11-14, 18-21）的觀察，習近平上台以來所捍衛的中國核心利益包括安全（國家安全、政權穩定）、主權（領土完整、國家統一）、及發展（穩定的國際環境），當下中國的戰略目標包含維持領土完整、防止亞太被支配、確保有利經濟發展的外部環境、及針對全球秩序的發展發聲，優先事項包括維持政治控制及確保社會穩定、促進經濟持續成長、推動科技進步、及加強國防的現代化，具體的作為包含區域再平衡、及黨政軍的重組。他們認為習近平所擘劃中國未來 30 年的願景看來野心勃勃，然而，大致上還是嘗試在周邊亞太地區維持勢力範圍，特別是東海、南海、及台灣，閒人莫入。

Goldstein（2020, 2003）認為，中國自從冷戰結束以來的大戰略並沒有太大的改變，基本上是反映中國的經濟及軍事實力、維持有利的國際環境、及採取回應式外交政策，目標是由生存走向復興，也就是確保國家的安全與政的穩定、及恢復大國的地位,而習近平只不過梳理得更有條理,具體的作法包括:(一)再三向他國保證(reassurance),中國的「新型大國關係」是良性崛起、無意挑戰美國;(二)選擇性接受現有的國際秩序、推動有利中國崛起的國際體系改造(reform);及(三)抗拒對中國核心利益的任何挑釁、採取強硬手段處理主權及捍衛海權(resistance)。當然,就不知道這些究竟是為了內銷、還是外銷。

只不過,根據美國國安會(NSC)中國事務主任杜如松(Rush Doshi)在入閣前出版的《長期博弈:中國取代美國的大戰略》(*The Long Game: China's Grand Strategy to Displace American Order*),中國在冷戰結束後養精蓄銳,扮豬吃老虎、蠶食鯨吞,仿效美國,從政治(曉以大義)、經濟(利誘)、及軍事(威脅)三層面下手,處心積慮就是要取代美國的領導位置。他把 40 年來中國的大戰略分為三期(1989-2008、2008-16、2016-),由「韜光養晦」、「積極有所作為」、到「百年未有之大變局」,先後著手削弱美國操控的實力(blunt)、從事自身作為區域霸主軟硬兼施所必備的基礎建設(build)、以及在世界各地的肆意擴張(expand);換句話說,在杜如松的眼中,江澤民、胡錦濤、習近平一脈相承,恬恬呷三碗公,要在 2049 年達到民族復興。整體看來,杜如松認知的其實就是權力轉移理論所描繪的情境,也就是中國作為一個崛起的強權(rising power),立意要取代美國成就的霸主(established hegemon)地位,儼然就是一個試圖變更現狀的國家[16](revisionist state)。

---

[16] 有關於中國究竟是試圖變更現狀的國家、還是維持現狀的國家(status quo state),見 Kastner 與 Saunders(2012)、及 Taylor(2007)。

三、澳英美聯盟

拜登沿用川普的印太戰略[17]，在當選後打電話給澳洲總理莫里森（Scott Morrison, 2018-）、韓國總統文在寅、及印度總理莫迪（Narendra Modi, 2014-），稍加調整用字為「牢靠而繁榮」（secure and prosperous），或許不希望給中國有針對性的感覺。所謂的「四方會談」（Quadrilateral Security Dialogue, Quad），原是前日本首相安倍晉三（2006-2007、2012-20）在 2007 年所倡議海上合作串連，成員包括美國、日本、澳洲、及印度，拜登上台鹹魚翻身，有所謂「印太戰略」（*Indo-Pacific Strategy*）（White House, 2021, 2022）。去年，澳英美三國簽署『核子推動資訊交換協定』（*Agreement for the Exchange of Naval Nuclear Propulsion Information, 2021*）建立軍事同盟聯盟

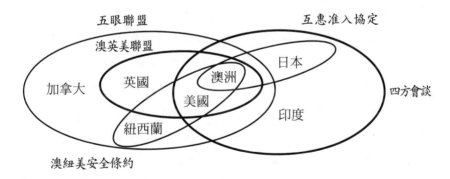

圖 5：美國的印太結盟

---

[17] 面對崛起的中國，川普採取兩手策略：在軍事上援引日本前首相安倍所提出的「自由開放的印太」（Free and Open Indo-Pacific, FOIP）策略，以澳洲為軸心，扇形分別延伸至印度、及日本，中間則有越南、台灣、及韓國三叉；在經濟上以戰逼和，要求中國改善貿易措施、尊重智慧財產。

（AUKUS），日本日前與澳洲簽訂『互惠准入協定』（*Japan-Australia Reciprocal Access Agreement*, RAA）合作國防軍事。

綜觀美國在印太區域的結盟，澳洲雖然在地理上偏南，卻是諸多安排的核心，可見中國的擴張帶來相當大的國家安全壓力，因此透過英國的牽線，引入美國動力核子潛艇的建造（Kelly, 2021; Brooke-Holland, et al., 2021）。儘管緩不濟急，由傳統柴油潛艇的守勢、到核子潛艇的攻勢，在戰略上當然對中國有嚇阻作用，特別是萬一中國嘗試控制咽喉點之際，譬如麻六甲海峽、或南海，總部設在夏威夷的美國印太司令部[18]（United States Indo-Pacific Command, USINDOPACOM）可能鞭長莫及，澳洲或許可以就近代勞（*Economist*, 2021; Orbán, 2021; Chang, 2021）。以台灣海峽為例，澳洲柴電潛艇即使千里迢迢趕到馳援，已經無力繼續在水下作戰，相對地，核子潛艇可以還有 73 天的戰力（Orbán, 2021: 5-7）。

根據 Cha（2010）的觀察，美國戰後未在東北亞、東南亞形成類似北約的軍事同盟，主要是希望個別節制不太聽話的「無賴盟邦」（rogue allies），包括台灣的蔣介石（1950-75）、及韓國的李承晚（1948-60），甚至於擔心日本恢復區域強權的地位，因此，四方會談是否能進一步深化為同盟、甚於廣化為多邊的亞洲的北大西洋公約組織」（Asian NATO），有待觀察。換句話說，美國在亞洲偏好的軍事同盟是車軸輻射（hub-and-spoke）安排，由多重的雙邊軍事同盟條約[19] 組成，並非諸如北約的多邊集體防衛[20]（collective defense），

---

[18]　前身是美國太平洋司令部（United States Pacific Command, USPACOM），在 2018 年改為印太司令部。

[19]　除了三邊的『澳紐美安全條約』（*Australia, New Zealand, United States Security*

更不會提供聯合國的集體安全（collective security）機制。

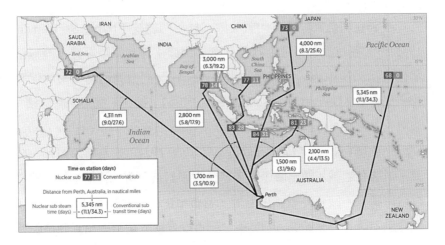

來源：Sadler（2021: 3）。

說明：左邊數字是指核子動自潛艇抵達咽喉點之後，扣掉回航時間，可以不用浮出
水面換氣充電、持續作戰的天數，右邊則是傳統柴電潛艇的天數。

圖6：核子及傳統潛艇的持續作戰的天數

Treaty, 1951），包括『美日安全保障條約』（*Security Treaty between the United States and Japan, 1951*）、『美菲聯防條約』（*Mutual Defense Treaty between the Republic of the Philippines and the United States of America, 1951*）、『韓美相互防衛條約』（*Mutual Defense Treaty between the United States and the Republic of Korea, 1953*）、及新版的『美日安全保障條約』（*Treaty of Mutual Cooperation and Security between the United States and Japan, 1960*）（Tow, 1999）。另外，美國與泰國、及新加坡也有軍事合作（U.S. Department of State, 2021a, 2021b）。至於在1954年成立的東南亞條約組織（Southeast Asia Treaty Organization, SEATO），早在1977年廢除。

20　在1954年成立的東南亞條約組織（Southeast Asia Treaty Organization, SEATO），
在越戰結束後於1977年廢除。

參、美台關係

　　美國在戰後調停國共內戰失敗，杜魯門總統（Harry S. Truman, 1945-53）宣布放手不管，其實是棄守台灣；等到韓戰爆發，他無法承擔先後丟掉中國、及台灣的責任，只好又把台灣納為美國的保護傘。艾森豪（Dwight D. Eisenhower, 1953-61）接任，雙方如膠似漆，簽訂『中美共同防禦條約』（*Mutual Defense Treaty between the United States of America and the Republic of China, 1954*）成為軍事盟邦。終究，美國在越戰灰頭土臉，為了結合中國對抗蘇聯，移情別戀、狠心跟台灣斷交。回首冷戰結束以來，老布希在下台前賣了 150 架 F-16 戰機給台灣，柯林頓在 1996 年台灣首度總統直選被迫派了兩個航空母艦到台灣海峽[21]，自顧不暇的小布希希望台灣稍安勿躁，歐巴馬李伯大夢，川普則不似人君。大體而言，民主黨執政，美中交好，美台相敬如冰，我們擔心可能會被當作伴手禮，不知何時會被賣掉？相對地，共和黨上台，美中交鋒，美台則關係密切，台灣淪為軍火買不完的提款機，甘為人家的簽字筆！政權轉移，撲朔迷離。

---

[21] 不過，柯林頓在 1998 年訪問中國，畫蛇添足所謂的「三不政策」也就是不支持台灣獨立、不支持一中一台或兩個中國、以及不支持台灣加入聯合國或其他以國家為會員的國際性組織（We certainly made clear that we have a one-China policy; that we don't support a one-China, one-Taiwan policy. We don't support a two-China policy. We don't support Taiwan independence, and we don't support Taiwanese membership in organizations that require you to be a member state. We certainly made that very clear to the Chinese.）（Kan, 2014: 63）。

一、走向戰略清晰？

　　美國與中國建交後，雙方對於台灣的立場框架於『上海公報』（*Shanghai Communiqué, 1972*）、『建交公報』（*Joint Communiqué on the Establishment of Diplomatic Relations, 1979*）、及『八一七公報』（*August 17th Communiqué, 1982*）：中國堅持「一個中國原則」（One-China Principle），也就是「世界上只有一個中國，中華人民共和國政府是代表全中國的唯一合法政府，台灣是中國領土不可分割的一部分」，而美國則有「一個中國政策」（One-China Policy），對於中國的主張表示「知道了」（acknowledge），也就是各自表述（agree to disagree）。另外，美國透過『台灣關係法』（*Taiwan Relations Act, 1979*）跟台灣維持非官方關係[22]，承諾提供台灣防衛性武器，強調以和平方式（peaceful means）決定台灣的未來；稍後，雷根政府提供所謂的『六項保證[23]』（*Six Assurances, 1982*）亡羊補牢，卻是初一十五、陰晴不定。

---

[22]　也就是說經貿官員除外，高階外交官（Senior Foreign Service，O-7 以上）不可以訪台。

[23]　美國：未同意設定終止對台軍售的日期，未同意就對台軍售議題向中華人民共和國徵詢意見，不會在台北與北京之間擔任斡旋角色，未同意修訂『台灣關係法』，未改變關於台灣主權的立場，不會對台施壓，要求台灣與中華人民共和國進行談判（The United States: Has not agreed to set a date for ending arms sales to Taiwan, Has not agreed to consult with the PRC on arms sales to Taiwan, Will not play a mediation role between Taipei and Beijing, Has not agreed to revise the Taiwan Relations Act, Has not altered its position regarding sovereignty over Taiwan, Will not exert pressure on Taiwan to enter into negotiations with the PRC.）（美國在台協會，n.d.；American Institute in Taiwan, n.d.）。

川普四年，美國國會通過各式各樣友台法案[24]，彷彿要由「戰略模糊」（strategic ambiguity）走向「戰略清晰」（strategic clarity）。在2020年美國總統大選前後，也有林林總總的提議，主張為了嚇阻中國對台灣用兵，美國應該走向戰略清晰，讓美國總統可以放手防衛台灣，尤

來源：Ching（2021）。

圖7：美國對台政策的「立場清楚」

其是 Haas 與 Sacks（2020, 2021）。在柯林頓政府後期，美國國會提出『台灣安全加強法』（*Taiwan Security Enhancement Act*, TSEA），希望能補『台灣關係法』之不足，未能獲得參議院的支持；拜登（Biden, 1999）引用了一句1970年代末期流行的用語，「沒有壞就不要修」（If it ain't broke, don't fix it），意思是說『台灣關係法』已經夠用了，沒有必要多此一舉。

或許是因為中國對台灣軍事騷擾益加頻繁，美國人對於台灣的支

---

[24] 包括『台灣旅行法』（*Taiwan Travel Act, 2018*）、『台灣國際參與法』（*Taiwan International Participation Act, 2018*）、『亞洲再保證倡議法』（*Asia Reassurance Initiative Act, 2018*）、『2019年度美國國防授權法』（*National Defense Authorization Act for Fiscal Year 2019*）、『台北法案』（*Taiwan Allies International Protection and Enhancement Initiative (TAIPEI) Act, 2019*）、『台灣防衛法』（*Taiwan Defense Act, 2020*）、及『台灣保證法』（*Taiwan Assurance Act, 2020*）。拜登上台，提案中的有『武裝台灣法案』（*Arm Taiwan Act*）、及『台灣嚇阻法案』（*Taiwan Deterrence Act*）。

持成長，包括承認台灣是獨立國家（69%）、加入諸如聯合國等國際組織（65%）、與台灣簽訂自由貿易協定（57%）、正式簽訂盟約（53）、及承諾防衛中國的入侵（46%），特別是被問到在中國入侵台灣之際是否會派遣美軍，陡升而首度過半支持（52%）（Smeltz & Kafura, 2021: 4, 6）。在這樣的脈絡下，拜登雖然胸有成竹、談笑風生，卻是大而化之，而虎視眈眈的中國則勢必放大鏡來看，判研究竟美國的對台政策是否有巨幅調整，因此，幕僚往往必須事後出面說明美國的一中政策不變。

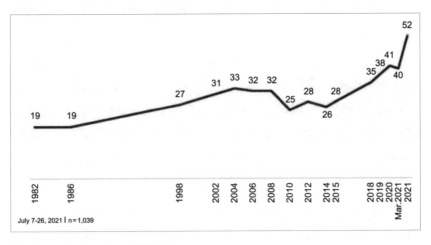

來源：Smeltz 與 Kafura（2021: 6）。

圖 8：美國人對於出兵台灣對抗中國侵略的態度

譬如在 2021 年 3 月 25 日的記者會上，拜登（Biden, 2021b）提到中國必須信守「對台灣的協議」[25]（the agreement made on Taiwan），

---

[25] 原文是（Biden, 2021b）：

令人擔心美國跟中國是否有密約、還是他跟習近平有新的暗盤；同樣地，拜登在 10 月 5 日表示，他跟習近平談過，雙方同意遵守「台灣協議」（Taiwan agreement），也是讓人有類似的狐疑（*Reuters*, 2021）；在 10 月 22 日，他在 *CNN* 舉辦的論壇被問到，萬一中國攻擊台灣、美國是否會出兵保護，拜登毫不猶豫回說「當然，我們有承諾」（Yes. We have a commitment.），世人議論紛紛，不知道他是否又說錯了、還是脫口洩漏天機，以為美國終於要不再說腹語、立意採取戰略清晰了（Taylor, 2021）。

拜登與習近平 11 月 15 日進行視訊峰會，兩人足足談了三個半小時，重點在台灣，然而進展不多；次日，拜登跟記者說，我們明言奉行「台灣〔關係〕法」（Taiwan [Relations] Act），聽來行禮如儀，引起軒然大波的則是下一句「它是獨立的，自己做決定」（It's independence. It makes its own decisions）；一個小時後，他此地無銀三百兩趕緊澄清，「他們台灣必須自己決定，我們並不鼓勵獨立，讓他們自己下決心」（I said that they have to decide —they— Taiwan. Not us. And we are not encouraging independence. We're encouraging that they do exactly what the Taiwan Act requires. That's what we're doing. Let them make up their mind.），越描越黑（Chalfant, 2021）。

或許，拜登只是不拘小節。只不過，當年小布希在上台不久被問

Before too long, I'm going to have — I'm going to invite an alliance of democracies to come here to discuss the future. And so we're going to make it clear that in order to deal with these things, we are going to hold China accountable to follow the rules — to follow the rules — whether it relates to the South China Sea or the North China Sea, or their agreement made on Taiwan, or a whole range of other things.

到，美國是否會全力出兵保衛台灣，他回答「會竭盡所能幫助台灣防衛自己」（Whatever it took to help Taiwan defend herself.），拜登在一個禮拜後投書《華盛頓郵報》，開宗明義說「在外交跟法律，用字遣詞很重要」（Words matter, in diplomacy and law），接著跟菜鳥總統教訓了一頓，認為粗枝大葉會破壞美國的信用、製造恐慌，還說明什麼叫做戰略模糊[26]：美國保留使用武力防衛台灣的權利，然而，刻意不明講在什麼樣的情況下會介入台灣海峽的戰爭（Biden, 2001）。拜登倚老賣老、喋喋不休，大體是在老生常談他對『台灣關係法』的觀點：美國認為中國與台灣應該根據相互尊重的基礎、透過對話和平解決（peaceful resolution）彼此的差異（Biden, 1999）。

　　拜登在 2001 年擔任參議院外交委員會主席，訪問台灣後受邀到國家新聞俱樂部（National Press Club），大放厥詞『台灣關係法』裡頭「經過思考的含糊」（studies ambiguity）如何幫助台灣避免中國的入侵；他還得意洋洋如何跟陳水扁總統直言，「你們已經不是一個獨立的國家，我們已經同意你們將會是中國的一部份，你們自己去解決」（You are no longer an independent country. You are no longer an independent nation-state. We've agreed that you are going to be part of China and that you will work it out.），可以說極盡羞辱之能事（Snyder,

---

[26] 原文是（Biden, 2001）：

> Where once the United States had a policy of "strategic ambiguity" -- under which we reserved the right to use force to defend Taiwan but kept mum about the circumstances in which we might, or might not, intervene in a war across the Taiwan Strait -- we now appear to have a policy of ambiguous strategic ambiguity. It is not an improvement.

2001）。最新公布的「印太戰略」（*Indo-Pacific Strategy*）（White House, 2022）將台灣列為印太區域的條約盟邦[27]（ally）以外的主要伙伴[28]（leading partner），內容四平八穩，強調台灣海峽的穩定、及三報一法下的一個中國政策：

> We will also work with partners inside and outside of the region to maintain peace and stability in the Taiwan Strait, including by supporting Taiwan's self-defense capabilities, to ensure an environment in which Taiwan's future is determined peacefully in accordance with the wishes and best interests of Taiwan's people. As we do so, our approach remains consistent with our One China policy and our longstanding commitments under the Taiwan Relations Act, the Three Joint Communiqués, and the Six Assurances.

坎貝爾與蘇利文（Campbell & Sullivan, 2019）在大選前勾勒美國在後川普時代的大戰略，認為當下美國內部對於如何跟中國互動大體已有共識，也就是揚棄自來樂觀的交往戰略，卻又不能為了競爭而競爭，同時不要妄想改變對方，更要學習如何跟中國競爭、而又能共存；兩人闡釋戰略耐心（strategic patience）、戰略模糊（strategic ambiguity）、及戰略競爭（strategic competition）的不同：戰略耐心是指不確定要做什麼、以及何時要做，而戰略模糊則反映出不確定要發出什麼訊息，至於［川普的］戰略競爭則連到底是為了什麼而競

---

[27] 包括澳洲、日本、韓國、菲律賓、及泰國。

[28] 還包含印度、印尼、馬來西亞、蒙古、紐西蘭、新加坡、越南、及太平洋諸島。

爭、及要採取什麼手段才可以獲勝的都搞不清楚。蘇利文（Sullivan, 2021）先前重彈「一個中國」舊調子、強調不可片面或是使用武力改變現狀，倒是「萬一中國採取行動破壞台海的和平穩定，我們會加以挑戰」（we will call them out），令人印象深刻。

肆、台中關係

對於中國來說[29]，「九二共識」（一個中國、各自表述）只有前段半「一個中國」，即跟美國建交以來的共識「世界上只有一個中國、台灣是屬於中國的一部份」，而美國則一向以「認知到」（acknowledge）支應。藍營則強調後半段「各自表述」，也就是互不相屬的中華人民共和國、及中華民國，暗示東德與西德終將統一。陳水扁的「華人國家」、呂秀蓮的「中華民族」，有點日耳曼人、及盎格魯撒克遜人建有多個國家的弦外之音，類似的例子是拉丁美洲諸多從西班牙獨立出來的國家。

關鍵在於，從中國的法統觀來看，中華民國的存在意味著「兩個中國」，挑戰到中華人民共和國的正當性，也是不同形式的「台灣獨立」，欲除之而後快。原本，從「九二共識」到「一國兩制」，或許還有多種含混其詞的解釋可能，然而，當「一國兩制」在香港試用未到期就被退貨，苦戀的想像一掃而空，不要說「九二共識」此路不通，「一中憲法」也是芒刺在背。

29　根據習近平（2019），這是「在一個中國原則基礎上達成『海峽兩岸同屬一個中國，共同努力謀求國家統一』的『九二共識』」。

一、錯愕的「習五條」

習近平在 2019 年元旦的〈在《告台灣同胞書》發表 40 周年紀念會上的講話〉提出所謂「習五條」，包括攜手推動民族復興、實現和平統一目標，探索「兩制」台灣方案、豐富和平統一實踐，堅持一個中國原則、維護和平統一前景，深化兩岸融合發展、夯實和平統一基礎，及實現同胞心靈契合、增進和平統一認同，基本上是彙整 40 年來的對台方針，也就是沒有經過整合的大雜燴、也看不出由抽象到具體的階層般等級。既然由鄧小平高談闊論的「一國兩制」、到江胡時期各說各話的「九二共識」，可以看出來習近平自己的調子還抓不定，只好什錦麵暫時湊合湊合，講好聽是打安全牌，把光譜上所有的可能都一網打盡，從另一個角度來看，顯示他心頭未定，猶豫自己的歷史定位是普丁（Vladimir Putin, 2000- ）、葉爾欽（Boris Yeltsin, 1991-99）、或戈巴契夫（Mikhail Gorbachev, 1985-91）。

如果就國際關係的三大主義來看，現實主義講武力、自由主義談利益、及建構主義（constructivism）論認同，習近平的基本論述是「兩岸同胞都是中國人」、「台灣同胞是中華民族一分子」，他所謂的「民族認同」不脫「血濃於水」的老調（施正鋒，2019b）。我們知道，民族認同（national identity）是指一群人在認同上希望生活在同一個國度，而這種國家稱為民族國家（nation-state），這表示，習近平的策士不僅不懂孫中山的民族理念，對於列寧的民族觀也相當生疏，更不用說西方國家自從法國大革命以降的現代民族學理。換句話說，除了依據共同血緣文化的原生論（primordialism），民族認同更建立在共同被欺負的經驗，也就是結構論（structuralism），甚至於是這群人集體想要建構一個共同體，稱為建構論（constructuralism）。

由此可見，中國對台灣人的認識還停留在炎黃子孫的階段，更不瞭解在台灣，「同胞」兩個字其實是隔著一層皮的說法，譬如「大陸同胞」、「山地同胞」、「大陳義胞」、或是「海外僑胞」，所以，「台灣同胞」雖然不是輕蔑，卻掩飾不了無法水乳交融的弦外之音。當習近平把「九二共識」歸納為一中原則、同屬一中、及和平統一基本方針，再套入「一國兩制」的神主牌，立即讓台灣人想到淪為籠中鳥的香港、及澳門，就不能怪蔡英文總統將「九二共識」與「一國兩制」劃為等號，實質上是作球給民進黨坑殺國民黨的「九二共識」。至於所謂「兩岸各政黨、各界別推舉代表性人士，就兩岸關係和民族未來開展廣泛深入的民主協商」云云，雖然沒有規範終局的結果是什麼，聽來就是勾引當年國民黨誤入歧途的伎倆，藍營深痛惡絕，綠營更不用說戒慎恐懼。

二、國民黨的「九二共識」苦戀[30]

國民黨在 2000 年失去政權，雖有馬英九在 2008 年少康中興，民進黨則由蔡英文利用太陽花在 2016 年取回政權。儘管韓國瑜異軍突起在 2018 年選上高雄市長，順勢問鼎九五，主將率領禁衛軍衝鋒陷陣，三山結盟卻未能深化、廣化，加上香港送中、及「習五條」的負面效應發酵，終於連高雄市長都丟掉。回顧國民黨雖然上回九合一選舉大有斬獲，縣市首長對於反萊豬、防疫工作兢兢業業，尚難接收民

---

[30]　《台灣時報》社論 2021/7/15。〈卓伯源的九二共識，是虛應故事或忠實信徒？〉《海納百川》2021/7/14。

進黨流失的民意,此番四項公投鎩羽而歸,面臨存亡生死關頭。

就國家的定位來看,從蔣中正的「反攻大陸」、蔣經國的「三民主義統一中國」、到李登輝的「立足台灣、胸懷大陸、放眼世界」,可以看出是由「內地化」到「本土化」的努力。馬英九津津樂道「九二共識」,全稱是「一個中國、各自表述」,這是當年與中共事務性協商「權宜妥協」(modus vivendi),也就是雙方有默契「同意彼此意見不同」(agree to disagree)。然而,首度總統直選台海危機後,兩岸越走越遠,李登輝臨走秋波丟出「特殊國與國關係」定調,很難再有模糊空間。其實,陳水扁上台,一度還試探「各自表述一個中國」的可能,老共知道詮釋的彈性過大,不可能接受。

多年來,國民黨內部紛擾不已,就與選民的聯繫通路而言,無非加盟店與直營店的競合課題。江啟臣去年主席選舉前批評「九二共識」顯得過時、欠缺彈性,引來反彈,終究還是以「九二共識」才過關。卓伯源畢竟比較老到,參透如何將三公請上神桌的道理。問題是,即使能夠掌控股東大會,畢竟,廣大的消費者才是王道,否則,政黨政治的市場要如何打出去?國民黨本土派一向服膺老二哲學,習於接受恩寵庇護,即使入主董事會,尚未看出有整合諸侯割據的雄心大志。

國民黨在 2021 年 9 月 25 日舉行黨員投票主席改選,參選者有江啟臣、卓伯源、張亞中、及朱立倫。就國家定位的光譜來看,深藍的張亞中主張「一中同表」,具體的方案是「兩岸統合」,希望能透過歐盟統合(European integration)的想像來淡化統一的色彩,趨近洪秀柱的「一國兩區」。卓伯源則附和馬英九的獨門藥方「九二共識」,也就是「一國兩府」。朱立倫跟有知遇之恩的馬英九有點黏又不會太黏,他精進的「求同尊異」不脫「同屬一中」的基調,可以歸納為強調血緣文化的「一族兩國」。

江啟臣顯然以為「九二共識」已經失效，除了擁抱馬英九的「不統、不獨、不武」，不得不重新包裝為「基於中華民國憲法的「九二共識」、簡稱「憲法九二」，似乎嘗試以憲法增修條文來區隔其他候選人。比較特別的是被問到要把台灣帶往何處，江啟臣認為台灣民意多數主張維持現狀，國民黨要符合多數民意、現在要維持現狀，未來則必須透過「兩岸和平交流委員會」來尋求內部共識。我們可以看出來，江啟臣打算不賣「九二共識」的產品，然而，且戰且走，只能附和蔡英文的「維持現狀」，到底要賣什麼、還必須問大家。

江啟臣儘管年輕，地方派系出身，只要不被掃地出門、祈求保有既有的地盤就好，儼然是當年擁兵自重的軍閥，看局勢異幟輸誠；換句話說，江啟臣把國民黨視為物流公司，隨波逐流，只要能賺點運銷管理的利潤就好，要是能壟斷傳銷管道更好。除了朱立倫有心問鼎九五，其他三人頂多只是造王者，真正有實力稱王的還有韓國瑜、趙少康、及侯友宜，更不用說蠢蠢欲動的郭台銘；這些人還是要回答：維持現狀，然後接著呢？

三、蔡英文國慶談話以來

蔡英文總統在 2021 年的國慶文告宣示「四個堅持」、及「中華民國 72 年論」。不知道是因為支持度低迷、還是有恃無恐，她在「維持現狀」的底線下，首度提出「堅持中華民國與中華人民共和國互不相屬」，依違李登輝的「兩國論」及馬英九的「九二共識」。儘管都是「中華民國派」，老李含混其詞「兩岸分治」，而小馬的德國模式則暗示三國演義「分久必合」，難道小英的「中華民國台灣」避得開

「兩個中國」的弦外之音嗎?

　　蔡英文總統接著又接受美國有線電視新聞網」(CNN)專訪(中華民國總統府,2021),一再重複「中華民國立足台灣 72 年」,還是回到李登輝以「本土化」調整蔣介石的「內地化」,彷彿又有辜寬敏「華裔移民國家」的影子,也就是美國、澳洲、紐西蘭、及加拿大為盎格魯撒克遜人所建立的「墾殖國家」(settler state);這四個國家與英國結合為「五眼聯盟」,儼然是美國的國安核心。然而,台灣內外又要如何自處?

　　就美國總統拜登「美國會防衛台灣」的說法是否打破既往的戰術模糊,照說所有的題目都會事先提供,然而蔡總統的回答「必須考量各種情況、各種因素」,不知所云。被問到是否有信心美國會防衛台灣,她說基於與美國長期友好關係而有所信心,應該是大腦記憶區塊太小。至於被問到日本的飛彈部署、及派兵,答非所問「台灣並不孤單」。

　　有關於如何看待中國領導者習近平,小英說「治理大國的是制度要看領導者」,或許是在調侃對方雖是大國、卻不是民主國家,當然,也有可能是好意循循善誘;然而,再三斟酌總統提供的中英文字檔,讀來依然語焉不詳。就邏輯上而言,難道小國就可以容許威權統治?不管國家大小,是否採取民主制度,她的回答竟然是要看領導者?

　　被問到兩岸溝通為何在 2016 年上台以來停擺,蔡英文的解釋是情勢變化很大、對岸的部署更為擴張主義,所以「過去他們能接受的事情,現在可能無法接受」,聽來是怪罪老共不接受「九二共識」。事實應該是小英在總統大選,刻意把「習五條」解釋為「九二共識」就是「一國兩制」,難怪習近平先前在辛亥革命 100 週年講話要將兩

者分開談。至於如何重啟溝通管道，她只回道「希望」進行有意義的
交流；同樣地，被問到台灣人是否有可能接受某種「一中政策」，她
還是顧左右而言他「有各式各樣的一中政策」。

伍、結論

　　當年美國不顧盟邦關係與中華民國斷交，盤算的是結合中華人民
共和國共同對抗蘇聯，維持現狀是最便宜的作法，約束台灣人稍安勿
躁，一下子就 40 年過去了，基本上就是美中共同保證維持台灣海峽
的現狀。當然，老共希望能不費吹灰之力收拾台灣，卻擔心玉石俱焚。
共和黨的川普政府聯俄抗中，而民主黨拜登政府則是聯中抗俄，再怎
麼交心表態，美國的「棄台論[31]」（Ditching Taiwan）總是陰魂不散。
根據『美日安全保障條約』（1960）而來的『日美防衛合作指針[32]』
（*Guidelines for Japan-U.S. Defense Cooperation, 1997*），「日本周邊
事態」（situation in area surrounding Japan, SIASJ）涵蓋釣魚台（尖閣
諸島）[33]，台灣儼然就是被納為美國的勢力範圍、甚至於是一種準軍

---

[31] 前哈佛大學國際安全研究員 Kane（2011）投書《紐約時報》，建議歐巴馬政
府跟中國領導者閉門會議，同意終止對台灣的軍援及軍售、並在 2015 年之
前結束與台灣的國防安排，以交換中國一筆勾銷美國所欠的 1.14 兆美元國
債。根據危機解密（WikiLeaks），當時擔任國務卿希拉蕊助理的蘇利文呈上
這篇投書，她回答說，「我讀了，很聰明，我們來討論看看」（Strong, 2017）。

[32] 『日美防衛合作指針』（*Guidelines for Japan-U.S. Defense Cooperation, 1978*）原
先是在 1978 制訂，規定「日本有事」的分工，又在 2015 年修訂（*Guidelines for
Japan-U.S. Defense Cooperation, 2015*）（田島如生，2015；Takahashi, 2018）。

[33] 上面明文寫著，周邊並非地理概念（The concept, situations in areas surrounding
Japan, is not geographic but situational.）。

事同盟關係。至於川普，台灣是白宮總統橢圓桌上的簽字筆尖（Ewing, 2020）。一年來，儘管中國持續軍機軍艦繞島武嚇，一方面習近平似乎對於文攻敬而遠之，另一方面則揭櫫多邊主義的美國總統拜登上台；既然美國對伊朗、及北韓的綏靖有事相求中國，表面上雙方舌劍唇槍、你來我往，對於台灣（海峽）其實是悄悄拉回共同管治。

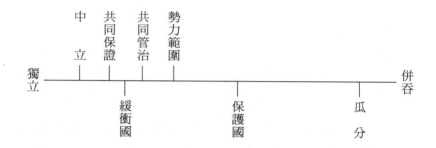

圖 9：兩強之間領土安排的可能

　　自從「習五條」被民進黨結合「香港送中」，進而夾殺國民黨的「九二共識」，中國領導者三年來已經避談台灣，以免給民進黨政府在選舉之際進補。習近平先前在辛亥革命 110 週年的談話，也只能小心翼翼脫鉤「一國兩制」及「九二共識」。相對之下，從李登輝的「兩國論」、陳水扁的「一邊一國」、到蔡英文的「中華民國台灣」，基本立場是台灣已經實質獨立、國號是中華民國。中國藉著「九二共識」幹掉台灣獨立，國民黨出口、民進黨出手，運用中華民國體制來羈縻朝野政客。然而，畢竟都是「中華民國派」，本質上就是「兩國中國」，反正，對老共而言都是不同形式的台獨，過多的包裝只會凸顯內容空洞的心虛。

　　由於民進黨在 2018 年九合一選舉重挫，「習五條」無異讓蔡英文總統不小心「撿到槍」，她喜出望外，在 2019 年的元旦談話回以「四個必須」、及「三道防護網」：前者是原則，包括必須正視中華民國台灣存在的事實、必須尊重兩千三百萬人民對自由民主的堅持、必須以和平對等的方式來處理我們之間的歧異、及必須是政府或政府所授權的公權力機構坐下來談；後者則是具體作法，包括民生安全防護網、資訊安全的防護網、及強化兩岸互動中的民主防護網。雖然中規中矩、不脫維持現狀基調，蔡英文總統的支持度平白上升了10-15%，「反併吞、顧主權」當然是 2020 年總統大選的主軸，此後「抗中保台」無堅不摧。

　　自從連戰在 2000 年總統大選提出鬆散的「邦聯」鎩羽而歸，沒有人敢冒不諱談其他的政治安排，譬如聯邦。在 2020 年總統大選之際，當時的國民黨主席吳敦義（中國國民黨文化傳播委員會，2019）說「兩岸同為炎黃子孫」、郭台銘（吳琬瑜等人，2019）的「一個中華民族底下，一個中華民國、一個中華人民共和國」，也就是血緣文化上的羈絆，不脫馬英九（2015）的「兩岸人民同屬中華民族、都是炎黃子孫」。倒是總統候選人韓國瑜（奇摩新聞，2019）的「國防靠美國、科技靠日本、市場靠中國[34]、努力靠自己」，雖然試圖各方討好，聽起來來是安全以美國為馬首是瞻；郭台銘（2019）針鋒相對，指出「國防靠和平、市場靠競爭、技術靠研發、命運靠自己」，還強調「國防靠美國是靠不住的」（顧荃，2019），聽起來不像傳統藍營留美的政治人物，最特別的是他指出，「中美之間我們中立」，有幾

---

[34] 奇摩新聞（2019）的標題用「大陸」，內文報導用「中國」。

分呂秀蓮「和平中立」的味道（朱蒲青，2014），彷彿藍綠之間的台灣前途立場有某種不可言喻的聚合，未必是涇渭分明。

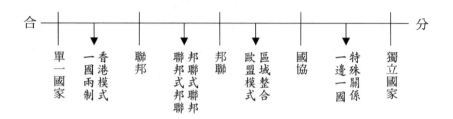

圖 10：台灣與中國政治定位的光譜

綠營對於和平協議一向避之唯恐不及、視為統一協議，除了擔憂台灣淪為香港、或西藏，支應的理由是質疑協議（agreement）並非國際法所承認的條約（treaty）。在 2020 年大選前，當時的陸委會主委陳明通接受訪問表示，兩岸未來政治關係安排的可能性，可包括歐盟模式、獨立國協模式，或建交成為更緊密的盟邦，外界以為是政府以「兩國政府相互承認」作為先決條件，不過，他次日趕緊澄清是引述各種不同建議（鍾麗華，2019；陳燕珩，2019）。其實，從李登輝的「刈厝邊」、呂秀蓮的「遠親近鄰」、到辜寬敏的「兄弟之邦」，大體圍繞在「華人國家」的說法，除了李登輝的「特殊關係」、及陳水扁的「一邊一國」，比較具體的政治安排只有呂秀蓮所倡議的「台灣做為中立國」。

就中國的傳統，政治安排不外納入版圖的內屬（行省化、民族自治、特別行政區、羈縻府州）、及懷柔外冊的外藩（藩屬、朝貢國、附庸），至於國際法所認定的政治關係，除了互不相屬（田無溝、水無流），以結合緊密的程度來看，不外單一國家、聯邦、自由結合、邦聯、區域整合、國協、及特殊關係。那麼，除了類似日耳曼人、安格魯-撒克遜人、阿拉伯人般的中華民族（華人、漢人）血緣文化關係，暫且不談鬆散的一般用字（譬如兄弟之邦）、也不論台灣法理獨立（譬如台灣共和國），大家想像中的政治安排究竟是什麼？換句話說，到底中華民國與中華人民共和國是怎麼樣的關係？

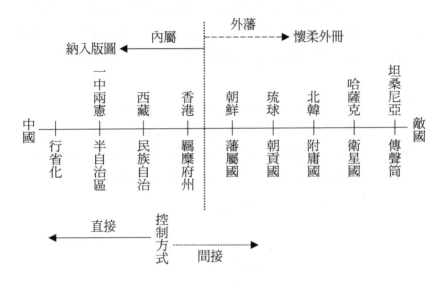

圖 11：中國的天下觀

大體而言，國民黨人士堅持「中國就是中華民國」，就法理而言就是「兩個中國」，與民進黨『台灣前途決議文』（1999）沒有很大的差別，也就是「台灣已經獨立、國名叫中華民國」；如果有什麼差異，在於國民黨把中華民國當長治久安的大屋頂，民進黨視為暫時借殼上市的遮雨棚，對於中國來說，都是如假包換的「台獨」，政治市場的辨識度不高。

民進黨的立場是「親美反中」，國民黨內的主流是「親美和中」，很難區分到底是投懷送抱、或被推上火線，雙方的共識是同意台灣被納為美國的勢力範圍。陳達儒填詞、蘇桐譜曲的《青春悲喜曲》寫著「阮心內為哥無變愛到死、阮一生不知幸福也是悲」，苦戀「東邊只有幾粒星」。台灣位於南海與東海間，頓時獲得關愛的眼神，受寵若驚；然而，戰爭乃不祥之物，莫言紅利[35]。當下中國蠢蠢欲動，美國焦頭爛額，真正的台灣領導者必須像摩西帶領以色列人過紅海。

強權的外交行為，有些出於大戰略的考量，一些可能只是經濟利益的盤算，更多則是官僚體系技術性的例行公事。如果沒有基本的知識，再好的外文能力也沒有用，光是看到剪貼複製就嚇壞了，更不說捍衛國家利益的起碼辯護。同樣地，如果不懂國際政治，把人家的運作拿來當法治看待，言聽計從，被賣掉了都還要謝謝人家。只懂內交外包、業配、網軍，草包治國的悲哀。

---

[35] 有關於台海的戰爭紅利觀點，見張人傑（2021）。

附錄：條約、協定、法律

Australia, New Zealand, United States Security Treaty, 1951

Mutual Defense Treaty between the Republic of the Philippines and the United States of America, 1951

Security Treaty between the United States and Japan, 1951

Mutual Defense Treaty between the United States and the Republic of Korea, 1953

Mutual Defense Treaty between the United States of America and the Republic of China, 1954

Treaty of Mutual Cooperation and Security between the United States and Japan, 1960

Shanghai Communiqué, 1972

Guidelines for Japan-U.S. Defense Cooperation, 1978

Joint Communiqué on the Establishment of Diplomatic Relations, 1979

Taiwan Relations Act, 1979

August 17th Communiqué, 1982

Six Assurances, 1982

Guidelines for Japan-U.S. Defense Cooperation, 1997

Taiwan Security Enhancement Act, 1999

Guidelines for Japan-U.S. Defense Cooperation, 2015

Taiwan Travel Act, 2018

Taiwan International Participation Act, 2018

Asia Reassurance Initiative Act, 2018

National Defense Authorization Act for Fiscal Year 2019

Taiwan Allies International Protection and Enhancement Initiative (TAIPEI)
   Act, 2019

Taiwan Defense Act, 2020

Taiwan Assurance Act, 2020

Agreement for the Exchange of Naval Nuclear Propulsion Information, 2021

Interim National Security Strategic Guidance, 2021

Japan-Australia Reciprocal Access Agreement, 2022

參考文獻

中國國民黨文化傳播委員會，2019。〈VOA 專訪 吳主席：和陸、友日、親美〉（http://www.kmt.org.tw/2019/02/voa.html）（2022/1/25）。

中華民國總統府，2021。〈總統接受「美國有線電視新聞網」（CNN）專訪〉（https://www.president.gov.tw/News/26294）（2022/1/25）。

田島如生，2015。〈日美時隔 18 年修改防衛合作指針〉《日經中文版》4月 28 日（https://zh.cn.nikkei.com/politicsaeconomy/politicsasociety/14148-20150428.html）（2022/1/24）。

朱蒲青，2014。〈呂秀蓮「東方瑞士美麗島‧和平中立保台灣」〉《民報》8 月 13 日（https://www.peoplenews.tw/news/e46218be-52f6-43f2-b7fe-bfe533392955）（2022/1/26）。

百度百科，n.d.。〈24 字戰略〉（https://baike.baidu.hk/item/24 字戰略/10949906）（2022/1/24）。

吳琬瑜、林倖妃、陳良榕、黃亦筠，2019。〈郭台銘談兩岸和民主，首度表態：九二共識、一中各表〉《天下雜誌》5 月 8 日（https://www.cw.com.tw/article/5095104）（2022/1/25）。

奇摩新聞，2019。〈韓國瑜：國防靠美國、科技靠日本、市場靠大陸、努力靠自己〉4 月 12 日（https://tw.news.yahoo.com/韓國瑜-國防靠美國-科技靠日本-市場靠大陸-努力靠自己-023407925.html）（2022/1/26）。

施正鋒，2019a。〈初探川普的大戰略——牧師、掮客、還是惡霸？〉《台灣國際研究季刊》15 卷 2 期，頁 1-34。

施正鋒，2019b。〈中國的民族主義〉《台灣的外交環境》頁 297-335。台北：台灣國際研究學會。

施正鋒。2021。〈拜登政府的外交大戰略初探〉《台灣國際研究季刊》17卷 3 期，頁 1-35。

美國在台協會，n.d.〈1982 年解密電報：對台軍售 & 對台各項保證〉（https://www.ait.org.tw/zhtw/our-relationship-zh/policy-history-zh/key-u-s-foreign-policy-documents-region-zh/six-assurances-1982-zh/）（2022/1/23）。

馬英九，2015。〈「習馬會」：馬英九講話全文〉《BBC News 中文》11 月 7 日（https://www.bbc.com/zhongwen/trad/china/2015/11/151107_ma_ying-jeou_statement）（2022/1/25）。

張人傑，2021。〈阿富汗大撤退的戰爭紅利〉《台灣時報》9 月 10 日（https://www.taiwantimes.com.tw/app-container/app-content/new/new-content-detail?blogId=blog-a9e9d2ec-426a-4f2c-97f9-27895d76dd17&currentCategory=101）（2022/1/19）。

習近平，2019。〈在《告台灣同胞書》發表 40 周年紀念會上的講話〉（http://cpc.people.com.cn/BIG5/n1/2019/0102/c64094-30499664.html）（2022/1/12）。

郭台銘，2019。〈郭董說：中華民國的外來，國防靠和平、市場靠競爭、技術靠研發、命運靠自己〉4 月 13 日（https://www.facebook.com/TerryGou1018/photos/剛剛看到了韓市長在哈佛20字對於台灣未來的命運我個人對這 20 字有些建議我同意韓市長的 20 字框架但有不同的看法國防靠和平市場靠競爭技術靠研發命運靠自己-舊時有成語/613981915741751/）（2022/1/26）。

陳燕珩，2019。〈專訪提「兩岸可當兄弟之邦」，陳明通澄清：沒這種想法也沒政策〉《上報》4 月 22 日（https://www.upmedia.mg/news_info.php?SerialNo=61761）（2022/1/11）。

蔡英文，2021。〈共識化分歧，團結守台灣〉（https://www.president.gov.tw/News/26253）（2022/1/23）。

鍾麗華，2019。〈政府出招？陳明通：兩岸關係可考慮建交或歐盟模式〉《自由時報》4 月 22 日（https://news.ltn.com.tw/news/politics/breakingnews/2766400）（2022/1/11）。

顧荃，2019。〈郭台銘：國防靠美國靠不住，不該跟美買武器〉《中央通訊社》4 月 15 日（https://www.cna.com.tw/news/firstnews/201904150061.aspx）（2022/1/22）。

Akimoto, Daisuke. 2021. "China's Grand Strategy and the Emergence of Indo-Pacific Alignments." (https://isdp.eu/chinas-grand-strategy-and-the-emergence-of-indo-pacific-alignments/) (2022/1/24)

Allison, Graham. 2016. "The Thucydides Trap: Are the U.S. and China Headed for War." *The Atlantic*, September 24 (https://www.theatlantic.com/international/archive/2015/09/united-states-china-war-thucydides-trap/406756/) (2022/1/24)

Allison, Graham. 2017. *Destined for War: Can America and China Escape Thucydides's Trap?* Melbourne: Scribe Publications.

American Institute in Taiwan. n.d. "Declassified Cables: Taiwan Arms Sales and Six Assurances (1982)." (https://www.ait.org.tw/our-relationship/policy-history/key-u-s-foreign-policy-documents-region/six-assurances-1982/) (2022/1/23)

Bâli, Aslı, and Aziz Rana. 2021. "Biden's Foreign Policy Doctrine Is Stuck in the Twentieth Century." *The New Republic*, June 4 (https://newrepublic.com/article/162597/biden-foreign-policy-doctrine-israel-china-russia) (2021/9/13)

Barndollar, Gil. 2021. "Global Posture Review 2021: An Opportunity for Realism and Realignmen." (https://www.defensepriorities.org/explainers/global-posture-review-2021) (2021/12/22)

Biden, Joseph R., Jr. 1999. "S. 693: The Taiwan Security Enhancement Act." U.S. Congress. Senate. Committee on Foreign Relations: Hearings before the Committee on Foreign Relations. 106th Cong., 1st sess., August 4 (https://www.govinfo.gov/content/pkg/CHRG-106shrg60900/html/CHRG-106shrg60900.htm) (2022/1/24)

Biden, Joseph R., Jr. 2001. "Not So Deft on Taiwan." *Washington Post*, May 2 (https://www.washingtonpost.com/archive/opinions/2001/05/02/not-so-deft-on-taiwan/2adf3075-ee98-4e70-9be0-5459ce1edd5d/) (2021/5/10)

Biden, Joe. 2021a. "Remarks by President Biden on America's Place in the World." February 4 (https://www.whitehouse.gov/briefing-room/speeches-remarks/2021/02/04/remarks-by-president-biden-on-americas-place-in-the-world/) (2022/1/12)

Biden, Joe. 2021b. "Remarks by President Biden in Press Conference." March 25 (https://www.whitehouse.gov/briefing-room/speeches-remarks/2021/03/25/remarks-by-president-biden-in-press-conference/) (2022/1/12)

Blinken, Antony J. 2021. "A Foreign Policy for the American People." March 3 (https://www.state.gov/a-foreign-policy-for-the-american-people/) (2021/4/18)

Brands, Hal. 2021. "The Emerging Biden Doctrine: Democracy, Autocracy, and the Defining Clash of Our Time." *Foreign Affairs*, June 29 (https://www.foreignaffairs.com/articles/united-states/2021-06-29/emerging-biden-doctrine) (2021/9/10)

Brooke-Holland, Louisa, John Curtis, and Claire Mills. 2021. "The AUKUS Agreement." (https://researchbriefings.files.parliament.uk/documents/CBP-9335/CBP-9335.pdf (2022/1/19)

Brooks, Stephen G. 2011. "Can We Identify a Benevolent Hegemon?" *Cambridge Review of International Affairs*, Vol. 25, No. 1, pp. 27-38.

Brooks, Stephen G., G. John Ikenberry, and William C. Wohlforth. 2012-13. "Don't Come Home, America: The Case against Retrenchment." *International Security*, Vol. 37, No. 3, pp. 7-51.

Brooks, Stephen G., G. John Ikenberry, and William C. Wohlforth. 2013. "Lean Forward: In Defense of American Engagement." *Foreign Affairs*,

Vol. 92, No. 1, pp. 130-42

Campbell, Kurt M., and Jake Sullivan. 2019. "Competition without Catastrophe How America Can Both Challenge and Coexist With China." *Foreign Affairs*, September/October.

Cha, Victor. 2010. "Powerplay: Origins of the U.S. Alliance System in Asia." *International Security*, Vol. 34, No. 3, pp. 158-96.

Chalfant, Morgan. 2021. "Biden Seeks to Clarify Remarks on Taiwan, 'one China' Policy." *The Hill*, November 16 (https://thehill.com/homenews/administration/581863-biden-seeks-to-clarify-remarks-on-taiwan-one-china-policy) (2022/1/24)

Chang, Felux K. 2021. "Strategic Choice: Australia's Nuclear-Powered Submarines." (https://www.fpri.org/article/2021/10/strategic-choice-australias-nuclear-powered-submarines/) (2022/1/19)

Ching, Frank. 2021. "In Defense of Taiwan, Biden Makes a 'Slip of the Tongue.'" *Japan Times*, November 3 (https://www.japantimes.co.jp/opinion/2021/11/03/commentary/world-commentary/defense-taiwan-biden-makes-slip-tongue/) (2022/1/20)

Clemons, Steve. 2016. "The Biden Doctrine: Has the Vice President Made a Lasting Contribution in Foreign Policy?" *The Atlantic*, August 23 (https://www.theatlantic.com/international/archive/2016/08/biden-doctrine/496841/) (2021/9/13)

Contorno, Steve. 2014. "Checking Robert Gates' Criticism of Vice President Joe Biden's Foreign Policy Record." *PolitiFact*, January 16 (https://www.politifact.com/factchecks/2014/jan/16/robert-gates/robert-gates-criticism-vice-president-joe-biden/) (2021/9/13)

Doshi, Rush. 2021. *The Long Game: China's Grand Strategy to Displace American Order*. New York: Oxford University Press.

Economist. 2021. "AUKUS Reshapes the Strategic Landscape of the Indo-Pacific." September 25 (https://www.economist.com/briefing/2021/09/25/aukus-reshapes-the-strategic-landscape-of-the-indo-pacific) (2022/1/11)

Ewing, Philip. 2020. "Trump Told China To 'Go Ahead' With Prison Camps, Bolton Alleges in New Book." *NPR*, June 17 (https://www.npr.org/2020/06/17/875876905/trump-told-china-to-go-ahead-with-concentration-camps-bolton-alleges-in-new-book) (2022/2/21)

Friedberg, Aaron L. 2011. *A Contest for Supremacy: China, America and the Struggle for Mastery in Asia.* New York: W. W. Norton.

Gallup. 2021. "China." February (https://news.gallup.com/poll/1627/china.aspx) (2021/12/22)

Goldstein, Avery. 2003. "An Emerging China's Emerging Grand Strategy," in G. John Ikenberry, and Michael Mastanduno, eds. *International Relations Theory and the Asia-Pacific*, pp. 57-106. New York: Columbia University Press.

Goldstein, Avery. 2020. *Rising to the Challenge: China's Grand Strategy and International Security.* Stanford: Stanford University Press.

Haas, Richard, and David Sacks. 2020. "American Support for Taiwan Must Be Unambiguous." *Foreign Affairs*, September 2 (https://www.foreignaffairs.com/articles/united-states/american-support-taiwan-must-be-unambiguous) (2022/124)

Haas, Richard, and David Sacks. 2021. "The Growing Danger of U.S. Ambiguity on Taiwan: Biden Must Make America's Commitment Clear to China—and the World." *Foreign Affairs*, December 13 (https://www.foreignaffairs.com/articles/china/2021-12-13/growing-danger-us-ambiguity-taiwan) (2022/1/24)

Haass, Richard, and Jake Sullivan. 2021. "A Conversation with Jake Sullivan." Council on Foreign Relations, December 17 (https://www.cfr.org/event/conversation-jake-sullivan) (2022/1/19)

Herszenhorn, David M. 2020. "Joe Biden vs. the American Foreign Policy Establishment." (https://www.politico.eu/article/joe-bidens-us-foreign-policy/) (2022/1/10)

Junes, Stephen. 2021. "One of the Democrats' Biggest Hawks Is Now Senate Foreign Relations Chair." Truthout, January 26 (https://truthout.org/articles/one-of-the-democrats-biggest-hawks-is-now-senate-foreign-relations-chair/) (2022/1/28)

Kane, Paul V. 2011. "To Save Our Economy, Ditch Taiwan." *New York Times*, November 10 (https://www.nytimes.com/2011/11/11/opinion/to-save-our-economy-ditch-taiwan.html) (2022/1/13)

Kang, Shirley. 2014. "China/Taiwan: Evolution of the 'One Chin' Policy: Key Statements from Washington, Beijing, and Taipei." (https://sgp.fas.org/crs/row/RL30341.pdf) (2022/1/23)

Kastner, Scott L., and Phillip C. Saunders. 2012. "Is China a Status Quo or Revisionist State? Leadership Travel as an Empirical Indicator of Foreign Policy Priorities." *International Studies Quarterly*, Vol. 56, No. 1, pp. 163-77.

Kaufman, Daniel J., David S. Clark, and Kevin P. Scheehan. 1991. "Introduction," in Daniel J. Kaufman, David S. Clark, and Kevin P. Scheehan, eds. *U.S. National Security Strategy for the 1990s*, pp. 1-7. Baltimore: John Hopkins University Press.

Kelly, Paul. 2021. "AUKUS Pact Is the Biggest Strategy Shift of Our Lifetime." *The Australian*, September 18 (heaustralian.com.au/inquirer/aukus-alliance-the-biggest-strategy-shift-of-our-lifetime/news-story/8fb7b7fb05389f42257ef9c3c3e9d2a8) (2022/1/19)

Khalilzad, Zalmay. 1999. "Congage China." (https://www.rand.org/pubs/issue_papers/IP187.html) (2022/1/19)

Kissel, Mary. 2017. "From 'America first' to 'pragmatic realism': Life in the Oval Office Has Forced the President to Rethink His Isolationist Stance." *The Spectator*, August 26 (https://www.spectator.co.uk/article/from-america-first-to-pragmatic-realism-) (2022/1/24)

Kristol, William. 2021. "The Birth of the Biden Doctrine?" September 1 (https://www.thebulwark.com/the-birth-of-the-biden-doctrine/) (2021/9/10)

Mackinnon, Amy. 2022. "Defining the Biden Doctrine: U.S. National Security Advisor Jake Sullivan Sat down with FP to Talk about Russia, China, Relations with Europe, and Year One of the Biden Presidency." *Foreign Policy*, January 18 (https://oreignpolicy.com/2022/01/18/national-security-advisor-jake-sullivan-interview-qa-biden-doctrine-foreign-policy/) (2022/1/19)

Mackinnon, Amy, and Anna Weber. 2021. "Biden Struggles to Stick to the Script on Taiwan." *Foreign Policy*, November 17 (https://foreignpolicy.com/2021/11/17/biden-taiwan-china-misspoke-policy-mistake/) (2022/1/19)

Mearsheimer, John J. 2016. "Benign Hegemony." *International Studies Review*, Vol. 18, No. 1, pp. 147-49.

n.a. 2021. "Kurt Campbell: U.S. and China Can Co-Exist Peacefully." (https://asiasociety.org/policy-institute/kurt-campbell-us-and-china-can-co-exist-peacefully) (2022/1/18)

Nerkar, Santul. 2021. "When It Comes To China, Biden Sounds a Lot Like Trump." (https://fivethirtyeight.com/features/when-it-comes-to-china-biden-sounds-a-lot-like-trump/) (2021/12/22)

Orbán, Tamás. 2021. "AUKUS and the Indo-Pacific." (https://danube

institute.hu/en/geopolitics/aukus-and-the-indo-pacific) (2021/1/19)

Organski, A. F. K., and Jacek Kugler. 1980. *The War Ledger*. Chicago: University of Chicago Press.

Pleming, Sue. 2010. "Biden Says No Plans to Nation-build in Afghanistan." *Reuters*, July 30 (https://www.reuters.com/article/idINIndia-50501120 100729) (2021/9/13)

Politi, James. 2021. "The Biden Doctrine: The US Hunts for a New Place in the World." *Financial Times*, September 4 (https://www.ft.com/content/ 2a88ac0b-d3d7-4159-b7f5-41f602737288) (2021/9/10)

Posen, Barry R. 2014. *Restraint: A New Foundation for U.S. Grand Strategy*. Ithaca: Cornell University Press.

Posen, Barry R. 2018. "The Rise of Illiberal Hegemony: Trump's Surprising Grand Strategy." *Foreign Affairs*, Vol. 97, No. 2, pp. 20-27.

Posen, Barry R., and Andrew L. Ross. 1996-97. "Competing Visions for U.S. Grand Strategy." *International Security*, Vol. 21, No. 3, pp. 5-53.

Reuters. 2021. "Biden Says He and China's Xi Agree to Abide by Taiwan Agreement." October 10 (https://www.reuters.com/world/asia-pacific/ biden-says-he-chinas-xi-have-agreed-abide-by-taiwan-agreement-2021-10- 05/) (2022/1/24)

Ronkin, Noa. 2021. "White House Top Asia Policy Officials Discuss U.S. China Strategy at APARC's Oksenberg Conference." *All Shorenstein APARC News*, May 27 (https://aparc.fsi.stanford.edu/news/white-house- top-asia-policy-officials-discuss-us-china-strategy-aparc%E2%80%99s-oks enberg-conference) (2022/1/18)

Sadler, Brent D. 2021. "AUKUS: U.S. Navy Nuclear-Powered Forward Presence Key to Australian Nuclear Submarine and China Deterrence." (https://www.heritage.org/sites/default/files/2021-10/BG3662.pdf)

(2022/1/19)

Scobell, Andrew, Edmund J. Burke, Cortez A. Cooper III, Sale Lilly, Chad J. R. Ohlandt, Eric Warner, and J. D. Williams. 2020. *China's Grand Strategy: Trends, Trajectories, and Long-Term Competition.* Santa Monica, Calif.: RAND Corporation.

Shifrinson, Joshua, and Stephen Wertheim. 2021. "Biden the Realist: The President's Foreign Policy Doctrine Has Been Hiding in Plain Sight." *Foreign Affairs*, September 9 (https://www.foreignaffairs.com/articles/united-states/2021-09-09/biden-realist) (2021/9/10)

Silver, Laura, Kat Devlin, and Christine Huang. 2021. "Most Americans Support Tough Stance toward China on Human Rights, Economic Issues." Pew Research Center, March 4 (https://www.pewresearch.org/global/2021/03/04/most-americans-support-tough-stance-toward-china-on-human-rights-economic-issues/) (2021/12/22)

Smeltz, Dina, and Craig Kafura. 2021. "For First Time, Half of Americans Favor Defending Taiwan If China Invades." Chicago Council on Global Affairs, August (https://www.thechicagocouncil.org/sites/default/files/2021-08/2021%20Taiwan%20Brief.pdf) (2021/12/22)

Snyder, Charles. 2001. "Biden Cool to Talk on Independence." *Taipei Times*, September 12 (http://www.taipeitimes.com/News/front/archives/2001/09/12/102583?fbclid=IwAR3DKi8VXlTA317KUYxZD1vRYVZTk Qj-rjIdEhqm1qXKvmoWJkCno0DBPLI) (2022/1/12)

Strong, Matthew. 2017. "Hillary Clinton Wanted to Discuss Ditching Taiwan: WikiLeaks." *Taiwan News*, January 21 (https://www.taiwannews.com.tw/en/news/3069884) (2022/1/12)

Sullivan, Jake. 2021. "A Conversation with Jake Sullivan." Council on Foreign Relations, December 17 (https://www.cfr.org/event/conversation-jake-sullivan) (2022/1/24)

Takahashi, Sugio. 2018. "Upgrading the Japan-U.S. Defense Guidelines: Toward a New Phase of Operational Coordination." (https://project 2049.net/wp-content/uploads/2018/06/japan_us_defense_guidelines_takahashi.pdf) (2022/12/5)

Tammen, Ronald L., JacekKugler, Douglas Lemke, Alan C. Stam III, Mark Abdollahian, Carole Alsharabati, Brian Efird, and A. F. K. Organski. 2000. *Power Transitions: Strategies for the 21st Century.* New York: Chatham House.

Taylor, Adam. 2021. "Biden Delivered Straight Talk on Taiwan — Contradicting a Deliberately Ambiguous U.S. Policy. Did He Misspeak?" (https://www.washingtonpost.com/world/2021/10/22/biden-taiwan-defense -strategic-ambiguity/) (2022/1/24)

Taylor, Nicholas. 2007. "China as a Status Quo or Revisionist Power? Implications for Australia." *Security Challenges*, Vol. 3, No. 1, pp. 29-45.

Thomas, Jim, Zack Cooper, and Iskander Rehman. 2013. "Gateway to the Indo-Pacific: Australian Defense Strategy and the Future of the Australia-U.S. Alliance." (https://csbaonline.org/uploads/documents/ Gateway_to_IndoPacific1.pdf) (2022/1/19)

Tierney, Dominic. 2020. "In Search of Biden Doctrine." *National Security Program*, November 9 (https://www.fpri.org/article/2020/11/in-search-of-the-biden-doctrine/) (2021/9/13)

Tow, William T. 1999. "Assessing U.S. Bilateral Security Alliances in the Asia Pacific's 'Southern Rim': Why the San Francisco System Endures." (https://fsi-live.s3.us-west-1.amazonaws.com/s3fs-public/Tow_Final.pdf) (2022/1/18)

Traub, James. 2012. "The Biden Doctrine: How the Vice President Is Shaping President Obama's Foreign Policy." *Foreign Policy*, October 10 (https://foreignpolicy.com/2012/10/10/the-biden-doctrine/) (2021/9/13)

Trump, Donald. 2017. "The Inaugural Address." January 20 (https://www. presidency.ucsb.edu/documents/inaugural-address-14) (2022/1/12)

UnHerd. 2021. "Joe Biden on Afghanistan, in His Own Words." *The Post*, August 17 (https://unherd.com/thepost/joe-biden-on-afghanistan-in-his-own-words/) (2021/9/13)

U.S. Department of State. 2021a. "U.S. Security Cooperation with Thailand." (https://www.state.gov/u-s-security-cooperation-with-thailand/) (2022/1/18)

U.S. Department of State. 2021b. "U.S. Security Cooperation with Singapore." (https://www.state.gov/u-s-security-cooperation-with-singapore/) (2022/1/18)

White House. 2021. "Remarks by President Biden, Prime Minister Morrison, Prime Minister Modi, and Prime Minister Suga at Quad Leaders Summit." (https://www.whitehouse.gov/briefing-room/speeches-remarks/2021/09/24/ remarks-by-president-biden-prime-minister-morrison-prime-minister-modi-and-prime-minister-suga-at-quad-leaders-summit/) (2022/2/20)

White House. 2022. "Indo-Pacific Strategy of the United States." (https://www.whitehouse.gov/wp-content/uploads/2022/02/U.S.-Indo-Pacif ic-Strategy.pdf) (2022/2/20)Zhu, Xinrong, and Dingding Chen. 2021. "The US Needs a New China Strategy." *The Diplomat*, July 16 (https://thediplomat.com/2021/07/the-us-needs-a-new-china-strategy/) (2022/1/18)

Zurcher, Anthony. 2020. "US Election: How Left-Wing Is the Democratic Field?" *BBC*, February 24 (https://www.bbc.com/news/world-us-canada-51470131) (2022/1/11)

美國撤軍阿富汗的國內外因素[*]

　　阿富汗位於中亞（土庫曼、烏茲別克、塔吉克）、南亞（巴西斯坦）、及中東（伊朗）之間，與中國新疆帕米爾高原交界 91 公里，特別是絲路西段的南線經過，算是東西往來通衢，難怪兵家必爭、或者至少借路。自古，阿富汗在強權鐵蹄下苟延殘喘，先是周旋於伊朗與印度帝國，進入十九世紀，英國與俄羅斯先後試圖納為勢力範圍。在一次大戰後，阿富汗成功打敗英國，終於獲得獨立自主，維持了一甲子的中立國地位。蘇聯在 1979 年坦克入侵，十年後鎩羽而歸；美國在 2001 年派軍掃蕩恐怖組織，二十年後倉皇撤軍。

　　在二次大戰期間，阿富汗雖然與納粹德國交好，卻維持中立。戰後，阿富汗尋求美國的軍事遭拒，不過，經濟援助開始源源而來，特別是從事基礎建設、及技術援助。進入冷戰，美國擔心阿富汗淪為蘇聯的衛星，後者也唯恐前者護庇。1973 年政變後，阿富汗改制共和國（Republic of Afghanistan），共產黨在 1978 年發動政變、成立阿

---

*　　與談於遠景基金會舉辦「美國撤軍阿富汗的戰略考量及其對全球戰略格局的影響」座談會，2021/9/17。

富汗民主共和國（Democratic Republic of Afghanistan），政爭不已，蘇聯在 1979 年入侵，美國一度撤僑（1979）、閉館（1989），中央情報局扶助聖戰者（Mujahideen）打游擊，身陷泥淖的紅軍在 1989 年無功而返；聖戰者在 1992 年勝出成立阿富汗伊斯蘭國（Islamic State of Afghanistan），隨即陷入內戰，塔利班在 1996 年取得政權，美國則支持北方聯盟（Northern Alliance）對抗，終究在 2001 年出兵加以推翻，阿富汗伊斯蘭國復辟，直到塔利班日前班師回朝。

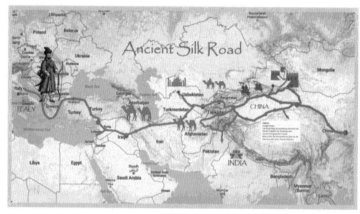

來源：Amazing Iran（2021）。

圖 1：絲路

美國總統拜登（Joe Biden）直言，當下恐攻的威脅主要來自南亞、中東、及非洲，因此，阿富汗將不會是美國反恐的重點；此外，美國必須把資源放在肆應中國的戰略競爭，更不用說與盟邦聯手處理其他課題，包括新冠肺炎、氣候變遷、以及網絡空間的規範。相對之下，儘管美軍與外包文武人員已經逐年巨幅降低，持續駐軍阿富汗被認為

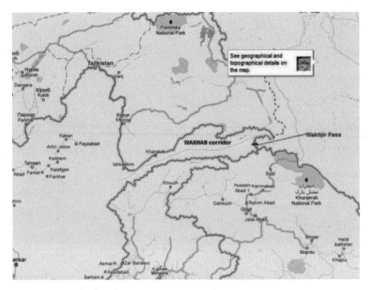

來源：Maharishi（2011）。

圖 2：瓦罕走廊及瓦赫吉爾山口

是不符美國的國家利益，就此刻內戰的情勢來看，即使多留一年也於事無補，維持現狀只會增加美軍的傷亡。只不過，拜登原先預估阿富汗政府至少可以撐到年底，沒有想到竟然會那麼快兵敗如山倒，反政府塔利班（Taliban 神學士）順利班師回朝，他認為那是情資誤判、聽起來是無傷大雅。

壹、拜登撤軍的說法

美國與北約在 2001 年出兵推翻塔利班政權、扶植親美的阿富汗伊斯蘭國，協助建軍並掃蕩塔利班、及伊斯蘭國（ISIS）分子。二十年來，美國死亡 2,448 人、受傷 20,722 人，花費超過美金一兆[1]。川普政府在去年 2 月與佔有半壁江山的塔利班於卡達達成和平協議（*Agreement for Bringing Peace to Afghanistan, 2020*）、同意逐步撤軍，交換對方允諾不再庇護蓋達組織（Al-Qaeda），然後強勢主導阿富汗政府展開歷史性談判，打打談談。拜登在大選期間承諾通盤撤軍，主要是因為美國人已經厭煩這場有史以來最長的戰爭，除非打算節外生枝，履行政見是可以理解的。

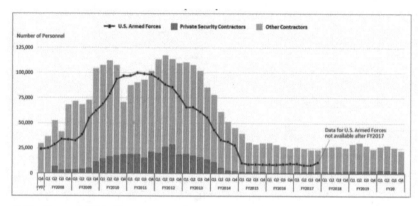

來源：Peters（2021: 6）。

圖 3：駐阿富汗的美軍與承包人員

拜登在 4 月宣布將於 5 月 1 日展開撤軍、預計 9 月 11 日完成。由於阿富汗政府是扶不起的阿斗，也就是典型的「廢材國家」（failed state），可以看出美國一心一意抽腿，已經顧不了捲土重來的塔利班勢必戕害民主、及人權。美國原本規劃在 4 月底於土耳其讓雙方達成

---

[1]　一說兩兆，不同的算法，見 Reality Check Team（2021）。

最後的協議，塔利班在最後關頭卻反悔而拒絕與會，要求所有外國部隊撤出再說，狠狠打了美國一個巴掌，拜登不以為忤，打定主義按照原來的計畫，終在 8 月底完成通盤撤軍。

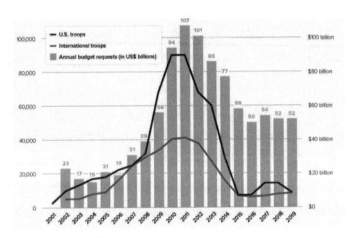

來源：Afghanistan Study Group（2021: 14）。

圖 4：盟軍駐阿富汗人數及美軍預算

在美國宣布撤軍後，塔利班軍隊如火燎原快速佔據全國，並在 15 日兵不血刃佔領首都喀布爾，政府要員紛紛流亡鄰國。對於美國來說，既然阿富汗政府有 30 萬裝備精良的部隊，只有 75,000 的塔利班根本不是對手，美國只要空中相挺就夠了，沒有想到前者沒有抵抗就棄甲曳兵而逃。美國唯一關心的是 2,500 名通譯的安危，看如何先安置在第三國，再協調國會緊急修法提供特別移民簽證。被問到是否似曾相識西貢淪陷，拜登顧左右而言他，臉不紅、氣不喘地回答說，塔利班並未進攻美國大使館啊（White House, 2021/7/8）。

　　拜登在 4 月 14 日的新聞簡報（White House, 2021/4/14），完整說明撤軍阿富汗的理由：首先，美國在 2001 年出兵的目標相當明確，也就是膺懲九一一恐攻的元兇蓋達組織、同時防止阿富汗淪為恐怖組織的巢窟，早已大功告成；接下來，只有阿富汗人才有權利、及責任領導自己的國家，至於美國無止盡地增兵，無助維持當地穩定的政府，換句話說，美國已經不知為何而戰。他指出，恐攻的威脅已經散佈到全球各地，尤其是索馬利亞、阿拉伯半島、敘利亞、伊拉克、甚至於非洲及亞洲，美國沒有必要綁在阿富汗，因此，他不會把撤軍的責任丟給下一任總統；此外，既然川普已經跟塔利班達成協議，他會信守承諾如期撤軍。拜登強調，美國目前面對其他更艱困的挑戰，特別是必須專注自信滿滿的中國，有必要騰出資源來強化本身的競爭力；至於區域性的共業，應該交給俄羅斯、中國、印度、及土耳其去共同承擔。

　　拜登在 7 月 8 日再度說明阿富汗撤軍（White House, 2021/7/8），主要是因為殲滅蓋達組織禍首賓拉丹（Osama bin Laden）等任務已經達成，而美軍超越地平線（over-the-horizon）的攻擊能力綽綽有餘；至於阿富汗的未來、及治理，那是阿富汗人他們自己的權利及責任，美國會持續提供訓練、及精良的裝備，但不是前來幫忙從事建國的工作；他重申，美國除了面對中國的戰略競爭，同時還要應付下一波流行病或生化攻擊、網絡空間規範、及攸關存亡的氣候變遷課題，必須提升自己的核心能力；事實上，美國迄今已經在阿富汗花了美金一兆，繼續留下來打這場沒完沒了的戰爭，並不符合美國的國家利益。

　　拜登在 8 月 16 日的記者會上（White House, 2021/8/16），老調重談美軍在阿富汗的任務完成，要是阿富汗對美國還有任何重大國家利益來說，就是遏止恐攻美國本土，只不過，既然那已經不是問題，繼續駐軍並不符美國的國家安全利益，更何況美國並沒有幫忙從事反顛覆、或是建國的課題，這是他自從擔任副總統以來一貫的立場；美國既然已經花這麼多錢幫忙組訓、付餉、甚至於操作空軍，給他們那麼多機會決定自己的前途，要是阿富汗軍隊不能打、或是不願意為自己的國家犧牲，政治人物又不願意造福百姓、不能坐下來好好地談，美軍留下來也沒有用；最重要的是，美國的戰略競爭者中國、及俄羅斯虎視眈眈，他們會很高興美國繼續在這裡投注資源，他可不會重蹈越戰的覆轍。

在 8 月 31 日的記者會上（White House, 2021/8/31），拜登宣告撤軍行動功德圓滿，重複在阿富汗的反恐任務早已完成、阿富汗對美國已經沒有重大國家利益云云；既然這是嶄新的世界，美國的策略也必須跟著調整，不需要大規模部署地面部隊，光是靠超越地平線的能力空中出擊就夠了；他再度提醒，美國與中國正在進行激烈的競爭，面對俄羅斯也有多重戰線的競爭，更不用說網路攻擊、及核武擴散等課題，美國必須趕緊提升國力。總而言之，拜登認為九一一恐攻的正義早已伸張，既然整個大環境已經丕變，除了說恐怖主義蔓延世界各地，還有更多新的挑戰必須處理，因而不能老是仰賴傳統的重兵部署來支應。

總統在記者會上的官樣文章，即使讀稿機念錯，事後可以更正，整體看來相當一致，相對之下，接受媒體的專訪，即使不是真心話大冒險，你來我往，比較容易出錯、甚至於洩漏天機。拜登在 8 月 19 日接受美國廣播公司（*ABC News*, 2021）訪問表示，既然早晚要撤軍，就沒有所謂看時辰走人的事（There is no good time to leave Afghanistan），只是沒有想到塔利班的接收會那麼快；他又補上一句，沒有想到在阿富汗的反恐會變形為建國，對我來說，自來沒有道理可言（In nation building. That never made any sense to me.）。也許「自來」（never）用得太強，根據 CNN 的查核（Dale, 2021），拜登在 2004 年到普林斯頓大學演講說過，「建國是二十一世紀的絕對先決條件」（Nation-building -- that "four-letter word" in this administration up to now -- is an absolute prerequisite for the 21st century.）；話又說回來，不管是記憶不好、還是與時俱進，拜登當時尚未當副總統。

貳、拜登的戰略觀

戰後以來，美國兩大黨的外交大戰略依違現實主義、及自由主義之間：大體而言，共和黨強調安全，採取現實主義的世界觀，傾向於圍堵的手段、甚至於不惜一戰；相對之下，民主黨重視利益，高唱自由主義，揭櫫交往的途徑、甚至於擁抱綏靖。冷戰結束，兩黨外交建制菁英有相當程度的聚合，也就是對所謂自由式國際主義（Liberal Internationalism）的起碼共識：現實主義的圍堵策略可以由威嚇、嚇阻、到限制性圍堵，而自由主義的策略可以由建設性交往、條件式交往、到脅迫式交往，當兩者延伸到極端、難免重疊，外人畢竟很難看出來，由現實主義出發的預防性防衛與由自由主義出發的鷹式交往，到底在本質上有何不同。

冷戰結束，美國儼然國際體系的獨霸、沾沾自喜享有單極的時刻（unipolar moment），老布希總統心猿意馬，派兵打了一場波斯灣戰爭（Gulf War, 1991），逼迫伊拉克由科威特撤軍。柯林頓州長出身，對於外交心不在焉，主要的貢獻在於促成北愛爾蘭的和解。小布希一上台就碰上九一一恐攻，憤而出兵阿富汗推翻塔利班政權，他人心不足、好大喜功，又打了一場伊拉克戰爭（Iraq War, 2003-11）。歐巴馬力不從心，雖然結束在伊拉克的戰事，卻又介入利比亞、及敘利亞的內戰（2011），更半暝反症增兵（surge）阿富汗。川普用心計較、錙銖必較，開始著手阿富汗撤軍。拜登亟欲抽腿，初步看來頂多是歐巴馬2.0。

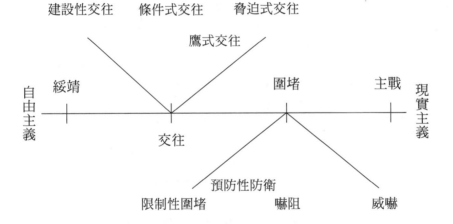

圖5：美國在後冷戰的大戰略選擇的光譜

由於拜登30歲就當上參議員（1973-2009），長期蹲點參議院外交委員會、甚至於擔任主席（2001-2003、2007-2009），當然對外交事務相當嫻熟；歐巴馬總統當年找他擔任副手（2009-2017），就是要補自己在這方面的不足，當選後又不時委以實質外交出訪重任，包括與當時擔任中國國家副主席的習近平（2007-12）相談甚歡。拜登此番初試啼聲撤軍阿富汗，褒貶不一，有人甚至嘗試推敲「拜登主義」
（*Biden Doctrine*）呼之欲出（Brands, 2021; Kristol, 2021; Politi, 2021）。要瞭解拜登的國際大戰略觀點，為了避免管窺蠡測，除了競選過程的政見、以及當選後的官方發言，應該還可以往前考察擔任副總統、甚至於參議員的言行（Bâli & Rana, 2021; Clemons, 2016; Contorno, 2014; Traub, 2012）。

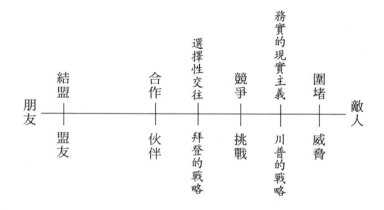

圖 6：拜登與川普的大戰略

根據拜登在 3 月公布的『國家安全戰略暫行指南』（*Interim National Security Strategic Guidance, 2021*），美國的國家利益大致上可以劃分為安全、利益、及民主三個場域，端賴議題進行有條件的交往，來決定究竟要競爭、還是合作，近似於歐巴馬的「選擇性交往」（Selective Engagement）。然而，實際上的運作未必可以順心進行市場切割，要是三場競局無法如意聚合的情況下，勢必決定優先順序、及割捨；當然，民主或許只是門面，難說軍事安全與經濟利益孰重，中產階級外交擺明內政勝於外交。由於拜登講軟硬兼施，除了談笑風生之於義憤填膺，看來與川普的「務實的現實主義」（Pragmatic Realism）未必有很大的差別。

Tierney（2020）將『小布希主義』（*George W. Bush Doctrine*）化約為獵殺恐怖份子、及擴散民主制度，『歐巴馬主義』（*Obama Doctrine*）是避免重蹈伊拉克戰爭的覆轍，而『川普主義』（*Trump Doctrine*）則是希望盟邦、及國際制度不要搭美國的便車，那麼，『拜登主義』又會是怎麼樣的面貌？他認為拜登是時勢造英雄的產物，戲棚下站久了就是你的，既然相當務實，思路不會背離跟民主黨主流、更不會跟輿論民意相左；如果說外交政策上有何特殊的地方，就是強調外交手段，重視調解、談判、及結盟，特別是跟外國領袖的關係，透過閒聊扯淡拉近彼此的距離，又有幾分自戀。整體來看，拜登並沒有鮮明的願景。

Tierney（2020）在總統大選前將拜登的外交心路歷程分為三個階段，由越戰到冷戰的溫和派、由冷戰結束到波斯灣戰爭的鷹派、及伊拉克戰爭以來的鴿派，深受戰爭影響而有不同的反思：（一）拜登一開頭是以反越戰的姿態選上參議員，在民主黨內走中庸路線；他雖然支持雷根出兵格瑞那達（1983）、及雷根入侵巴拿馬（1989），卻反對支持尼加拉瓜康特拉叛軍（Contras）、及發動波斯灣戰爭，大致上迎合黨意、及民意。（二）冷戰結束底定、越南徵候群（Vietnam Syndrome）消逝，後知後覺拜登似乎有點反悔，大肆抨擊老布希為德不卒、沒有順勢拉下伊拉克的海珊（Saddam Hussein）；由於美國意氣風發，拜登支持美國用兵巴爾幹半島、還當面指責塞爾維亞的頭子米洛塞維奇（Slobodan Milošević）是戰犯、又批評柯林頓政府的巴爾幹政策懦弱而瀰漫絕望，在這樣的氛圍下，他支持科索沃戰爭（Kosovo War, 1998-99）、出兵阿富汗（2001）及伊拉克（2003）。（三）伊拉克開打，拜登大失所望，認為主事的副總統錢尼（Dick Cheney）、及國防部長倫斯斐（Donald Rumsfeld）等新保守主義人士過於無能，然而，他此後開始反對動武或增兵，包括伊拉克（2006）、阿富汗（2009）、利比亞（2011）、及敘利亞（2014），或許感染社會上瀰漫的伊拉克徵候群（Iraq Syndrome）。

Shifrinson 與 Wertheim（2021）也有類似的觀察，也就是拜登的立場會隨著國內外情勢變動而有所調整：（一）在 1970-80 年代，美國內部厭倦越戰，拜登不免隨俗採取溫和姿態，譬如北越在 1975 年發動最後攻勢，他反對增援南越；雷根總統大規模軍事擴張壓制蘇聯，拜登大致投票反對；同樣地，他也反對老布希發動的波斯灣戰爭，理由相當簡單，美國在阿拉伯世界沒有重大利益（vital interest），沒有必要讓美國子弟魂斷沙漠。（二）冷戰結束、進入 1990 年代，美國取得國際體系的單極的支配，也就是所謂自由式霸權（liberal hegemony），拜登除了推動北約成員的擴充、相信可以因此確保歐洲未來 50 年的和平，而且還贊成出兵波士尼亞、及科索沃來對抗塞爾維亞；在九一一恐攻以後，他也支持出兵阿富汗、及伊拉克。（三）由於在阿富汗、及伊拉克的反顛覆行動不順，拜登改弦更張，質疑協助重建的必要性，甚至於為了撤軍鋪路，主張伊拉克依據宗教族群採取聯邦式的分治；擔任副總統，拜登反對擴大戰事的態度更加明顯，儼然是歐巴馬政府唯一強力反對增兵阿富汗者，理由是美國扶植的政權無力消弭塔利班的顛覆，不如實事求是集中火力清剿蓋達組織、及其他恐怖組織。

事實上，拜登在擔任副總統的時候就堅持撤軍阿富汗。被歐巴馬總統任命為美國阿富汗暨巴基斯坦特使（Special Representative for Afghanistan and Pakistan, 2009-10）的前助理國務卿（1994-96）郝爾布魯克（Richard Holbrooke）回憶[2]，拜登在 2010 年曾經失控咆哮：「我不會為了保護女權而派子弟前往冒險患難，那是行不通的，而且他們也不是為了保護女權而上戰場」（I am not sending my boy back there to risk his life on behalf of women's rights, it just won't work, that's not what they're there for.）（UnHerd, 2021）[3]。拜登同年接受國家廣播公司（NBC）訪問，還是老生常談美國出兵阿富汗的目標是盤據巴基斯坦邊界山區的蓋達組織，不是為了進行重建、或是推動美式民主（Pleming, 2010）。同樣地，拜登在 2011 年反對美國轟炸利比亞、主張由北約出手就好，理由是對於美國在中東的戰略利益不大（peripheral），看法十年如一日，基本上是美國的國家利益至上，尚難說是機會主義者（Shifrinson & Wertheim, 2021）。

參、美國在阿富汗的戰略選項

美國自從出兵阿富汗，除了一走了之片面撤軍（交給巴基斯坦？），戰略選項不外反恐（counterterrorism）、或是反顛覆

---

[2] 不像前國防部長蓋茲是小布希留下來的遺臣，郝爾布魯克從卡特跟到柯林頓，算是自己人。

[3] 郝爾布魯克在日記寫著，他問拜登，難道美國對於喀布爾學校的女生沒有虧欠嗎？拜登老大不高興地粗口回道：「我們在越南的時候不用擔心這件事，尼克森跟季辛吉都全身而退」（Fuck that, we don't have to worry about that. We did it in Vietnam, Nixon and Kissinger got away with it.）（Lizza, et al.: 2021）。

（counterintelligence）。一開頭，小布希原本的目標是裹脅塔利班政權交出賓拉登、承諾不要繼續卵翼蓋達組織就好，遭拒，惱羞成怒、憤而出兵，立意扶植親美政權。最早只是防衛性的報復行動，現在小布希一方面擴大打擊對象為「邪惡軸心」（Axis of Evil），也就是北韓、伊朗、及伊拉克等支持恐怖主義的國家，另一方面則在阿富汗著手反顛覆。具體而言，美國為了一勞永逸、斬草除根，除了駐紮重兵，還必須從事通盤的國家打造（state-building[4]）工作，包括強化政府、基礎建設、經濟發展、及民主化等等。由現實主義來看，反恐是守勢、反顛覆則是攻勢，比喻來說，前者是手術除瘤，後者是採取化療、兼服標靶藥，甚至於還要改善體質、內外兼備。簡而言之，就是狹義的軍事行動、及幫忙從事國家制度建構的差別（Dale, 2001）。

圖 7：美國在阿富汗的戰略選擇

---

[4] 政治人物、及國際媒體往往與 nation-building 交互使用，特別是在美國的脈絡，因為 state 代表州，國家就使用 nation 來區隔就好像聯合國是 United Nations，總不能翻譯為「聯合民族」。國內有人望文生義、翻譯為「國族建構」，那是過度解讀。就比較政治學、或是政治發展的文獻來看，state-building 是國家機器的打造，也就是「建國」，而 nation-building 則是民族／國族的塑造，兩者或與有先後的關係，卻不能混為一談。

　　如果說反顛覆是最佳的 A 方案、反恐是次佳 B 方案，而撒手不管、拱手讓人則是不得已的 C 方案，既然國家打造的工程不是一蹴可及，升級增兵又不符國內民情，而完全歸零卻必須付出政治代價，歷任總統只能量力而為，圍繞著現有的反恐工作進行微調。大體而言，就是固守首都、要塞化喀布爾，時而派遣特種部隊掃蕩、或是出動無人機空襲，行有餘力則是訓練當地部隊、準備移交任務，也就是所謂的本土化，整體看來，就是一種有限的軟分治，勉強算是 A⁻ 方案。至於透過談判來促成政治和解，那是為退出丟包作鋪路，頂多算是 B⁺ 方案。至於 C 方案，政客必須壓制軍方、及職業外交官的異議。

　　由於阿富汗算是前現代國家，除了有族群、及宗教的分歧，社會組織以部落為主，唯一能同仇敵愾的是對抗佔領軍，不管是蘇聯紅軍、還是美軍，因此，美國多年來的國家打造工程絕非易事。譬如塔里班是以多數族群普什圖人（Pashtuns）為主，而美國支持的北方聯盟早期領頭的雖然是塔吉克人（Tajiks），後來扶植的領導者，由卡爾扎伊（Hamid Karzai, 2001-14）到加尼（Ashraf Ghani Ahmadzai, 2014-21）都是普什圖人，那麼，副手、及內閣成員就必須考量族群的平衡。

　　也因此，儘管美國嘗試建構強而有力的中央政府，卻無法改變軍閥割據、族群自保的事實；同樣地，經過美國與盟邦近年的挹注及組訓，軍警擴編雖然初步有成，不講人頭詐領美金兵餉，中央政府在重要關頭未必能號令天下；至於阿富汗政府貪腐等指控，盟軍必須負起識人不明、監督不周的責任。阿富汗重建特別督察長（US Special Inspector General for Afghanistan Reconstruction, SIGAR）蘇普科（John Sopko）在給國會的最後一份報告坦承，美國的錢沒有用在刀口。

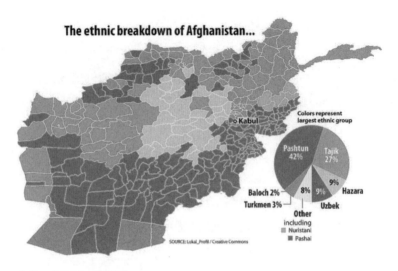

來源：Arnoldy（2009）。

圖 8：阿富汗的族群分布

肆、影響拜登撤軍的因素

　　這幾年來，恐怖組織已經轉進其他國家，阿富汗政府不能消滅死灰復燃的塔利班，而後者則採取鄉村包圍城市的游擊戰術，彼此維持西北與東南半壁對峙的態勢，你消我長、誰也吃不掉誰，局勢大致穩定；近年，美軍已經退到第二線，即使加上盟軍、及外包，人數頂多也不過上萬。就美國人每年在阿富汗的死亡人數來看，從 2015 年以來已經降到 20 人上下，陣亡人數更是降到 10 人左右（Wikipedia, 2021: United States military casualties in the War in Afghanistan）。拜登決定快刀斬亂麻，軍事情勢急轉直下，究竟要如何來解釋？

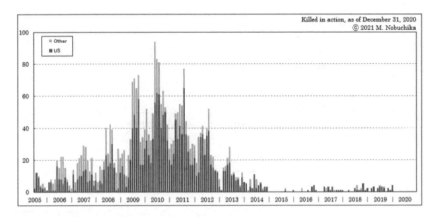

來源：Nobuchika（2021）。

圖9：美軍與盟軍在阿富汗的死亡人數

　　有關於影響外交決策的因素，大致可以從三個分析層級（level of analysis）著手，也就是國際、國家／社會、及個人；當然，也可以將這些因素簡化為外部、及內部兩大類。在這裡，我們將這些因素分為國內外情勢、政治制度、及決策者個人的特質。首先，就政治制度、以及國內情勢而言，美國是民主國家，選民的態度當然不可忽視；由於美國採取總統制，除非朝小野大（divided government），總統不用擔心在野黨在國會的掣肘[5]，剛就任的總統也不會有同志挑戰。

　　就國外情勢來看，中國崛起已經是美國不可忽視的現實、必須集中心力應付挑戰，當下，印太（Indo-Pacific）才是戰略軸心，而東亞、及南海更是重中之重；相較之下，俄羅斯卻是次要的、可以曉以大義，

---

[5]　目前，參議院的政黨分佈是民主黨 48 席、共和黨 50 席、獨立人士 2 席，眾議院是民主黨 220 席、共和黨 212 席、3 席出缺（Wikipedia, 2021: United States Congress）。

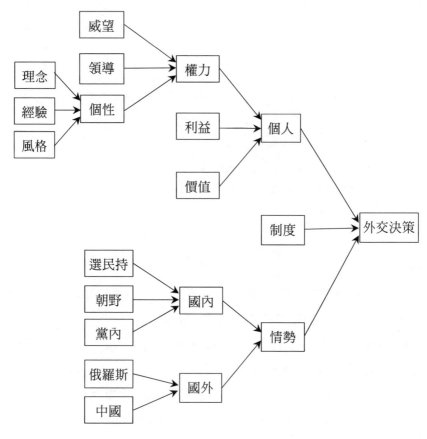

圖 10：影響總統外交決策的因素

連桀驁不馴的敵手伊朗、及北韓都要稍安勿躁，至於阿富汗沒有剩餘
地緣政治價值，當然可以棄之如敝屣，接下來應該就是從伊拉克、及
敘利亞撤軍。至於個人特質，儘管兩黨政治人物在口頭上推崇民主價
值，對於人權保障的實質努力仍有待觀察，除非是出於緊急的人道干
預（humanitarian intervention）考量，看來片面、或多邊出兵的可能

性遠低於動員國際制裁、鳴鼓而攻之;個人利益無非歷史留名、以及連任,拜登暫且還不用考量,值得觀察的是權力層面。就權力層面還看,短期內,剛上台的民選總統威望無礙,至於領導能力,拜登的國安團隊是老班底,前朝人士連掛名顧問都被請辭,真正左右決策的是決策者的個性,包括理念、經驗、及風格。

就理念而言,拜登當然是比共和黨政治人物更重視民主、講究人權,譬如高唱入雲的要在年底召開全球性「民主高峰會議」(Summit for Democracy),看來是修辭論述多於實際行動,畢竟,阿富汗女性的人權比不上美國子弟的性命。由於拜登自詡外交經驗豐富,強調外交手段的重要性、自誇外交手腕熟稔,必要時可以親自打電話、或是高峰會議,應該是不會輕啟戰端;也因為他自視甚高,國安幕僚即使跟隨已久,不輕易頂嘴、或是唱反調;此外,他對於職業軍人一向高度不信任,國防部相對不重要。

就風格來說,拜登一開口就滔滔不絕,難免令人有喜歡打嘴炮的印象,加上記憶力稍有衰退,細節未必抓得精準、時間軸也有可能出錯,不過,尚不至於天馬行空;最後,由於拜登在政壇上翻滾已久,當然是精明的政治人物,對於民意高度敏感,未嘗不可見風轉舵。儘管前國防部長蓋茲(Robert Gates, 2006-11)對拜登有所抨擊,調侃他在過去 40 年來,幾乎所有的重大外交國安議題看法都不對(I think he has been wrong on nearly every major foreign policy and national security issue over the past four decades)(Gates, 2014: 288)。大體而言,拜登雖然沒有卡特看起來悲天憫人,至少也是正人君子,不像川普討價還價、汲汲營營。

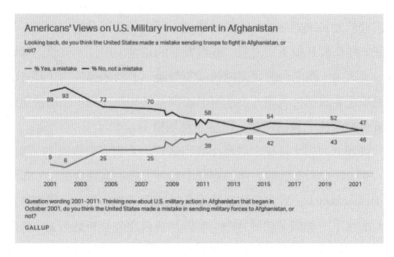

來源：Brenan（2021）。

圖 11：美國人對於軍事介入阿富汗的態度

伍、對於台灣的啓示

從頭到尾，拜登總統所關注的是究竟塔利班是否會信守承諾、以及能否讓美軍全身而退。對他來說，阿富汗自來就沒有團結一致的國家，而他只不過是蕭規曹隨，頗有罪不在己的弦外之音，彷彿又怪罪川普跟塔利班的協議，不是撤軍、就是增兵，自己沒有選擇的餘地。令人回想當年共和黨的尼克森與中國和談，繼任的民主黨總統卡特執行跟中華民國的斷交。美國在 1973 年主導巴黎和會，美國代表季辛吉、以及北越代表黎德壽獲得當年的諾貝爾和平獎，兩年後越南淪陷；當下，美國直昇機在大使館緊急撤離再度重演，難免讓人質疑美國的信用。

　　拜登在 8 月 19 日與美國廣播公司的史蒂芬諾伯羅斯（George Stephanopoulos）對談（*ABC News*, 2021），被問到美國的對手中國、及俄羅斯是不是會見縫插針，譬如中國就已經跟台灣曉以大義，「看到沒有，美國是靠不住的？」拜登忙不迭地回道，阿富汗不能跟台灣、南韓、或是北約國家相提並論，畢竟，不管是那個島嶼（台灣）、或是南韓，並未身陷內戰，而且，我們是跟一致對外的政府協定[6] 防止外犯；此外，根據『北大西洋公約』（*North Atlantic Treaty, 1949*）第 5 條，要是盟邦遭受外來的侵略，美國會信守承諾出手回應（respond），包括日本、南韓、以及台灣亦然：

> Sh-- why wouldn't China say that?　Look, George, the idea that w—there's a fundamental difference between-- between Taiwan, South Korea, NATO.　We are in a situation where they are in-- entities we've made agreements with based on not a civil war they're having on that island or in South Korea, but on an agreement where they have a unity government that, in fact, is trying to keep bad guys from doin' bad things to them.
>
> We have made-- kept every commitment.　We made a sacred commitment to Article Five that if in fact anyone were to invade or take action against our NATO allies, we would respond. Same with Japan, same with South Korea, same with-- Taiwan. It's not even comparable to talk about that.

6　這裡所依據的「協定」（agreements），就台灣來說應該是『台灣關係法』（*Taiwan Relations Act, 1979*），那是美國的國內法，拜登的用字遣詞或許沒有那麼精確，瑕不掩瑜。

拜登的說法，就是把台灣列為美國的「重要非北約盟邦」（Major Non-NATO Ally, MNNA）。根據美國國務院（U.S. Department of States, 2021），美國目前將 17 國家列為重要非北約盟邦、包含阿富汗在內，再加上「未正式被列為國家的」（without formal designation as such）台灣。

　　在 2005 年，小布希總統夫婦造訪阿富汗，簽訂『美國與阿富汗戰略伙伴共同宣言』（*Joint Declaration of the United States-Afghanistan Strategic Partnership*），雙方如膠似漆，所宣示的密切合作項目包含民主、治理、繁榮、及安全，就是幫忙建國。在 2012 年，兩國進一步簽訂『美國與阿富汗持久戰略伙伴協定』（*Enduring Strategic Partnership Agreement between the Islamic Republic of Afghanistan and the United States of America*, SASPA），美國正式把阿富汗定位為「主要非北約盟友」（Major non-NATO ally），合作項目包含捍衛民主價值、區域安全合作、社會經濟發展、及強化制度及治理，還是建國；國務卿希拉蕊（Hillary Clinton）前往訪問，她跟連任的卡爾扎伊總統保證，「美國將會是你們的友邦，很難置信會放棄阿富汗」（Please know that the United States will be your friend. We are not even imagining abandoning Afghanistan.）（Mohammed, 2012）。

　　總之，拜登對於撤軍表示不後悔（I do not regret my decision to end America's warfighting in Afghanistan），撤軍的所有責任我來扛（I am President of the United States of America, and the buck stops with me.），然而，他怪罪阿富汗無良政客逃亡、無能軍隊不戰（White House, 2021/8/16）。但是不要忘了，高舉白旗的後面，阿富汗人已經有 70,000 人戰死沙場（Nicholas, 2021）。其實，阿富汗情勢在近年來相對穩定，

若非拜登決定通盤撤軍，政府軍不會那麼快崩盤；也就是說，既然美國決定將政權拱手交給塔利班，眾人不如離開首都、固守各自的地盤。國務卿布林肯（Blinken, 2021a, 2021b）在國會作證說，要是美國不全部撤軍，塔利班威脅烽火燎原、攻打美軍，意思是說，當下是暴風雨前的寧靜，美國即使增兵也於事無補。那麼，究竟是誰跟塔利班和談、同意無條件把獄中的 5,000 黨羽縱虎歸山？川普！至於『持久戰略伙伴協定』不那麼「持久」，也就不用大驚小怪。

附錄 1：似曾相識的阿富汗淪陷[7]

美國 7 月起開始從阿富汗撤軍，反政府塔利班（神學士）軍隊快速佔據全國，並在十五日佔領首都喀布爾，政府要員紛紛流亡鄰國。美國國務卿布林肯表示，當年美國出兵阿富汗，主要的目標是殲滅九一一恐怖攻擊的禍首賓拉丹，早就沒有必要繼續駐軍阿富汗，對於阿富汗情勢急速惡化似乎認為罪不在我。

阿富汗自古在強權鐵蹄下苟延殘喘，進入十九世紀，英國與俄羅斯試圖納為勢力範圍。在一次大戰後，阿富汗成功打敗英國，終於獲得獨立自主。蘇聯在 1979 年坦克入侵，十年後鎩羽而歸。塔利班政府 1996 年上台，美國與北約於 2001 年出兵加以推翻、扶植親美政府，協助建軍並掃蕩塔利班、及伊斯蘭國分子。

二十年來，美國死傷 23,000 人，花費超過美金一兆。川普政府在去年初與佔有半壁江山的塔利班於卡達達成和平協議、同意逐步撤軍，交換對方不再卵翼蓋達組織，然後強勢主導阿富汗政府展開歷史性談判，打打談談。拜登在大選期間承諾通盤撤軍，主要是因為美國人對於這場有史以來最長的戰爭已經厭煩。

拜登在 4 月宣布將於 5 月 1 日展開撤軍、9 月 11 日完成，然而，阿富汗政府是扶不起的阿斗，也就是典型的「廢材國家」（failed state），可以看出美國一心一意抽腿，已經顧不了班師回朝的塔利班勢必戕害民主、及人權。美國原本規劃在四月底於土耳其讓雙方達成最後的協議，塔利班在最後關頭拒絕與會，要求所有外國部隊撤出再說，狠狠打了拜登一個巴掌。

拜登在七月八號說明美軍的縮編，重申當年出兵阿富汗的目的是膺

---

[7] 《台灣時報》2021/8/17。

懲九一一恐攻元兇、以及防止阿富汗淪為恐怖組織的巢窟,而不是前來幫忙從事建國的工作;至於阿富汗的未來、及治理,那是阿富汗人的權利及責任,美國會繼續提供人道援助、及外交斡旋,終究還是由政府跟塔利班坐下來好好地談。表面上聽起來相當有道理,卻頗有仁至義盡、事不關己的意思。

拜登直言,當下恐攻的威脅主要來自南亞、中東、及非洲,阿富汗將不會是美國反恐的重點;此外,美國必須把資源放在肆應中國的戰略競爭,更不用說與盟邦聯手處理其他課題,包括新冠肺炎、氣候變遷、網絡空間的規範。相對之下,持續駐軍阿富汗不符美國的國家利益,就此刻內戰的情勢來看,即使多留一年也於事無補,維持現狀只會增加美軍的傷亡。

對於美國來說,阿富汗政府有三十萬裝備精良的部隊,只有七萬五的塔利班根本不是對手,美國只要出動軍機相挺就夠了,沒有想到前者沒有抵抗就投降。目前,美國唯一關心的是兩千五百名通譯的安危,看如何先安置在第三國,再協調國會緊急修法提供特別移民簽證。被問到是否似曾相識西貢淪陷,拜登顧左右而言他,回道塔利班並未進攻美國大使館。

對於拜登來說,阿富汗自來沒有團結一致的國家,而他只不過是蕭規曹隨,令人回想當年共和黨的尼克森與中國和談,繼任的民主黨總統卡特執行跟中華民國的斷交。美國在 1973 年主導巴黎和會,美國代表季辛吉、以及北越代表黎德壽獲得當年的諾貝爾和平獎,兩年後越南淪陷,美國直昇機在大使館緊急撤離再度重演。

附錄 2：戰後中東動亂的始作俑者杜勒斯[8]

　　杜勒斯是美國總統艾森豪的國務卿，台灣對他的認識是『舊金山和約』的擘劃，特別是「台灣地位未定論」的伏筆；不過，杜魯門總統會說，對日和快馬加鞭是為了對抗中共，不希望節外生枝。同樣地，由於『中美協防條約』的簽訂，有人溢美他對「台灣民主生存」的貢獻；不過，艾森豪一定是老大不高興，畢竟，所有的決定都是在國家安全會議上由他拍板定案的。話又說回來，杜勒斯對於中東由戰後到現在的動亂，必須負相當大的責任，錯誤的第一步是推翻伊朗政府。

　　伊朗原為波斯帝國，全盛時期不可一世，進入二十世紀被俄羅斯、及英國瓜分。二次大戰爆發，伊朗保持中立，英蘇聯軍入侵伊朗，以確保油田的控制。在 1951 年，民選首相摩薩台勵精圖治、著手改革；巧婦難為無米之炊，因此斷然將獨佔的英伊石油公司國有化，舉國歡騰，次年被時代周刊推為年度風雲人物，這是他在 7 個月內兩度登榜，鋒頭壓過杜魯門的國務卿艾奇遜、艾森豪、及麥克阿瑟。

　　英國此前只要給伊朗政府 16%的利潤，光是這一年的盈餘就夠繳半世紀的權利金，癥結在落後的半殖民地竟然膽敢要求分紅，當然是相當沒有面子。英國想盡辦法要摩薩台收回成命，包括賄賂、暗殺、破壞、封鎖，甚至於告上聯合國安理會、及國際法庭，就是無計可施；要不是杜魯門、及艾奇遜反對，英軍早已派軍入侵推翻。艾森豪上台，英國遣軍情局（MI6）特務伍德豪斯遊說杜勒斯，冠冕堂皇的理由是摩薩台親共。其實，摩薩台痛恨共產教條、內閣排除共產黨員。杜勒斯的胞弟當時是中央情報局長，因此，儘管國務院專家、及在地幹員不敢苟同，只要艾森豪點頭，就可以撥款採取行動。

8　《台灣時報》2022/6/24。

　　美國首先透過媒體合理化政變，譬如紐約時報、時代周刊、及新聞週刊把摩薩台抹黑成希特勒、史達林，彷彿共產顛覆在即。CIA 籠絡伊朗各方人士，一網打盡軍事將領、媒體編輯、國會議員、意見領袖、及回教教士。在政變那天，流氓被策動扮演共產黨羽製造暴動、反制的也是收錢辦事，軍警則配合劇本演出鎮壓，領導政變的退將不說是美國欽定。摩薩台以莫須有的叛國罪關在軍事監獄三年、接著軟禁在家 10 年，死後不准舉行葬禮，屍體埋在客廳。

　　落跑羅馬的國王巴勒維班師回朝，肆殺摩薩台的親信、及支持者。巴勒維採行獨裁專制，CIA 及以色列情報局摩薩德助桀為虐，成立惡名昭彰的秘密警察機構薩瓦克，行刑處決異議份子令人髮指，終於有何梅尼的伊斯蘭革命、及大學生佔領美國駐伊朗大使館，導致卡特總統連任失利。此後，美國在中東四面為敵，911 恐攻或燒屁股，此後身陷泥淖，直到拜登才黯然抽腿。早知今日，何必當初。

　　摩薩台原本允諾跟英國分紅各半，生前忿忿不平，當時英國可以煤鐵收歸國有，為何伊朗就不可以將石油國營？事後，杜勒斯的老東家律師事務所幫忙改組英伊石油公司，英美各分得 40% 股份、其他歸歐陸國家，外國財團同意跟伊朗均分盈餘，英國實拿 20%，千算萬算，偷雞不著蝕把米。

　　杜勒斯以反共推翻伊朗民選政府，彷彿師出有名，其實是「向錢看」。事實上，他在戰前頻繁跑歐陸，跟德國納粹政權眉來眼去、甚至於公然支持希特勒，連他的律師事務所合夥人都不以為然。伊朗的摩薩台以後，瓜地馬拉的阿本斯、及智利阿的葉德面對相同的命運，擋人財路是主因。相關國家安全檔案在 60 年後解密，CIA 承認是主導伊朗政變的幕後黑手，輕描淡寫這是「外交政策之舉」。

參考文獻

ABC News. 2021. "Full Transcript of ABC News' George Stephanopoulos' Interview with President Joe Biden." August 19 (https://abcnews.go.com/Politics/full-transcript-abc-news-george-stephanopoulos-interview-president/story?id=79535643) (2021/9/15)

Afghanistan Study Group. 2021. "Afghanistan Study Group Final Report: A Pathway for Peace in Afghanistan." (https://www.usip.org/publications/2021/02/afghanistan-study-group-final-report-pathway-peace-afghanistan) (2021/9/5)

Amazing Iran. 2021. "Silk Road." (https://www.amazing-iran.com/silk-road/) (2021/9/7)

Arnoldy, Ben. 2009. "Is Power in Afghanistan Returning to Ethnic Fault Lines?" *Christian Science Monitor*, December 31 (https://www.csmonitor.com/World/Asia-South-Central/2009/1231/Is-power-in-Afghanistan-returning-to-ethnic-fault-lines) (2021/9/5)

Bâli, Aslı, and Aziz Rana. 2021. "Biden's Foreign Policy Doctrine Is Stuck in the Twentieth Century." *The New Republic*, June 4 (https://newrepublic.com/article/162597/biden-foreign-policy-doctrine-israel-china-russia) (2021/9/13)

Biden, Joseph R., Jr. 2021. "Interim National Security Strategic Guidance." March (https://www.whitehouse.gov/wp-content/uploads/2021/03/NSC-1v2.pdf) (2021/4/18).

Blinken, Antony J. 2021a. "Opening Remarks by Secretary Antony J. Blinken Before the House Committee on Foreign Affairs." September 13 (https://www.state.gov/opening-remarks-by-secretary-antony-j-blinken-before-the-house-committee-on-foreign-affairs/) (2021/9/15)

Blinken, Antony J. 2021b. "Opening Remarks by Secretary Antony J. Blinken Before the Senate Foreign Relations Committee." September 14 (https://www.state.gov/opening-remarks-by-secretary-antony-j-blinken-bef ore-the-senate-foreign-relations-committee/) (2021/9/15)

Brands, Hal. 2021. "The Emerging Biden Doctrine: Democracy, Autocracy, and the Defining Clash of Our Time." *Foreign Affairs*, June 29 (https://www.foreignaffairs.com/articles/united-states/2021-06-29/emergin g-biden-doctrine) (2021/9/10)

Brenan, Megan. 2021. "Americans Split on Whether Afghanistan War Was a Mistake." (https://news.gallup.com/poll/352793/americans-split-whether-afghanistan-war-mistake.aspx) (2021/9/7)

Clemons, Steve. 2016. "The Biden Doctrine: Has the Vice President Made a Lasting Contribution in Foreign Policy?" *The Atlantic*, August 23 (https://www.theatlantic.com/international/archive/2016/08/biden-doctrine/496841/) (2021/9/13)

Contorno, Steve. 2014. "Checking Robert Gates' Criticism of Vice President Joe Biden's Foreign Policy Record." *PolitiFact*, January 16 (https://www.politifact.com/factchecks/2014/jan/16/robert-gates/robert-gate s-criticism-vice-president-joe-biden/) (2021/9/13)

Dale, Daniel. 2021. "Fact-checking Biden's ABC Interview on Afghanistan." *FactCheck.org*, August 19 (https://edition.cnn.com/2021/08/19/politics/fact-check-biden-abc-interview-afghanistan-stephanopoulos/i ndex.html) (2021/9/14)

Enduring Strategic Partnership Agreement between the Islamic Republic of Afghanistan and the United States of America, 2012 (http://staging. afghanembassy.us/contents/2016/04/documents/Bilateral-Security-Agreem ent.pdf) (2021/9/13)

Gates, Robert M. 2014. *Duty: Memoirs of a Secretary at War*. New York:

Alfred A. Knopf.

Joint Declaration of the United States-Afghanistan Strategic Partnership, 2005 (https://2001-2009.state.gov/p/sca/rls/pr/2005/46628.htm) (2021/9/13)

Kristol, William. 2021. "The Birth of the Biden Doctrine?" September 1 (https://www.thebulwark.com/the-birth-of-the-biden-doctrine/) (2021/9/10)

Lizza, Ryan, Rachael Bade, Eugene Daniels, and Tara Palmeri. 2021. "Biden's Stubborn Streak Paved the Way for Havoc in Afghanistan." *Politico*, August 16 (https://www.politico.com/newsletters/playbook/2021/08/16/bidens-stubborn-streak-paved-the-way-for-havoc-in-afghanistan-493 986) (2021/9/13)

Maharishi, Shri Ramana. 2011. "Wakhan Corridor and Wakhjir Pass." (http://ramana-studypoint.blogspot.com/2011/08/wakhan-corridor-wakhjir-pass.html) (2021/9/7)

Mohammed, Arshad. 2012. "Donors Expected to Pledge $16 Billion in Afghan Aid." *Reuters*, July 7 (https://www.reuters.com/article/us-afghanistan-clinton-idUSBRE86601120120707) (2021/9/13)

Nicholas, Peter. 2021. "Who Takes the Blame?" *The Atlantic*, August 27 (https://www.theatlantic.com/politics/archive/2021/08/kabul-bombing-white-house-blame/619901/) (2021/8/27)

Nobuchika, Mitsuru. 2021. "Casualties in 'War on Terror.'" (https://web.econ.keio.ac.jp/staff/nobu/iraq/en/casualties.html) (2021/8/30)

Peters, Heidi M. 2021. "Department of Defense Contractor and Troop Levels in Afghanistan and Iraq: 2007-2020." (https://sgp.fas.org/crs/natsec/R44116.pdf) (2021/9/5)

Pleming, Sue. 2010. "Biden Says No Plans to Nation-build in Afghanistan." *Reuters*, July 30 (https://www.reuters.com/article/idINIndia-50501120100729) (2021/9/13)

Politi, James. 2021. "The Biden Doctrine: The US Hunts for a New Place in the World." *Financial Times*, September 4 (https://www.ft.com/content/2a88ac0b-d3d7-4159-b7f5-41f602737288) (2021/9/10)

Reality Check Team. 2021. "Afghanistan: What Has the Conflict Cost the US and Its Allies?" *BBC News,* September 3 (https://www.bbc.com/news/world-47391821) (2021/9/15)

Shifrinson, Joshua, and Stephen Wertheim. 2021. "Biden the Realist: The President's Foreign Policy Doctrine Has Been Hiding in Plain Sight." *Foreign Affairs*, September 9 (https://www.foreignaffairs.com/articles/united-states/2021-09-09/biden-realist) (2021/9/10)

Tierney, Dominic. 2020. "In Search of Biden Doctrine." *National Security Program*, November 9 (https://www.fpri.org/article/2020/11/in-search-of-the-biden-doctrine/) (2021/9/13)

Traub, James. 2012. "The Biden Doctrine: How the Vice President Is Shaping President Obama's Foreign Policy." *Foreign Policy*, October 10 (https://foreignpolicy.com/2012/10/10/the-biden-doctrine/) (2021/9/13)

UnHerd. 2021. "Joe Biden on Afghanistan, in His Own Words." *The Post*, August 17 (https://unherd.com/thepost/joe-biden-on-afghanistan-in-his-own-words/) (2021/9/13)

U.S. Department of States. 2021. "Major Non-NATO Ally Status." (https://www.state.gov/major-non-nato-ally-status/) (2021/9/15)

White House. 2021/4/14. "Remarks by President Biden on the Way Forward in Afghanistan." (https://www.whitehouse.gov/briefing-room/speeches-remarks/2021/04/14/remarks-by-president-biden-on-the-way-forward-in-afghanistan/) (2021/9/15)

White House. 2021/7/8. "Remarks by President Biden on the Drawdown of U.S. Forces in Afghanistan." (https://www.whitehouse.gov/briefing-room/

speeches-remarks/2021/07/08/remarks-by-president-biden-on-the-drawdow n-of-u-s-forces-in-afghanistan/) (2021/9/15)

White House. 2021/8/16. "Remarks by President Biden on Afghanistan." (https://www.whitehouse.gov/briefing-room/speeches-remarks/2021/08/16/ remarks-by-president-biden-on-afghanistan/) (2021/9/15)

White House. 2021/8/31. "Remarks by President Biden on the End of the War in Afghanistan." (https://www.whitehouse.gov/briefing-room/ speeches-remarks/2021/08/31/remarks-by-president-biden-on-the-end-of-th e-war-in-afghanistan/) (2021/9/15)

Wikipedia. 2021. "United States Military Casualties in the War in Afghanistan." (https://en.wikipedia.org/wiki/United_States_military_ casualties_in_the_War_in_Afghanistan) (2021/9/10)

Wikipedia. 2021. "United States Congress." (https://en.wikipedia.org/wiki/ United_States_Congress) (2021/9/10)

烏克蘭戰爭啟示錄[*]

壹、左右爲難的烏克蘭¹

自從美國去年撤軍阿富汗，國際戰略重心東移印度洋、太平洋，西線原本應該無戰事，沒有想到俄羅斯以演習爲名大軍壓境烏克蘭，國際情勢一時緊張不已。美國總統拜登警告俄羅斯入侵烏克蘭將「代價沉重」，而俄國總統普丁則回以美國的指控「荒謬至極、歇斯底里」，雙方舌劍唇槍。美國言之鑿鑿俄國將在 16 日入侵烏克蘭，西方國家紛紛撤僑，戰爭似乎一觸即發。

在蘇聯解體之前，俄羅斯頭子葉爾欽同意尊重烏克蘭的主權及領土完整，聯手架空戈巴契夫，因此，當九成的烏克蘭人在 1991 年底的公投支持獨立，葉爾欽無條件加以承認。只不過，站在俄羅斯民族主義者的立場，烏克蘭人只不過是小俄羅斯人，失去烏克蘭等於剝奪

---

* 刊於《台中一中校友通訊》37 期，頁 27-36（2022）。
1 《台灣時報》社論 2022/2/17。

俄羅斯帝國的地位；更何況臥榻之側、豈容他人鼾睡，出於國家安全的考量，至少也要讓烏克蘭成為自己的勢力範圍，當然要扶植親俄傀儡政權不遺餘力。

儘管在美國、及英國的見證下，烏克蘭的主權獨立獲得俄羅斯保證，然而，不少烏克蘭人認為光是口頭承諾還不放心，極力推動與西歐整合，特別是加入北大西洋公約組織，親西方派與親俄派一直相持不下。其實，烏克蘭百姓原本對於加入北約意興闌珊，然而，自從俄羅斯在 2014 年入侵烏克蘭、併吞克里米亞、介入國會大選，反俄政權開始積極準備加入北約，2019 年的修憲還把加入歐盟、及北約列為外交戰略的最高指導原則，俄羅斯不免覺得芒刺在背。

現任烏克蘭總統澤倫斯基上台後，更是加緊與北約深化的腳步，而北約國家的立場則是烏克蘭有權決定自己的外交政策、俄羅斯無權加以否決，也就是採取「門戶開放政策」，一待時機成熟，自然水到渠成、順水推舟。只不過，德國、及法國國家利益至上、主張事緩則圓，而美國雖然願意軍事援助烏克蘭，卻因為川普總統施壓烏克蘭政府調查對手拜登父子被眾議院彈劾。拜登過去負責歐巴馬總統的烏克蘭政策、六次造訪，問題在於美國心有旁鶩、甚至力有未逮。

癥結在於烏克蘭內部的民族認同分歧，尤其是東南部因為歷史地理因素，俄羅斯化比較深、親俄勢力比較強，特別是俄羅斯解體後留下來的俄裔，當然就有動員要求自治、甚或加入俄羅斯的空間。親俄政權在 2014 年垮台，俄羅斯派坦克佔領烏克蘭東南半壁，迄今打打停停。根據俄羅斯的說法，這是烏克蘭的內戰、事不關己，要是拿來當作烏克蘭不加入北約的籌碼最好，否則，不排除循克里米亞模式，先以住民自決公投獨立、再順勢加入俄羅斯。

　　俄羅斯鄰邦加入北約已有愛沙尼亞、拉脫維亞、及立陶宛三國，只不過俄烏兩國邊界綿延四百公里，戒慎小心不是沒有道理，而且也擔心烏克蘭的政治經濟改革蔓延、危及政權穩定；既然坐擁愁城，也只能漫天要價、就地還價。拜登自詡外交高手、手腕靈活，大師出馬、一手搞定；美國提供防衛武器、訓練軍事人員，迄今頂多是派軍進駐波蘭、及羅馬尼亞，加上出動艦隊，看來是不願意跟俄羅斯翻臉。話又說回來，也難說拜登與普丁在演雙簧，各取所需。

　　烏克蘭不願意接受俄羅斯的支配，俄羅斯則擔心烏克蘭加入對手的陣營，相當為難。

貳、強權的外交承認[2]

　　俄羅斯雖然未如美國總統拜登所預測入侵烏克蘭，卻在日前承認烏東的頓內次克、及盧甘斯克兩個人民共和國，普丁還下令軍隊進入「維和」，希望能造成既定事實。不過，聯合國秘書長古特雷斯嚴正聲明，這是侵犯烏克蘭主權、及領土完整的行為，連中國也強調應該根據聯合國憲章和平解決爭端的原則，呼籲各方保持克制、通過談判來化解分歧。

　　俄羅斯始終不忘情舊有的帝國，目前在烏東的作法，宛如 2014 年併吞克里米亞的翻版，也就是先要求自治、接著公投獨立、最後再公投統一，只不過，迄今不被國際社會承認。同樣地，在高加索脫離喬治亞的阿布哈茲、及南奧塞梯，目前都只有俄羅斯等五個聯合國成

2　　《台灣時報》社論 2022/2/24。

員承認，而脫離亞塞拜然的阿爾察赫、及脫離摩爾多的聶斯特河左岸地區更慘，更只能相濡以沫。

就國際政治而言，判斷國家是否主權獨立有實質自主、及法理承認兩個層面，一般的獨立國家是兩者皆有，也就是目前聯合國 193 個會員國，皆無的不是殖民地、就是屬地。介於兩者之間的是準國家（quasi-state），因為領土有爭議而不被認為存在有正當性，有時候又稱實質國家（de facto state），差不多 10 個左右，包括台灣、科索沃、撒拉威、北賽普勒斯、及索馬利蘭。

根據國際法，國家承認有「宣示說」、及「承認說」：前者主張只要符合『蒙特維多國家權利義務公約』的要件即可，也就是人民、土地、政府、及外交能力，沒有必要尋求建交；後者則認為光有實質的自主還不夠，還必須被大家接受，特別是聯合國、或強權。以科索沃為例，聯合國成員有包括美英法德在內 97 國承認，卻受制於俄羅斯、及中國而無法加入。

撒拉威阿拉伯民主共和國位於西撒哈拉，是前西班牙殖民地，聯合國一再決議尊重當地住民的自決權，目前有 40 個聯合國成員承認，只不過，川普在下台前宣布承認該地隸屬摩洛哥，用來交換後者承認以色列，原因之一是川普的女婿為猶太人。北賽普勒斯只有土耳其承認，最慘的則是索馬利蘭，原為英國殖民地、後歸索馬利亞，在 1991 年宣佈獨立，連台灣都不承認。

自從美國與中華民國在 1979 年斷交以來，對於台灣是以其國內法『台灣關係法』來規範，妾身未明，既非自由結合（帛琉）、也非屬地（關島）、又非自治邦（波多黎各）、更不要幻想建州（夏威夷）。美國的外交承認一向保守，傾向於考量國際穩定，多一事不如少一事，通常是姍姍來遲、很少仗義執言；當年承認以色列獨立，當然要歸功於國內猶太人的出錢出力。

有些人主張，台灣現在不是聯合國成員、還不是好好的，沒有必要爭取。其實不然，加入聯合國才能獲得集體安全的保障，也就是成員國一旦被侵略，聯合國可以派兵鳴鼓而攻之，譬如伊拉克入侵科威特，否則，就只能看人臉色。川普總統任內賣了一堆軍火給台灣，根據他的國家安全顧問的波頓，台灣只不過是奇異筆尖，而拜登最新公布的印太戰略，依然是強調台灣海峽的穩定。

美國的承認有示範作用，外交部長吳釗燮卻說「目前不尋求與美建立全面外交關係」，難怪美國國務卿布林肯只宣示「支持台灣有意義參與聯合國」。

參、事大主義究竟是視實務為英雄、還是搖擺狗？[3]

俄羅斯由北東南三方入侵烏克蘭，蜿蜒不盡的坦克怵目驚心，然而，儘管兵臨城下，看來似乎沒有進攻首都基輔的迫切性。當下，雙方在國際輿論、軍事作戰、及外交談判角力，世人都在觀看俄羅斯如何大人教訓小孩，也不知道克蘭是否打敗巨人歌利亞的大衛。由於這是俄羅斯在蘇聯解體後首度大動干戈，美國與中國的態度動見觀瞻，舉世關注，加上網軍投入傳統戰爭，媒體報導如幻似真，也在考驗眾人的認知、判斷、及學習。

俄羅斯、烏克蘭、及白俄羅斯同為東斯拉夫人，他們在歷史上有

---

[3]　《台灣時報》社論 2022/3/6。

共同的起源基輔羅斯，後來因為被蒙古征服各自為政，烏克蘭一再被異族瓜分，終究被帝俄蠶食鯨吞。在俄國大革命時期，烏克蘭短暫獨立，後來加入蘇聯，在 1932 年的大饑荒有數百萬人餓死，赫魯雪夫為了安撫將克里米亞劃歸。蘇聯解體，烏克蘭內部親俄與親西派相持不下，後者主張加入歐盟、及北大西洋公約以自保，無力阻擋克里米亞、頓內次克、及盧干斯克獨立。

俄羅斯自來視烏克蘭為固有領土，彼得大帝極力展開俄羅斯化工作，亞歷山大二世禁止使用「所謂烏克蘭語」，尼古拉二世的名言是「烏克蘭語只不過是鄉下人所講的小俄羅斯語」。就普丁來說，如果能扶植傀儡政權就好，只要能確保邊地俄裔不被歧視，未必要囊括烏克蘭。拿破崙、及希特勒曾經侵門踏戶，要是烏克蘭加入北約，宛如冷戰時期的古巴，臥榻之側、豈容他人鼾睡。若不能瓜分烏東為勢力範圍，至少也要國際保證烏克蘭中立。

美國的盤算迄今不是那麼明朗，最廉價的解釋是弄狗相咬，趁機賣軍火給烏克蘭，也就是軍事工業複合體的推波助瀾。光譜另一個極端的詮釋是心不在焉，既然華沙公約作鳥獸散，北約存在可有可無，連英國都認為歐盟食旨不甘而退出，拜登政府既然把全球大戰略東移印太，就看德國、及法國有何能耐。介於中間的看法是民主黨對於普丁在 2016 年介入美國總統大選耿耿於懷，此番大家玩虛擬的戰爭，藉機看俄羅斯到底能撐多久，穩賺不賠。

比較尷尬的是中國，川普四年聯俄制中，拜登上台百般阿諛，重回全球戰略大三角的局面，不知道究竟要倒向一邊、左右逢源、還是中立的第三者才好。中共 20 大即將在下半年召開，習近平安內攘外，需要維持穩定的國際環境，未必圖謀從俄烏戰爭獲得紅利。長期而言，究竟要跟美國平起平坐、或取而代之，當下應該沒有跟俄羅斯沆瀣一氣的必要。不管是捍衛民族自決權、還是出於維和，俄羅斯理直氣壯，中國戒慎小心、唯恐被流彈打到。

在國內，藍營高喊「今日烏克蘭、明天台灣」，綠營反唇相譏「台灣與烏克蘭不同」，各取所需。客觀而言，我們必須假設不論俄羅斯、烏克蘭、美國、及中國的領導者都是理性決策者，考慮國家利益至上，而非隨波逐流，或像網軍側翼搖旗吶喊，更不是單純的軍事戰術、或武器競賽而已。大體而言，不論是執政的民進黨、還是在野的國民黨，對於美國唯命是從，只是對中國的姿態不同，義正辭嚴及虛與委蛇，實質上的差別不大。

兩大之間難為小，事大主義當然是視實務為英雄，西瓜派的搖擺狗可不要人財兩失。

肆、烏克蘭中立的可能發展[4]

俄羅斯入侵烏克蘭月餘，雙方多回談判，有可能達成烏克蘭中立。事實上，烏克蘭在 1991 年獨立，議會在早先一年就通過『烏克蘭國家主權宣言』倡議中立，並載入 1996 年新憲。不過，在俄羅斯於 2014 年併吞克里米亞後，烏克蘭國會修憲放棄中立，進而在前年將加入歐盟、及北約目標入憲；俄國認為芒刺在背，以維和烏束動亂為由大舉入侵，要求烏國不可加入北約，中立國選項鹹魚翻身。

在國際法上，中立是指一國不可與他國締結軍事同盟、及基地不

4　《台灣時報》2022/4/1。

可以出借他國。在歷史上,中立是小國與強權周旋的生存之道,譬如瑞士、瑞典、及比利時;然而,要是強權出爾反爾,而小國又缺乏自衛的能力、及意志,難免在鐵蹄下亡國。儘管冷戰結束、華沙公約組織樹倒猢猻散,目前除了老牌中立國瑞士,歐盟成員決定不加入北約的國家有奧地利、芬蘭、瑞典、愛爾蘭、賽浦路斯、及馬爾他,前4者是中立國。

芬蘭在二次大戰兩度對抗蘇聯,終究無奈採取中立以交換對方撤軍,因此,「芬蘭化」或是「中立化」儼然是「被迫中立」的同義詞,而芬蘭的確在戰後有相當長的一段時間,必須忍受蘇聯頤指氣使。話又說回來,當初芬蘭要不是接受中立,恐怕難逃東歐7國關入共產鐵幕的命運。同樣地,瑞典在十九世紀初敗於俄羅斯、被迫割讓芬蘭,此後自我選擇中立。面對俄羅斯的威脅,兩國近年定期與北約軍演,民意加入北約的呼聲高漲。

奧地利戰後因為是戰敗國被英美法蘇佔領,經過10年努力說服各方,特別是蘇聯,中立國地位終於在1955年被接受,不像德國被硬生生切割為東、西。由這三個前線國家的經驗來看,為了避免人為刀俎、我為魚肉的命運,中立是沒有選擇之下的理性選擇,委曲求全、忍辱負重,即使不是長治久安、至少也是生存的權宜之計。烏克蘭被俄羅斯支配300年,在蘇聯解體後積極尋求加入西方,然而,原本是自衛之道,卻被視為馬前卒。

既然華沙公約組織早已解體,北約卻是積極東擴,對於俄羅斯來說,一下子回到300年前西疆空蕩窘狀,法德再度入侵惡夢難醒;既然不可能重建冷戰時期在東歐的衛星國家,未嘗不可接受在北約的外緣有一道安全走廊,也就是把中立國當作緩衝國。暫且不提俄羅斯是否堅持併吞，烏克蘭內部親俄、親歐分歧一時難以整合，而北約成員各有打算，當然不願意接納燙手山芋。其實，要是英美法德願意保證烏克蘭中立、必要時出兵，無異沒有同盟的同盟。

一般人對於中立的認識止於比利時在兩次大戰淪陷的負面印象，只不過，強權始終遵守『倫敦條約』（1893）的保證，出兵懲罰破壞中立的德國。筆者在 2015 年銜命籌辦「認識中立國學術研討會」，探討中立國的理論及實務，除了上述國家，還包括過去的美國與日本、及現在的哥斯大黎加與土庫曼。次日，某所謂本土報紙只報導唯一反對者對芬蘭的觀點，而且還加碼刊登日本退役軍人投書，拒絕接受不同的看法相互激盪，相當遺憾。

近日，俄烏衝突有可能透過中立方式解套，早知今日、何必當初？好笑的是，該媒體在社論對冷戰後的芬蘭中立讚不絕口，相當諷刺。

伍、南柯一夢的烏克蘭[5]

俄羅斯攻打烏克蘭將滿 40 天，俄軍兵臨首都基輔城下，近日則有撤軍跡象，究竟是如烏克蘭總統澤倫斯基所稱勝利、或調整戰術轉進，還值得觀察。打打談談，戰場上的斬獲就是雙方在談判桌上的籌碼，終究還是要看彼此的目標是否有交集。只不過，烏克蘭的背後還有美國，難掩代理人戰爭的本質，當然還要看拜登政府的盤算。

對於俄羅斯來說，烏克蘭與白俄羅斯系出同源基輔大公國，在蘇聯解體後即使不能繼續臣服為傀儡政權，至少也不能成為心頭大患，

5　《台灣時報》社論 2022/4/5。

對於親歐政府試圖加入北大西洋公約組織耿耿於懷。在 2014 年，克里米亞先是公投「獨立」、接著被併吞，烏東頓內茨克、盧甘斯克也趁亂宣佈獨立，多年來一直衝突不斷，俄羅斯此番正式承認、甚至派兵「維和」。

烏克蘭在獨立後自廢武功，希冀以棄絕核武來交換強權保障領土完整，甚至還巨幅縮減傳統兵力。一開頭，儘管烏克蘭宣示中立，希望能跟俄羅斯維持既有的經濟關係，同時又能強化與西方的連結，積極準備加入歐盟、北約，政權更迭而左右搖擺；本來朝野可以扮演黑白臉，卻因為選舉操作而惡化既有的芥蒂，這是典型的內部政爭牽扯外交走向。

就歐洲強權來看，德國或許因為天然氣來自俄羅斯而相當尷尬，法國則對調人角色躍躍欲試，隔著英吉利海峽的英國相較熱衷，大西洋彼岸的美國才是真正的影舞者。當政民主黨因為質疑俄羅斯介入 2016 年大選懷恨在心，前朝川普為了連任總統施壓烏克蘭揭露拜登金脈，結果被國會彈劾濫權、及干擾司法，也是外交被內爭牽者鼻子走；看來，拜登是把烏克蘭當作阿富汗。

暫且不談是否跟美國一爭長短，俄羅斯最迫切的目標是如何鞏固烏東，因此，不論是基輔、或聶伯河以東的左岸，應該都只是圍魏救趙的假目標；至於南部的奧德薩是烏克蘭在黑海貿易大港，既然克里米亞已經是煮熟的鴨子飛不了，俄羅斯沒有攻佔的必要。考量長治久安，俄羅斯既然不能以衛星國家納為勢力範圍，至少也要把烏克蘭當作緩衝國，承諾不讓北約駐軍。

烏克蘭以中立為立國精神，誤以為非武裝可以換來和平。當年在美俄英等國的見證下，烏克蘭與白俄羅斯、及哈薩克共同簽訂『布達佩斯備忘錄』，加入『核武禁擴條約』。10 年後，俄羅斯大軍壓境，強權視若無睹，畢竟備忘錄不是多邊條約，而所謂「安全保證」（assurance）更非「保障」（guarantee）。前車之鑒，談判結果應該有更周延的國際安保機制。

烏克蘭當年是蘇聯的加盟共和國，戰後在「一國三席」的安排下加入聯合國，獨立後繼續獲得承認，並進一步希望透過北約取得「集體防衛」，卻被視為挑釁而惹火上身。由於俄羅斯是聯合國安理會常任理事國，「集體安全」機制也無法發揮。南柯一夢回到原點，烏克蘭應該已經體會到，自己只是馬前卒。烏克蘭舊事重提中立國，重點在條件為何。

其實，烏東住民不管是俄裔、或操俄語的烏克蘭人，原本關心的只是經濟課題，未必想要併入俄羅斯，卻因「本土化」淪為「去俄羅斯化」，引起強烈反彈，違反起碼的少數族群保障原則，恐難加入歐盟。要是烏克蘭同意改行聯邦制，或可挽回當地的民心、不用割地。

陸、要防範敵人，更要小心朋友[6]

俄羅斯對烏克蘭發動戰爭將近兩個月，攻勢由基輔轉向烏東地區，也就是希望能鞏固前蘇聯的重工業區，特別是先前承認的兩個自行宣佈獨立的共和國頓內茨克、及盧甘斯克。在莫斯科的圖謀中，最穩當的安排是循克里米亞之例順勢併吞，退而求其次，要是烏克蘭能保證相當程度的自治也可以接受，也就是某種緩衝區的安排。只不

6　《台灣時報》2022/4/21。

過，由於美國領頭提供武器給烏克蘭、加上對俄羅斯進行經濟制裁，莫斯科顯然已經陷入泥淖。

自從戰爭開打以來，「今日烏克蘭、明日台灣」的說法甚囂塵上，特別是美國總統拜登上台後，在去年片面從阿富汗撤軍，大家難免對美國的防衛承諾有所懷疑。也因為如此，近來相繼有美國代表團前來台灣訪問，用來宣示台美關係「堅若磐石」。事實上，美國眾議院議長裴洛西前日計畫訪台，終究以疑似感染新冠肺炎為由取消，背後當然有不願意與中國火車對撞的考量，然而，原先的盤算未嘗不是幫忙同為民主黨的拜登總統護盤。

對於俄羅斯人來說，烏克蘭人、及白俄羅斯人跟自己同屬東斯拉夫人，彼此語言文化相近、歷史發展同根，蘇聯解體一分為三，自然耿耿於懷；要是烏克蘭無法合併、或是成為勢力範圍，至少也要維持無害的中立。對於中國來說，台灣是中國不可分割的一部份，海峽兩岸同根同源，終極目標是「一國兩制」，至於所謂「九二共識」，也就是「一個中國、各自表述」，因為香港送中不再有市場，「一個中國」框架恐怕一時也難有解釋空間。

儘管烏克蘭與美國有正式的外交，而台灣與美國的關係則架構也有曖昧的『台灣關係法』，然而，兩者對於俄羅斯、及中國的威脅不可同日而語。烏克蘭面積僅次於俄羅斯，是前蘇聯的 15 個加盟共和國之一，相較於中、東歐國家，譬如波蘭、匈牙利、還是羅馬尼亞，加入北約算是對俄羅斯的逼近。相較之下，美國在冷戰時期對共產國家採取圍堵，台灣雖是防止中國擴張的第一島鏈一環，表現防衛性的姿態，比較像是冷戰時期的古巴。

由美國對俄烏戰爭的回應可以看出，是打算以代理人戰爭的方式拖垮俄羅斯，可見，台灣近年的軍購、及徵兵的調整，應該也有類似的作戰思維。從「重返亞洲」到「印太戰略」，美國劍指中國，即使短期內有聯手對抗俄羅斯的期待，長期則有終需一戰的心理準備。然而，美國的國家利益未必一定與台灣一致，萬一美中有一些默契，難免複製當年棄台的作法，我們不能一廂情願，畢竟，國際條約的「保障」都能棄之如敝屣，更何況「保證」。

烏克蘭的前車之鑒是安內才能攘外，要是當權者能跟烏東俄裔、或操俄語者取得適度的妥協，包括語言政策、及調整為聯邦制，俄羅斯就沒有動兵「維和」的藉口，老百姓就不會流離失所，可惜抓得越緊流掉越多。此外，烏克蘭自從獨立以來，親蘇、親歐勢力一直相持不下，當然讓外力有介入的空間。原本，加入歐盟、及北約是為了要嚇阻俄羅斯的擴張，卻被認為是拉幫結派、侵門踏戶，應該是始料未及。至於距離越遠的聲量越大，人之常情。

歷史的最大教訓，是人類不會從歷史擷取教訓。對於敵人要防範，對於朋友更要戒慎小心。

柒、俄烏戰爭引發國際體系可能的變動[7]

從拿破崙戰爭、克里米亞戰爭、到兩次世界大戰，強權的合縱連橫沒有什麼大道理，基本上就是建立在權力平衡的考量，防止任何獨霸支配國際體系。戰後，原本攜手的美國與蘇聯翻臉，演變為兩強對峙的局勢。中共在 1949 年建政，以意識形態跟蘇聯結盟，終究卻因

---

[7] 《中國時報》2022/4/22。

為領土糾紛、及領導之爭而決裂，讓美國有機可趁投其所好。蘇聯解體、冷戰結束，美國儼然獨霸，中國則韜光養晦。然而，美國自從911 事件以來疲於奔命，不知廉頗老矣、尚能飯否？

民主黨籍的美國總統歐巴馬下台前揭櫫「重返亞洲」，李伯大夢，中國已經悄然崛起。非傳統共和黨籍的川普出乎預料入主白宮，大體採取聯俄抗中，在經濟上對中國予取予求。民主黨捲土重來，歐巴馬的副手拜登把重點放在國內重建，儘管自詡外交老手，自己當家作主卻相對上保守，至少不願意採取攻勢，不像過去意氣風發。他上台後毫無眷念撤軍阿富汗，雙手一攤，難免讓盟邦質疑美國政府信守防衛承諾的決心，更不用說扮演大哥角色的能耐。

美國既然連中東都可以棄守，將阿富汗拱手交給俄羅斯、中國、伊朗、及印度，此番俄羅斯入侵烏克蘭，原本是已經打了 8 年戰爭的沉痾宿疾，拜登卻不止大張旗鼓號召世人實施經濟制裁，還源源不斷提供軍事援助，唯一的解釋是對莫斯科介入 2016 年的總統大選耿耿於懷，希望代理人戰爭能加以拖垮。然而，俄羅斯在能源、及糧食尚能自給自足，面對北約的節節逼近是可忍、孰不可忍，普丁不可能束手投降。美國無計可施，只能寄望中國拒絕向俄羅斯伸出援手。

照道理，美國對中國既然有所求，如果要聯中抗俄，即使不是低聲下氣，至少也應該曉以大義。然而，白宮的作法是語帶威脅，只有棍棒、沒有胡蘿蔔，更何況先前還為了氣候變遷籲請攜手合作，令人納悶為何前恭後倨。除非美國相信可以在國際政治、經濟、及環境的場域進行有效分割，頤指氣使，應該是判斷習近平面對年底的 20 大，暫且隱忍、無意計較。另一種可能則是沒有把北京看在眼裡，畢竟中國的軍力尚不足挑戰美國，特別是核武，應該不敢造次。

那麼，中國是否會忍氣吞聲、選擇跟美國一鼻出氣？明眼人都看得出來，不管是政治、還是經濟上的「印太戰略」，華府毫不掩飾方興未艾軟圍堵的目標就是北京。萬一莫斯科戰事不利吞敗，唇寒齒亡、兔死狗烹，接下來要處理的對象絕對就是自己。因此，中國即使不能明目張膽與俄羅斯結盟，至少也要維持表面上的中立。換句話說，美國既然好整以暇，中國沒有必要投懷送抱。

當年烏克蘭在美蘇見證下簽署『布達佩斯備忘錄』放棄核武，美國當時的假設是獨自與俄羅斯周旋比較方便，要怪基輔的政客被柯林頓的甜言蜜語所騙。今天，拜登忽然扮起救世主的角色，相當荒謬。要是美國在台灣海峽故技重施，可以想像，白蛇半夜放毒、許仙白天解毒，穩賺不賠。歷史教訓是，共和黨的一向作風是真小人，財團的利益就是國家利益；民主黨則是滿嘴仁義道德，民主自由是擦脂抹粉用的，用現在流行的用語是認知作戰，基本上是偽君子。

總之，從十九世紀末以來，美國眼中的中國就是龐大的市場。

捌、七大工業國空嘴嚼舌[8]

七大工業國（G7）日前結束年度高峰會議發表聲明，強調團結一致支持烏克蘭，誓言致力採取「影響深遠的措施」，限制俄羅斯運用石油收益來支付戰費，並進一步禁止俄國黃金進口。聲明也重申對於印度-太平洋自由開放的關切，特別是東海、及南海的情勢，台灣海峽的和平穩定盡在不言中；聲明又跟中國曉以大義，呼籲「充分遵

---

[8] 《台灣時報》社論 2022/6/30。

守」常設仲裁法院在 2016 年的「南海仲裁案」，尊重『聯合國海洋法公約』保障的航行權利及自由。

俄羅斯在二月攻打烏克蘭，迄今已經超過四個月，由原先的包圍首都基輔、到轉進烏東、連結烏南，戰局陷入膠著。當下，看來俄羅斯無力、或無心席捲全境，應該只能以戰逼和；相對地，烏克蘭在以美國為首的西方國家撐腰下，還不至於兵敗如山倒，但一時恐怕也難收復失土。兩邊打打談談，漫天要價、就地還價，既要面子、又要裡子，除非內部壓力大到打不下去、或背後的影舞者首肯，短期之內，委實看不出有讓大家一起下台階的誘因。

俄烏戰爭開打以來，美國總統拜登表明不會出兵、眾人錯愕，已經退出歐盟的英國卻隔著英吉利海峽吃麵喊燒，而沒有立即威脅的法國躍躍欲試，至於前線的德國相當尷尬。既然美國打算讓烏克蘭拖垮俄羅斯，歐洲大國不得不虛與委蛇，烏克蘭總統澤倫斯基各國國會旋風般視訊，起立鼓掌是順水人情，提供新舊武器是舉手之勞；經濟制裁則是七傷拳，大哥既然要大家加碼，小弟當然要配合賣命演出。俄羅斯能源、及糧食不虞匱乏，除非內亂，普丁不會讓步。

就國際政治而言，軍事實力與經濟力量可以輕易轉換，美國圖謀切斷俄羅斯的經軍臍帶，然而，不管是傳統武器、或核武，由蘇聯縮編的俄羅斯不會摧枯拉朽就倒；更何況，普丁的人格特質不像戈巴契夫悲天憫人，不可能聽任俄羅斯的榮耀蒙羞受損。相對之下，買賣算分，講品質、比價格，G7 國家或許懾於美國的淫威虛應故事，真正能著力的槓桿，倒是包含俄羅斯在內的金磚五國，即使不是虎視眈眈也要精打細算，而其他 G20 成員也是冷眼旁觀。

值得觀察的是，G7 號稱在五年內募資美金 6,000 億，要幫助開發中國家共同應對氣候變化、改善全球健康、性別平等、及數位化基礎設施，明眼人一看就是反制中國的「一帶一路」。美國為了本身的基礎建設自顧不暇，必須仰賴別人挹注，譬如日本就有自知之明。站在中國的角度，不管美國把自己當作挑戰、競爭、或伙伴，表面上是不同場域、分開處理，好像不用過度在意；然而，政治、經濟、及軍事相互強化，此番七比一的公敵是俄，下回就是自己。

俄烏之間的歷史恩怨，外人不容置喙。誠然，俄羅斯公然侵略，難辭其咎。烏克蘭獨立以來，親俄、親西方勢力相持不下，予以外人有機可乘。要是不想重蹈波蘭被瓜分的覆轍，不是淪為俄羅斯的附庸、就是成為西方的保護國。俄羅斯自從 2014 年慫恿克里米亞獨立、再加以併吞（統一），此番出兵，要歸咎烏克蘭政府不能善待烏東俄裔少數族群，授人維和保護的口實。

G7 企盼戰爭結束，既不希望烏克蘭戰敗投降、也不願意看到俄羅斯贏。寄望對方無條件撤軍，難上加難。

美國近年與台灣的關係[*]

壹、美中送給蔡英文的龜鹿二仙膠[1]

　　正當國民黨內部為了總統候選人初選打得天昏地暗之際，好整以暇的蔡英文總統趁機展開「自由民主永續之旅」。儘管出訪的對象是加勒比海四個邦交國，重點是在紐約會見十七個友邦的駐聯合國代

---

[*]　部分以〈作人是應該有志氣的〉、〈美國總統拜登下的台灣外交前景〉、〈拜登外交初探與台灣〉、及〈台美關係二三事〉登於《民誌月刊》56 期，頁 14-17（2020/11）、57 期，頁 12-14（2020/12）、58 期，頁 22-25（2021/1）、及 59 期，頁 20-23（2021/2）。早期的歷史見〈美國自十九世紀中葉以來對台灣的興趣〉、及〈美軍在二次大戰跳過台灣的決定〉，收於《台灣的外交環境》（2019）；〈由盟邦、棄婦、到迷惘的台美關係〉、及〈以認同現實主義的觀點看美中日三角關係中的台灣外交大戰略——由孤兒、養子、到私生子〉收於《思考台灣外交大戰略》；〈美國在艾森豪總統時期（1953-61）的對台政策〉、〈台、中關係與國家安全——美國的因素、國認同、以及民族認同〉、〈美國在東亞的軍事態勢——以台灣為考察重心〉、及〈發展中的台、美、日三角關係〉收於《台灣涉外關係》（2011）；及《台中美三角關係——由新現實主義到建構主義》（2011）。

[1]　《聯合報》2019/7/14。

表，轉口內銷的擦邊球還是相當風光。由於美國早先宣布售台兩項防衛性武器，中國外交部除了要求美國不讓蔡英文過境，還宣布將制裁參與軍售的美國企業，聽來色厲內荏，美國國務院則以此行「私人且非正式」四兩撥千斤。

民進黨在去年九合一選舉重挫，蔡英文總統的聲望跌到谷底，拜賜習近平在年初的「習五條」，支持度陡升 10-15%。連任提名面對前閣揆賴清德的挑戰，又因為香港「反送中條例」運動順利過關。根據近日的民調，蔡英文回到落後的窘態，台北市長柯文哲又打死不退；外交遊說養兵千日、用在一時，在馬英九政府時期偃旗息鼓的線漸次接回，此番雖然不若前總統李登輝 1995 年康乃爾大學之行轟動，至少也有鞏固台派的功能。

蔡英文高舉「維持現狀」上台，雖然高調所謂的「顧台灣、護主權」，大體依違民進黨的「台灣前途決議文」，而「中華民國台灣」則跟陳水扁借殼上市沒有差很多。台派與其說不滿她的「老藍男」用人方式，到不如說無法理解全面執政的蔡英文為何不願意推動台灣的法理主權。賴清德自許為「務實台獨工作者」，亦即台灣已經是個主權獨立的國家、名字叫中華民國、與中國互不隸屬、不必另外宣布台灣獨立，望梅止渴，至少嘴巴上不會嫌惡。

自從在 2011 年以「台灣共識」訪美受挫，蔡英文此後基本態度是對於美國言聽計從，面對美、中交鋒，儘管有「我們也是棋手」、甚至「川普也是棋子」的妄語，頂多也只能反問「為什麼要擔心自己變成棋子？」所謂「台灣是一個很重要的存在」的說法相當模糊，至於要如何扮演「區域和平穩定的貢獻者」這種 player 也是含糊其詞。蔡英文呼籲友邦 9 月「繼續在聯合國力挺我們」，不知道是以台灣入聯、還是中華民國反聯，仍然是虛應故事。

美國跟其他西方國家不同，喝牛奶未必要養乳牛；撿到的牛平日放牛吃草，要買看價格再說。因此，台灣即使不是美、蘇對峙下的芒刺古巴，至少也是禁臠，就是不可能野放自主。川普是否把中國當作對手並不重要，在商言商，漫天要價、就地還價，表面上看來翻臉像翻書，第二天可以握手言歡。如果說五角大廈與國務院可以跟中國扮演黑白郎君，白宮也可以順應國會背後的民情，略施小惠，只要不脫線，適時幫忙小英雞鳴度關。

比較尷尬的是中國，每回美國軍售台灣，儘管不是先進攻擊性武器，勢必開罵譴責。問題是麥克風的音量越大、台灣人越反彈，透別是在選舉之前，由 1995 年飛彈試射迄今屢試不爽；當下中國宛如當年閣揆郝柏村，民進黨立委視為選票的提款機，難道共產黨真的是學不會？

合理的解釋之一是，中國反習近平的勢力仍然相當頑強，包括近日香港情勢失控；反正，只要未到真正攤牌時刻，官樣文章敷衍一番是必要的，大家心照不明，不要太認真。解釋之二是，藍營未必是台灣民意主流，而柯文哲又高度不確定，包道格口中「謹慎與克制」的小英，未嘗不可接受。

貳、荒腔走板的軍購通告[2]

美國國防安全合作署（Defense Security Cooperation Agency,

DSCA）在 7 月大張旗鼓宣布 182 億的軍購案（愛國者三型飛彈延壽案），外交部循例立即表示感謝。幾天後，國防部長嚴德發、以及空軍司令熊厚基都相繼表示事先並不知情，到底發生了什麼事？終究，由空軍出面認錯扛責、簽報懲處，大事化小事落幕。然而，人民納悶的，除了背後真相是什麼，更深層的意義是什麼？

問題一，我們內部的決策過程是怎麼了？外交、國防、及國安沒有整合機制嗎？難道不需要先通過國安會嗎？還是層峰說了算？問題二，老是「中華民國台灣」朗朗上口，要是大哥霸王硬上弓、遙控指點，這還算是一個主權獨立的國家嗎？問題三，國會除了發揮人數優勢行使人事同意權，似乎監督行政的起碼功能都自我閹割不見了，難道是民國初年軍閥割據下的豬仔議員？問題四，媒體又怎麼了？

建議，首先把國防部併到外交部，或是直屬總統府、甚至於乾脆交給白宮的位階最高；再來，立法院還是回到威權時代的立法局，不如把心思放在爭取預算綁樁比較實際；最後，乾脆把媒體劃歸到規劃中的數位發展部會，反正，在威權時代，不是大家都選擇服從嗎？坦誠而言，對抗充滿敵意的中國，不一定要對老美生意人卑躬屈膝。在屬地與殖民地之間的光譜，台灣面對美國的自我定位是什麼？

參、瘦肉精到底換了什麼？[3]

開放含瘦肉精美豬進口，民進黨政府拿出雙邊貿易協定（bilateral trade agreement, BTA），用來暗示可能跟美國簽訂自由貿易協定（free

---

[3] FB，2020/8/28。

trade agreement, FTA），說什麼 BTA 跟 FTA 差不多。其實，BTA 是相對於多邊的貿易協定（multilateral trade agreement），譬如世界貿易組織（World Trade Organization, WTO），並非就是大家想要的FTA。BTA 跟 FTA 只差一個字，卻可能差了十萬八千里，含混其詞，到底是故意誤導聯想、還是搞不清狀況？

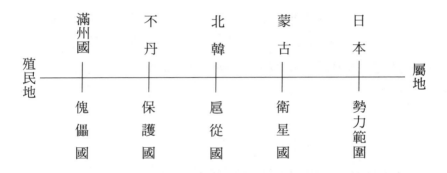

圖 1：台灣的地位是什麼？

馬英九政府在 2010 年與中國簽訂 ECFA，事實上就是一種 FTA 的框架；民進黨一開頭反對，蔡英文色屬內荏，不敢挑戰實質內容，後來把矛頭指向簽訂過程不夠透明。2008 年的江陳會談跟中國簽訂四項協議，國民黨以國會四分之三優勢迴避朝野協商，強行拖過 30 天期限自動生效。2014 年 3 月 18 日，學生不滿政府強行通過服貿協議、30 秒強行過關，以「反黑箱」為由佔領立法院，號稱「太陽花」。

現在蔡英文政府開放含瘦肉精美豬，刻意選在休會期間，行政命令的預告由 60 天縮為 7 天，顯然違反「使各界能事先瞭解，並有充分時間表達意見」的原則，所謂「情況特殊」根本是掩耳盜鈴。可惜，學生不見了，連時代力量被執政黨裂解。民進黨政府所謂「時空背景改變」，說穿了就是變心，連任以後就心中沒有選民；既然有 817 萬選票作後盾，民調又達到空前的最高峰，時機稍縱即逝，昨非今是，當然有恃無恐，連立委幾乎都噤若寒蟬，更不用說一堆看政府臉色的學者。王美惠、劉建國、林淑芬立委，不要再難過掉淚了。

先前專機來訪的美國衛生部長艾薩（Alex Azar），他在 2012-16 擔任禮來美國（Eli Lilly & Co.）總裁，這家公司主要的產品包括萊克多巴胺（Ractopamine），也就是瘦肉精。瓜田李下，反正，美國商人的利益就是他們的國家利益，那麼，我們的國家利益是什麼？如果政府真的必須開放含瘦肉精美豬美牛、進口，就必須明白跟人民交代清楚，到底是交換了什麼。

肆、經貿條約未必都是互惠的[4]

國際條約協定不外雙邊、或多邊，另外，所有的條約不是對等的、就是不平等的，2×2，剛好有四種可能。不平等的雙邊條約始於十九世紀中、二十世紀初，譬如英國與中國在 1842 年所簽的『南京條約』、美國與日本在 1854 年所簽的『神奈川條約』、日本與朝鮮在 1876 年所簽的『江華島條約』，及美國與諸多拉丁美洲國家簽的條約。

即使是盟邦，兩國之間的經貿還是有國家安全的考量，要看彼此的關係是單向倚賴（dependent）、或相互依存（interdependent）。即使加拿大與美國情同手足，從十九世紀以來，雙方要簽訂自由貿易協

---

[4]　FB，2020/8/29。

定也是戒慎小心，更不用說內部整合也花了很長的時間、甚至於是大選的攻防。親兄弟明算帳，難怪川普一上台就將原來的『北美自由貿易協議』（*North American Free Trade Agreement*, NAFTA）重新談判為『美墨加協議』（*United States-Mexico-Canada Agreement*, USMCA）。

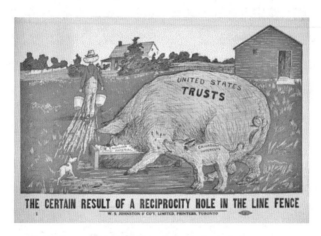

來源：Wikimedia Commons（2020: File:Reciprocity pigs.jpg）（https://commons.wikimedia.org/wiki/File:Reciprocity_pigs.jpg)。

圖 2：美國與加拿大的「互惠」關係

　　經濟部長王美花說，我們如果想要爭取加入『跨太平洋夥伴全面進步協定』（*Comprehensive and Progressive Agreement for Trans-Pacific Partnership*, CPTPP），就必須開放美豬美牛；問題是，就是因為美國在川普上台後退出『跨太平洋夥伴協定』(*Trans-Pacific Partnership*, TPP)，才會由日本接手主導 CPTPP，官員不是在誤導嗎？衛福部長陳時中撈過界說，美豬美牛換一個國際地位，儼然是未來的閣揆。然而，小英出來打臉說，那是基於經濟利益、沒有交換說。

　　閣揆說，台豬可以外銷卻不准人家美豬來、說不過去，那也是過度簡化，畢竟，口蹄疫是要觀察二十年，跟瘦肉精在國際上的高度爭議，不能相提並論。說真的，老百姓一定相當納悶，中國人不吃的東西，老美憑什麼要硬塞給我們台灣人？講白一點，那不是趁火打劫、趁人之危嗎？那跟共匪比較起來，也不過是五十步跟一百步的差別。萬一，他們鬥空白臉黑臉聯合演一齣戲給我們看，怎麼辦？難道大哥是這樣當的嗎？什麼是霸凌？就是自稱是好朋友，卻是欺負你的人。這是韓國電影《證人》，自閉症的孩子告訴我們的智慧。

伍、自宮阿諛上國的外交部長[5]

　　不管稱為國家地位（International Standing）、國格（statehood）、還是法理上的主權獨立（*de jure* independence），基本上就是一個國家在國際上存在的正當性，也就是被國際社會接受的程度，最重要的指標是加入聯合國，講白話就是報戶口。因為中國是敵國，在安理會一定會否決我們加入聯合國，更不可能承認我們，因此，退而求其次，被大國承認（建交）也是另一種途徑，包括美國、英國、德國、及法國，特別是爭取美國的承認，也就是建交。

　　民進黨政府的國家定位是「維持現狀」，既不想辦法要加入聯合國，外交部長吳釗燮又說「不尋求」跟美國建交，說什麼「實質伙伴更顯重要」；時空錯亂，儼然回到蔣經國末期強調實質經貿關係就好的「彈性外交」，聽起來又有幾分馬英九的「外交休兵」，那麼，蔡

5　　FB，2020/9/25

英文是否應該頒發一座先知的獎牌給馬英九？想來想去，原來，我們不知道什麼時候已經淪為人家的屬地，當然沒有必要建交，好像當小三地位比較高的意思。

既然不尋求與美建交，那麼，加勒比海三個國家在聯合國大會呼籲承認台灣，豈不是豬頭？閣揆蘇貞昌說，「只要方向正確、腳步不停，有一天目標就會達到」，只不過，民進黨政府在蔡英文總統的「維持現狀」最高指導原則下，今年仍然還是不提入聯案，看起來活像坐在樹下等待果陀，人家怎麼知道台灣人的意願有多強？要求國際社會接受，理直氣壯才對，怎麼會一副小媳婦一般，遮遮掩掩，難道是要等待中國的邀請？

究竟要以何種方式表達台灣人的意願，百年來最常見的方式是公投，國會（議會）決議通過宣言也可以，也有透過大選來宣示。至於憲法、國號、領土等等，除了考量是否跟中國糾纏不清，關鍵在於內部的整合。對於台灣的國家安全，外交承認的重要性不下於軍事國防的準備，這是國際關係的常識；自己要選擇屈從也罷，不說話又不會死，竟然還敲鑼打鼓、昭告天下，彷彿是在跟中國交心、討好、求饒。外交部長竟然主張自廢武功，下台吧！

陸、海水退潮就知道誰沒穿褲子[6]

民進黨智庫新境界文教基金會執行長、現任台灣日本關係協會會長邱義仁，日前跟美國人進行線上會議表示，「除非瘋了，台灣不會

6　以喜樂島聯盟主席身分發表的聲明稿，2020/10/19。

宣示獨立（搞台獨）」。民進黨國際部主任羅致政進一步闡釋，「台灣不會躁進挑釁」。按照邱義仁的邏輯，其實就是「宣示獨立就是瘋了」，羅致政雖然用字比較委婉，說穿了就是「躁進、挑釁」。究竟這是轉口內銷、還是外銷？

這場「真心話大冒險」的政治秀，其實是在美國大選前的脈絡下，由於川普大打美中交鋒的外交牌，一些策士建議著手戰略調整，也就是由中美建交以來的「戰略模糊」改弦更張為「戰略清楚」，不再跟中國虛與委蛇。這也是呼應美國學界近年來甚囂塵上的「修昔底德陷阱」（Thucydides Trap），講白話就是小弟中國終將稱霸，大哥美國必須出手加以教訓。

接下來劇本編排的梗，就跟台灣有關了。有人問起來，台灣是否會視為空白支票、採取步驟走向獨立，那麼，「如何確信台灣會聽美國的？」美國主談者打蛇隨棍上表示，「台灣不應該認為美國的承諾或協助會自動啟動」。一個巴掌拍不響，中國學者當然要附和，擔心美國跟台灣的外交升級，恐怕危急中共政權的合法性。輪到邱義仁的交心表態，甚至於拿陳水扁當墊背。

美國是否要著手巨幅戰略調整，自然有其國家利益的判斷，還要加上短期的選舉策略考量。台灣要作為一個獨立自主的國家，國家定位如何、以及要如何來著手，當然是要由我們台灣人自己來決定，即使是好朋友，也不能完全言聽計從、委曲求全，更不用說任人宰割，否則，國際社會瞧不起的。一個堂堂執政黨的代表，竟然在國際會議被逼供，連美國人看了也會搖頭。

根據《聯合報》最新的民調，儘管中國近來軍機軍艦密集繞台、恫嚇變本加厲，支持台灣獨立的選民有三分之一，這是過去十年來的最高,而支持統一的不到一成,也是歷年最低。我們如果不利用任何機會,向世人宣示獨立建國的意願、尋求美國的建交承認,還要蹉跎維持現狀到何時。

柒、美國大選變天後的短、中、長期因應對策[7]

不介入他國內政是基本常識:民進黨政府在 2016 年看好希拉蕊,卻豬羊變色,此本次美國大選又押寶川普當選,川普卻又連任失敗。以意識形態與議題角度分析,民進黨應與民主黨關係較近,國民黨反而應與共和黨理念相近,但現況以意識形態來說似乎有些錯亂。

短期不認為美台關係會有大的改變或進展:台灣必須了解選前所有言論往往選後都不算數,不論是執政黨或在野黨,都會對前朝的外交政策有所批評。例如幾年前在圓山飯店辦理的 Taiwan Assembly,其中參與的美國在台協會人員(時任總統為民主黨)不承認雷根時期提出的六大保證。軍售方面,美國是資本主義大國,在商言商,在剩下的任期內會加緊軍售。例如老布希任期最後出售 F-16A/B。也因此認為短期內不認為美台關係會有大的改變或進展。

中期兩黨傾向的外交模式不一,以國家利益優先:基本上,民主黨對中國大陸比較有期待,因此會希望以多邊主義的方式在國際政治舞台上與他國交際。相對之下,共和黨歷來以戒慎小心的態度面對中國大陸,而體現在川普任期內多以雙邊政治、片面主義面對中國,也因此台灣相對與民主黨,反而與共和黨關係較近。雖然如此,美國仍

---

[7] 引言於台灣民眾黨舉辦新國際關係系列論壇,2020/11/6(陳幼筑摘要彙整)。

以國家利益為優先考量。川普在任期內打出「美國第一」，以農業出口、製造業回流美國增加就業機會為主。排除軍事考量時，則以企業商貿利益為優先。在此之中，高科技產業在兩岸發展尤以為重。以科技發展考量，未來拜登希望促進全球化因而與中國大陸來往，由此可瞭解美國著重之處仍是自身利益。

長期民主黨未來執政仍會以戰略模糊作為對台政策：冷戰時期美國拉攏中國大陸對抗蘇聯，如今蘇聯解體中國大陸崛起，國際局勢已不如以往。習近平在外交政策上是否仍會依照鄧小平所提出的「韜光養晦」，或者以其他方式取而代之仍需觀察。在學界討論所謂「權力轉移」表示次等強國因崛起進而取代原本的霸權，美國也因此預防中國衝擊其世界霸主的地位。習近平為了鞏固權力，在中國大陸外交政策以安外攘內為主，除非不得已需要轉移國內問題焦點。中國在此次美國大選中兩邊押寶，表面上傾向拜登，但在貿易層面，即便美中貿易交鋒，中國仍然向美國大量採購禽畜產品。近期共和黨風向提及美國對台政策是否應該走向戰略清晰，也因此邱義仁表態台灣務實的政治人物應該了解台灣到底有什麼能力、資源以及應該與美國建立何種關係。是否會在大選後調整，認為民主黨執政下應該還是會維持戰略模糊。

台灣灣應該因應時局調整政策：川普把台灣比喻為鋼筆的筆尖，而對民主黨來說，台灣重要性相對較低，可能會回到如歐巴馬時期視而不見。雖然台灣與美國關係看似緊密，但美國國家利益仍然在其之上。中國雖然是我國最大的挑戰，但也不應對美國言聽計從，因為美國會因應局勢作出對自己最有利的考量。

結論：過去四年蔡政府執政以來，台灣在國防、軍事、外交皆倚賴美國，這樣的做法非常危險。中國希望台灣有一個中國原則的共識，但美國只在意鞏固自己的利益，其他事物都並非其關注的重點。

捌、吃米粉喊燒[8]

美國此番總統大選，由於通信投票史無前例驟增，開票成拉鋸戰、甚至於一夕豬羊變色。儘管歹戲拖棚，迄今應該大勢底定，也就是民主黨的拜登拉下現任共和黨的總統川普。大體而言，川普固守中西部農業州、及共和黨在南部的地盤，拜登囊括太平洋、及大西洋兩岸，也就是獲得需要全球化的高科技支持，至於傳統製造業則愛恨交織，終究威斯康辛、密西根、及賓州被拜登拿走。

不介入他國的內政，這是起碼的外交常識，民進黨重蹈覆轍。開放萊豬究竟對誰有利，只要看開票的結果，就知道是中西部的農業州，特別是盛產豬的愛荷華州，至少鞏固了川普的票（52：45，上回52：42）。民進黨政府見獵心喜，公然押寶川普實屬不智，至於暗助更是不該。究竟誰做的決定，應該有人下台以示負責。悲哀的是弱勢的農民，四十多年來，依然是經貿談判的犧牲品。

有關於開放萊豬進口，政府誤判情勢，至於是否為主動示好，外交部一開頭講廢話「這是我方就整體國家利益作……」，難道是為個人（選舉）利益考量？即使事後澄清「外傳我方對川普政府拋出善意的說法並不正確，事實上我國政府宣布該項政策後，立即接獲美國跨黨派的公開支持」，也是支支吾吾，畢竟，美國兩黨不會反對賣東西，

8　FB，2020/11/11。

這樣的說詞並未否定民進黨是否投懷送抱。

談判不需先繳械、喝咖啡聊天不需先脫內褲,除非有不可人之處,譬如前金後謝,不禁令人懷疑,這是哪門子的國際談判專家?閣揆說政府有連續性,那麼,請跟國人交代,到底是誰、何時、答應了什麼?究竟是國民黨、還是民進黨政府?萊豬的事並非不能談,只是,中國人不吃,台灣豬不能餵,台灣人卻必須忍氣吞聲進口,而政府又說不出到底交換了什麼,那麼,養政府不如養豬。

即使是條約也可能撕毀,川普上台重新談判『北美自由貿易協定』(NAFTA)、改簽『美國-墨西哥-加拿大協議』(USMCA),也不承認歐巴馬跟太平洋十來個國家簽的『跨太平洋戰略經濟夥伴關係協議』(TPP)。除了一次性買賣,政府下台前的外交承諾形同廢紙,經濟對話即使簽備忘錄又如何?由此可以看出小英政府在外交上的無知及無能,問診、病理、藥方全都錯,只能說草包一個。

玖、革命無罪、造反有理[9]

立法院日前針對萊豬進口九項行政命令、以及『食安法』與『學校衛生法』修法投票,儘管民進黨團事先要求一致投票,警告跑票者將移送中評會懲處、可能影響未來提名資格,仍有林淑芬、劉建國、及江永昌三名黨籍立委棄權沒有投票。黨團總召柯建銘表示,「我們一定會處理」。林淑芬表示「坦然接受」,而劉建國也說「我一切泰然」。

9　《台灣時報》社論 2020/12/28。

　　民主政治就是政黨政治，一般而言，黨籍國會議員應該支持政府的作法。然而，面對重大議題，如果攸關選區百姓的利益，通常政黨會允諾開放投票。當然，要是黨籍國會議員大量倒戈，表示執政黨立意與民意相對幹，如果是在內閣制國家，形同自己人的不信任案，總理必須下台。譬如英國首相柴契爾夫人在福島戰爭後如日中天，後來因為歐洲共同市場與同志觀點相左，最後只好黯然走人。

　　至於在總統制之下，由於總統有固定任期保障，可以堅持己見，特別是在連任之後；只不過，國會議員有民意做後盾，對於總統未必言聽計從。以美國總統卡特為例，任期內的兩屆國會都是全面執政，然而，黨籍議員未必買他的帳，因此，總統往往必須邀請他們到白宮曉以大義。

　　從李登輝、陳水扁、馬英九、到蔡英文，我們的民主化已經有二十多來，由於威權體制的遺緒尚存，執政黨立委通常不願意跟政府意見相左，小英甚至於不惜下軍令狀，連區域立委都不敢違逆，除了領導、及決策的風格，關鍵在於提名過度中央集權。

　　坦誠而言，立法委員是民意代表，如果只會聽從黨意、不傾聽民意，何不改稱為黨意代表？區域立委何不全部改為不分區的，由總統指定那些聽話的就好，免得選來選去好麻煩？既然人民選出來的代表只聽從行政院長，不敢有自己的獨立意志，裝病都不行，連那些學運出身的都噤若寒蟬，儼然是民國初年的豬仔議員，何不乾脆廢掉立法院，不要繼續演了，民選皇帝就好？

　　其實，政府為了增加談判籌碼，國會可以監督名義跟行部門唱雙簧，朝野政黨也可以扮演黑臉白臉的角色，更不用說民間團體可以充當煞車，一言以蔽之，就是以內部的反對聲浪增加討價還價的縱深。

美國萊豬是否進口，並非不可談，而是民進黨政府不肯傾聽民意，說法高深莫測、聽來諱疾忌醫。美國與歐盟國家儘管關係密切，對於後者的「共同農業政策」莫可奈何；同樣地，歐盟國家對於基因改造食品安全管理較嚴，美國即使再怎麼氣得牙癢癢的，也只能且戰且走。根據美國貿易代表署公布最新版的〈外貿障礙之國家貿易評估報告〉，洋洋灑灑五百多頁，台灣佔了八頁，萊豬只是其中一項，民進黨政府為何情有獨鍾，令人費解。

蔡英文在 2011 年風光訪問美國，卻被英國《金融時報》潑冷水，坊間說法是歐巴馬的國家安全顧問唐尼隆（Thomas E. Donilon）故意放消息打臉；她在 2015 年捲土重來，進入國務院跟布林肯晤談一個鐘頭左右，美方此番相當安心。當小英宣布解禁美國萊豬之後，布林肯推文表示「對美國農民、牧人、以及經濟是好事一樁」，語焉不詳「與台灣更密切的經濟關係也會支撐我們共同的民主價值、及對區域和平及穩定的共同承諾」，讓人有無限的想像空間。

值得一提的是美國在台協會處長酈英傑日前走訪台中，市長盧秀燕當面表達市民對於萊豬的疑慮，沒想到他竟然拂袖而去，事後還發表聲明表達不滿、指責「政治人物散播不實訊息」，囂張之至，難不成，他以為他自己是天朝上國派來的欽差大臣、或巡按大人？即使是把台灣當作朝貢國，難道不知道「厚往薄來」的基本做人道理？對於酈某的頤指氣使，民進黨不方便說的、由在野黨幫忙發聲，竟然指控盧秀燕是「突襲」、「不懂國際禮儀」，那是打自己的小孩給外人看；唾面自乾也罷，把反對黨戴上「親中反美」的大帽子，更是掩飾不了矮半截的奴才心態。滿朝文武、無一骨節，將來要如何跟中國周旋？

民主黨執政，美、中交好，美、台相敬如冰，我們擔心可能會被當作伴手禮,不知何時會被賣掉?共和黨上台,美、中交鋒,美、台如膠如漆,台灣淪為軍火買不完的提款機,甘為人家的麥克筆!適逢美國政權轉移,撲朔迷離。老柯說不能站在美國的對立面,沒錯。然而,我們只是要求起碼的尊嚴,何錯之有?趁人之危,這是哪門子的人哥?民進黨政府不要忘了,即使白宮、未必成功。

拿破崙三世民選總統稱帝,馬可仕、及朴正熙東施效顰,引以為戒。

拾、任人驅策的民進黨政府[10]

美國總統大選後,國務卿龐培歐(Michael Pompeo)接受訪問說「台灣不曾是中國的一部份」(Taiwan has not been a part of China.),不少人欣喜若狂。那麼,台灣在川普的心中到底是什麼?在國際上,台灣近年來在國際社會被允許的名稱是「中華台北」(Chinese Taipei),自我安慰為「華人的」台北,也就是所謂的「奧運模式」,台灣儼然被虛無化了。更糟糕的是,不懂中文的人,聽起來是「中國的台北」。川普政府臨去秋波,稱呼台灣是「自由中國」(Free China),還以為回到冷戰時代,對岸是「共產黨統治的中國」(Communist China),這邊是「國民黨統治的中國」(Nationalist China),前者是「淪陷地區」,後者是「自由地區」。當時美國與蘇聯勢不兩立,站在美國的立場來看,前者是「他們的中國」,後者才是「我們的中國」。當然,比較委婉的說法則是「大陸中國」、以及「島嶼中國」

---

[10]　FB,2021/1/9。

的對照，聽起來稍微比較中性（圖3）。

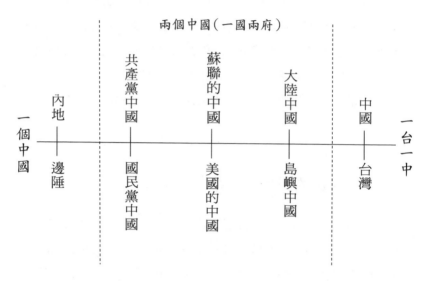

圖3：台灣相對於中國的名稱

　　對於贊成「一個中國」的人來說，台灣只是相較於「內地」的「邊陲」；對於主張「一台一中」的人而言，中國與台灣互不相屬。至於重提「自由中國」，聽起來有「兩個中國」、甚至於「一個中國兩個政府」的弦外之音。「兩個中國」是「分裂國家」的思維，也就是所謂的「德國模式」、終究要統一。至於「一國兩府」則是「三國演義」的「分久必合、合久必分」，也就是老蔣的「漢賊不兩立」，難道，號角響起，美國要幫蔡英文政府「反攻大陸」？

拾壹、今晚，何不跟台灣來個建交？[11]

美國國務卿龐培歐先前宣布駐聯合國大使克拉夫特（Kelly Craft）近日將訪台，現又公告解除美國與台灣交往的限制，朝野政黨的反應不同。總統府表示，這是雙方關係的重要進展、反映台美之間關係緊密，而政府的態度是「遇到壓力不屈服，得到支持不冒進」；外交部也低調指出，會在既有良好的互信基礎上，持續深化彼此的關係。相對地，國民黨則提出警訊，希望台灣不要變成美中博奕的籌碼。由於川普即將下台，臨去秋波，令人有無限的想像。

自從美國總統卡特在 1979 年跟中華民國斷交，此後透過『台灣關係法』進行非官方交往，美國在台協會是實質的大使館，人員由國務院、及相關單位借調。柯林頓總統在 1994 年公布「對台政策檢討」（Taiwan Policy Review），此後對台灣六大首腦訪問開始設限，亦即正副總統、正副閣揆、外交部長、及國防部長，歷任總統訪美必須個案處理，頂多只能到紐約、不及華府，而且往往是採取「過境」模式。事實上，國務院多年來也有一份「對台交往準則」，意在安撫中國。

相較於歐巴馬總統八年對於台灣視若無睹，川普相對上對台灣比較友善，特別是國會相繼通過『台灣旅行法』（*Taiwan Travel Act, 2018*）、『台灣國際參與法』（*Taiwan International Participation Act, 2018*）、『亞洲再保證倡議法』（*Asia Reassurance Initiative Act, 2018*）、『2019 年度美國國防授權法』（*National Defense Authorization Act for Fiscal Year 2019*）、『台北法案』（*Taiwan Allies International Protection*

---

[11] 《台灣時報》社論 2021/1/12。

and Enhancement Initiative (TAIPEI) Act, 2019)、『台灣防衛法』(*Taiwan Defense Act, 2020*)、及『台灣保證法』(*Taiwan Assurance Act, 2020*)，令人眼花繚亂[12]。綜觀其實質內容，不脫美中「三大公報」的藩籬，也就是『上海公報』(*Shanghai Communiqué, 1972*)、『建交公報』(*Joint Communiqué on the Establishment of Diplomatic Relations, 1979*)、及『八一七公報』(*August 17th Communiqué, 1982*)，頂多是把被民主黨政府忘掉的「六大保證」(*Six Assurances, 1982*)翻箱倒櫃找出來，具體的作法就是四年內十一度軍售。然而，就台灣的國際空間擴展而言，依然自我設限於幫助台灣加入、或參與不需要國家資格的國際組織（where statehood is not a prerequisite）。

人家不遠千里送來，尤其是川普中箭下馬，原本可能打算連任後才要履行的，對方既然念茲在茲，一切盡在不言中，來者是客，當然不能失禮，更不可以拒人於千里之外。不過，政權即將轉移，民主黨的拜登與共和黨的川普在施政上有不同的優先順序，兩者的全球戰略也南轅北轍，特別是要如何跟中國周旋，前者傾向於呼朋保義、曉以大義，後者則是單打獨鬥、討價還價。不管如何，拜登比較像是有家教的謙謙君子，應該不好意思斷然通盤否定川普。

其實，拜登同樣必須面對武漢肺炎肆虐、及經濟實力大不如前的事實，當下的要務是如何善後，特別是歐盟迫不及待與中國簽訂『全

---

[12] 相關的提案還有『台灣主權象徵法案』(*Taiwan Symbols of Sovereignty Act*)、『不歧視台灣法案』(*Taiwan Non-Discrimination Act*)、『台灣公平僱用法案』(*Employment Fairness for Taiwan Act*)、及『台灣獎學金法案』(*Taiwan Fellowship Act*)；見徐薇婷，2020。〈美國會小組推包裹式提案 7 部挺台法案盼一口氣過〉《中央社》10 月 29 日。

面投資協定』（*China-EU Comprehensive Agreement on Investment*），意味著盟邦對於美國是否有意願、甚至於能力來引領群倫，相當保留。在這樣的脈絡下，民進黨政府如果能有獨立自主的思維，當然還是可以東西照買、錢了人無代，反正是買保險、禮多人不怪，不管誰上台都不會嫌錢賺太多。

問題是，當龐培歐、及克拉夫特重提時空錯亂的「自由中國」，如果只是用字鬆散，未嘗不可裝聾作啞、不要當真。然而，要是這些人還停留在冷戰勢不兩立的思維，執意把台灣當作白宮總統辦公桌上那枝麥克筆的筆尖，我們有必要當軍事工業複合體的冤大頭嗎？

距離拜登就職日不到十天，川普要是神來一筆、敲鑼打鼓搭空軍一號來台，應該也不會太令人訝異。不過，川普如果真的認為台灣不應在國際社會被孤立，與其講一堆「參與國際組織」的空話，何不效法當年小布希結合英國、德國、及法國承認科索沃，今晚，何不跟台灣來個建交？

拾貳、難道，台灣人的健康竟然不如美國豬的福祉？[13]

食品安全攸關國民的健康，因此，儘管自由貿易是經濟全球化的基本共識，各國對於食品安全莫不戒慎小心；然而，對於輸出國而言，難免把進口國的食安全檢驗、及防疫檢疫的標準（sanitary and phytosanitary standards, SPS）視為貿易障礙。美國是貿易大國，在川普總統任內，除了與中國展開經貿大戰，與歐洲聯盟的貿易談判並不

---

[13] 《台灣時報》2021/1/15。

順遂，甚至於一度指控歐盟比中國還要壞、只是小一號罷了；其中，相持不下的就是農產品，包括賀爾蒙牛、萊克多巴胺豬、氯洗雞、及基改黃豆，連跟自己有特殊關係的英國都不退讓。

蔡英文總統在去年宣布開放美國萊豬進口，儘管政府官員再三強調會好好地把關，然而，不只是在野黨強烈反彈、連署推動公投反對，連老百姓也憂心忡忡，尤其是年輕的父母。蔡總統表示，「台灣是依賴貿易生存的國家，這個歷經三任政府的難題，已經沒有迴避不處理的空間」，請全民體諒。只不過，當消費者要求至少標示是否含萊劑，政府卻又以涉及貿易壁壘、及產品歧視為堅決反對，攤商標章眼花繚亂。

萊克多巴胺的功能類似腎上腺素，加在飼料有促進生長、增加瘦肉的效果，也就是所謂的瘦肉精，主要是用在牛（Optaflexx®歐多福斯）、豬（Paylean®培林）、及火雞（Topmax®湯瑪士）最後 3-4 禮拜的肥育。由於萊劑代謝快速排出體外，也就是半衰期很短，成豬在送進屠宰場之前 8-12 小時還可以餵食，因此，自從美國政府核准使用二十年以來，豬農趨之若鶩，有六到八成使用，加拿大、及巴西等國也亦步亦趨。相對地，歐盟、俄羅斯、及中國不僅禁止使用，對於豬肉進口堅持零檢出的立場，美國老大不高興，認為那是在刁難，一怒告到世界貿易組織。

終究，聯合國國際食品法典委員會（Committee on Sanitary and Phytosanitary Measures）在 2012 年訂出萊劑殘留安全容許量標準（maximum residue limit, MRL），只不過，低標不能服眾，畢竟最後投票是以 69 比 67 票通過、另有 7 票棄權，政治運作鑿痕斑斑。基本上，歐盟等國家主張必須證明萊豬沒有危害人體的風險，以「預防原則」（precautionary principle）把關，也就是沒有證據證明無害；相對地，美國主張除非能證明有風險，當然是無害的（也就是沒有證據證明有害）。事實上，美國高唱入雲的科學證據，大體是藥商贊助的實驗，而且只有一次六人的人體研究、其中一人中途不適退出，可見所謂的科學證據未免老王賣瓜。

美國肉商、藥商 Elanco、以及政府（貿易代表）聯手，遊說其他國家進口萊豬。世事難料，由於中國發生豬瘟，一時躍為世界最大的豬肉進口國，出口商為了配合萊劑零檢出，不得不跟豬農曉以大義；無獨有偶，美國最大的肉品公司史密斯菲爾德食品（Smithfield Foods）在 2013 年被中國雙匯國際收購（後改名為萬洲國際），豬隻收購勢必改弦更張，看好中國市場的加拿大、及巴西當然也要乖乖地跟進。相對之下，歐盟國家在關稅報復的威脅下，採用差別關稅配額（tariff-rate quotas）方式支應，且戰且走，並非高舉白旗。誠然，小國無外交，彷彿連經貿都只能任人擺佈、頤指氣使，任憑萊豬長驅直入；台灣人不如中國人，令人不勝唏噓，究竟是政府無能、還是有什麼不可告人之處？

既然大軍壓境，兵來將擋、水來土掩，我們至少可以要求豬肉標注是否含萊劑，然而，政府以違反國際貿易規範為由，規定只能標記產地，地方政府只能以專櫃的設置來加以區隔。萊劑上市幾年後，由於不斷出現成豬腳軟、及心悸等症狀，美國食品藥品監督管理局（FDA）被迫要求飼料桶必須加註其對豬的風險、不可用於種豬（CAUTION: Ractopamine may increase the number of injured and/or fatigued pigs during marketing. Not for use in breeding swine）（圖 4），不禁令人佩服美國對於動物保護的關懷、及環境保護的關心（飼養效率提高）。

由萊劑入豬口、到萊豬入人口，迄今沒有令人信服的科學證據，美國農部（USDA）不勝其煩，終於在 2015 年核准申請，肉商可以在肉品的包裝上加註「不含萊劑，一種 β 促效劑生長激素」（no ractopamine — a beta-agonist growth promotant.）、或是「生產過程未使用萊劑」（produced without ractopamine）（圖 5）。豈有此理，餵豬的飼料必須加警語，人吃的豬肉不能加標注，不禁令人擲筆嘆道，難道台灣人的健康不如美國豬的福祉？

美國衛生部長阿札爾（Alex Azar）在去年 8 月 9 日訪台，蔡英文總統在 28 日宣布開放萊豬，令人好奇的是，生產萊劑的動物藥商 Elanco 直到 2019 年是禮來公司（Lilly）的子公司，而阿札爾在 2018 年入閣前是來美國分部總裁的總裁（2012-17），摸蜊仔兼洗褲，時機未免啟人疑

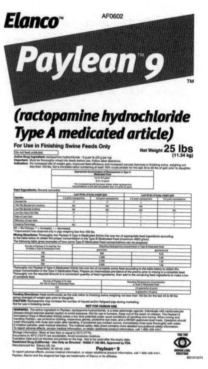

圖 4：Elanco 藥商販售培林飼料添加物的標籤警語

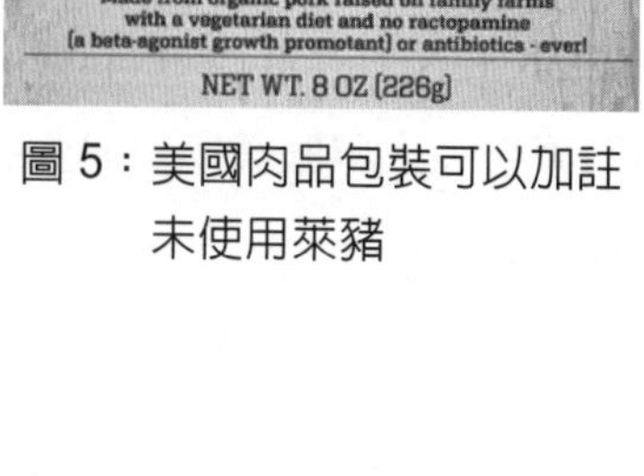

圖 5：美國肉品包裝可以加註未使用萊豬

寶。對了，阿札爾在美國國會暴力事件後寫信提早去職，司馬昭之心，當然是要跟川普劃清界線，那麼，台灣人吃萊豬，究竟視作給誰的？

拾參、美國與中國的金光戲[14]

美國總統拜登上台以來首場與中國進行的高層會議，日前在阿拉斯加安克拉治展開，美方的代表是國務卿布林肯、及國家安全顧問蘇立文，中方的則是主管外事的國務委員楊潔篪、及外交部長王毅。按照原先的安排，應該是在首輪閉門會議之前，先由雙方 4 人各簡單講兩分鐘開場白，讓媒體拍照報導；布林肯、及蘇立文行禮如儀共講了 5 分鐘，沒有想到楊潔篪砲火隆隆、王毅接手毫不客氣，長達 20 分鐘，兩位東道主猶未盡留下媒體，又補了近 5 分鐘。

綜觀媒體的報導，大體是以「針鋒相對」、或是「唇槍舌劍」來描寫火爆的場面，雙方應該可以滿足轉口內銷，也就是大內宣的功能。特別是對於中國而言，過去四年來，對於川普的頤指氣使相當程度低調以回，既然美國相約會商，當然要借題發揮一番，特別是布林肯列舉中國危及全球穩定的罪狀，包括台灣、香港、新疆問題，對美國的網路攻擊，及經濟脅迫美國的盟邦。是可忍、孰不可忍，楊潔篪顧不得國際禮儀，迫不及待屬聲反駁一番。

楊潔篪嗆聲，台、港、疆是中國領土不可分的部分，堅決反對美國干涉內政；美國的價值不等於國際價值，遑論自己內部有根深蒂固的黑人問題；美國不要濫用國安為由干預貿易往來，「長臂管轄」就

---

14 《台灣時報》社論 2021/3/21。

免了；美國沒有資格居高臨下對中國談三道四，中國人不吃這一套。他講重話，要美國「從實力的地位出發，同中國談話」。扮演白臉的王毅口氣稍微舒緩，不過，還是老氣橫秋訓誡美國，動輒干涉中國內政的老毛病「要改一改了」，誓言今後不會接受美國的無端指責。

布林肯絲毫不讓步，他提醒對方，當年還是副總統的拜登訪問中國，就跟時任副主席的習近平好言相勸，「不要心存僥倖跟美國唱反調」，如今還是奉勸同一句話，言下之意，不聽老人言、吃虧在眼前。蘇立文緩頰表示，美國不尋求衝突、歡迎激烈競爭，高談闊論「永遠會為我們的原則、我們的人民我們的朋友挺身而出」。倒是在旁的中國通羅森伯格頻傳紙條，可見精通法語的布林肯儘管自詡在歐巴馬總統任內勤跑亞洲，中國恐非對抗的首要敵人。

看來在短期之內，美國視俄羅斯為主要敵人，中國則是可以曉以大義的對象，沒有必要翻臉。至於劍拔弩張，那是因為拜登正式的國家安全大戰略尚未出爐，趕鴨子上架，這次會談只是投石問路，吐劍光互別苗頭，這是正戲開演前的扮仙暖身，當然就不會有拍桌走人的戲碼。來者是客，美國讓中國打一拳，表面上是吃虧，我們關注的是雙方有沒有暗盤。話說回來，中國代表竟然要演那麼大，不小心洩漏習近平政權未必穩定的天機。

國際政治爾虞我詐，國家利益至上。台灣一開頭就被雙方跟香港、及新疆相提並論，中國說是不可分的領土，美國關心的是人權保障。表面上看來，這是雙方各自畫了一條紅線，彷彿互不相讓，希望對方不要跨越。問題是，台灣跟香港、或是新疆完全不可同日而語，我們實質上並不受中國管轄，而後者則不論法理、或實質都歸屬中國，美國沒有必要送做堆。要是雙方講好，各自認領勢力範圍，那是次佳選擇；萬一美國居下風，同意瓜分太平洋，台灣豈不羊入虎口？

拾肆、美國前國防部長艾斯培訪台[15]

美國前國防部長艾斯培日前率領大西洋理事會訪問團抵台，表示美國的「一中政策」現在沒有用了、應要遠離「戰略模糊」，他同時建議台灣提升國防預算、增加不對稱戰力、台灣男女皆兵、義務役期延長為至少一年、及增強後備戰力與動員能力。由於俄烏戰爭已經進行將近五個月，儘管俄羅斯終於拿下烏克蘭東部、甚至於可能連結南部的克里米亞及敖德薩，然而，澤連斯基政府並沒有投降的跡象，因此，此刻有國際友人關心台灣海峽安危，當然是雙手合十感恩。

所謂美國的「一中政策」是華府與北京建交以來一貫的立場，具體而言，中國宣稱「世界上只有一個中國，台灣是中國的一部份，而中國唯一的合法政府是中華人民共和國」，明白表示在『上海公報』、『建交公報』、及『八一七公報』。相對地，美國對於這樣的說法一向虛與委蛇，自來只願意含混表達「認知到」（acknowledge），講白話就是「我知道了」、「不要囉唆」，大家心照不宣、恐怕繼續逼問下去就要翻臉了，彼此相安無事。

後面沒有說出口的是，要是中國對台灣出兵，美國是否會派兵馳援？這也就是所謂的「戰略模糊」，究竟是否合宜，美國自然有其背後的國家利益考量。大體而言，當年美國在冷戰時期決定結合中國對抗蘇聯，也就是結合次要敵人打擊主要敵人的聯合陣線，雙方無意針

---

[15] 《台灣時報》社論 2022/7/22。

對台灣主權對決，相當程度是一種維持現狀的理解，只要你不越雷池一步、我也不會大動干戈。至於台灣方面，美國透過『台灣關係法』彌補良心不安，片面保證提供防衛性武器。

由於中國近年來軍艦、軍機不斷繞著台灣演習，當然是故意要製造心理威脅、盤算如何讓台灣能不戰而降。然而，中國也心知肚明，台灣人不願意被共產黨統治、絕對會奮力抗拒外來侵略，武力犯台勢必付出相當代價，偷雞不著蝕把米，不要說二次大戰躲過盟軍的寶島可能滿目蒼夷，連中共政權也可能動盪不安而垮台。更何況，中國領導人習近平正面臨二十大，連任之路未必想像中順遂，除非美國藉端生事，在這個節骨眼看不出有節外生枝的必要性。

由俄烏戰爭的經驗來看，美國儘管無意正面對抗俄羅斯、明言不會出兵，拉幫結派、鳴鼓而攻之可也，明顯可以看出是利用烏克蘭來拖垮北極熊。如果以同樣的邏輯，我們當然會希望美國公開表態，一旦中國悍然出兵攻台、絕對不會坐視而出兵捍衛台灣。從印太戰略、到四方會談，東亞版的北約組織隱然成形，位於東海與南海之間的台灣海峽是重心所在。然而，劍指中國，台灣儼然是美中抗衡的引爆點，不能不冷靜思考，如此戰略調整是否真的有利。

川普政府天威難測，不論軍事、外交、經濟，讓德國、及日本等盟邦搖頭，大家隱忍不發，更不用說艾斯培是被總統推特解職，啼笑皆非。拜登上台，戰略、戰術不知是否改弦更張，忽然強調不對稱作戰，究竟具體內容為何，迄今不能有清楚的說明，難免讓人感覺是否民主黨政府上台，背後有不同的軍火商說客壓力，連近年來臣服外交部的國防部無法接受。外來的和尚未必會念經，更何況是花錢請來的；花錢當冤大頭事小，國家安全大事不能任於予取予求，聽聽就好。

拾伍、既然無心，何必假有意[16]

美國眾議院議長裴洛西近來一再表達前來訪問的意願，可能在八月成行。眾議院議長號稱美國政府「三號人物」，訪台難免被解釋為美國對台政策調整。由於擔心中國反彈，美國總統拜登直言不妥，國防部的安全評估不言自明，然而，裴洛西畢竟是民意代表、行政部門無權置喙，參謀首長聯席會議主席密利當然要表示會提供必要安全措施。

由於共和黨國會議員紛紛叫好，連參議院少數黨領袖麥康奈都煽風點火，要是裴洛西不能成行、那就形同中國的勝利，而前國務卿龐培歐更是躍躍欲試，在推特寫說：「我會跟妳去！」裴洛西到底為何忽然對台灣情有獨鍾？她究竟想要對台灣、美國、中國、或世人表達什麼訊息？裴洛西亞洲之行飄然飛來蜻蜓點水，會有可能造成何種的影響？

解釋外交行為的因素不外國際體系、內政、及個人。決策者的人格特質包括理念、歷練、或風格。就兩黨的信念體系而言，大體是共和黨服膺現實主義、民主黨標榜自由主義，前者是真小人、後者偽君子；民主黨總統從威爾遜、羅斯福、到卡特，不論民族自決、或人權保障，最高考量還是美國的國家利益，裴洛西長期浸淫國會，看不出有何執著。

誠然，外部壓力往往左右內部決策，相對地，顛簸不變的道理則是外交為內政的延長。大體而言，除了朝野黑白郎君可以加大談判縱深，行政與立法制衡也是談判的籌碼，連國務院與國防部更可見唱雙

---

[16] 《中國時報》2022/7/29。

簧。因此，國內選前常見利多長紅的假象，美國大選、或期中選舉不免出現外交大動作，特別是反對黨強烈抨擊執政黨，上台後就回歸主流共識。

只不過，裴洛西大張旗鼓，儼然昭告同黨的總統軟弱無能。眾所周知，拜登上台一年半來，疲軟的國內經濟並無改善的跡象，而共和黨則虎視眈眈，民主黨政客必須未雨綢繆。其實，儘管俄烏戰爭始作俑者是俄羅斯，美國在撤軍阿富汗後卻又無端捲入，表面上仗義執言，司馬昭之心路人所知，也就是利用烏克蘭拖垮俄羅斯，背後更有先前大選恩仇。

美國自從冷戰結束以來躊躇志滿，面對崛起的中國，共和黨嚴陣以待、民主黨則軟索牽豬，就是不知道對方想取而代之、還是平起平坐，台灣不是關鍵。裴洛西畢竟是國會議長，不可能像前朝要員前來充當說客、兜售軍火；不過，除了民主自由，除非要跟拜登互別苗頭，她不太可能大談跟中華民國復交、或支持台灣獨立，看不出有何實質上的助益。

中共在秋天即將召開二十大，習近平看來戒慎小心，難免令人擔心因為採取反制而擦槍走火。國際社會關心的是台灣海峽的開放，台灣與中國雖有主權的糾葛，卻沒有必要糾纏不清而相互強化。拜登政府的大戰略未見改弦更張，軍事上所謂「不對稱作戰」有理說不清，由離岸嚇阻、決戰境外、殲敵灘岸、到強化民兵打巷戰，彷彿要把台灣「烏克蘭化」。

不管遠親近鄰、或兄弟之邦，萬一中國執意武力統一，台灣人當然有捍衛家園的權利。然而，兩岸並無深仇大恨，何必兵戎相見？美國一向立場「不支持台獨」，既然無心，何必裝有意？

拾陸、夾縫中生存的小國[17]

所謂的小國是指相較於強權，在人口、面積、或實力方面無法齊量等觀。一般而言，除非因為地緣邊陲得以獨善其身、孤立自守，面對巨鄰的威脅利誘、侵蝕吸納，無非選擇隻身對抗、單打獨鬥，再不就是締約結盟、拉幫結派。如果打算尋求庇護，接下來的決定是曲意迎合、靠攏臣服，還是呼朋保義、拉攏交好。最為難的是兩強相爭，治絲益棼。

就歷史的經驗來看，小國面對霸權未必屈從俯首。譬如在古希臘城邦時代，雅典與斯巴達打了近 30 年的伯羅奔尼撒戰爭，米洛司堅拒投降。法國在拿破崙戰爭望風披靡、扶植附庸萊茵邦聯，普魯士抵死不從；比利時在一次大戰明知英法不會前來馳援，毅然抗拒德國；波蘭在二次大戰遭到德蘇瓜分，勇敢捍衛國土；芬蘭在冬季戰爭迎戰蘇聯紅軍，以寡敵眾。

兩大之間難為小，最壞的情況是被瓜分，譬如波蘭被俄羅斯、普魯士、及奧地利支解。退而求其次是淪為戰場，人為刀俎我為魚肉；英國與俄國從十九世紀起在阿富汗競逐，烽火連年、民不聊生。再來是充當馬前卒，日本在明治維新後躍躍欲試，美國視為遏阻俄羅斯擴張的工具，默許併吞朝鮮、瓜分滿洲，直到染指中國關內、覬覦太平洋，李伯大夢已經太遲。

往光譜的另一端，最好的情況是隔岸觀火、甚至左右逢源。中立代表不介入兩強的瓜葛，可以靈活安排自身外交、發揮自己優勢，不

---

[17] 《台灣時報》社論 2022/8/7。

用跟朋友的敵人對立，免得左右為難、動輒得咎。儘管兩強競逐，只要不是你死我活，小國或可扮演魯仲連傳話協調；特別是當國際體系鬆弛，俗語說「囝仔（子女）是翁某（夫婦）的蜈蚣釘」，也許還有積極催化和解的空間。

台灣與中國的糾葛起於國共鬥爭，國民黨在中國內戰失利，將中華民國政府播遷台灣，漢賊勢不兩立，形同兩個政府。在冷戰時期，由於美國的撐腰，中華民國代表中國正統，躍為聯合國安理會的五強常任理事國。美國從越戰抽腿，結合中共對抗蘇聯，狠心捨棄『中美共同協防條約』的盟邦，琵琶別抱中華人民共和國，台灣儼然是國際社會的棄嬰，欲哭無淚。

冷戰結束，美國拔劍四顧心茫然，既無法將俄羅斯壓落底，又對於崛起的中國不知所措，搞不清楚對方究竟要平起平坐、還是取而代之。坦誠而言，川普總統四年是一支劍拿來亂砍，盟邦德國、日本忍氣吞聲；拜登上台毫無章法，經濟、外交、軍事未必能如意切割處理，國內經濟毫無轉色的跡象。眾議院議長佩洛西臨去秋波裙襬掃台，難說見義勇為、或趁火打劫。

就國際媒體效應而言，孤兒般的台灣可以獲得相當的曝光。然而，儘管佩洛西喊冤表示無意改變現狀，台灣付出的代價卻是讓中國有機會大張旗鼓、軍演封島，試圖造成既成事實，也就是昭告世人，台灣是中國的、暫時寄養美國。美國果真關心台灣的安危，即使不可能幫忙加入聯合國、或循科索沃的先例承認，起碼可以嘗試跟中國曉以大義，而非火上加油。

美國在十九世紀末越洋東來，異於其他西方帝國主義國家，採取門戶開放，就是喝牛奶不用養乳牛，慈眉善目，日本是孺子可教，中國則是潛在威脅，歷史恩怨難以置喙。台灣的國家利益至上，沒有必要糾纏不清。

拾柒、結語

美國的外交部稱為國務院（Department of State），真正負責貿易談判的不是經濟部、而是美國貿易代表署（Office of the United States Trade）。政府原本宣告，美國派國務院次卿柯拉克（Keith Krach）來談經貿，雷大雨小，終究只是簽訂『台美基礎建設融資及市場建立合作架構』支應，不知道是榮工處的加強版、還是美國的「一帶一路」。到底是他們表錯情、還是我們會錯意？難不成是美國官僚體系間本位主義的齟齬？一個被壓落底的國家，只會被吃得死死的。

台灣與其要軍事刺蝟化、堡壘化，不如生產重要的元件，讓美國不得不派航空母艦來保護新竹科學園區，而不是寄望會前來人道救援2,300萬台灣人。所以，相較於軟體公司來台設廠，台積電被叫去美國設廠，背後的假設可想而知；不談經濟層面，長期而言，對台灣的國家安全是不利的。當年，李登輝前總統反對八吋晶圓登陸，開放的民進黨陸委會主委是蔡英文；現在，美國派人來參加他的告別式，張忠謀被叫去總統府陪外賓吃飯，歷史真會開台灣人的玩笑。

一些人找了一大堆自綁手腳的前提要件，其實不僅是為自己的懦弱跟無知找藉口，也是在幫無心的蔡英文政府找台階。譬如所謂「沒有國家、哪有承認」的說法，根本不符國際法的規範、或國際政治的實際運作。譬如印度是在1945年就加入聯合國，事實上，兩年後才脫離英國獨立，同樣地，菲律賓也是在1945年加入聯合國，美國在

1946 年才賦予獨立。當年以色列宣佈獨立，國務院一開頭怕得罪阿拉伯國家反對，經過猶太人強力遊說杜魯門，美國終於首肯出一臂之力，特別是在聯合國幫忙「拉票」（買票）。

運動必須分工，知識十分重要。從生產、包裝、到運銷，最基本的是研發。包裝當然很重要，卻要看內容，特別是藥的成分夠不夠。至於行銷，從小販、中盤、到大盤都有，各有自己的市場。問題在於赤腳大仙跟王祿仔仙太多，搖旗吶喊，大公司又掛羊頭賣狗肉，難怪鏢客橫行醫院。領導者色厲內荏，支持者活像旅鼠，連東帝汶、或是科索沃都不如，這是國際社會所百思不解的。

附錄：九宮鳥的心理剖繪[18]

　　俄烏戰爭打得火熱，台灣隔岸觀火，除了汲取教訓，國人多半同情弱者。然而，民進黨政府除了譴責俄羅斯軍事行動，還昭告世人，台灣將參與國際社會對俄經濟制裁。由於台灣被俄羅斯列為「不友善國家」，外交部長吳釗燮「深感自豪」，還呼籲民主國家「團結對抗極權侵略、使中國知所警惕」，彷彿身兼國防部長，活像發怒的眼鏡蛇，有違一般「外交是避免戰爭之手段」的認識。

　　影響外交政策的因素不外外部壓力、國內政治、及決策者的人格特質，那麼，民進黨政府為何不惜得罪俄羅斯？最便捷的解釋是懾於淫威，不得不做順手做人情給美國。再來是為了轉口內銷用，畢竟年底選舉快到了，中國領導者習近平近年避談台灣、為了年底的二十大自顧不暇，迄今缺乏大做文章的話題。再來是決策者的人格特質，特別是吳釗燮賣力演出，僭越職權的傾向耐人尋味。

　　左右決策的人格特質包括理念、經驗、訓練、及風格。我在念博士班的時候，比較外交政策有兩名老師擅長政治心理學，讀了不少對於各國領導者的心理剖繪；留學生寫論文，通常指導教授會鼓勵寫自己的國家，除了得心應手，也是藉機幫忙瞭解政情。吳釗燮的專長應該是比較政治學，原本論文打算寫黎巴嫩，因為不諳阿拉伯文而作罷，只好回頭寫李登輝，精心透過牛津大學（香港）出版。

　　當年在俄亥俄州立大學政治系，前後期總共有十名左右的台灣留學生，最後只有一半拿到博士學位，只有我主攻國際關係。當時聚會的不成文規矩是不談政治，相當尷尬，不過，或許是因為吳釗燮來自彰化、又是台中一中的學長，私下比較談得來。少有鴻志的他在密蘇里拿到碩

士學位後，返國參加外交領事人員考試，口試被問到吳 XX 是你的誰，當然就過不了關，只好又到美國念博士。

我回國後到淡江，擔任台教會法政組召集人，吳釗燮欣然答應入會，沒有想到遭到所謂的「土獨」學者強烈反對。其實，他也不過就是參與《大漢風》的編務、偶而到芝加哥開會。陳水扁連任總統，耿耿於懷駐美代表不幫詮釋「四不一沒有」，要我分析三個人選的優勢，吳釗燮果真外放，終究擔任外長雪恥。

有好一陣子，媒體要找非藍學者寫評論，國內政情是吳釗燮、國外兩岸歸我，等他跑去當官，我就躲不掉了。蘇貞昌在 2012 年入主黨中央，吳釗燮任政策委員會兼智庫執行長，他還是每天西裝筆挺，面帶微笑、躊躇滿志。蔡英文在太陽花後班師回朝，他進一步出任秘書長，AIT 覺得不可思議，韌性可見一斑。蔡英文政府上台，不管哪一個位置，吳釗燮的角色比較像是學舌的九宮鳥。

儘管外交政策難免受制於強權，外交成就卻是珍貴的政治資源，也就是所謂的兩級博弈，關鍵則在於主事者的自我定位。具體而言，當政治人物政績亮麗、地位穩固之際，既然沒有後顧之憂，外交政策就可以維持相當程度的自主；相對地，缺乏安全感又沒有自信的政府為了自保，就必須操作外交策略，一方面強化國內同仇敵愾的愛國主義，另一方面無條件投靠恩寵庇護者而犧牲獨立自主。

蔡英文政權充斥在威權時期「選擇服從」者，取而代之、借屍還魂，外交只是鞏固權力的工具。

代跋
洋和尚尼姑未必會念經[*]

　　我是天主教徒，從小跟媽媽上教堂望彌撒、聽道理，對於外國神父及修女的奉獻五體投地，即使到了美國唸書，信念更是最終的精神寄託。既然飛過太平洋跨海取經，除了學位，當然是要追求知識、滿足自己的求知慾。然而，除了基本的訓練，他山之石未必可以攻錯，此外，系上很少有熟稔台灣的教授，通常必須找中國通、日本通、或亞洲通。

　　念碩士的時候，第一個老闆是韓戰的孤兒，台灣是研究領域（地盤）之一，當然希望我能找他當指導教授；只不過，儘管美國長大，畢竟殘餘亞洲社會的威權性格，我幫忙跑完韓國大選資料、作統計分析，敬謝不敏。轉校念博士，中國通的中文是在台灣學的，頤指氣使，亞洲學生多半拜師一位教東南亞政治的印尼通，我上完副修的課以後就敬而遠之。

　　美國戰後早期的中國通有費正清、鮑大可、及施樂伯，後來依據兵棋推演的角色衍生紅軍、藍軍：前者對中國比較友善，密西根大學

---

[*]　《中國時報》2022/11/4。

的奧森柏格最有名，主導亞洲研究協會，得意門生有李侃如、沈大偉、裴宜理，一直盤據國務院，後者對台灣比較友善。我當研究生就加入協會取得《亞洲研究期刊》，後來因為協會堅持把台灣列為中國一省，憤而退出。

　　一般人最熟悉的美國政治學者是古德諾，他的《共和與君主論》被籌安會引為袁世凱洪憲帝制復辟的理論基礎，也就是中國人不適合民主共和。到目前為止，史丹福大學胡佛研究所的圖書館收藏不少國民黨史料，漢學家墨子刻跟台灣學界比較有往來跟對話，經濟學家馬孟若也關注台灣史，包括二二八事件。解嚴之前，勤跑台灣的學者喜歡到中山北路躂躂。

　　李登輝總統下台前，蘇聯通扎戈里亞帶團在圓山飯店開會，台灣方面提及雷根的「六大保證」，這位卡特時代的顧問裝聾作啞、美國團成員裝瘋賣傻，外交官員急得跳腳，等到共和黨川普上台才重見天日。陳水扁上台演講的「四不」，據說是民主黨的卜睿哲所建言，當時卻是共和黨的小布希主政。至若葛來儀語帶威脅議論萊豬公投，逾越專家的本分。

　　不管是在國內外舉辦國際研討會、或視訊，表面上冠蓋雲集，其實是大拜拜，重點在於晚上電視、次日報紙的大內宣，關鍵在於滿足層峰的虛榮感。其實，各部會通常也歡迎來者是客，各說各話、隔靴搔癢、姑妄聽之，除了公關，不太可能有實質的政策意義；話又說回來，無事獻殷勤、非奸即盜，最令人擔心的是以為外國的月亮都是圓的，被賣了還要感恩。

　　不提外國政要來訪必須付出的天價，邀請外國專家學者起碼要付飛機票、日支費、稿費、或演講費。國內的學者最廉價，中午或許還有大飯店的 buffet，否則，坐一天的陽春出席費還不如同步翻譯；要是不諳外文，大概就只有在台下戴耳機聽訓的份。回到純國人的場景，不管公聽會、或座談會，一般的行情是 2,000 上下，高於花蓮台北來回自強號 880、低於台北高雄高鐵來回 3,060，人不如交通工具。儘管「知識無價」，其實是相當廉價。

後記：科學不外觀察、解釋、及建議。我的主攻是國際關係，比較外交是專長，特別是美國外交，難免會分析其內部因素。我們唸書時被訓誡，避免針砭內政，免得被遞解出境。日本人一向行事謹慎，有台灣人女婿好發議論，另有台灣專家很會預測選舉，至若臧否閣揆去留，相當無禮（2022/12/31）。